Cher
Daddy

Danielle Steel

Cher Daddy

Libre Expression

Presses de la Cité

Titre original: *Daddy*

Traduit par Arlette Rosenblum

Données de catalogage avant publication (Canada)

Steel, Danielle
Cher Daddy
Traduction de: Daddy.
ISBN 2-89111-471-X – 2-258-03023-4 (Presses de la Cité)
I. Titre.
PS3569.T43D3214 1991   813'.54   C91-096079-8

© Éditions Libre Expression
2016, rue Saint-Hubert, Montréal H2L 3Z5

Dépôt légal:
2ᵉ trimestre 1991

ISBN 2-89111-471-X

Daddy

Au papa qui surclasse
       les pères de la terre entière!
Le leur...
       le nôtre...
              le mien!
Avec tout mon cœur,
Avec toute mon affection,
A Popeye encore,
       mais cette fois
              de la part de chacun
                     d'entre nous,
                            du fond du cœur
                                   et de l'âme,
                                          avec toute l'affection
                                          d'Olive.

Papa

Premier amour,
  premier-né
    ou peut-être
une précieuse
    fille,
leur rire
  qui fuse
      léger,
sa main si sûre,
    son affection si pure,
        sa fidélité
            envers eux
                exceptionnelle,
sa patience
    immense,
et son cœur
    plus vaste
que l'horizon,
    le levain
        par lequel
            s'anime leur vie,
    le soleil illuminant
        leurs ciels
    celui
        vers qui
            ils se tournent,
l'homme pour qui
    ils se consument,

la flamme
    d'affection
        si ardente,
sa sagesse
    jamais en défaut,
sa main
    si ferme,
        si rarement
            fléchissant,
si tendre,
    si proche,
        si aimable ;
réel pivot
    de toute chose,
et jadis
    si grand,
    son amour pour eux
        jamais affaibli,
toujours disponible,
    beau,
        brillant,
sachant montrer le bon chemin,
    vibrant d'idéal,
        pilotant de drôles de voitures,
la main douce et le cœur aimant
    pour tous, gamines et gamins,
homme bien-aimé,
    à l'amitié indestructible,
        ô combien heureux
        vous êtes,
    chers enfants,
        de l'avoir eu
        pour papa.

1

Les flocons de neige tombaient en grosses grappes blanches, agglutinés les uns aux autres, comme sur les illustrations dans les livres de contes que Sarah avait l'habitude de lire aux enfants. Assise devant sa machine à écrire, les yeux levés vers la fenêtre, regardant la neige recouvrir la pelouse et se suspendre en dentelle aux arbres, elle oublia complètement le sujet de la nouvelle qu'elle ruminait depuis ce matin de bonne heure. C'était si diablement pittoresque. Si joli. Tout était joli, ici. La vie s'écoulait comme dans un roman, dans un bourg de roman, et les gens du pays ressemblaient à des personnages de roman. Ils étaient exactement ce qu'elle n'avait jamais voulu devenir et, maintenant, elle était des leurs et cela depuis des années. Et probablement à jamais. Sarah MacCormick la rebelle, la rédactrice adjointe de *Rouge*, l'étudiante qui était sortie diplômée de Radcliffe en 1969 à la tête de sa promotion et qui se savait différente, était devenue l'une d'eux. Du jour au lendemain. Ou presque. A la vérité, le processus avait duré presque vingt ans. Et à présent elle était Sarah Watson. Mrs Oliver Wendell Watson. Elle habitait Purchase, Etat de New York, dans une belle maison dont ils étaient presque propriétaires, après quatorze ans de lutte pour payer l'hypothèque. Elle avait trois enfants, un chien, le dernier hamster était finalement mort l'année précédente. Et elle avait un mari qu'elle aimait. Ce cher brave Ollie. Il avait terminé la Harvard Business School alors qu'elle finissait Radcliffe et ils s'aimaient depuis qu'elle était en deuxième année. Mais il était tout ce qu'elle n'était pas. Il était conservateur alors qu'elle s'insurgeait contre l'ordre établi, il avait cru à ce qu'on avait tenté de faire au Vietnam et, un moment, elle l'avait détesté à cause de cela. Elle avait même cessé de le fréquenter pendant un temps après l'obtention de leurs diplômes, parce qu'elle affirmait qu'ils étaient trop différents. Elle était allée habiter dans le quartier de SoHo à New York et avait tenté sa chance avec sa plume, y réussissant ma foi fort bien. Deux de ses nouvelles avaient été publiées dans la revue *The Atlantic Monthly* et une... dans le saint des saints... dans le *New Yorker*. Elle avait du talent et elle le savait. Quant à Oliver, il partageait avec deux amis un appartement de la 79e Rue Est, dans le quartier résidentiel et, grâce à son diplôme, il avait décroché une très bonne place dans une agence de publicité de Madison Avenue. Elle aurait voulu le haïr pour cela, le haïr d'être en conformité avec le monde tel qu'il était, mais elle ne le fit pas. Même dans ces conditions, elle savait combien elle l'aimait.

Il parlait de choses comme vivre à la campagne, avoir des setters irlandais, quatre enfants et une femme qui resterait au foyer, et elle se moquait de ces discours. Il se contentait de sourire de ce sourire incroyablement juvénile qui accélérait les battements du cœur de Sarah... alors même qu'elle affirmait en son for intérieur que son vœu à elle était un homme aux cheveux plus longs que les siens... un peintre... un sculpteur... un écrivain... quelqu'un de « créatif ». Oliver avait l'esprit créatif et il était intelligent. Il avait quitté Harvard avec les félicitations du jury et aucun des courants des années soixante ne l'avait jamais influencé. Quand Sarah avait manifesté, il l'avait sortie des griffes de la police, quand elle avait discuté avec lui, en l'injuriant même, il avait expliqué calmement et rationnellement ce en quoi il croyait. Et il était si diablement gentil, si bon, qu'il était son meilleur ami alors même qu'il la mettait en rage. Ils se retrouvaient au Village de temps à autre, ou dans les quartiers chic pour prendre le café, un apéritif ou pour déjeuner ensemble, et il lui racontait ce qu'il faisait et la questionnait sur ce qu'elle était en train d'écrire. Il savait qu'elle avait de la valeur, elle aussi, mais il ne comprenait pas pourquoi elle ne pouvait pas être « créative » et mariée.

« ... Le mariage, c'est pour les femmes à la recherche de quelqu'un qui les entretienne. Je veux m'en tirer par moi-même, Oliver Watson. » Et elle en était capable, ou elle l'avait été à l'époque, jusqu'à un certain point. Elle avait été employée à temps partiel dans une galerie de SoHo et avait fait des piges. Et elle avait gagné de l'argent. Parfois. Par contre, maintenant, elle se demandait si elle serait encore capable de se prendre en charge, de subvenir à ses besoins, de remplir sa feuille d'impôts et de veiller à ne pas oublier de payer les cotisations de son assurance-maladie. Au cours des dix-huit années écoulées depuis qu'ils étaient mariés, elle était devenue terriblement dépendante d'Oliver. Il réglait tous les petits problèmes de l'existence de Sarah, et la plupart des grands. C'était comme de vivre dans un monde hermétiquement clos, avec Ollie toujours là pour la protéger.

Elle comptait sur lui pour tout, et bien souvent cela l'affolait. Supposons qu'il arrive quelque chose à Ollie ? Saurait-elle se débrouiller ? Serait-elle capable de tenir la maison, de gagner de quoi les faire vivre, elle et les enfants ? Elle avait essayé quelquefois de lui en parler et il s'était contenté de rire et de lui dire qu'elle n'aurait jamais à s'en tracasser. Il n'avait pas amassé une fortune, mais il s'en était bien tiré et il avait le sens de ses responsabilités. Il avait une solide assurance sur la vie. Madison Avenue lui avait réussi et, à quarante-quatre ans, il était le numéro trois chez *Hinkley, Burrows & Dawson,* une des plus grosses agences de publicité du pays. C'est lui qui avait décroché leur quatre plus importants budgets, il était précieux pour l'agence et estimé par ses pairs. Il était l'un des plus jeunes vice-présidents dans la profession et elle était fière de lui. Néanmoins, elle avait peur. Qu'accomplissait-elle ici, dans la jolie petite ville de Purchase, à regarder tomber la neige en attendant que les enfants rentrent à la maison, tout en feignant d'imaginer une nouvelle... une nouvelle qui ne serait jamais rédigée, jamais achevée, jamais expédiée nulle part, exactement comme les autres qu'elle avait essayé de composer au cours de ces deux dernières années. Elle avait décidé de se remettre à écrire à la veille de son trente-neuvième anniversaire. La décision avait été importante pour elle. Atteindre trente-neuf ans avait été pire que les quarante. A quarante ans, elle était résignée à son « destin fatal » comme elle l'appelait avec désolation. Oliver l'avait emmenée en voyage avec lui en Europe pendant un mois à l'occasion de son quarantième anniversaire. Les enfants étaient partis en colonie de vacances, deux d'entre eux tout au moins, et sa belle-mère avait gardé Sam. Il n'avait que sept ans à ce moment-là et c'était la première fois qu'elle le quittait.

Elle avait eu l'impression de voir s'ouvrir les portes du Paradis quand elle était arrivée à Paris... plus de tournées de ramassage scolaire... plus d'enfants... plus d'animaux familiers... plus d'association de parents d'élèves... plus de réceptions à organiser pour collecter des fonds à destination de l'école ou des hôpitaux de la région... plus personne... plus rien... excepté eux deux et quatre semaines inoubliables en Europe. Paris... Rome... la traversée en voiture de la Toscane, une brève halte sur la Riviera italienne, puis quelques jours sur un bateau qu'Oliver avait loué passés à flâner entre Cannes et Saint-Tropez... le trajet en voiture jusqu'à Eze et Saint-Paul-de-Vence où ils avaient dîné à *La Colombe d'or,* et finalement les journées qui avaient filé comme le vent à Londres. Elle avait griffonné constamment pendant le voyage et rempli sept carnets de notes. Mais à son retour... rien. Pas une des notes recueillies ne s'était laissé insérer dans une trame de roman, de conte, d'article ou même de poème. Elle restait assise là, contemplant ses carnets de notes, et une page vierge sur sa machine à écrire qu'elle ne parvenait jamais à remplir. Et elle en était toujours au même point un an et demi après. A quarante et un ans, elle avait l'impression que sa vie entière était finie. Et Oliver se moquait toujours d'elle quand elle le disait. « Mon Dieu, Sarrie... tu n'as pas changé du tout depuis que j'ai fait ta connaissance. » Et il le pensait. C'était presque vrai. Mais pas absolument. Elle et ceux qui se voulaient critiques voyaient bien la différence. La brillante chevelure auburn qui flottait dans son dos avec des reflets de cuivre avait tourné au brun-roux. Elle l'avait coupée à hauteur des épaules, et il s'y mêlait plus d'un fil d'argent, ce qui ennuyait les enfants davantage que Sarah. Les yeux bleus lumineux étaient les mêmes, d'un bleu profond étincelant, et la peau veloutée était toujours belle et pratiquement dépourvue de rides, non sans toutefois de petites traces imprimées par le temps ici et là, mais Oliver se contentait de dire qu'elles rendaient son visage plus expressif. Elle était une jolie femme, et elle avait été une jolie jeune fille, grande et mince, avec une silhouette élégante et des mains gracieuses, et un sens de l'humour qui pétillait dans ses yeux. C'est ce qu'Oliver avait aimé chez elle dès le début. Et son rire, son enthousiasme, son courage et sa détermination farouche de rester fidèle à ce en quoi elle croyait. Il y en avait qui la trouvaient difficile à vivre quand elle était jeune, mais pas Ollie. Jamais Ollie. Il aimait sa façon de penser, ce qu'elle disait et la façon dont elle le disait. Leurs relations étaient bâties sur le respect et l'affection réciproques, et ils s'entendaient très bien au lit. Depuis toujours, et encore maintenant. Il disait même quelquefois qu'au bout de vingt ans c'était encore meilleur. Et par certains côtés il avait raison. Ils se connaissaient l'un l'autre à la perfection, comme du bois devenu aussi lisse que du satin à force d'avoir été touché, caressé, effleuré un millier de fois par des mains aimantes chargées de la tendresse d'un vrai compagnonnage.

Il avait mis exactement deux ans à la convaincre de l'épouser après sa période de SoHo et à vingt-trois ans elle était devenue Mrs Oliver Watson. Regimbant jusqu'au bout et bien dans sa manière, elle avait refusé la cérémonie traditionnelle. Ils avaient été mariés dans le jardin des parents d'Oliver, à Pound Ridge, et les parents et la sœur cadette de Sarah étaient venus de Chicago. Sarah, ce jour-là, portait une robe rouge vif, avec une grande capeline ; elle ressemblait plus à un portrait de jeune fille qu'à une mariée, mais ils étaient tous les deux très heureux. Ils étaient partis aux Bermudes pour leur voyage de noces, le temps avait été épouvantable mais ils ne s'en étaient pas aperçus. Ils s'amusaient, jouaient et restaient au lit jusqu'à la fin de l'après-midi, n'émergeant que pour une incursion prématurée pour le dîner dans la respectable salle à manger de l'hôtel, puis ils rejoignaient bien vite leur chambre, pouffant et riant comme deux enfants.

Trois semaines plus tard, Sarah riait beaucoup moins. Ils habitaient un petit logement sur la 2ᵉ Avenue, dans un immeuble peuplé d'hôtesses de l'air et de jeunes cadres, des célibataires qui donnaient l'impression de faire perpétuellement la fête.

En revenant du bureau, il lui trouva la mine de quelqu'un qui vient de perdre son meilleur ami. Mais il n'était pas question d'un ami. Sarah s'était étonnée de l'absence de ses règles après leur retour, elle avait pourtant utilisé scrupuleusement son diaphragme. Elle l'avait pratiquement laissé en place nuit et jour depuis la cérémonie jusqu'à leur retour de voyage de noces mais, allez savoir pourquoi ou comment, quelque chose n'avait pas fonctionné et elle était enceinte. Et elle voulait se faire avorter. Oliver fut horrifié qu'elle y ait même songé. Mais Sarah l'était bien plus encore à l'idée d'avoir des enfants aussi vite.

« Nous n'allons pas déjà fonder une famille !... Je veux

retrouver un emploi... faire quelque chose... » Elle avait
envisagé de prendre un poste de rédacteur dans une revue
littéraire, ses nouvelles ne se vendaient plus aussi bien et elle
s'était inscrite à la Columbia Graduate School dans l'intention
de décrocher un diplôme de maîtrise. Elle avait lâché son mi-
temps à la galerie dès qu'elle avait épousé Ollie, parce que le
trajet jusqu'à SoHo était à la fois long et malcommode.

« Tu pourras toujours dénicher un poste plus tard. » Il avait
discuté avec elle. Il l'avait réconfortée, cajolée, il s'était mis
en quatre pour lui remonter le moral, mais elle était inconso-
lable et tous les soirs, en revenant chez eux, il se sentait
soudain submergé par une vague de terreur... Et si elle l'avait
fait ?... si elle était allée consulter quelqu'un pendant qu'il
était au bureau et avait avorté ? Mais elle ne l'avait pas fait.
Elle était en quelque sorte trop malade, trop épuisée, trop
déprimée pour entreprendre la moindre démarche et elle se
retrouva bientôt alourdie et se déplaçant dans leur logement
comme un canard en se demandant comment elle avait pu se
laisser en arriver là. Par contre, Oliver était enchanté. Il
voulait quatre enfants, il l'avait toujours dit et, en admettant
que cela grève leur budget juste maintenant, il était prêt à le
supporter. Il était en bonne position, il gravissait rapidement
les échelons dans la société où il travaillait et quand bien
même ils auraient crevé de faim il n'aurait pas voulu qu'elle
avorte. Non, il s'y refusait. C'était leur bébé. Le leur. Et
longtemps avant que le bébé naisse, il l'aimait.

Benjamin Watson arriva avec une masse de cheveux roux
éclatant et une expression de surprise dans ses yeux brillants
exactement neuf mois et trois jours après le mariage de ses
parents. Découvrir le monde paraissait susciter sa perplexité :
il pleurait beaucoup et ressemblait presque trait pour trait à sa
mère, au grand plaisir d'Oliver, qui était enchanté d'avoir un
fils et en particulier un fils pareil à Sarah. Benjamin poussa
comme une mauvaise herbe et démontra qu'il possédait plus
qu'un air de ressemblance avec sa mère. Il avait sa détermination, son obstination et son caractère emporté. Il y avait des
jours où elle se disait qu'elle finirait par étrangler cet enfant
avant qu'Oliver arrive pour le calmer. Il n'était pas là depuis
quelques minutes que le bébé roucoulait gaiement, riait,
jouait à faire coucou tandis qu'Oliver arpentait l'appartement
en le portant dans ses bras et que Sarah s'effondrait dans un
fauteuil avec un soupir, un verre de vin à portée de la main, se
demandant si elle pourrait supporter cela longtemps. La

maternité n'était décidément pas son fort et le logement était trop petit, elle en devenait enragée. Quand le temps était mauvais, comme ce fut souvent le cas cette année-là, ils ne pouvaient pas sortir du tout et les hurlements du bébé se répercutaient contre les murs à la rendre folle. Oliver voulait trouver une maison loin de la ville, mais c'était un rêve qu'il n'était pas prêt de réaliser. Ils n'en avaient pas encore les moyens. Sarah proposa de travailler, mais chaque fois qu'ils faisaient leurs calculs cela semblait sans intérêt, ce qu'elle aurait pu gagner aurait servi à payer une nourrice, et ils n'auraient pas eu plus d'argent qu'avant. Cela aurait uniquement permis à Sarah de s'évader de la maison et, bien que la tentation fût grande pour elle, Oliver estimait qu'il était important qu'elle s'occupe du bébé.

« C'est bien d'un homme ! Qu'est-ce que tu attends de moi, Ollie, que je reste assise ici la journée entière et que je parle toute seule pendant qu'il hurle ? »

Il y avait des jours où elle pensait vraiment ne plus pouvoir le supporter. Et la perspective d'avoir les quatre enfants qu'il continuait à désirer lui donnait des idées de suicide.

Ses propres parents ne lui étaient d'aucun secours parce qu'ils habitaient Chicago et, malgré leurs bonnes intentions, ceux d'Oliver ne lui en apportaient guère plus. Sa mère avait eu un seul fils et elle semblait avoir oublié comment on élève un enfant. Se trouver auprès de Benjamin semblait seulement la rendre nerveuse. Mais bien moins que ne l'était Sarah.

Finalement, le bébé se calma et Benjamin lui parut beaucoup moins terrifiant quand il commença à marcher. Ils étaient enfin au bout de leurs peines. Ils louèrent une maison dans Long Island pour l'été... Bientôt elle pourrait confier le bébé au jardin d'enfants... encore un an... elle serait presque libérée de la corvée... et elle pourrait recommencer à écrire. Elle avait renoncé à l'idée de chercher un travail. Elle voulait écrire un roman. L'horizon s'éclaircissait, et voilà qu'elle attrapa la grippe. Une grippe magistrale et, au bout d'un mois, elle fut convaincue qu'elle allait mourir. Elle n'avait jamais été si malade de sa vie. Elle avait un rhume qui n'en finissait plus, une toux de tuberculeuse et elle avait mal au cœur du matin au soir à force de tousser. En définitive, après quatre semaines de lutte pour s'en débarrasser, elle se résolut à consulter un médecin. Elle avait la grippe, mais elle avait aussi autre chose. Elle était à nouveau enceinte. Cette fois, pas de colère, pas de crise de rage, pas d'injures ni de fureur, rien que du désespoir et ce qui parut à Oliver des heures et des heures de larmes. Elle ne pouvait pas faire face, elle ne pouvait pas recommencer. Elle était incapable de se charger d'un autre enfant. Benjamin portait encore des couches et maintenant ils seraient deux. C'est la seule fois où Sarah vit Oliver déprimé lui aussi. Il ne savait comment s'y prendre pour l'amener à changer d'avis. Et exactement comme lors de la venue du premier, il était fou de joie à l'idée de ce bébé, mais le dire à Sarah provoquait un redoublement de pleurs.

« Je ne peux pas... j'en suis incapable, Ollie... je t'en prie... ne me force pas... »

Ils discutèrent de nouveau avortement et, un jour, elle faillit l'amener à céder de crainte qu'elle ne devienne folle s'il n'acceptait pas. Néanmoins, il réussit à la dissuader et quand elle en fut à la moitié de sa grossesse, il obtint une augmentation dont il dépensa jusqu'au dernier centime pour engager une femme qui venait trois après-midi par semaine s'occuper avec elle de Benjamin. C'était une Irlandaise d'une famille de treize enfants, et c'était exactement ce dont Sarah avait besoin. Subitement, elle avait la faculté de sortir pour aller dans des bibliothèques, chez des amis, dans des galeries de peinture et des musées, et son humeur s'améliora incommensurablement. Elle se mit même à jouir de la compagnie de Benjamin et, une fois ou deux, elle l'emmena au musée avec elle. Et Oliver comprit qu'elle commençait à attendre avec impatience leur deuxième enfant, même si elle se refusait à l'admettre devant lui.

Melissa naquit lorsque Benjamin eut deux ans et Oliver songea dès lors sérieusement à déménager à la campagne. Ils visitèrent des maisons dans le Connecticut presque tous les week-ends et finirent par conclure qu'elles dépassaient leurs moyens. Ils explorèrent Long Island, Westchester, ils avaient l'impression de consacrer chaque fin de semaine à passer des maisons en revue. Pound Ridge, Rye, Bronxville, Katonah et voilà qu'au bout d'un an ils découvrirent exactement ce qu'ils souhaitaient à Purchase. C'était une vieille ferme inhabitée depuis vingt ans, qui nécessitait d'importants travaux. Elle faisait partie d'une succession et ils l'obtinrent pour une bouchée de pain. Une bouchée de pain qui leur coûta tout de même très cher, mais en rognant sur ceci, en économisant sur cela et en faisant le gros des travaux eux-mêmes, ils la transformèrent en une demeure remarquablement jolie en un an. Ils en étaient fiers l'un et l'autre. « Mais cela ne veut pas dire que je vais avoir d'autres enfants, Oliver Watson ! » En ce qui la concernait, vivre dans la banlieue était déjà un sacrifice. Quand ils sortaient ensemble au temps où ils étaient étudiants, elle avait juré qu'elle ne le ferait jamais. Pourtant elle dut admettre que c'était plus raisonnable. Le logement de la 2ᵉ Avenue était devenu invivable, et tout ce qu'ils avaient visité d'autre en ville semblait minuscule et atteignait des prix délirants. Ici, chacun des enfants avait sa chambre.

Il y avait une salle de séjour immense et confortable avec une cheminée, une bibliothèque qu'ils remplirent amoureusement de livres, une cuisine commode avec deux murs de brique, de grosses poutres apparentes et une cuisinière de l'ancien temps que Sarah voulut absolument faire réparer et conserver. De grandes baies donnaient sur ce que Sarah transforma magiquement en jardin, et elle pouvait surveiller les enfants qui jouaient au-dehors pendant qu'elle faisait la cuisine. A cause de leur départ pour la campagne, elle avait perdu son Irlandaise, et c'était aussi bien, parce qu'ils n'avaient pas pour le moment les moyens de la payer.

Benjamin avait d'ailleurs trois ans à l'époque et il était à l'école tous les matins ; deux ans plus tard Melissa fut scolarisée aussi et Sarah se dit qu'elle allait recommencer à écrire. Mais les choses s'arrangeaient on ne savait trop comment de telle sorte qu'elle n'en avait plus le temps. Elle assurait des tâches bénévoles à l'hôpital du pays, elle travaillait un jour par semaine à l'école, faisait des courses, se chargeait des transports scolaires, de l'entretien de la maison, repassait les chemises d'Ollie et s'occupait du jardin. C'était une satanée reconversion pour l'ex-rédactrice adjointe de *Rouge*. Le curieux de l'histoire, toutefois, c'est que cela lui était égal.

Dès qu'ils avaient quitté New York, c'était comme si une part d'elle-même était restée là-bas, la part qui avait toujours bataillé contre le mariage et la maternité. Soudain, elle se trouvait incorporée dans le paisible petit univers qui l'entourait. Elle rencontrait d'autres femmes avec des enfants du même âge, il y avait des couples avec qui ils jouaient au tennis et au bridge pendant le week-end, son travail bénévole donnait l'impression d'être de plus en plus accaparant, et ses révoltes et bagarres étaient pratiquement tombées dans l'oubli. Et son envie d'écrire avait pris le même chemin. Elle ne lui manquait même plus. Tout ce que désirait Sarah était ce qu'elle avait, une petite existence affairée et heureuse en compagnie de son époux et de ses enfants.

Les hurlements de Benjamin en son bas âge s'estompèrent dans les mémoires et il devint un charmant enfant rieur qui non seulement lui ressemblait mais encore partageait tous ses intérêts, ses passions et son sens des valeurs. Il était comme une petite éponge qui absorbait tout ce qu'elle était et, par bien des côtés, il offrait comme un reflet de Sarah. Oliver en riait. Quant à Sarah, bien que le reconnaissant rarement devant quiconque, elle en était en quelque sorte flattée et amusée. Il était vraiment pareil à elle. Melissa aussi était une enfant charmante, elle était plus agréable que ne l'avait été Benjamin et elle tenait jusqu'à un certain point plutôt de son père. Elle avait le sourire facile et envisageait la vie avec confiance. Et elle n'avait pas l'air d'attendre beaucoup d'eux. Elle était contente de suivre Sarah partout avec un livre, une poupée ou un puzzle. Parfois, Sarah oubliait même qu'elle était dans la pièce voisine. Ce n'était pas une petite fille exigeante. Elle avait les cheveux blonds et les yeux verts d'Oliver, pourtant elle ne lui ressemblait pas vraiment. C'est à la mère d'Oliver qu'elle ressemblait davantage, en réalité, ce qui ne manquait jamais d'agacer Sarah quand ses beaux-parents en faisaient la remarque.

Sarah et la mère d'Oliver n'étaient jamais devenues vraiment amies. Mrs Watson, tout au début, avait parlé sans mâcher ses mots et déclaré à son fils unique ce qu'elle pensait de Sarah avant qu'ils se marient. Elle la jugeait une jeune fille volontaire, difficile à vivre, prête à tout pour obtenir ce qu'elle souhaitait, et la mère d'Oliver continuait à redouter le jour où son fils souffrirait énormément à cause d'elle. Mais jusqu'à présent Sarah avait été pour lui une bonne épouse, elle le reconnaissait à contrecœur quand son mari prenait la défense de la jeune femme, ce qui m'empêchait pas que Sarah avait toujours le sentiment qu'elle la surveillait comme si elle attendait l'étourderie, le faux pas, la terrible défaillance qui lui donnerait raison. La seule joie qu'elles partageaient était les deux enfants, qui enchantaient Mrs Watson et que Sarah aimait maintenant comme si elle les avait désirés dès le début, ce qui n'était pas le cas et ce que Phyllis Watson ne pouvait pas oublier. Oliver ne lui en avait pas soufflé mot, mais elle avait deviné ce qui se passait sans qu'on le lui dise. C'était une femme intelligente et perspicace, elle savait très bien que sa grossesse n'avait pas réjoui Sarah et qu'elle avait mal supporté les débuts dans la vie de Benjamin. Néanmoins, tout cela était oublié maintenant que les enfants grandissaient, Sarah et Oliver se portaient comme des charmes, l'un et l'autre affairés et heureux, ils se débrouillaient bien. Et Sarah semblait avoir renoncé finalement à ses ambitions littéraires, qui avaient toujours paru quelque peu démesurées à Mrs Watson.

— Elle est gentille, Phyllis. Ne sois donc pas si sévère pour elle. Elle était jeune quand ils se sont mariés. Et elle rend Oliver très heureux.

Son mari avait toujours été beaucoup plus philosophe qu'elle.

— Je sais... mais j'ai toujours l'impression qu'elle veut quelque chose de plus, quelque chose qui est juste hors d'atteinte, quelque chose qui coûtera très cher à Oliver.

C'était une observation pénétrante, bien plus qu'elle ne le croyait, mais George Watson secoua la tête avec un sourire indulgent.

— Ollie sait la prendre.

— Je ne suis pas sûre qu'il le veuille. Je pense qu'il la laissera avoir tout ce qu'elle désire, quoi qu'il lui en coûte. C'est son genre.

Elle avait souri à l'époux qu'elle aimait depuis près de quarante ans, des années trop précieuses même pour les compter à présent. Ils étaient depuis longtemps unis comme un seul corps, une seule âme. Elle était même incapable de se rappeler un temps où il n'était pas avec elle.

— Il est exactement comme son père. Trop bon. Cela risque parfois d'être dangereux s'il n'est pas entre les mains de la femme qu'il lui faut.

Elle s'inquiétait toujours pour son fils et, même après toutes ces années, persistait à n'avoir guère confiance en Sarah.

Mais le compliment n'était pas passé inaperçu de son mari ; il lui sourit avec l'expression qui la faisait encore vibrer.

— Rends-lui cette justice, Phyllis. Elle n'a causé aucune peine à notre fils et elle lui a donné, elle nous a donné aussi, deux beaux enfants.

Ce qui était vrai et, bien que ni l'un ni l'autre ne fût le portrait de leur père, ils avaient tous les deux quelque chose de sa beauté classique. Oliver était grand, athlétique, élégant, avec une épaisse et lisse chevelure blonde qui avait éveillé l'envie de toutes les mères quand il était petit et de toutes les jeunes filles quand il était à l'université. Et si Sarah lui en parlait rarement parce qu'elle craignait de le rendre vaniteux au-delà du supportable, plus d'une fois elle avait entendu dire qu'Oliver Watson était le plus bel homme de Purchase. Pendant six mois de l'année, il avait le teint magnifiquement hâlé, ses yeux verts pétillaient de malice et de gaieté. Pourtant, il n'avait pas conscience de sa belle mine, ce qui le rendait d'autant plus séduisant.

— Crois-tu qu'ils auront d'autres enfants, George ? demandait souvent Phyllis.

Mais jamais elle n'aurait osé poser la question à son fils, et à Sarah moins encore.

— Je ne sais pas, chérie. Je trouve qu'ils ont une belle vie telle qu'elle est. Et par les temps qui courent on ne sait jamais ce qui peut arriver. Il n'y a pas de sécurité dans le métier d'Oliver. La publicité n'a rien à voir avec la banque à l'époque de ma jeunesse. On ne peut plus compter sur rien. Il est probablement plus sage de leur part de s'abstenir.

George Watson raisonnait ainsi depuis un an. Il avait vécu assez longtemps pour voir bon nombre de ses investissements, naguère si solides, commencer à devenir moins rentables et s'effriter. Le coût de la vie était à un niveau ahurissant, et lui et Phyllis étaient obligés de compter. Ils possédaient une jolie petite maison à Westchester qu'ils avaient achetée quinze ans auparavant, vers l'époque où Oliver fréquentait l'université. Ils savaient qu'il ne reviendrait plus jamais auprès d'eux pour de longs séjours et cela paraissait ridicule de conserver leur immense vieille demeure de New London. Toutefois, à présent, George s'inquiétait perpétuellement de leurs ressources. Ils n'étaient nullement dans l'indigence mais, s'ils vivaient encore vingt-cinq ans l'un et l'autre, ce qui à cinquante-neuf et soixante-deux ans n'avait rien d'impossible et il l'espérait bien, leurs économies risquaient fort de ne plus suffire. Il venait de prendre sa retraite de la banque et il percevait une pension honorable. Il avait également fait au fil des années de nombreux investissements avisés, mais néanmoins... on n'est jamais trop prudent. C'est ce qu'il disait à Oliver chaque fois qu'il le voyait. Il avait assisté à pas mal de choses au cours de son existence : une grande guerre et plusieurs petites. Il s'était battu à Guadalcanal et avait eu la chance de s'en tirer. Il avait douze ans à l'époque du krack de 1929, il savait à quel point la crise avait été dure, et il avait été le témoin des mouvements de dépression et d'expansion auxquels l'économie avait été soumise toutes ces années. Il voulait que son fils soit prudent.

— Je ne vois pas pourquoi ils voudraient d'autres enfants.

Et Sarah était tout à fait d'accord avec lui. C'était un des rares sujets sur lesquels elle et George Watson s'accordaient pleinement. Chaque fois qu'il en était question avec Oliver, de temps à autre quand ils étaient couchés tard dans la nuit, ou lors d'une promenade tranquille dans les bois dans un endroit écarté de Purchase, elle ne cessait de lui répéter que même y penser était ridicule.

— Pourquoi voudrions-nous d'autres enfants maintenant, Ollie ? Melissa et Benjamin grandissent. Ils sont gentils, ils mènent leur propre vie. D'ici quelques années, nous aurons la possibilité de faire tout ce que nous voulons. Pourquoi nous remettre sur les bras tous ces soucis ?

Cette seule idée lui donnait le frisson.

— Ce ne serait pas pareil, cette fois-ci. Nous avons les moyens d'engager quelqu'un pour nous aider. Je ne sais pas... je trouve que ce serait bien. Un jour, nous regretterons peut-être de ne pas avoir davantage d'enfants.

Il la regardait tendrement avec ces yeux qui faisaient presque s'évanouir les dames de l'association des parents d'élèves, mais Sarah feignait de ne pas le remarquer.

— Cela ne plairait peut-être même pas aux petits maintenant. Benjamin a sept ans et Melissa cinq. Un bébé leur apparaîtrait comme un intrus. Penses-y. Nous devons les prendre en compte, eux aussi.

Elle parlait d'une façon tellement catégorique, tellement affirmative. Il sourit et la tint par la main en revenant vers l'endroit où ils avaient garé la voiture. Il venait d'acheter sa première Mercedes. Et elle ne le savait pas encore, mais il allait lui offrir un manteau de fourrure pour Noël. Il venait de le choisir chez Bergdorf Goodman, où l'on était en train de broder ses initiales.

— Tu as l'air bien sûre de toi.

Comme toujours, Oliver paraissait déçu.

— Oui.

Elle était sûre d'elle, effectivement. Il n'avait aucune chance de la convaincre. Elle avait trente et un ans, et elle trouvait son existence parfaite telle qu'elle était. Elle s'occupait de comités toute la journée. Elle passait la moitié de sa vie à faire du ramassage scolaire et le reste à aller aux louveteaux et au cours de danse classique de Melissa. Trop, c'est trop. Il l'avait domestiquée jusqu'au point où elle acceptait de l'être. Ils avaient deux enfants, une maison à la campagne et ils avaient même acheté un setter irlandais l'année précédente. Elle ne pouvait pas davantage, même pour Ollie.

— Qu'est-ce que tu dirais si nous emmenions les petits skier après Noël ? questionna-t-il quand ils montèrent en voiture.

Il aimait rester chez eux pour le jour même de la fête, parce qu'il estimait plus amusant d'être à la maison et pensait que c'était plus agréable pour ses parents. Ceux de Sarah recevaient sa sœur avec ses enfants qui venaient de Grosse Pointe à Chicago tous les Noëls, mais les parents d'Oliver n'avaient que lui. Et d'ailleurs Sarah ne brûlait pas d'envie d'aller dans sa famille pour les vacances. Ils s'y étaient rendus une fois, et elle s'en était plainte pendant trois ans. Sa sœur l'agaçait et Sarah ne s'était jamais bien entendue non plus avec sa mère, si bien que cet arrangement était parfait.

— Ce serait amusant. Où ? Dans le Vermont ?

— Pourquoi pas quelque chose de plus chic, cette année ? Aspen, par exemple ?

— Tu ne plaisantes pas ? Tu as dû toucher une sacrée prime la semaine dernière.

Il avait décroché pour l'agence le plus gros client qu'elle avait jamais eu. Il ne lui avait pas encore dit le montant de la prime, et tous deux avaient été tellement occupés au cours de cette semaine qu'elle n'avait pas insisté pour le savoir.

— Assez importante pour jeter un peu d'argent par les fenêtres si cela te tente. Ou nous pouvons ne pas bouger, puis partir rien que nous deux quand les enfants auront repris la classe, si tu préfères. Ma mère viendrait s'occuper d'eux — Elle l'avait déjà fait et, maintenant qu'ils étaient un peu plus âgés, cela se passait encore mieux. — Qu'en penses-tu ?

— Je pense que c'est sensationnel !

Elle l'étreignit et ils se firent un long câlin dans la nouvelle voiture, qui sentait l'eau de Cologne pour homme et le cuir neuf.

Puis, en définitive, ils optèrent pour les deux solutions. Ils se rendirent à Aspen avec les enfants entre Noël et le Jour de l'An et, un mois plus tard, il emmena Sarah vivre une semaine de rêve à la Jamaïque, dans une villa sur la Round Hill qui dominait la baie de Montego. Ils plaisantèrent de leur lune de miel aux Bermudes, où ils n'avaient pas quitté leur chambre, sauf le temps d'aller dîner à la salle à manger. Ces vacances-ci ne furent pas différentes. Ils jouèrent au tennis, nagèrent et s'allongèrent sur la plage tous les matins mais, à la fin de l'après-midi, ils faisaient passionnément l'amour dans l'intimité de leur villa. Et quatre soirs sur six, ils s'arrangèrent pour que le repas leur soit servi à domicile. Ce fut leur voyage le plus merveilleux et tous deux eurent l'impression de renaître. Sarah était toujours étonnée en constatant avec quelle ardeur elle l'aimait encore. Elle le connaissait depuis douze ans, était mariée avec lui depuis huit ans, et pourtant leur amour lui semblait encore tout nouveau et à l'évidence Oliver ressentait la même chose pour Sarah. Il la possédait avec l'énergie d'un jeune homme de dix-huit ans, et mieux encore il adorait lui parler pendant des heures. Leur entente physique avait toujours été formidable mais avec les années étaient venues de nouvelles perspectives, de nouvelles idées, de nouvelles lignes d'horizon et leurs idées n'étaient plus aussi différentes ou aussi nettement polarisées qu'elles l'avaient été jadis. Au fil des ans, ils s'étaient lentement rapprochés et il la taquinait d'être devenue plus conservatrice, alors qu'il était devenu peu à peu légèrement plus libéral, mais il avait l'impression qu'ils s'étaient progressivement transformés en une seule personne, avec un même esprit, un même cœur et des aspirations communes.

Ils revinrent de la Jamaïque dans une sorte de brume, détendus, alanguis par rapport à leur rythme de vie habituel et le lendemain de leur retour, le matin, Oliver s'assit à la table du petit déjeuner en avouant qu'il n'avait aucune envie de quitter Sarah pour retourner au bureau. Ils échangèrent un regard complice par-dessus la tête des enfants en mangeant. Elle avait brûlé les toasts, laissé des grumeaux gros comme des œufs dans la bouillie et le bacon était presque cru quand elle le servit.

— Merveilleux, ce petit déjeuner, m'man ! dit Benjamin d'un ton taquin. Tu as dû drôlement t'amuser en vacances, tu as oublié comment faire la cuisine !

Il pouffa de sa propre plaisanterie et Melissa eut un petit rire. Elle était plus timide que Benjamin, encore, et à cinq ans elle le révérait comme son seul et unique héros, après son père.

Les enfants partirent pour l'école, Oliver pour attraper son train, et Sarah se découvrit dans l'impossibilité de se mettre au travail. Elle fut désorganisée toute la journée, elle avait l'impression de ne venir à bout de rien. A l'heure du dîner, elle n'avait toujours pas quitté la maison et s'était affairée de-ci de-là, constamment, sans avoir accompli quoi que ce soit. Elle supposa que c'était le prix payé pour s'être trop bien divertie en vacances.

Mais cet état persista pendant des semaines. Elle parvenait à peine à se traîner de jour en jour et le seul ramassage scolaire, conduire les enfants d'un endroit à l'autre, semblait saper toute son énergie. A dix heures du soir, elle était au lit, ronflant légèrement.

— Ce doit être la vieillesse, gémit-elle à l'adresse d'Oliver, un samedi matin où elle tentait de trier un paquet de factures, incapable de faire même cela sans se sentir épuisée et la tête perdue.

— Peut-être es-tu anémique.

Cela lui était arrivé une ou deux fois, et cela paraissait une explication simple de ce qui devenait un problème gênant. En un mois, elle n'avait rien fait, alors qu'elle devait organiser deux galas de bienfaisance au printemps, et cela lui semblait un surcroît de fatigue inutile.

Le lundi matin, elle se rendit chez le médecin pour une analyse de sang et un bilan de santé et, sans raison valable, quand elle alla chercher les enfants cet après-midi-là elle se sentait déjà mieux.

— Je crois que c'est tout dans ma tête, annonça-t-elle à Oliver quand il téléphona pour dire qu'il était obligé de rester travailler tard et ne serait pas à la maison pour le dîner. J'ai fait faire un bilan de santé aujourd'hui et je me porte déjà mieux.

— Qu'est-ce qu'il a dit ?

— Pas grand-chose.

Elle ne lui raconta pas que le médecin avait demandé si elle était déprimée ou malheureuse, ou si elle et Ollie avaient des ennuis. Apparemment, un des premiers signes de dépression est un épuisement chronique. Quoi qu'il en fût, ce n'était pas grave, elle en était certaine. Même le médecin estimait qu'elle paraissait en bonne santé, elle avait d'ailleurs pris cinq livres en trois semaines depuis leur séjour à la Jamaïque. Ce qui n'était pas étonnant, elle passait son temps assise ou couchée à dormir. Elle avait même laissé de côté la lecture, elle qui lisait toujours assidûment, et elle n'avait pas encore repris ses parties de tennis hebdomadaires. Elle s'était promis de le faire et elle franchissait la porte, fatiguée mais la raquette à la main, quand le médecin lui téléphona.

— Tout va bien, Sarah. — Il téléphonait en personne, ce qui l'inquiéta d'abord puis elle conclut que c'était simplement par gentillesse, depuis le temps qu'elle le connaissait. — Vous êtes en bonne santé, pas d'anémie, pas de gros problèmes.

Elle devina qu'il souriait et elle était si lasse qu'elle en fut irritée.

— Alors pourquoi suis-je dans un tel état de fatigue tout le temps? Je peux à peine mettre un pied devant l'autre.

— Votre mémoire vous lâche, ma chère.

— Magnifique. Vous me dites que je deviens sénile? Superbe. C'est exactement ce que j'avais envie d'apprendre à neuf heures et quart du matin.

— Que diriez-vous d'entendre de bonnes nouvelles?

— Comme quoi?

— Un autre bébé, par exemple.

On aurait cru qu'il annonçait un cadeau d'un million de dollars et en l'écoutant elle eut l'impression qu'elle allait s'évanouir dans sa cuisine, la raquette à la main.

— Vous voulez rire? Dans cette maison, ce n'est pas une plaisanterie. Mes enfants sont pratiquement élevés... je... je ne peux pas... flûte!

Elle se laissa choir lourdement dans un fauteuil qui se trouvait là juste à point, refoulant ses larmes. Il ne pouvait pas parler sérieusement. Mais elle savait que si. Et soudain elle comprit ce qu'elle n'avait pas eu envie d'affronter. Son refus l'avait empêchée de connaître la vérité. Si elle n'avait pas eu ses règles, ce n'était pas parce qu'elle était anémiée, ou surmenée. Elle était enceinte. Elle n'en avait même pas parlé à Ollie. Elle s'était dit que ce n'était rien. Un drôle de rien. Cette fois, il n'y avait aucun doute sur ce qu'elle ferait. On était en 1979. Ses enfants étaient d'un âge raisonnable. Elle avait trente et un ans. Et l'avortement était légal. Cette fois, Oliver ne la dissuaderait pas. Elle n'aurait pas d'enfant.

— De combien suis-je enceinte?

Mais elle le savait... ce devait être... c'était arrivé à la Jamaïque... exactement comme c'était arrivé aux Bermudes quand elle avait conçu Benjamin au cours de leur lune de miel... Satanées vacances.

— A quand remontent vos dernières règles?

Elle calcula rapidement et le lui dit. En termes médicaux, elle était enceinte de six semaines. Selon la formulation courante, cela ne faisait qu'un mois, elle avait donc largement le temps d'interrompre cette grossesse. Pendant un instant, elle se demanda même si elle n'allait pas s'y décider sans rien dire à Ollie. En tout cas, elle n'en parlerait pas à leur médecin. Elle téléphonerait à son gynécologue pour prendre rendez-vous.

— Félicitations, Sarah. Vous avez de la chance. J'espère qu'Oliver sera content.

— J'en suis sûre.

Sa voix passait comme du plomb dans sa gorge tandis qu'elle le remerciait ; elle raccrocha et d'un doigt tremblant forma le numéro du gynécologue et fixa un rendez-vous pour le lendemain matin. Puis, prise de panique, elle se rappela ses partenaires qui l'attendaient sur le court de tennis au Westchester Country Club. Elle aurait aimé ne pas y aller, mais ce n'aurait pas été chic envers eux, alors elle sortit précipitamment, tourna la clef de contact de son break. Et ce faisant elle s'aperçut dans le rétroviseur. Ceci ne pouvait pas lui arriver... c'était impossible... ce n'était pas juste... quand elle avait atteint l'âge adulte... quand elle se préparait à être écrivain... quand... si... ou peut-être pas. Peut-être que ménagère était tout ce qu'elle serait jamais. L'ultime condamnation quand elle était à l'université. Ce qu'elle n'avait jamais voulu être et qu'elle était à présent. C'est tout ce qu'elle était, n'est-ce pas ? Une ménagère. Une femme au foyer. Elle le dit tout haut dans la voiture comme s'il s'agissait d'une injure... un enfant... seigneur... et que lui importait si c'était différent cette fois-ci, s'ils avaient les moyens d'engager une domestique, si la maison était assez vaste pour les loger tous. Le bébé hurlerait quand même toute la nuit, aurait quand même besoin d'être baigné, habillé, nourri, éduqué, transporté et conduit un jour chez l'orthodontiste. Elle n'aurait plus jamais maintenant une chance de réaliser ce qu'elle souhaitait. Jamais. Elle avait l'impression que l'enfant pas encore né, simplement le savoir là, menaçait son existence même. Et elle ne le laisserait pas faire.

Elle passa violemment la marche arrière et jaillit en flèche de son allée. Dix minutes plus tard, elle était au tennis, pâle, nauséeuse à présent qu'elle était renseignée.

Elle réussit à entretenir tant bien que mal la conversation et, ce soir-là, elle fut contente qu'Ollie soit obligé de rester tard au bureau, afin de travailler à une présentation pour un nouveau client. Un très gros. Mais quelle importance que ses clients soient gros maintenant? Dans l'esprit de Sarah, elle voyait sa vie terminée.

Elle dormait quand il rentra le soir et parvint à doubler le cap du petit déjeuner le lendemain matin. Il lui demanda ce qui la tracassait et elle lui dit qu'elle avait un mal de tête fou.

— As-tu eu le résultat de ces tests? Je parie que tu es anémiée finalement.

Il eut soudain l'air inquiet et, au lieu d'en éprouver pour lui de l'affection, elle le détesta à l'idée de ce qu'il avait implanté en elle.

— Pas encore. On n'a pas téléphoné.

Elle se détourna pour mettre les assiettes dans le lave-vaisselle, afin qu'il ne lise pas le mensonge dans ses yeux, et quelques minutes plus tard il était parti, les enfants aussi. Une heure après, elle se trouvait chez le gynécologue, prenant date pour son avortement, mais le médecin lui joua un mauvais tour en lui demandant ce qu'en pensait Ollie.

— Je... il... heu...

Elle était incapable de lui mentir. Il la connaissait trop bien et, de plus, elle avait de la sympathie pour lui. Elle le regarda droit dans les yeux avec une étrange lueur dans le regard, le mettant silencieusement au défi de la braver.

— ... Je ne lui en ai pas parlé.

— De l'avortement ou du bébé?

Il eut l'air surpris. Il avait toujours cru leur ménage très heureux, et fondé sur la confiance mutuelle.

— Ni de l'un ni de l'autre. Et je n'ai pas l'intention de le faire.

Le visage du praticien se ferma en l'écoutant et il eut un lent mouvement de tête désapprobateur.

— Je crois que vous commettez une erreur, Sarah. Il a le droit de savoir. C'est son enfant aussi.

Puis une pensée désagréable lui vint. Peut-être y avait-il des choses qu'il ignorait les concernant. Tout était possible.

— ... n'est-ce pas?

La réponse de Sarah fut un sourire.

— Bien sûr que oui. C'est simplement que je ne veux pas l'avoir.

Elle lui exposa toutes ses raisons et il n'émit pas de commentaires mais, quand elle eut fini, il répéta qu'il estimait qu'elle devait en discuter avec son mari. Il la pressa d'y réfléchir. Il lui fixerait un rendez-vous après, mais pas avant.

— Vous êtes encore une très jeune femme. Vous n'êtes nullement trop âgée pour avoir cet enfant.

— Je veux ma liberté. Dans onze ans, mon fils sera à l'université, ma fille deux ans plus tard. Si j'ai ce bébé, je serai esclave pendant vingt autres années encore. Je ne suis pas disposée à m'y engager.

Cela donnait une impression d'incroyable égoïsme, même aux oreilles de Sarah, mais elle n'y pouvait rien. C'était ce qu'elle ressentait. Et nul ne changerait cela.

— Est-ce aussi le sentiment d'Ollie ?

Elle resta un long moment sans répondre. Elle ne voulait pas lui dire qu'Ollie avait toujours souhaité davantage d'enfants.

— Je n'en ai pas discuté avec lui.

— Eh bien, je pense que vous devriez. Téléphonez-moi dans quelques jours, Sarah. Vous avez le temps de prendre la décision et de faire encore les choses sans risque.

— Le temps ne modifiera rien.

Elle était révoltée, furieuse et déçue en sortant de son cabinet. C'était lui qui était censé résoudre le problème pour elle et voilà qu'il se défilait.

Une fois rentrée à la maison, elle pleura et lorsque Oliver revint à onze heures du soir, elle était couchée, simulant un autre mal de tête. Les enfants dormaient depuis longtemps et elle avait laissé la télé en marche dans la chambre, ronronnante, pendant qu'elle attendait son retour mais elle était toujours sûre qu'elle ne le mettrait pas au courant.

— Comment ça s'est passé, aujourd'hui ? Tu as l'air fatigué.

Elle leva vers lui un regard triste quand il entra dans la chambre.

— Très bien, répliqua-t-il en s'asseyant au bord du lit.

Il lui sourit en dénouant sa cravate. Ses cheveux blonds paraissaient ébouriffés par le vent et il était épuisé mais il était toujours d'une beauté incroyable. Comment pouvait-il être comme ça ? La vie était si simple pour lui. Tout ce qu'il avait à faire, c'était se rendre dans un bureau chaque jour et affronter des gens réels dans un monde réel. A lui tout le plaisir, alors qu'elle passait la totalité de son temps avec des femmes et des enfants. Il y avait dans la vie des choses qui n'étaient pas justes et, à ses yeux, c'en était une. Parfois, elle aurait aimé être un homme, elle regrettait de ne pas avoir mené sa vie différemment, elle regrettait de ne pas avoir repris une activité professionnelle des années auparavant au lieu de faire ce qu'elle avait fait. Mais c'était tellement agréable. Elle avait choisi la solution de facilité. Elle avait eu deux enfants, elle était partie pour la banlieue et elle avait renoncé à ses rêves. Et maintenant elle allait avoir un autre bébé... mais non, se dit-elle rapidement... elle aurait une interruption de grossesse.

— Qu'est-ce qui ne va pas, Sarrie?

Il se pencha pour l'embrasser avec un air inquiet. Il la connaissait trop bien et il voyait l'angoisse dans ses yeux, l'angoisse née d'un sentiment non pas de culpabilité pour ce qu'elle voulait faire, mais de colère devant ce qui était arrivé.

— Rien. Je suis fatiguée aussi.

— Les petits ont été durs, aujourd'hui?

— Non... ils étaient bien.

Il insista.

— Alors qu'est-ce qui cloche?

Elle mentit.

— Rien.

— Quelle blague! — Il enleva sa veste, ouvrit sa chemise et se rapprocha d'elle. — N'essaie pas de me raconter des histoires. Tu te fais du mauvais sang à cause de quelque chose.

Une vague de terreur déferla subitement sur lui. C'était arrivé six mois auparavant à un type du bureau qu'il connaissait. On avait découvert que sa femme avait un cancer et quatre mois plus tard elle était morte, le laissant anéanti et seul avec trois enfants sur les bras. Oliver savait qu'il ne survivrait pas s'il perdait Sarah. Il l'aimait depuis trop longtemps. Elle était tout pour lui.

— Tu as le résultat des tests? Y a-t-il quelque chose que je devrais savoir?

Pendant un instant, elle réfléchit à ce qu'avait dit le médecin... « Vous devriez lui en parler, Sarah... il a le droit de savoir... c'est son enfant aussi... » Mais je ne veux pas! hurla une voix intérieure.

— Les tests étaient excellents. — Puis, entraînée par la franchise qui avait toujours été de règle entre eux, elle se laissa aller à dire ce qu'elle savait qu'elle regretterait ensuite. — Jusqu'à un certain point.

La souffrance de l'inquiétude le transperça comme un coup de poignard tandis qu'il prenait doucement sa main dans la sienne.

— Cela signifie quoi? — Il pouvait à peine parler et il ne la quittait pas des yeux. — Qu'est-ce qu'on t'a dit?

Elle devina instantanément à quoi il pensait et comprit qu'elle ne pouvait pas l'inquiéter davantage. Elle ne voulait plus d'enfant de lui, mais elle l'aimait.

— Rien à voir avec ça. N'aie pas l'air si affolé.

Elle se pencha pour l'embrasser et comme il la tenait elle sentit qu'il tremblait.

— Alors qu'est-ce que c'est ?

Elle parla dans un murmure, du fond d'un abîme de désespoir, puis leva de nouveau les yeux vers lui, toujours désireuse de ne pas le lui annoncer.

— Je suis enceinte.

Aucun d'eux ne bougea pendant une ou deux secondes, le temps qu'il assimile ce qu'elle avait dit, puis son corps entier sembla s'affaisser, comme la tension qui s'était emparée de lui quand elle avait commencé à parler se dissipait.

— Oh, mon Dieu... pourquoi ne le disais-tu pas ?

Il se redressa avec un grand sourire qui s'effaça quand il vit son expression. Elle aurait préféré avoir un cancer, voilà l'air qu'elle avait.

— Je ne l'ai su qu'hier. Stupide, bien sûr. Cela a dû arriver à la Jamaïque.

Il ne put réprimer un sourire et elle l'aurait volontiers battu.

— Nom d'une pipe. Je n'y avais même pas pensé. Ma foi, cela fait un bout de temps, ma mémoire se rouille.

La voix d'Oliver et son regard étaient doux, mais elle retira sa main de la sienne et se recoucha sur les oreillers, comme pour s'éloigner de lui autant qu'elle le pouvait. C'était entièrement la faute d'Ollie.

— Je vais avorter.

— Oh ? Quand as-tu décidé ça ?

— Une demi-minute après avoir appris la nouvelle. Ollie, je ne peux pas mener cette grossesse à bout.

— Y a-t-il quelque chose qui ne va pas ?

Elle secoua la tête avec lenteur, comprenant soudain quelle bataille acharnée allait se livrer entre eux, mais elle ne voulait pas perdre cette fois-ci. Elle n'aurait pas ce bébé.

— Je suis trop âgée. Et ce n'est même pas juste pour les enfants.

— Quelle bêtise, et tu le sais. Ils seraient probablement enchantés si nous le leur annoncions.

— Eh bien, nous n'allons pas le leur annoncer. Ce sera terminé dans quelques jours.

— Ah, oui ? — Il se leva et se mit à arpenter la chambre. —

Aussi simple que ça, hein ? Qu'est-ce qui se passe chez toi ?
Chaque fois que tu tombes enceinte, nous voilà obligés de
discuter cette fichue folie d'avortement.

— Ce n'est pas de la folie. C'est mon bon sens. Je ne veux
pas d'autre bébé. Tu vas au bureau tous les jours, tu mènes ta
propre vie. Je suis bloquée ici à jouer la mère de famille dans
les ramassages scolaires et les associations de parents d'élèves,
et je ne vais pas remettre ça encore pour vingt ans. J'en ai fait
dix et, d'après mes calculs, j'en suis à la moitié, à cela tu ne
changeras rien.

— Et alors ? Qu'est-ce qui vaut tellement la peine de tuer
ce bébé ? Tu vas devenir neurochirurgien peut-être ? Pour
l'amour du Ciel, tu fais des choses importantes ici, tu élèves
nos enfants. Est-ce un trop gros sacrifice sur l'autel de Dieu et
de la Patrie ? Tu penses que tu devrais être à SoHo, à écrire
des poèmes et le Grand Roman Américain ? Pour ma part,
j'estime que ceci est un peu plus méritoire et je pensais que
depuis le temps tu l'avais compris aussi. Nom de nom, Sarah,
deviens adulte !

— Je suis devenue adulte, que le diable t'emporte ! J'ai
grandi, mûri, vieilli et je ne vais pas éternellement sacrifier ma
vie pour les autres. Donne-moi une chance *à moi*, nom de
nom. Et *moi*, alors ? Il y a autre chose que des enfants sur
cette terre, Oliver, ou bien ne t'en es-tu pas aperçu ?

— Je remarque que tu te la coules bien douce ici. Pendant
que je m'échine à New York, tu joues au tennis avec tes amis
et tu prépares des gâteaux avec Melissa, et c'est ce que tu dois
faire. Mais ne me raconte pas que c'est une sacrément rude
épreuve, Sarah. Je ne marche pas. Et un bébé n'y changera
rien.

— Quelle blague !

La dispute continua jusqu'à deux heures du matin, puis le
soir suivant et le lendemain soir et le soir d'après. Elle fit rage
pendant le week-end et persista au cours de la semaine avec
des larmes des deux côtés, des claquements de porte et des
accusations regrettables. Il en résulta finalement qu'Oliver
supplia Sarah de garder le bébé, puis renonça et lui dit de faire
ce qu'elle voulait.

Elle prit deux fois rendez-vous pour l'avortement et commit
même l'erreur de téléphoner à sa sœur, à Grosse Pointe, ce
qui se transforma en dispute encore plus violente quand sa
sœur lui dit qu'elle la jugeait sotte, immorale et plus que
probablement folle.

Cela dura des semaines et en définitive ils se retrouvèrent tous les deux épuisés, blessés, déçus, mais ils parvinrent à recoller les morceaux et Sarah ne se fit pas avorter. Mais Oliver accepta qu'après cet enfant-là on lui ligature les trompes. Il estimait cette solution fâcheuse, mais il se rendait compte aussi qu'aucun d'eux ne survivrait à une autre attaque comme celle-là contre ce qui était le fondement même de leur union, et Sarah lui avait assuré qu'en aucun cas elle n'aurait d'autre bébé-surprise à quarante ans.

Le bébé naquit le jour des élections, avec Oliver présent dans la salle de travail, encourageant Sarah qui lui disait qu'elle le détestait à chaque contraction, et elle avait continuellement affirmé à Ollie pendant les huit derniers mois qu'elle se soucierait comme d'une guigne de ce bébé. Il lui répondait qu'il l'aimerait pour eux deux, et les enfants étaient ravis à la perspective de cette addition à la famille. Benjamin avait huit ans à l'époque, il était intrigué et tout excité par cette péripétie, quant à Melissa, à six ans, c'était comme d'avoir une poupée vivante avec qui jouer. Seule Sarah était demeurée dépourvue d'enthousiasme à l'idée de l'arrivée prochaine. Quand la tête du bébé apparut, Oliver regarda avec émerveillement Samuel Watson faire son entrée dans le monde avec un grand cri et un coup d'œil étonné à son père. On tendit le bébé d'abord à Oliver et il le présenta doucement à Sarah, dont les joues ruisselèrent de larmes au souvenir de tout ce qu'elle avait dit d'horrible à propos de ce bébé. Il avait des cheveux noirs, des yeux verts comme ceux d'Ollie, une peau veloutée, et une expression dans le regard qui donnait à présager une grande sagesse et beaucoup d'humour. C'était le genre de bébé qu'on aime au premier coup d'œil et Sarah, dès l'instant où elle l'eut dans ses bras, se mit à l'aimer avec autant d'ardeur qu'elle avait mis de passion à s'opposer à sa venue. C'était « son » bébé, pas pleurnichard, pas hurleur, un bébé heureux, paisible, facile, dès le début. Il devint sa grande passion dans la vie et elle régalait tous les soirs Oliver de récits des vertus et du génie de Sam. Il était tout simplement un bébé vraiment charmant, et tout le monde fut fou de lui aussitôt : Ollie, Sarah, son frère et sa sœur, ses grands-parents. Il était sensationnel, il donnait raison à Ollie bien que celui-ci eût la courtoisie de ne pas le souligner, mais tous deux le savaient. Ollie avait eu raison et ils étaient l'un et l'autre contents que Sarah l'ait eu. Tout en lui était accommodant, adorable, amusant, et jamais il ne devint le fardeau que Sarah avait redouté.

Pour faciliter les choses, Ollie avait engagé une femme de charge, une habitante de la région qui avait été gouvernante chez un évêque pendant quinze ans et souhaitait entrer dans une maison avec un peu de vie et de gaieté. Elle adorait Melissa et Benjamin et, comme tout le monde, elle avait donné son cœur à Sam à la minute où elle l'avait vu. Il avait des joues rondes de chérubin avec le sourire de même, des petites jambes et des petits bras potelés qui incitaient à l'étreindre, à le garder contre soi, à l'embrasser. Et, plus d'une fois, Agnès, sa bienveillante gardienne, et Sarah, sa mère éperdue d'amour, se retrouvèrent chacune en train d'embrasser une joue dodue, leurs trois nez se rencontrant, elles riaient et Sam gloussait d'amusement. Agnès était exactement la personne dont Sarah avait besoin ; elle regrettait de ne pas l'avoir eue quand Benjamin faisait trembler les murs dans le logement de la 2ᵉ Avenue avec ses hurlements causés par des coliques, mais ils n'auraient pas eu les moyens de la payer à l'époque, de toute façon. Maintenant la situation était complètement différente. Et comme Ollie l'avait prédit, la vie était étonnamment agréable.

Sarah n'avait plus à préparer le petit déjeuner. Elle n'avait plus à préparer de repas. Elle ne passait plus l'aspirateur, le chiffon à poussière, ni ne faisait la lessive. Ils avaient une femme de ménage deux fois par semaine, et la miraculeuse Agnès. Elle était enchantée d'avoir à elle une petite pièce qu'ils avaient construite sur ce qui avait été une terrasse devant la chambre d'amis, qui était maintenant la chambre du bébé. Et nuit et jour Sam était entouré par sa sœur qui venait voir ce qu'il faisait, son frère qui lui apportait des gants de base-ball et des ballons, Sarah, Oliver et Agnès. Ce qu'il y a de surprenant, c'est qu'il ne devint pas un mioche insupportable, c'était un garçon remarquablement agréable, qui resta la joie de la maison, apportant du bonheur à tous ceux qui vivaient avec lui. Le cauchemar de l'enfant qui ruinerait l'existence de Sarah ne se matérialisa jamais. Sam n'avait pas besoin qu'on lui consacre plus particulièrement du temps, il ne causait aucun ennui en classe, il était aussi content de jouer avec Agnès ou Melissa qu'avec elle, et plus encore avec Benjamin ou son père, et Sarah n'avait aucune excuse maintenant.

Et sans qu'elle s'en soit rendu compte, Benjamin eut soudain dix-sept ans et en était à sa dernière année d'études secondaires. Mélissa avait quinze ans et était suspendue en permanence à un téléphone qu'elle traînait on ne savait pas pourquoi dans un débarras à l'étage où elle s'asseyait par terre au milieu de vieux costumes de ski pour parler à des garçons que jamais personne n'avait vus ; Sam avait neuf ans et se satisfaisait de jouer dans sa chambre, vaquant à ses propres affaires, requérant singulièrement peu l'attention de sa mère — ce qui ne laissait à Sarah aucun prétexte pour ne pas écrire. Elle ne pouvait rendre les enfants responsables du vide des feuillets ou du silence de la machine à écrire.

Regardant tomber la neige, elle se demandait ce qu'elle dirait à Oliver. Elle aurait aimé qu'il ne lui demande pas comment marchait son travail. Depuis près de deux ans maintenant, il témoignait d'un intérêt sincère et cela la rendait folle. Elle ne pouvait pas lui dire que rien ne s'annonçait, rien n'aboutissait, qu'à quarante et un ans ses pires craintes se vérifiaient. Sa vie était bien terminée. Elle ne s'était jamais sentie aussi vide, vieille et lasse et cette fois elle savait qu'elle n'était pas enceinte. Comme promis et convenu, elle s'était fait ligaturer les trompes depuis longtemps, après l'arrivée de Sam. Ce qui se passait à présent était bien différent. C'était la lente, la démoralisante prise de conscience que votre vie n'aboutira à rien, que les rêves que vous avez eus à vingt ans se sont dissipés depuis des années et étaient très probablement de simples illusions à l'origine. Elle ne deviendrait jamais un écrivain à présent. A trente-cinq ans, le savoir l'aurait anéantie, à trente-neuf ans cela l'aurait peut-être tuée. A quarante et un ans, cela la remplissait de tristesse. Il ne restait rien maintenant que la banalité de son existence, tandis qu'Oliver grimpait vers le pinacle. C'était une sensation curieuse. Même ses enfants étaient plus importants. Chacun avait quelque chose qui réussissait dans sa vie. Benjamin était un athlète hors pair et un élève brillant. Melissa avait un sens artistique incroyable et, chose surprenante, était une vraie beauté. Elle parlait parfois de devenir actrice et elle aussi bien que Benjamin songeaient à passer par Harvard. Sam chantait dans la chorale avec une voix d'ange mais, mieux encore, il avait une âme si bonne et chaleureuse que tout le monde l'aimait. Et qu'avait-elle ? Les enfants. Oliver. La maison. Le fait qu'elle avait étudié à Radcliffe vingt ans auparavant. Et alors ? Qui s'en souciait ? Qui le savait ? Qui s'en souvenait ? Il ne lui restait qu'un espoir, et il était bien mince, une chimère dans son néant. Elle ne pouvait pas le réaliser, de toute façon. Elle vivait ici. Ils avaient besoin d'elle. Ou bien non? Ils avaient Agnès... mais elle ne pouvait pas faire ça à Oliver... Elle sourit tristement quand Agnès lâcha le chien dans le jardin et qu'il courut dans la neige, jappant et bondissant. Ils étaient tous si heureux. Tous. Même Agnès. Mais pourquoi se sentait-elle si vide? Qu'est-ce qui avait disparu? Qu'avait-elle perdu? Qu'est-ce qu'elle n'avait jamais eu? Que voulait-elle maintenant? Quelque chose. Tout. Elle voulait tout. La célébrité. Le succès. L'accomplissement de soi. Formidable. Etre quelqu'un. Et elle savait qu'elle n'aurait jamais ça. Elle resterait assise ici perpétuellement à regarder la neige tomber, pendant que la vie s'écoulerait sans elle, et qu'Oliver décrocherait de nouveaux budgets de publicité. Elle possédait à présent sa Mercedes personnelle, elle avait deux manteaux de fourrure. Elle avait trois enfants sensationnels, grâce à l'obstination d'Oliver, et un époux fantastique, et rien d'elle qui comptait. Pas de talent. Pas de réussite. C'était fini maintenant. La jeune fille qu'elle avait été avait disparu à jamais.

— Voilà le courrier, Mrs Watson, dit Agnès à mi-voix en le déposant sur le bureau à côté d'elle.

— Merci, Agnès. Des choses intéressantes?

— Surtout des factures. Et une lettre d'une école pour Benjamin, je crois. Elle vous est adressée, toutefois.

Benjamin était en train de préparer sa demande d'inscription à Harvard, mais il ne l'avait pas encore envoyée. L'administration ne lui écrirait pas, n'écrirait pas à son sujet à Sarah. C'était autre chose et elle le savait. Elle savait quelle serait la réponse, mais sa main tremblait pourtant quand elle l'allongea pour prendre l'enveloppe. Elle resta parfaitement immobile un moment à la considérer, à se rappeler un temps lointain... où les perspectives étaient différentes... mais c'était fini tout ça. Bien fini. Elle dut se forcer à s'en souvenir quand elle ouvrit l'enveloppe, tournant le dos à Agnès, puis elle se rendit à pas lents dans la salle de séjour, où elle se tint debout au milieu des chintz gais et des impressions de fleurs éclatantes qui les plongeaient en été et au printemps même au cœur de l'hiver.

Elle déplia la lettre lentement, comme si elle enlevait une coquille, comme si elle brisait la coque de sa vie... mais elle ne s'abandonna pas à le penser. Elle s'assit lentement dans son fauteuil, sans voir qu'Agnès l'observait d'un air déconcerté pendant qu'elle lisait... avec lenteur... avec peine... puis sentait son souffle se couper de stupeur. Impossible. Ce

n'était pas ça. Elle avait lu de travers. Ce ne pouvait être que
ça. Mais non. Les mots étaient là. Mon Dieu... les mots
étaient bien là... et subitement elle se sentit le corps plein de
lumière et de musique. Elle n'avait plus cette sensation de
vide. Comme s'il y avait quelque chose en elle maintenant.
Mieux qu'un enfant. Elle-même... Elle était là. Elle était
revenue. Et elle lut et relut les lignes.

« ... Nous avons le plaisir de vous informer que vous avez
été admise à suivre les cours préparant au diplôme de maîtrise
à l'université de Harvard »... le plaisir de vous informer... le
plaisir de vous informer... Les mots se brouillèrent à sa vue
tandis que les larmes roulaient lentement sur ses joues. C'était
un rêve, rien qu'un rêve. Elle n'avait aucun moyen de le faire.
Elle ne pouvait pas les quitter. Ne pouvait pas reprendre des
études. Et pourtant elle avait posé sa candidature des mois
auparavant, en septembre, quand les enfants étaient rentrés à
l'école et qu'elle était seule et s'ennuyait. Rien que pour
essayer... rien que pour voir si... et maintenant on lui disait
qu'on voulait d'elle. Mais elle ne pouvait pas. Pourtant, en
levant les yeux, elle vit la neige qui tombait toujours, le chien
qui jappait et cabriolait encore, Agnès qui l'observait depuis
le seuil de la pièce. Elle sut qu'elle devait le faire. Ils
comprendraient. Il fallait qu'ils comprennent... ce ne serait
pas pour bien longtemps... et alors elle serait de nouveau
quelqu'un. Une personne ayant son existence propre. Elle
serait réelle... Elle serait Sarah.

2

— Mauvaises nouvelles dans cette lettre, Mrs Watson?
Agnès l'avait vue qui pâlissait, puis elle avait aperçu des
larmes qui brillaient sur ses joues quand Sarah avait regardé
par la fenêtre. Agnès ne pouvait pas comprendre ce qu'elle
ressentait maintenant. La joie... l'incrédulité... l'espoir... et
la terreur. Elle l'avait laissée seule avec ses pensées et une
bonne heure s'était écoulée quand Sarah entra dans la cuisine.
— Non... non... juste une surprise...
Sarah semblait absente, presque commotionnée, ni gaie ni
triste, tandis qu'elle allait de-ci de-là machinalement dans la
cuisine, remettant les choses en ordre sans les voir, poussant

une chaise sous la table, ramassant par terre un minuscule bout de papier. C'était comme si elle ne savait que faire maintenant. Comme si elle voyait son foyer pour la première fois, ou la dernière. Que diable allait-elle décider ? Elle ne pouvait pas aller à Harvard maintenant. Elle ne pouvait vraiment pas les laisser. Elle s'étonnait même d'avoir envoyé cette demande d'admission. Pourquoi ? C'était ridicule. Un projet chimérique, Ollie se moquerait d'elle... et pourtant... cela n'avait rien de drôle à présent. C'était effrayant, triste et merveilleux, c'était une chance à laquelle Sarah ne voulait pas renoncer, même pour eux. Elle n'avait jamais éprouvé un tel déchirement. Et elle ne pouvait pas en parler à Ollie. Pas encore. Peut-être après les vacances. Noël n'était que dans deux semaines. Elle le mettrait au courant après. Peut-être qu'ils iraient skier quelques jours et elle pourrait le lui annoncer à ce moment-là. Mais lui annoncer quoi, au nom du Ciel ?... Je veux reprendre mes études, Ollie... je m'en vais à Boston pour un an ou deux... il faut que je parte d'ici... mais de nouveau ses yeux se remplirent de larmes et pendant un instant de désespoir elle se rendit compte qu'elle n'avait pas envie de les quitter.

Agnès l'observait, elle ne la croyait pas : il y avait sûrement plus qu'une surprise dans la lettre qu'elle avait lue. Ou alors ce n'était pas une bonne surprise.

— A quelle heure rentrent les enfants ?

Sarah regardait d'un air absent la petite femme mince qui s'affairait dans la cuisine à préparer le dîner. D'ordinaire, elle lui en était reconnaissante ; tout d'un coup maintenant, Agnès lui donnait l'impression qu'elle, Sarah, était inutile. Ses cheveux blancs aux reflets soyeux étaient tirés en arrière et noués en chignon, son visage fermé, les lèvres pincées, tandis qu'elle mettait le couvert sur la table de la cuisine. Les enfants mangeaient à la cuisine avec elle chaque fois que Sarah et Oliver sortaient et, s'ils restaient à la maison, eux aussi mangeaient à la cuisine de temps à autre. Néanmoins, la plupart du temps, quand ils demeuraient chez eux, Ollie et Sarah s'installaient dans la salle à manger. C'était une chose qu'Oliver aimait faire, il en aimait le cérémonial, le rite d'être assis ensemble comme des gens civilisés et de parler de la façon dont ils avaient passé la journée. C'était sa méthode pour relâcher la tension de son travail et se tenir au courant de ce qu'ils faisaient, surtout les enfants. Mais ce soir elle et Ollie allaient avec des amis à un nouveau restaurant, dans le bourg voisin de Rye. Le téléphone interrompit les réflexions de Sarah avant qu'Agnès lui réponde et Sarah courut décrocher le récepteur. C'était peut-être Ollie. Elle avait subitement besoin d'être auprès de lui, d'entendre sa voix, de le garder près d'elle. D'un seul coup, en un tour de main, à cause de la lettre qu'elle venait de lire, tout changeait.

L'appel provenait de leurs amis. Ils étaient obligés d'annuler le rendez-vous de ce soir. Elle avait une angine carabinée et lui devait rester tard à son bureau. Sarah se tourna vers Agnès d'un air pensif.

— Je pense que nous mangerons ici ce soir avec les enfants. Les gens avec qui nous devions dîner viennent d'annuler.

Agnès hocha la tête sans la quitter du regard, puis dit :

— Pourquoi ne sortiriez-vous pas tout de même avec Mr Watson ?...

Sarah paraissait avoir besoin de cette distraction. Et Sarah lui sourit. Les deux femmes se connaissaient bien, ce qui n'empêchait pas qu'Agnès gardait toujours respectueusement ses distances. Elle n'avait pas peur de donner son avis et ne mâchait pas ses mots quand elle estimait devoir intervenir, en particulier s'il s'agissait des enfants, pourtant, même quand elle se répandait en reproches cinglants, ce qui lui arrivait parfois, ils étaient toujours « Mr et Mrs Watson ».

— ... Mr Watson n'est pas grand amateur de hachis parmentier.

Sarah lui dédia un grand sourire. Agnès avait raison. Il n'aimait guère ça. Peut-être qu'ils devraient sortir. Pourtant elle n'avait subitement plus envie d'être seule avec lui. Et comme elle essayait de se décider, elle entendit claquer la porte d'entrée, une voix appeler et, une minute après, Benjamin entra à grandes enjambées dans la cuisine accueillante. A dix-sept ans, il mesurait un mètre quatre-vingts, il avait les cheveux roux et les yeux bleu sombre de sa mère. Ses joues étaient rougies par le froid et il arracha de sa tête son bonnet de laine qu'il jeta sur la table.

— Petit dégoûtant ! — Agnès brandit à son adresse une cuillère en bois, la mine féroce, mais l'affection qu'elle lui portait se lisait dans ses yeux. — Ote-moi ça de la table !

Il rit, lui sourit chaleureusement en fourrant le bonnet dans la poche de sa vareuse.

— Excuse-moi, Agnès... Salut, m'man...

A la place du bonnet, il déversa sur la table une brassée de livres.

— ... il fait drôlement froid dehors.

Ses mains étaient rouges, il ne portait jamais de gants, et il était revenu à pied depuis l'autre rue où un camarade l'avait déposé. Et il fonça sur le réfrigérateur pour se sustenter en attendant le dîner. Il mangeait constamment, des portions qui auraient découragé tout le monde, pourtant il était maigre comme un clou, il avait le corps mince de son père avec de puissantes épaules.

— Éloigne-toi de là. Tu vas dîner dans moins d'une heure.

Agnès agita de nouveau la cuillère et il sourit.

— Rien qu'un petit morceau sur le pouce, Agnès... ça ira... je meurs de faim.

Il engouffrait dans sa bouche une poignée de tranches de salami tandis que Sarah le regardait. C'était un beau garçon. Il avait sa vie personnelle, ses propres amis, et dans quelques mois il serait à l'université. Avait-il réellement besoin d'elle maintenant? Cela ferait-il une différence pour lui? Sarah trouva tout à coup inimaginable que sa présence au foyer ait la moindre importance pour lui, au moment où il se tournait vers elle et était frappé par la tristesse de son regard.

— Il y a quelque chose qui ne va pas, m'man?

— Non, non, répliqua-t-elle en secouant la tête avec fermeté, exactement comme quand Agnès lui avait posé la même question. J'essayais seulement de décider si nous allions dîner dehors, ton père et moi. Qu'est-ce que tu projettes pour ce soir? Tu travailles pour tes examens?

Il hocha la tête. C'était un brillant élève, un beau jeune homme, une personne qu'elle admirait, son premier-né, et toujours celui qui lui ressemblait le plus par bien des points, encore que moins rebelle qu'elle ne l'avait été à son âge.

— Oui, mon dernier est demain. Chimie. Je vais chez Bill potasser avec lui ce soir. Je peux prendre la voiture?

A la vérité, voilà tout ce dont il avait besoin, leur réfrigérateur et les clefs de sa voiture.

Elle lui sourit lentement. Il lui manquerait si elle partait. Tous lui manqueraient... surtout Sam... oh, mon Dieu... et Ollie...

— D'accord... mais attention, sois prudent. Si le froid augmente, il y aura du verglas. Mais j'y pense, ne peut-il venir ici?

Mais Benjamin fut prompt à esquisser un signe de dénégation, toujours volontaire, exactement comme elle.

— Il est venu ici les trois dernières fois. Je lui ai dit que j'irais chez lui ce soir. Mel ne sera pas là non plus, d'ailleurs. T'a-t-elle téléphoné ?

Leur mère secoua la tête.

— Pas encore. — Elle ne téléphonait jamais. Elle oubliait toujours. Elle agissait à sa fantaisie, comme toujours, sans faire d'histoire. Elle menait sa propre vie. A quinze ans, Melissa était l'indépendance même. — Comment ça, elle sort ce soir ? On est mardi. — Elle était autorisée depuis septembre seulement à sortir un soir de week-end et uniquement avec des garçons que ses parents connaissaient, dans des circonstances qui avaient leur approbation. — Et comment rentre-t-elle à la maison ?

— Je lui ai dit que je passerais la chercher. — Il prit une pomme dans le panier posé sur le plan de travail et mordit dedans. — Elle a une répétition ce soir. Elle joue dans une pièce que monte le club d'art dramatique. Elle ne risque rien, m'man.

Ils entendirent claquer la porte d'entrée et Sarah vit Agnès regarder précipitamment où en était son hachis et jeter un coup d'œil à la pendule avec un sourire discret.

Un lourd piétinement de bottes retentit, comme si un homme était arrivé chez eux, un *ouah !* frénétique et un fracas étouffé, le claquement d'une autre porte, des aboiements encore et soudain Sam et Andy, le setter irlandais, firent irruption dans la cuisine. Le chien laissait des traces de pattes partout, en sautant sur le garçon aux cheveux noirs brillants, qui avait les yeux verts de son père. Il arborait un large sourire insouciant, ses cheveux étaient mouillés, ses bottes et les pattes du chien avaient déposé des masses de neige qui se transformaient rapidement en flaques par terre, pendant que Andy sautait pour lécher la figure de Sam et poser deux pattes sur ses épaules.

— Salut à tous ! Dites donc, ça sent bon ici. Qu'est-ce qu'il y a pour dîner ? Du hachis parmentier ?

Agnès se retourna pour lui adresser un grand sourire, et aperçut alors le désastre qu'il causait dans sa cuisine. Sarah et Benjamin éclatèrent de rire. Sam était impossible, il pouvait en une minute transformer une pièce en taudis.

— Sors d'ici, vilain bonhomme ! Et où est ton bonnet ? Tu vas attraper la mort avec des cheveux mouillés comme ça !

Elle brandit la cuillère de bois à son adresse comme elle l'avait fait tout à l'heure pour Benjamin, mais cette fois avec plus de conviction, et elle s'en alla vivement lui chercher une serviette, avec des bruits de langue désapprobateurs, des grognements et des reproches.

— Salut, m'man.

Il s'élança pour l'embrasser, sous les yeux d'Andy qui agitait hardiment la queue. Sam se mit à jouer avec lui en ôtant enfin ses bottes qu'il abandonna n'importe comment au beau milieu de la cuisine, où Andy les découvrit avec joie et s'enfuit avec l'une d'elles qu'il déposa sur le divan de la salle de séjour, sous les cris d'horreur d'Agnès.

— Sortez d'ici ! Tous les deux ! Monte prendre un bain ! ordonna-t-elle à Sam qui gravissait l'escalier au pas de course, suivi par Andy.

Il avait laissé au passage son manteau par terre au pied de l'escalier et Sarah lui cria :

— Reviens ramasser tes affaires !

Mais il était déjà loin, au fond du couloir, avec Andy aboyant sur ses talons, et Agnès s'affairait à éponger sa cuisine. Benjamin monta l'escalier quatre à quatre pour aller dans sa chambre rassembler les livres dont il aurait besoin ce soir et, quand Sarah se rendit lentement à l'étage derrière eux, elle ne put s'empêcher de penser qu'ils allaient lui manquer terriblement.

Le téléphone sonna comme elle arrivait à leur chambre. C'était Melissa qui appelait pour annoncer ce que Sarah savait déjà, qu'elle restait tard à l'école pour répéter avec le club d'art dramatique et que Benjamin passerait la prendre. Puis Ollie téléphona, il voulait sortir ce soir, même sans leurs amis, exactement comme Agnès l'avait suggéré.

— Nous dînerons tranquillement, rien que nous deux. Je crois que j'aimerai encore mieux ça.

Elle sentait la chaleur de sa voix même d'aussi loin que New York, et elle avait les larmes aux yeux en raccrochant. Qu'est-ce qu'elle allait lui dire ? Rien. Pas ce soir. Elle devait attendre. Elle s'était déjà juré de ne rien lui dire avant que Noël soit passé.

Elle tourna dans leur chambre, remettant des choses en place, écoutant les bruits des enfants à côté, caressant des objets familiers et songeant à son mari. Puis elle s'étendit sur leur lit, pensant à eux tous, à ce qu'ils signifiaient pour elle. Et pourtant ils lui coûtaient aussi, sans le savoir, sans le vouloir, chacun ou chacune à sa manière lui avait pris quelque chose et donné aussi quelque chose en échange... mais soudain ce qu'ils lui donnaient ne suffisait pas et ce n'était plus ce qu'elle voulait. C'était terrible à admettre. Terrible à leur dire et elle savait qu'elle ne le pourrait jamais. Mais elle voulait vivre sa propre vie maintenant. Elle y était prête. Elle voulait être plus qu'Agnès, à attendre dans la cuisine tous les jours qu'ils rentrent et à finir par attendre qu'ils s'en aillent à jamais. Cela ne tarderait plus. Benjamin serait parti à l'automne. Et Melissa deux ans après, puis ce serait Sam... Mais elle aurait fini ce qu'elle voulait faire longtemps avant qu'il quitte la maison. Alors, quelle différence ? Pourquoi ne pouvait-elle pas faire ce dont elle avait envie pour changer, et pourtant tout en se le disant, elle éprouvait un sentiment de culpabilité intolérable.

Le téléphone interrompit de nouveau ses réflexions et c'était son beau-père, qui donnait l'impression d'être angoissé et fatigué. Il avait eu récemment des problèmes cardiaques et Phyllis n'avait pas été bien non plus.

— Bonjour, George, qu'est-ce qui se passe ?

— Est-ce qu'Oliver est là ?

Il était brusque avec elle cette fois-ci, ce qui ne lui ressemblait pas.

— Non, il n'est pas là. — Elle fronça les sourcils avec inquiétude, elle avait de l'affection pour lui, si elle en avait beaucoup moins pour Phyllis. — Il est arrivé quelque chose ?

— Je... non... à la vérité, je n'en suis pas sûr. Phyllis est sortie seule à midi faire des courses et elle n'est pas encore rentrée. Et avec ce temps... ma foi, j'étais préoccupé, elle n'a pas téléphoné. Ce n'est pas dans ses habitudes.

Elle avait soixante-neuf ans et une constitution solide, mais récemment ils l'avaient tous trouvée un peu distraite. Elle avait eu une pneumonie quelques mois auparavant et, depuis, elle ne paraissait plus tout à fait la même et Sarah savait que George s'inquiétait sans fin pour elle. A soixante-douze ans, il donnait l'impression d'être plus alerte que sa femme, mais en même temps beaucoup plus fragile. Il était toujours beau, comme son fils, grand et droit, avec un regard aimable et un ravissant sourire, néanmoins il avait parfois l'air plus vieux que son âge, et Oliver en était tracassé.

— Je suis sûre qu'elle a oublié l'heure. Vous savez comment sont les femmes quand elles vont faire des emplettes.

Sarah voulait le rassurer. Ce n'était pas bon pour son cœur de se ronger pour n'importe quoi et sans aucun doute Phyllis ne tarderait pas à rentrer.

— Je me demandais si je ne devrais pas partir à sa recherche. Je pensais que peut-être Oliver...

Ces derniers temps, il se reposait de plus en plus sur Oliver, ce qui ne lui ressemblait pas non plus.

— Je lui dirai de vous appeler dès qu'il rentrera.

Et leur sortie au restaurant tomberait à l'eau, à moins que Phyllis ne revienne avant. Mais, d'autre part, peut-être était-ce aussi bien. Tout d'un coup, Sarah ne voulait plus être seule avec son mari.

Mais George rappela avant le retour d'Oliver. Phyllis était à la maison, saine et sauve. Elle avait eu du mal à trouver un taxi et n'avait pas de monnaie pour téléphoner. Il ne raconta pas à Sarah qu'elle lui avait paru un peu égarée ni que le chauffeur du taxi lui avait dit qu'elle avait eu de la peine à se souvenir de son adresse. Quand George l'avait interrogée, il s'était rendu compte avec stupeur qu'elle ne connaissait plus leur numéro de téléphone — c'était pour cette raison qu'elle ne lui avait pas donné signe de vie.

— Je suis désolé de vous avoir dérangée, ma chère.

— Ne soyez pas ridicule, George. Vous pouvez nous appeler n'importe quand. Vous le savez bien.

— Merci...

A l'autre bout du fil, il jeta un coup d'œil soucieux à sa femme, qui errait sans but dans la cuisine en fredonnant. Ces derniers temps, il faisait la cuisine à sa place mais l'un et l'autre affectaient de croire que c'est parce qu'il aimait avoir de quoi s'occuper, et il se plaisait à dire qu'il était meilleur cuisinier qu'elle.

— ... Transmettez mon affection à Oliver quand il rentrera et, s'il en a le temps, soyez gentille de lui demander de m'appeler.

— Je n'y manquerai pas, promit-elle.

Pour l'oublier aussitôt au retour d'Oliver quelques minutes plus tard. Il se dépêchait d'aller prendre une douche et de s'habiller et insista pour l'emmener dîner dehors.

— Mais Sam sera tout seul ce soir.

Elle voulait désespérément rester à la maison, ne pas l'affronter seule de l'autre côté d'une table. Il n'y avait rien qu'elle puisse lui dire. Pas encore. Et c'était plus facile de se cacher ici, dans leur propre maison. De se cacher derrière les enfants et le poste de télévision. De se cacher derrière n'importe quoi. N'importe quoi valait mieux que de se trouver face à face avec lui.

— Est-ce qu'Agnès sort ? questionna Ollie pendant qu'il se rasait, regardant les nouvelles en même temps, lui jetant à peine un coup d'œil, mais enchanté à la perspective de leur soirée ensemble.

Il avait une surprise pour elle. Il venait d'obtenir une grande promotion et une augmentation. Le sommet de l'échelle, dans sa société, était nettement en vue à présent. A quarante-quatre ans, Oliver Watson était de l'étoffe dont étaient faites les légendes des hommes d'affaires. Il avait tout, il le savait et en était reconnaissant, un travail qu'il aimait, une femme qu'il adorait et trois enfants dont il était fou. Que demander de plus à la vie ? Absolument rien qui lui vienne à l'esprit.

— Non, Agnès sera là, mais je pensais...

— Ne pense pas. Habille-toi.

Il lui tapota doucement le postérieur quand elle passa près de lui, puis l'arrêta et l'enlaça après avoir débranché son rasoir.

— Je t'aime, le sais-tu ?

Elle le savait. Trop bien. Et elle l'aimait aussi, ce qui rendait encore plus dur tout ce qu'elle voulait faire.

— Je t'aime aussi.

Son regard était triste et il la serra plus étroitement contre lui.

— Tu n'as pas l'air d'en être trop heureuse. Mauvaise journée aujourd'hui ?

— Pas vraiment. — Il n'y avait plus rien de dur. Les enfants seraient bientôt partis, Agnès s'occupait de la maison, depuis ces deux dernières années Sarah avait ralenti ses activités dans les comités pour se donner le temps d'écrire, ce qu'elle ne faisait jamais de toute manière. Que pouvait-il y avoir de dur dans cette vie parfaite ? Rien, sinon un vide perpétuel et un ennui total. — ... simplement fatiguée, je pense. Oh... j'ai failli oublier. Ton père a téléphoné. Il demande que tu le rappelles.

— Tout va bien ? — Il s'inquiétait beaucoup pour ses parents. Ils vieillissaient et son père paraissait tellement fragile depuis sa crise cardiaque. — Il se sentait en forme ?

— Oui, oui. Une fois que ta mère a été à la maison. Il avait téléphoné parce qu'elle était allée faire des courses cet après-midi et qu'elle tardait à revenir. Je crois qu'il se tracassait de la savoir dehors par ce temps.

— Il s'inquiète beaucoup trop pour tout. Voilà pourquoi il a eu cette crise cardiaque. Il ne cesse de répéter qu'elle perd le nord, mais à mon avis elle est beaucoup moins désorientée qu'il ne le croit. Je lui téléphonerai quand nous rentrerons, s'il n'est pas trop tard. Allons, insista-t-il avec un sourire, dépêche-toi. Notre table est réservée pour sept heures.

Ils souhaitèrent bonne nuit à Sam en l'embrassant avant de partir et laissèrent à Agnès le numéro de téléphone du restaurant. Benjamin était déjà parti et il ne leur avait pas dit au revoir. Il avait pris les clefs de la voiture de Sarah et avait filé juste après avoir engouffré la plus grande partie du hachis, deux assiettées de légumes et un morceau de la tarte aux pommes d'Agnès. Et Sarah était sûre que dès qu'il serait chez Bill il mangerait encore, et finirait probablement la tarte quand il rentrerait ce soir. Elle avait toujours peur qu'il devienne obèse, mais apparemment c'était une crainte absurde, Benjamin était un puits sans fond et sans sa large carrure il aurait mérité l'appellation de grande perche.

Le restaurant leur parut charmant quand ils arrivèrent, accueillant, pittoresque, avec un décor de style rustique français et un feu flambant dans une cheminée. La nourriture était bonne et Oliver commanda un excellent chardonnay de Californie. Tous deux se détendirent et Sarah l'écouta annoncer la promotion et l'augmentation. Cela faisait bizarre de l'écouter maintenant. Pendant des années, elle avait vécu par procuration à travers lui et maintenant, subitement, elle avait sa propre vie. C'était comme d'écouter quelqu'un d'autre. Elle était contente pour lui, mais son succès n'était plus une réussite partagée. C'était le sien à lui seul. Elle savait cela à présent. Et tandis qu'ils finissaient leur repas, il s'adossa à son siège et la dévisagea, sentant qu'il y avait quelque chose de changé, mais sans savoir ce que c'était. D'habitude, il lisait bien en elle, mais pas ce soir. Elle le regardait avec une sorte de distance et de tristesse, et il sentit soudain son cœur se serrer de peur. Aurait-elle une liaison ? Même passagère... une de ces aventures d'épouses de banlieue avec l'agent d'assurances ou l'orthodontiste, ou un de leurs amis. Il ne pouvait pas le croire de sa part. Elle lui avait toujours été si fidèle, elle était comme ça, droite, sûre et franche, cela faisait partie de ce qu'il aimait tant chez elle. Impossible qu'il s'agisse de ça. Lui-même ne l'avait jamais trompée. Mais il ne parvenait pas à deviner ce qu'elle avait et, tout en commandant le dessert et du champagne, il la contempla à la clarté des bougies et songea qu'elle n'avait jamais été plus belle ou plus jeune. A quarante et un ans, elle était plus séduisante que la plupart des femmes de trente ans. Sa chevelure auburn brillait toujours, sa silhouette était fantastique, sa taille presque aussi fine qu'avant la naissance de leurs enfants.

— Qu'est-ce qui te tracasse, chérie?

Sa voix était une caresse quand il allongea la main pour prendre la sienne. C'était un homme bien, un être de qualité, elle le savait, et elle savait aussi combien il l'aimait.

— Rien. Pourquoi? Qu'est-ce qui te fait dire ça? Je passe une merveilleuse soirée.

Elle mentait, mais elle ne voulait pas qu'il sache. Il savait toujours, de toute façon. Il la connaissait trop bien. Vingt-deux ans, c'est long, très long.

— Tu as l'air de t'ennuyer à mourir.

Elle lui rit au nez et il gloussa en lui versant du champagne.

— Tu es fou! dit-elle d'un ton accusateur.

— Oui. De toi. Imagine un vieux birbe comme moi encore dingue de sa femme. Drôlement amusant, hein, après dix-huit ans de mariage.

— On est un « vieux birbe » à quarante-quatre ans mainte- nant, si je comprends bien. Quand as-tu décidé ça?

Il prit un ton de conspirateur pour répondre :

— Quand je n'ai pas pu te faire l'amour la troisième fois dimanche dernier. Je crois que cela m'a poussé à jamais dans cette catégorie.

Elle arbora un large sourire. Leurs relations physiques étaient presque toujours formidables.

— Je pensais que deux fois en une heure et demie n'était pas trop mal, pour ma part. D'ailleurs, tu avais avalé une sacrée quantité de vin. N'oublie pas ça.

Il regarda la bouteille de vin vide et le champagne devant eux, puis lui sourit.

— Je pense que cela fiche en l'air cette soirée aussi, hein?

— Je ne sais pas. Peut-être que nous devrions rentrer pour vérifier avant que tu ne sois complètement paf.

Elle riait, heureuse finalement qu'ils soient allés dîner dehors. Cela avait soulagé un peu de sa tension.

— Merci bien. Mais je veux savoir d'abord ce qui te tourmente.

— Absolument rien.

Et à cet instant précis elle était franche.

— Peut-être pas maintenant, mais il y a un petit moment, quelque chose te tracassait. On aurait dit à te voir que tu avais perdu ton meilleur ami quand je suis revenu chez nous.

— Mais non...

Elle avait pourtant eu à peu près cette impression. Il était son meilleur ami, après tout, et si elle retournait à l'université elle le perdrait jusqu'à un certain point.

— ... Ne sois pas ridicule, Ol.

— N'essaie pas de me raconter des histoires. Quelque chose te cause du souci ou te préoccupe. Est-ce ton travail ?

Il savait qu'elle n'avait pas écrit une ligne en deux ans, mais cela n'avait pas d'importance pour lui. Il voulait seulement qu'elle soit heureuse.

— Peut-être. Je n'arrive à rien. Peut-être que je ne peux plus écrire. Peut-être n'était-ce qu'un feu de paille dans ma jeunesse.

Elle haussa les épaules et pour la première fois depuis deux ans cela parut lui être indifférent.

— Je ne le crois pas, Sarah. Tu étais bonne. Je pense que cela te reviendra avec le temps. Peut-être n'as-tu pas encore trouvé sur quoi tu veux écrire. Peut-être devrais-tu sortir de ta coquille... faire quelque chose de différent...

Sans le savoir, il lui ouvrait la porte mais elle était terrifiée à l'idée de la franchir. Quoi qu'elle fasse, ou dise, une fois qu'elle lui en aurait parlé, tout dans leur vie serait changé à jamais.

— J'y avais refléchi.

Elle s'avançait avec prudence.

— Et ?

Il attendit.

— Que veux-tu dire avec ton « et » ?

Elle avait peur de lui. C'était rare chez elle. Mais pour la première fois de sa vie son mari lui inspirait de la terreur.

— Tu ne réfléchis jamais à quelque chose sans aboutir à une conclusion ou à prendre des mesures en conséquence.

— Tu me connais trop bien.

Elle sourit, soudain de nouveau triste, désespérément opposée à le lui annoncer.

— Qu'est-ce que tu ne m'expliques pas, Sarrie ? Ne pas savoir ce qui te pèse me rend fou.

— Rien ne me pèse. — Mais elle n'était pas convaincante et elle tournait en rond. — La crise de la quarantaine peut-être.

— Encore ? — Il sourit. — Tu l'as eue il y a deux ans, et on n'en souffre qu'une fois dans la vie. La prochaine fois, c'est mon tour. Allons, chérie... qu'est-ce que c'est ?

— Je ne sais pas, Ollie...

— Est-ce nous ?

Son regard était triste en posant la question.

— Bien sûr que non. Comment serait-ce nous ? Tu es merveilleux... Ce n'est que moi, je pense. Une crise de croissance. Ou son absence. J'ai l'impression d'avoir stagné depuis que nous sommes mariés...

Il retenait sa respiration, attendant, le champagne et le vin et l'atmosphère de réjouissance pratiquement oubliés.

— ... Je n'ai rien fait. Et tu as tellement bien réussi.

— Ne sois pas ridicule. Je suis un type comme des millions d'autres dans la publicité.

— Tu parles ! Regarde-toi. Regarde ce que tu viens de m'apprendre pendant le dîner. D'ici cinq ans, tu seras à la tête de *Hinkley, Burrows & Dawson,* s'il te faut autant de temps que ça, ce dont je doute. Tu as fait une des plus belles carrières du monde des affaires.

— Cela ne signifie rien, Sarah. Tu le sais bien. C'est transitoire. C'est agréable. Mais quoi ? Tu as élevé trois enfants formidables. C'est diablement plus important.

— Mais quelle différence cela fait-il maintenant ? Ils sont adultes, ou presque, dans un an ou deux ils seront partis. Mel et Benjamin en tout cas, et alors quoi ? Je reste plantée à attendre que Sam parte aussi, puis je passe le reste de ma vie à regarder des feuilletons télévisés et à bavarder avec Agnès ?

Ses yeux se remplirent de larmes à cette perspective et il éclata de rire. Il ne l'avait jamais vue regarder la télé dans la journée. Son genre était beaucoup plus de se plonger dans Baudelaire ou Kafka.

— Tu peins un tableau fichtrement mélancolique, mon amour. Rien ne t'empêche de faire ce que tu veux.

Il le pensait sincèrement, mais il ne concevait nullement l'étendue de ses ambitions. Il n'en avait jamais eu conscience. Elle les avait enterrées depuis longtemps, laissées quelque part dans un sac de couchage ou une vieille malle avec son diplôme de Radcliffe.

— Tu ne le crois pas, au fond.

— Mais si. Tu peux travailler bénévolement, prendre un emploi à mi-temps, te remettre à écrire des nouvelles. Tu peux faire absolument tout ce que tu décides.

Elle prit une profonde aspiration. Le moment était venu, qu'elle fût prête ou non. Il fallait qu'elle le lui dise.

— Je veux retourner à l'université.

Sa voix était à peine audible de l'autre côté de la table étroite.

— Cela me paraît une idée épatante. — Il eut l'air soulagé. Elle n'était pas amoureuse de quelqu'un d'autre. Tout ce qu'elle voulait, c'est suivre quelques cours. — Tu pourrais aller à l'université de l'Etat, ici même à Purchase. Que diable, si tu l'échelonnes dans le temps, tu pourrais même obtenir une maîtrise.

Mais la façon dont il le dit irrita soudain Sarah. Elle pouvait aller dans une école du coin et « l'échelonner dans le temps ». Combien de temps ? Dix ans ? Vingt ? Elle pouvait être une de ces grand-mères qui suivent des cours de création littéraire et ne produisent rien.

— Ce n'est pas ce que j'avais en tête.

Sa voix était soudain ferme et beaucoup plus forte. Il était maintenant l'ennemi, celui qui l'avait empêchée d'avoir tout ce qu'elle souhaitait.

— A quoi pensais-tu ?

Il avait l'air déconcerté.

Elle ferma les yeux un instant, puis les rouvrit et le regarda.

— Ma candidature pour suivre le programme de maîtrise à Harvard a été acceptée.

Un silence interminable s'établit entre eux tandis qu'il la dévisageait en essayant de comprendre ce qu'elle disait.

— Qu'est-ce que c'est censé signifier ? — Tout d'un coup, il ne comprenait plus rien. Qu'est-ce qu'elle lui racontait, cette femme qu'il pensait connaître, qui avait couché près de lui pendant près de deux décennies. Tout d'un coup, en un clin d'œil, elle était devenue une étrangère. — Quand as-tu posé cette candidature ?

— A la fin d'août.

Elle parlait très calmement. La détermination qu'il se rappelait lui avoir vue dans sa jeunesse brûlait de nouveau dans ses yeux. Là, devant lui, elle devenait une autre personne.

— Charmant. Ç'aurait été aimable de ta part si tu en avais parlé. Et qu'avais-tu l'intention de faire si elle était acceptée ?

— Je n'ai jamais cru qu'elle le serait. Je l'ai envoyée histoire de rire... quand Benjamin a commencé à parler d'essayer d'entrer à Harvard, je pense.

— Comme c'est touchant, l'équipe de la mère et du fils. Et maintenant ? Maintenant, qu'est-ce que tu vas faire ? — Il avait le cœur battant et il regrettait soudain de ne pas être chez eux pour pouvoir marcher de long en large dans la pièce au lieu d'être bloqué sur un siège dans le coin d'un restaurant par une table, ce qui le rendait instantanément claustrophobe.

— Qu'est-ce que tu me chantes là? Tu ne parles pas sérieusement, hein?

Ses yeux rencontrèrent les siens, d'un bleu glacial, tandis qu'elle hochait lentement la tête.

— Si, très sérieusement, Ollie.

— Tu retournes à Cambridge?

Il avait vécu là-bas sept ans et elle quatre, mais il y avait de ça une éternité. Jamais au grand jamais il n'avait envisagé d'y retourner.

— J'y songe.

Elle faisait plus que d'y songer, mais elle était incapable de s'y résoudre déjà. C'était trop brutal.

— Et qu'est-ce que je suis censé faire? Plaquer mon boulot et venir avec toi?

— Je ne sais pas. Je n'y ai pas réfléchi. Je ne compte pas que tu fasses quoi que ce soit. C'est ma décision.

— Ta décision? Hein? Et nous? Qu'est-ce que tu comptes que nous allons faire pendant que tu recommences à jouer aux étudiantes? Puis-je te rappeler que Melissa restera à la maison encore deux ans et Sam neuf, ou l'as-tu oublié?

Il était furieux maintenant et il appela le serveur d'un geste impatient pour qu'il apporte l'addition. Elle était folle. Voilà ce qu'elle était. Folle. Il aurait préféré qu'elle lui annonce qu'elle avait une liaison. La question aurait été plus facile à régler, ou du moins c'est ce qu'il se dit sur le moment.

— Je ne l'ai pas oublié. J'ai juste besoin d'y réfléchir.

Elle parlait d'une voix calme, cependant qu'il tirait des billets d'une liasse et les déposait sur la table.

— Tu as besoin d'un bon psychiatre, voilà ce dont tu as besoin. Tu te conduis comme une ménagère névrosée qui ne sait plus à quel saint se vouer.

Il se leva et elle le regarda avec colère, toute la frustration des vingt dernières années bouillonnant au point qu'elle fut incapable de la contenir.

— Tu ne connais rien de moi. — Elle s'était dressée face à lui, les serveurs les observaient courtoisement de loin et les dîneurs à côté d'eux feignaient de ne pas écouter. — Tu ne sais pas ce que c'est que d'abandonner tout ce dont tu as rêvé. Tu as tout, une carrière, une famille, une épouse qui t'attend à la maison comme un petit chien fidèle, qui attend pour t'apporter le journal et aller chercher tes pantoufles. Eh bien, et moi, bon Dieu ! Quand est-ce que je l'aurai ? Quand est-ce que je ferai ce que je veux faire ? Quand tu seras mort, quand les enfants seront partis, quand j'aurai quatre-vingt-dix ans ? Non, je n'attendrai pas jusque-là. Je le veux *maintenant*, avant d'être trop vieille pour faire quoi que ce soit de valable, avant que je sois trop vieille pour m'en soucier ou m'en réjouir. Je ne vais pas rester à attendre jusqu'à ce que tu commences à téléphoner à tes enfants parce que tu ne sais pas trop si je me suis perdue en allant faire des courses ou si j'en avais tellement marre de mon existence que j'ai décidé de ne plus revenir à la maison. Je ne vais pas attendre jusque-là, Oliver Watson !

Une femme assise à une table voisine eut envie de se lever et d'applaudir ; elle avait quatre enfants et avait renoncé au rêve de faire ses études de médecine pour épouser un homme qui l'avait trompée pendant vingt ans. Mais Oliver sortit du restaurant à grands pas, Sarah ramassa son manteau et son sac et sortit à sa suite. Ils étaient arrivés au parking avant qu'il lui adresse de nouveau la parole et il avait les larmes aux yeux cette fois, mais elle ne savait pas si c'était à cause du froid ou par chagrin et colère. C'était difficile à dire. Ce qu'elle ne comprenait pas c'est qu'elle anéantissait tout ce en quoi il croyait. Il avait été bon pour elle, il l'aimait, il aimait leurs enfants, il n'avait jamais voulu qu'elle travaille parce qu'il voulait prendre soin d'elle, l'aimer, l'honorer, la chérir et la protéger. Et maintenant elle le haïssait pour cela et voulait reprendre ses études, mais le pire était que si elle retournait à Harvard, elle serait obligée de les laisser. Ce n'était pas aux études qu'il était hostile, c'était à l'endroit où se trouvait l'université et aux conséquences du départ de Sarah pour eux.

— Est-ce que tu m'annonces que tu me quittes ? Est-ce le fond de la chose ? Tu nous plaques ? Et depuis combien de temps sais-tu cela, exactement ?

— J'ai reçu la lettre d'acceptation seulement cet après-midi, Oliver. Je n'ai même pas encore assimilé la nouvelle. Et non, je ne te plaque pas. — Elle s'efforça de se calmer. — Je peux revenir à la maison aux vacances et en fin de semaine.

— Oh, nom de nom... et qu'est-ce que nous sommes censés faire ? Et Mel et Sam ?

— Ils ont Agnès.

Ils se disputaient, debout dans la neige, et Sarah regretta du fond du cœur de ne pas avoir attendu pour l'avertir. Elle-même ne savait pas encore comment les choses allaient s'arranger.

— Et moi ? J'ai Agnès aussi ? Elle va être ravie de l'apprendre.

Sarah sourit. Même dans le chagrin, il avait un humour courtois.

— Allons, Ollie... laissons ça pour le moment. Nous avons besoin tous les deux d'y réfléchir.

— Non, nous n'en avons pas besoin. — Son visage prit soudain une expression plus grave qu'elle ne lui en avait encore jamais vue. — Il ne devrait absolument rien avoir sur quoi réfléchir. Tu es une femme mariée avec un époux et trois enfants. Tu ne peux pas t'en aller étudier à presque deux cents milles à moins de nous plaquer, c'est tout simple.

— Ce n'est pas si simple. Ne présente pas les choses comme cela, Ollie. Et si j'ai réellement besoin de le faire ?

— Tu ne penses qu'à toi. — Il tourna la clef dans la serrure de la portière, l'ouvrit brutalement et se glissa derrière le volant, puis quand elle entra, il la dévisagea en l'assaillant de nouvelles questions. — Comment entends-tu payer ça exactement ou bien est-ce que tu comptes sur moi pour vous entretenir, toi et Benjamin, pendant votre séjour à Harvard ?

Ce serait déjà lourd pour eux d'avoir un enfant à l'université, pour ne pas parler de deux quand viendrait le tour de Mel. Et ajouter Sarah à leurs charges semblait encore plus absurde, mais elle avait trouvé la solution depuis longtemps pour le cas où sa candidature serait acceptée.

— J'ai encore l'argent que ma grand-mère m'a laissé. A l'exception de la réfection de la toiture de la maison, je n'y ai jamais touché.

— Je croyais que cet argent était réservé aux enfants. Nous étions tombés d'accord que cet argent était sacré.

— Peut-être que cela comptera davantage pour eux d'avoir une mère qui fait de sa vie quelque chose qui en vaut la peine, comme d'écrire je ne sais quoi qui leur tienne à cœur un jour, ou de prendre un travail qui rende un peu service à quelqu'un, ou encore d'accomplir une œuvre utile.

— L'idée est charmante, mais franchement je pense que tes enfants aimeront mieux avoir une mère qu'un exemple littéraire. — Sa voix était âpre tandis qu'il parcourait la courte distance jusqu'à la maison, puis il resta tassé sur son siège dans l'allée devant chez eux. — Tu as déjà pris ta décision, n'est-ce pas ? Tu vas le faire, hein, Sarrie ?

Il avait une voix bien triste et cette fois, quand il se tourna pour la regarder, elle sut que les larmes dans ses yeux n'étaient pas nées du vent, elles venaient de ce qu'elle lui avait dit.

Elle avait aussi les yeux humides en hésitant, le regard fixé sur la neige, puis elle se tourna vers lui.

— Je crois que j'y suis peut-être obligée, Ollie... Je ne sais pas si je parviendrai jamais à l'expliquer... mais il le faut. Ce ne sera pas pour longtemps, je le promets... je travaillerai aussi dur que je peux, aussi vite que je le peux.

Mais elle n'en faisait accroire ni à l'un ni à l'autre. Ils savaient bien que c'était un programme chargé qui durait deux années.

— Comment peux-tu faire une chose pareille ?

Il avait envie de dire « me faire à moi », mais cela avait l'air trop égoïste.

— J'y suis obligée...

Sa voix était un murmure et à ce moment une voiture freina derrière eux. La clarté de ses phares illumina leurs visages. Sarah voyait des larmes rouler sur les joues d'Oliver et tout ce dont elle avait envie était de le prendre dans ses bras.

— ... Je suis navrée... je ne voulais pas t'en parler maintenant... je voulais te mettre au courant après Noël.

— Quelle différence ?

Il jeta un coup d'œil en arrière à Benjamin et Melissa qui sortaient de l'autre voiture, puis son regard revint à son épouse, l'épouse qu'il allait perdre, qui les quittait pour redevenir étudiante et qui ne reviendrait peut-être jamais, quoi qu'elle en dise. Il savait que plus rien ne serait jamais pareil. Ils le savaient tous les deux.

— Qu'est-ce que tu vas leur dire ?

Les enfants attendaient qu'ils descendent de voiture en les regardant et en bavardant dans l'air froid de la nuit quand Sarah se retourna vers eux, le cœur lourd.

— Je ne le sais pas encore. Laissons passer les fêtes d'abord.

Oliver hocha la tête et ouvrit la portière en essuyant précipitamment les larmes sur ses joues pour que ses enfants ne les voient pas.

— Salut, papa. Comment était ce dîner ?

Benjamin paraissait plein d'entrain et Melissa, tout en jambes et longs cheveux blonds, souriait. Elle portait encore son maquillage de scène. Il y avait eu une répétition en costumes pour la pièce et elle en avait été enchantée.

— Très agréable, répondit vivement Sarah à la place de son mari, avec un sourire radieux. C'est un endroit charmant.

Oliver lui jeta un coup d'œil. Il se demandait comment elle pouvait y arriver, comment elle pouvait les affronter. Peut-être y avait-il des choses sur elle qu'il ignorait, qu'il n'avait jamais connues, et n'avait peut-être pas envie de connaître.

Il entra dans la maison, dit bonsoir aux enfants et monta lentement à l'étage ; il se sentait vieux, las, déçu et il la regarda fermer sans bruit la porte de leur chambre et se tourner vers lui.

— Je suis navrée, Ollie... sincèrement.

— Moi aussi.

Il n'y croyait toujours pas. Peut-être qu'elle changerait d'avis. Peut-être était-ce le retour d'âge. Ou une tumeur au cerveau. Ou un signe de dépression grave. Peut-être qu'elle était folle, peut-être qu'elle l'avait toujours été. Mais peu lui importait. C'était sa femme et il l'aimait. Il voulait qu'elle reste, qu'elle revienne sur ce qu'elle avait dit, qu'elle lui annonce qu'elle ne le quitterait pour rien au monde... lui... pas seulement les enfants... lui... mais à la voir le dévisager d'un air mélancolique, il sut qu'elle ne le ferait pas. Elle avait bien l'intention d'agir comme elle avait dit. Elle retournait à Harvard. Elle les abandonnait. Il en prit conscience et ce fut comme un coup de couteau au cœur, et il se demanda comment il s'en tirerait sans elle. Il avait envie de pleurer rien que d'y penser, il avait envie de mourir couché dans le lit, ce soir, à côté d'elle, sentant sa chaleur près de lui. Mais c'était comme si elle était déjà partie. Il était étendu à côté d'elle, brûlant d'amour pour elle, plein de nostalgie pour les années qui s'étaient enfuies, la désirant plus que jamais, pourtant il roula lentement sur le côté, s'éloignant d'elle pour qu'elle ne le voie pas pleurer, et pas une fois il ne la toucha.

3

Les jours précédant Noël donnèrent l'impression de s'écouler avec une lenteur interminable et Oliver avait presque horreur de rentrer à la maison maintenant. Il alternait entre la haïr et l'aimer plus que jamais, et il s'efforçait de trouver des moyens de la faire changer d'avis. Cependant la décision était prise désormais. Ils en parlaient constamment, tard le soir, quand les enfants étaient couchés, et il découvrait chez Sarah un entêtement de fer dont il la croyait débarrassée depuis des années. Mais Sarah estimait qu'elle luttait maintenant pour sa survie.

Elle jura que rien ne changerait, qu'elle reviendrait tous les vendredis soir, qu'elle l'aimait comme avant, pourtant tous deux savaient qu'elle se faisait des illusions. Elle aurait des essais à rédiger, des examens à préparer, et venir à la maison pour s'enterrer dans ses livres servirait seulement à les frustrer, lui et les enfants. La situation changerait irréductiblement quand elle redeviendrait étudiante. C'était inévitable, qu'elle veuille l'admettre ou non. Il essaya de la convaincre de se rendre dans une autre université, plus proche de chez eux, même Columbia vaudrait mieux que d'aller là-bas à Harvard. Néanmoins, elle était décidée. Il se demandait parfois si c'était pour revivre sa jeunesse, pour remonter le temps jusqu'à une époque plus simple, pourtant il trouvait leur existence bien plus agréable maintenant. Et jamais il ne parvenait à comprendre comment elle serait capable d'abandonner les enfants.

Ils ne connaissaient encore rien des projets de leur mère. Les aînés percevaient une certaine tension dans l'air et Melissa lui demanda plus d'une fois si elle et papa s'étaient disputés, mais Sarah se contentait d'éluder leurs questions d'un air insouciant. Elle était résolue à ne pas gâcher leur Noël, et elle savait que ce qu'elle annoncerait ne manquerait pas de les bouleverser. Elle était décidée à les avertir le lendemain de Noël et Oliver fut d'accord parce qu'il pensait pouvoir encore la faire changer d'avis. Ils allèrent assister à la pièce de Melissa, puis décorèrent l'arbre de Noël dans ce qui semblait une harmonie parfaite, entonnant des chants de Noël, plaisantant, tandis qu'Oliver et Benjamin se débrouillaient tant bien que mal pour poser l'éclairage et que Sam mangeait le popcorn plus vite que Melissa et Sarah n'arrivaient à l'enfiler en guirlande. En les regardant, Oliver avait l'impression que son cœur était sur le point de se briser. Elle ne pouvait pas leur faire ça, ce n'était pas juste, et comment allait-il s'occuper d'eux ? Si gentille que fût Agnès, elle n'était somme toute qu'une domestique. Et il travaillait à New York du matin au soir. Il avait des visions de Benjamin et de Melissa devenant indisciplinés et de Sam se mourant de langueur tandis que leur mère jouait à l'étudiante diplômée de Harvard.

La veille de Noël arriva avant qu'il s'asseye seul avec elle devant un feu ronflant dans la bibliothèque et s'adresse à elle gravement pour lui demander de ne pas mettre ses projets à exécution. Il avait déjà décidé que s'il y était obligé il la supplierait.

— Tu ne peux pas leur faire ça.

Il avait perdu près de cinq kilos en quinze jours et la tension ambiante les épuisait tous les deux, mais Sarah fut inflexible. Elle avait écrit la semaine précédente pour confirmer sa candidature et elle partait dans deux semaines afin de trouver un logement à Boston. Ses cours commençaient le 15 janvier. Il ne lui restait plus qu'à en finir avec les fêtes de Noël, boucler ses valises et prévenir les enfants.

— Ollie, ne recommençons pas.

Il avait envie de lui sauter dessus pour la secouer, mais elle se tenait sur la réserve, comme si elle ne pouvait supporter le chagrin qu'elle savait lui causer.

Les enfants avaient accroché leur bas près de l'arbre et tard dans la nuit, ce jour-là, lui et Sarah descendirent les cadeaux. Sarah et Agnès les avaient emballés pendant des semaines. Elle n'avait pas lésiné cette année, presque comme si c'était leur dernier Noël. Ollie lui avait acheté une émeraude chez Van Cleef la semaine précédente, elle était belle et c'était quelque chose dont il savait qu'elle avait toujours eu envie. C'était un anneau sur lequel étaient sertis des petits diamants navette et au centre une émeraude carrée magnifiquement taillée. Il voulait la lui donner ce soir, mais soudain cette bague ressemblait plus à un pot-de-vin qu'à un cadeau et il regretta de l'avoir achetée.

Quand ils allèrent se coucher ce soir-là, Sarah mit le réveil à sonner pour six heures. Elle voulait se lever tôt pour farcir la dinde. Agnès serait levée de bonne heure de toute façon pour faire le plus gros du travail, mais Sarah tenait à bourrer la dinde elle-même, un autre ultime cadeau pour eux, et c'était une tradition familiale.

Etendue dans le lit, après qu'ils eurent fermé la lumière, elle réfléchissait silencieusement et écoutait respirer Ollie. Elle savait qu'il était éveillé et n'imaginait que trop bien ce qu'il pensait. Il avait été hors de lui au cours de ces deux dernières semaines. Ils s'étaient disputés, avaient pleuré, parlé, discuté et pourtant elle avait conscience d'agir comme il fallait, pour elle du moins. Maintenant, tout ce qu'elle souhaitait, c'est en finir, commencer sa nouvelle vie et s'éloigner d'eux et du chagrin qu'elle causait à Ollie.

— Je voudrais bien que tu cesses de te conduire comme si je partais pour de bon.

Sa voix était douce dans l'obscurité.

— C'est bien ce qui se passe, non ?

Son ton était d'une tristesse telle qu'elle trouvait insupportable de l'entendre.

— Je te l'ai dit. Je reviendrai chez nous pour le week-end chaque fois que ce sera possible, et il y a des quantités de vacances.

— Combien de temps crois-tu que cela durera ? Tu ne peux pas passer ta vie dans les transports et suivre tes cours. Je ne comprends pas comment tu peux t'y résoudre.

Il l'avait dit un millier de fois au cours des deux dernières semaines et il cherchait en silence une autre raison, une chose qu'il avait faite ou avait omis de faire, c'était la seule explication. Impossible qu'elle ait envie d'une existence totalement différente loin d'eux, si elle l'aimait vraiment.

— Peut-être que plus tard, tu comprendras mieux. Peut-être que si le résultat est que je deviens quelqu'un de valable, alors tu respecteras ce que j'ai fait. Dans ce cas-là, cela en aura valu la peine.

— Je n'ai pas besoin de ça pour te respecter. Je t'ai toujours estimée.

Il se tourna pour la regarder dans le clair de lune. Elle lui paraissait aussi belle qu'elle l'avait toujours été à ses yeux, peut-être davantage encore maintenant que le chagrin de la perdre lui rappelait constamment combien il l'aimait. Puis, souffrant déjà pour eux, pour ce qu'ils ignoraient encore et que lui savait :

— Quand as-tu l'intention au juste de prévenir les enfants ?

— J'ai pensé demain soir, après le départ de tes parents.

— Drôle de façon de finir Noël.

— Je ne crois pas devoir attendre plus longtemps. Ils se doutent de quelque chose. Mel a eu des soupçons toute la semaine et Benjamin s'est éclipsé. Chez lui, cela a toujours été un signe qu'il devine que quelque chose ne marche pas et qu'il ne sait pas comment réagir.

— Et comment crois-tu qu'ils vont se sentir après avoir appris la nouvelle ?

— Comme nous, probablement. Effrayés, désorientés, peut-être heureux pour moi. Je pense que Benjamin et Mel seront capables de comprendre. Par contre, je suis inquiète pour Sam.

Elle l'avait dit dans un murmure. Elle se tourna pour regarder Oliver, posant la main sur la sienne en silence. Sa voix tremblait quand elle reprit la parole, en pensant à leur petit dernier.

— Prends bien soin de lui, Ollie... il a besoin de toi davantage encore que de moi...

— Il a besoin de toi aussi. Je ne le vois que deux heures par jour et nous parlons seulement de football, de base-ball et de ses devoirs.

— C'est un début. Peut-être serez-vous tous plus proches après cela.

— Je croyais que nous l'étions. — Voilà le plus douloureux pour lui. Il avait cru qu'ils avaient tout. La famille parfaite. L'existence parfaite. Le ménage parfait.

— J'ai toujours cru que tout allait si bien entre nous... je n'ai jamais compris ton état d'esprit à ce sujet... je veux dire... eh bien, si, quand tu tombais enceinte, mais j'ai toujours cru qu'après, et même avant Sam, tu étais heureuse.

Il souffrait terriblement à la pensée qu'il ne lui avait pas procuré tout ce qu'elle désirait.

— J'étais heureuse... je l'ai été... je voulais seulement quelque chose que tu ne pouvais pas me donner. Il faut que cela vienne de l'intérieur et je ne l'ai jamais trouvé, je suppose.

Elle éprouvait une affreuse culpabilité à l'idée de lui causer cette impression de ne pas avoir été à la hauteur. Il s'était toujours montré un mari parfait.

— Et si tu ne le trouves pas cette fois?

— J'abandonnerai, je pense.

Mais elle savait qu'elle trouverait. Elle l'avait déjà trouvé partiellement. Rien que de prendre la décision de partir l'avait transformée.

— Je crois que tu pourrais le trouver ici même. Peut-être qu'il te fallait simplement plus de liberté.

Elle se rapprocha de lui dans leur lit confortable, et il passa un bras autour d'elle.

— J'avais toute la liberté dont j'avais besoin. Je ne savais pas quoi en faire, voilà tout.

— Oh, chérie... — Il enfouit son visage dans sa chevelure et ses yeux se remplirent encore de larmes. Elle avait posé son visage contre sa poitrine, il la sentait pleurer et ses épaules trembler. — Pourquoi faisons-nous cela ? Ne pouvons-nous revenir en arrière de quelques semaines et oublier que c'est arrivé ?

Même à travers ses larmes, elle secoua la tête, puis leva les yeux vers lui.

— Je ne le pense pas. J'aurais toujours le sentiment d'avoir manqué je ne sais quoi. Je reviendrai... je promets... je le jure. Je t'aime trop pour ne pas revenir.

Mais quelque chose dans le cœur d'Oliver lui disait qu'elle ne reviendrait pas quoi qu'elle en dise. Mieux valait la garder à la maison, ne jamais la laisser partir. Une fois partie, n'importe quoi pouvait arriver.

Ils restèrent longtemps couchés, serrés dans les bras l'un de l'autre, leurs visages côte à côte, leurs lèvres se rejoignant de temps en temps et finalement la faim qu'il avait d'elle fut plus forte que sa volonté. Pour la première fois en deux semaines, il la prit avec une passion et un désir dont l'ardeur avait été depuis longtemps oubliée. Il y avait un désespoir dans leurs caresses qu'elles n'avaient jamais eu avant, une soif, une solitude, une faim insatiable. Sarah le ressentait aussi, en même temps qu'une impression de culpabilité, du regret, et un chagrin qui la terrassa presque tandis qu'ils frémissaient à l'unisson puis gisaient côte à côte en s'embrassant ensuite, jusqu'à ce qu'il finisse par s'endormir dans ses bras... Oliver... le garçon qu'elle avait aimé voilà longtemps... l'homme qu'il était devenu... l'amour qui avait commencé et risquait maintenant de finir à Harvard.

4

La matinée de Noël se passa dans une bousculade fébrile. Le couvert à installer, la dinde, les cadeaux, les coups de fil en provenance de Chicago et trois appels des Watson. George téléphonait pour dire que Phyllis n'était pas tout à fait elle-même, mais Oliver ne vit là qu'une inquiétude injustifiée de son père. Les Watson étaient attendus pour midi et arrivèrent à presque deux heures, avec des brassées de cadeaux pour tout le monde, y compris un châle de cachemire pour Agnès et un énorme os à moelle pour Andy. Et, comme pour démentir les avertissements de George, Phyllis paraissait remarquablement bien et était ravissante dans une nouvelle robe de laine violette qu'elle avait achetée le jour où elle était allée faire des courses pendant des heures d'affilée et avait inquiété son mari.

Ils déballèrent des cadeaux pendant ce qui sembla des éternités. Sarah était abasourdie par la bague d'émeraude qu'Ollie lui avait donnée ce matin quand il s'était assis devant la table de la cuisine, à la pointe de l'aube, pour la regarder farcir la dinde. Elle lui avait offert un manteau en peau de mouton, quelques cassettes dont elle savait qu'il avait envie, des cravates et des chaussettes, des babioles amusantes et un magnifique porte-documents en cuir noir. Et pour rire, il lui avait donné une drôle de petite « serviette d'écolier » rouge pour lui rappeler qu'elle n'était « qu'une gamine » à ses yeux et une boussole en or pour retrouver son chemin jusqu'à la maison, avec l'inscription : *Reviens vite. Je t'aime. Ollie.*

— C'est pourquoi, ça, papa? avait demandé Sam en remarquant le cadeau quand Sarah l'avait déballé. Toi et m'man, vous partez camper? C'est une drôlement jolie boussole.

— Ta maman est une drôlement jolie femme. Je me suis dit que cela pourrait être utile si jamais elle se perdait.

Il sourit, Sam rit et Sarah allongea doucement la main pour effleurer Oliver. Elle l'embrassa avec tendresse et, ensuite, il la suivit à la cuisine pour l'aider à découper la dinde.

Le repas lui-même se déroula sans incident, sinon qu'au beau milieu grand-mère Phyllis commença à devenir nerveuse. Elle paraissait saisir toutes les occasions de bondir de sa chaise, pour aider à transporter des assiettes qui n'avaient besoin d'aller nulle part, pour apporter de la cuisine des choses qui n'avaient rien à faire là et demander dix fois à chacun s'il était voulait être resservi.

— Qu'est-ce qu'elle a, grand-mère? chuchota Sam à son père à un moment donné où Phyllis s'était précipitée derrière Agnès en insistant pour l'aider. Elle n'a jamais tellement aimé aider à la cuisine.

Oliver l'avait remarqué aussi, mais s'imagina qu'elle était seulement mal à l'aise pour Dieu sait quoi. Elle semblait plus agitée que d'ordinaire.

— Je pense qu'elle a simplement envie d'aider ta maman et Agnès. Les vieilles personnes deviennent comme ça quelquefois. Ils veulent que tout le monde sache qu'ils sont encore utiles.

— Ah.

Sam hocha la tête, convaincu, mais les autres avaient

remarqué aussi. Et Mel adressa un coup d'œil à sa mère d'un air soucieux. Sarah se contenta de secouer la tête, ne voulant pas que les questions soient formulées. Il lui était soudain évident que sa belle-mère souffrait de quelque chose.

Mais à part cela le repas se poursuivit tranquillement. Et tous mangèrent trop de tout, puis s'effondrèrent dans la salle de séjour, tandis que Sarah, Agnès et Phyllis rangeaient la cuisine. Melissa se joignit à elles un moment, mais revint bientôt s'asseoir avec les hommes et ses deux frères.

Elle regardait avec inquiétude son grand-père George et s'assit à côté de lui.

— Qu'est-ce qui se passe avec grand-mère ? Elle semble bien énervée.

— Cela lui arrive de temps à autre. Elle s'agite. C'est difficile de la calmer. Parfois, mieux vaut la laisser se fatiguer pour autant qu'elle ne cause pas de catastrophe. Elle ne risque rien là-bas ?

— Je ne crois pas. Elle court dans la cuisine comme un tourbillon.

Mais la vérité c'est qu'elle n'accomplissait rien, elle parlait sans arrêt et transportait des assiettes sales d'un endroit à un autre puis les remettait à la même place sans avoir rien fait d'utile. Sarah et Agnès s'en étaient aperçues aussi, mais ni l'une ni l'autre n'avait émis de réflexion et finalement elles avaient dit à Mel d'aller dans l'autre pièce. Sur quoi, sa grand-mère, en entendant son nom, avait eu son attention attirée et avait regardé droit dans les yeux son unique petite-fille en disant :

— Mel ? Elle est ici ? Oh, comme j'aimerais la voir, où est-elle ?

Melissa en était restée muette de stupeur et sa mère lui avait fait signe de s'en aller. Elle était encore bouleversée en s'asseyant à côté de son grand-père pour demander une explication.

— Elle n'a pas les idées claires. Je ne l'avais jamais vue dans cet état.

— Cela lui arrive de plus en plus souvent.

George Watson regarda tristement son fils. C'est précisément ce qu'il avait tenté d'expliquer à Ollie. Toutefois elle était parfaitement saine d'esprit certains jours et il se demandait si ce n'était pas lui-même qui s'imaginait qu'elle avait ces accès de confusion mentale. En être certain était difficile. Un jour, elle était complètement égarée et le lendemain elle était bien de nouveau, ou encore elle changeait d'une heure à l'autre. C'était à la fois effrayant et déroutant.

— ... Je ne sais pas ce que c'est, Mel. J'aimerais bien le savoir. La vieillesse, je suppose, mais elle paraît trop jeune pour ça.

Phyllis Watson n'avait que soixante-neuf ans, et son mari avait trois ans de plus qu'elle.

Quelques minutes plus tard, Phyllis et Sarah revinrent dans la salle de séjour et Phyllis semblait beaucoup plus calme. Elle prit place paisiblement dans un fauteuil et bavarda avec Benjamin qui lui racontait qu'il avait posé sa candidature pour entrer à Harvard. Et aussi à Princeton, Stanford sur la côte ouest, Brown, Duke et Georgetown. Avec ses notes et ses dons d'athlète, une foule d'établissements prestigieux s'offraient à son choix. Mais il préférait Harvard et Sarah aussi, maintenant. Ce serait fantastique de suivre des cours là-bas en même temps que lui. Peut-être qu'alors il lui pardonnerait son départ de la maison huit mois avant que lui-même entame ses études à l'université. Oliver avait même suggéré qu'elle attende que Benjamin s'en aille, mais elle se refusait à repousser quoi que ce soit. Elle avait patienté trop d'années pour accepter de l'attendre une heure de plus. C'était le genre de réaction que Phyllis avait prédite des années auparavant mais maintenant peut-être qu'elle ne s'en souvenait même plus ou ne le comprenait pas.

— Quand auras-tu la réponse de toutes ces écoles?

George Watson se réjouissait pour son petit-fils.

— Probablement pas avant fin avril.

— Cela fait longtemps à attendre pour un garçon de ton âge.

— Oui, c'est vrai. — Benjamin sourit et regarda son père avec affection. — Papa et moi, nous allons visiter les écoles en attendant. J'en connais la plupart, mais je n'ai jamais vu Duke ni Stanford.

— Beaucoup trop loin. Je continue à estimer que tu devrais aller à Princeton.

Il y eut un sourire général. George pensait toujours que tout le monde devrait aller à Princeton.

— Je ne dis pas non, si je n'entre pas à Harvard. Tu inciteras peut-être Mel à s'y inscrire un de ces jours.

Mel poussa un gémissement et lui jeta à la tête un morceau de biscuit.

— Tu sais bien que je veux aller à Los Angeles étudier le théâtre à l'université de Californie.

— Oui, si tu ne te maries pas avant.

En temps ordinaire, il disait « si tu ne tombes pas enceinte avant », mais il n'aurait pas osé devant ses parents. Elle avait un flirt très poussé avec un de ses camarades à lui et bien que ne croyant pas qu'elle l'ait encore poussé « jusqu'au bout », il se doutait que cela en arrivait bien près. Par ailleurs, elle aussi avait eu vent récemment de son nouvel engouement pour une jolie blonde à la silhouette sensationnelle, Sandra Carter.

La soirée s'avança, finalement les grands-parents Watson rentrèrent chez eux et juste après leur départ Oliver regarda Sarah d'un air interrogateur. Pendant la dernière demi-heure, elle avait été curieusement silencieuse, et il savait qu'elle réfléchissait à ce qu'elle dirait aux enfants. En un sens, ils étaient tous si fatigués que mieux aurait valu attendre un autre jour, mais elle y pensait depuis tellement longtemps que maintenant elle voulait les prévenir.

Benjamin s'apprêtait à demander les clefs de la voiture, Melissa désirait téléphoner à un ami et Sam bâillait déjà quand Agnès apparut sur le seuil de la porte.

— Il est temps que Sam se couche. Je vais l'accompagner, si vous voulez, Mrs Watson.

Tout était en ordre dans la cuisine et elle avait envie de se rendre dans sa chambre pour regarder la télévision neuve dont les Watson lui avaient fait cadeau pour Noël.

— Je m'en occuperai dans un moment. Nous souhaitons parler d'abord. Merci, Agnès.

Sarah lui sourit et Agnès se figea pour une seconde ; il y avait quelque chose de bizarre dans le regard de sa patronne, mais elle se borna à hocher la tête et à leur souhaiter à tous un joyeux Noël avant de regagner sa chambre pour la nuit. Sam leva vers sa mère de grands yeux fatigués.

— De quoi allons-nous parler ?

— M'man... est-ce que je peux... j'étais censé sortir...

Benjamin avait l'air anxieux en jetant un coup d'œil à sa nouvelle montre. Sarah secoua la tête.

— J'aimerais que tu attendes. Il y a quelque chose dont j'aimerais vous parler à tous.

— Quelque chose qui ne va pas ?

Il eut l'air déconcerté ; Mel était déjà à la moitié de l'escalier, mais Sarah attendit qu'ils soient de nouveau tous rassemblés et assis. Les choses sérieuses allaient visiblement commencer et Oliver prit place de l'autre côté de la pièce, près du feu, se demandant ce qu'elle dirait et comment ils le supporteraient.

— Je ne sais pas très bien par où débuter... —Sarah sentait soudain le souffle lui manquer en les regardant tous, son beau et grand fils, sa fille si adulte à présent et pourtant encore une enfant, et Sam pelotonné avec une mine ensommeillée sur le divan à côté d'elle. — Il y a une chose que je voulais faire depuis longtemps et que je vais faire maintenant, mais ce ne sera facile pour aucun de nous. Le changement sera important. D'abord, je veux que vous sachiez tous combien je vous aime, quel arrachement cela représente pour moi... mais ce en quoi j'ai toujours cru et que je vous ai dit à tous est qu'il faut être fidèle à soi-même... — elle serra la main de Sam et évita le regard d'Oliver en poursuivant — ... et faire ce qu'on estime juste même si parfois c'est difficile.

Elle reprit haleine de nouveau, un silence de mort régnait dans la pièce. Ils avaient peur de ce qu'elle s'apprêtait à dire. Elle avait l'air tellement grave subitement, et Benjamin remarqua la pâleur de son père. Peut-être qu'ils divorçaient, ou allaient avoir un autre enfant, un bébé ça irait encore mais un divorce serait la fin du monde. Aucun d'eux n'imaginait de quoi il s'agissait.

— Je vais reprendre mes études.

Elle soupira en prononçant ces mots.

— Tu recommences ?

C'était Mel, abasourdie.

— Où ? questionna Benjamin.

— Pourquoi ? voulut savoir Sam.

Cela lui paraissait idiot. Les études, c'est pour les jeunes et lui, il n'avait qu'une hâte, en finir. Quelle idée, y retourner quand on était adulte ! Voilà bien un truc qu'il ne voudrait pas faire à l'âge qu'elle avait.

— ... Est-ce que papa retourne aussi en classe ?

Sarah sourit, mais pas Oliver. Ç'aurait été plus simple pour tous s'il y était retourné. Alors ils seraient tous partis pour Cambridge. Mais elle était la seule à se déplacer, eux restaient là, avec leur vie confortable et tranquille. Elle seule avait besoin de quitter le port, de sortir du havre sûr de leur existence, pour gagner des eaux inconnues. Mais cette idée la vivifiait plus qu'elle ne l'effrayait. Un jour, elle le leur expliquerait, mais pas maintenant. Maintenant, ils avaient besoin de savoir en quoi cela les affecterait. Et ils en seraient affectés. C'était indéniable. Surtout Sam, qui se rassit en la regardant d'un air d'attente. Cela lui fendait le cœur de le voir, mais néanmoins elle savait qu'elle devait les quitter.

— Non, papa ne retourne pas à l'école. Seulement moi. Je pars pour Harvard d'ici deux semaines.

— Harvard? — Benjamin avait une mine scandalisée. — Toi? Pourquoi?

Il ne comprenait pas. Comment pouvait-elle aller suivre des cours à Boston? Puis peu à peu il comprit. Il jeta un bref regard à son père et vit tout, la solitude, la souffrance, le chagrin qu'elle avait mis dans les yeux d'Oliver Watson, mais il y avait aussi de l'angoisse et de la tristesse dans ses yeux à elle.

— Je reviendrai à la maison aussi souvent que possible. Et vous aurez toujours papa et Agnès pour s'occuper de vous.

— Tu veux dire que tu nous quittes? — Sam s'était assis droit comme un i à côté d'elle, les yeux agrandis et instantanément emplis de terreur. — Pour de bon?

— Non, pas pour de bon, se hâta-t-elle de corriger. Juste pour un temps. Je rentrerai aux week-ends et aux vacances. — Elle décida de leur dire la vérité. Elle la leur devait. — Le cycle d'études dure deux ans.

— Deux ans? — Sam se mit à pleurer et pendant un moment personne d'autre ne parla tandis qu'elle essayait de le prendre dans ses bras et qu'il s'en arrachait, courant au milieu de la pièce en direction de son père. — Tu nous quittes et tu nous laisses? Pourquoi? Tu ne nous aimes plus?

Elle se leva et tendit les mains vers lui, mais il ne se laissa pas faire. Elle avait les yeux brillants de larmes à son tour. Elle s'était attendue à ce que ce soit pénible, mais pas autant, et soudain elle souffrait de la douleur qu'elle leur causait à tous; pourtant elle était toujours certaine que c'est ce qu'elle devait faire, dans son propre intérêt.

— Bien sûr que je vous aime, Sam... tous... j'ai simplement besoin de le faire... pour moi.

Elle essayait de s'expliquer, mais il ne pouvait pas l'entendre à travers ses sanglots, il s'était précipité vers Mel et se cramponnait maintenant à elle qui s'était mise aussi à pleurer. Elle étreignait son petit frère comme si tous deux risquaient de se noyer et elle leva sur sa mère des yeux accusateurs.

— Pourquoi, maman?

C'étaient les deux mots les plus douloureux qu'elle avait jamais entendus et elle se tourna vers Oliver pour qu'il vienne à son aide, mais il ne dit rien à présent. Cela lui brisait le cœur autant qu'à leurs enfants.

— C'est difficile à expliquer. C'est juste quelque chose que j'ai envie de faire depuis longtemps.

— Est-ce toi et papa? questionna Mel tout en pleurant, les bras serrés autour de Sam. Allez-vous divorcer?

— Non, nous ne divorçons pas. Rien ne va changer. J'ai simplement besoin de partir quelque temps, pour accomplir quelque chose par moi-même, pour être quelqu'un de mon propre chef, sans vous tous.

Elle ne leur dit pas qu'ils étaient un poids, qu'ils l'empêchaient de créer quoi que ce soit. Ç'aurait été déloyal envers eux, pourtant c'était bien cela, c'était évident à présent. En un sens, Oliver avait eu raison, il avait toujours raison, mais elle savait qu'elle avait raison aussi. Ils survivraient, et elle leur reviendrait meilleure. Si elle restait, elle mourrait. Elle en était certaine maintenant.

— Ne peux-tu suivre des cours ici? lui demanda Benjamin à mi-voix.

Il paraissait secoué lui aussi, mais il était trop âgé pour pleurer. Il se contentait de ne pas la quitter des yeux, comme s'il cherchait à comprendre, certain qu'il y avait un autre motif là-dessous. Peut-être qu'ils divorçaient et ne voulaient pas l'annoncer aux enfants. Mais alors pourquoi n'emmenait-elle pas les enfants avec elle? Cela ne rimait à rien. Il savait seulement que leur famille volait en éclats, et la cause lui échappait. Néanmoins, il voulait croire que sa mère avait de bonnes raisons pour cela. Il l'aimait tant. Il voulait comprendre aussi son point de vue à elle, sans y parvenir.

— Je ne pense pas pouvoir réussir à quoi que ce soit ici, Benjamin. Harvard est l'endroit qu'il me faut... — Elle eut un sourire triste, les sanglots de Sam résonnaient en elle comme une souffrance physique, mais elle n'osait pas s'approcher. Chaque fois qu'elle le tentait, il la repoussait avec de farouches moulinets de bras. Et Oliver se tenait aussi à distance de Sam. — ... Peut-être serons-nous tous les deux là-bas ensemble à l'automne.

— Ce serait épatant.

Benjamin lui sourit. Il avait toujours confiance en elle et en ce qu'elle faisait, mais intérieurement le coup l'assommait. Il avait l'impression que son existence entière avait explosé en l'espace d'une seconde. Il ne lui était jamais venu à l'idée que l'un ou l'autre de ses parents veuille aller quelque part. Ils étaient là pour rester... ou peut-être que non après tout. Mais il n'aurait jamais cru que ce serait elle qui s'en irait. Assis dans son fauteuil, s'efforçant de garder son calme, observant Oliver dans le coin de la pièce, il avait du mal à réfléchir. Puis il se leva, regarda son père et lui demanda à brûle-pourpoint :

— Papa, qu'est-ce que tu en penses ?

— C'est la décision de ta mère, fils. Nous ne pouvons pas nous y opposer. Et elle ne nous a guère laissé de choix. Elle estime faire ce qu'elle doit et nous n'avons qu'à nous résigner et la soutenir.

Il regarda Sarah en face à ce moment-là et pour lui quelque chose avait changé. Elle avait causé de la peine à ses enfants maintenant, pas seulement à lui, et il ne l'oublierait jamais, mais il savait aussi qu'il l'aimerait toujours.

— Tu vas nous manquer, Sarrie.

La beauté de Noël était oubliée à présent, les rires, les traditions, les cadeaux. C'était la soirée la plus pénible de leur vie, pourtant elle aurait pu être pire. Quelque chose aurait pu arriver à l'un d'eux. Ce n'était que pour un temps, du moins elle le disait. Deux ans. Cela leur paraissait une éternité maintenant, cependant que Sarah tentait de nouveau de s'approcher de Mel et de Sam. Ce dernier ne fit que redoubler de larmes et Mel leva la main pour que Sarah reste à l'écart, jetant à l'un et l'autre de ses parents un regard également furieux.

— Je crois que tu nous mens. Je crois que tu nous quittes pour de bon et que tu n'as pas le cran de nous le dire. Sinon, pourquoi ne nous emmènes-tu pas avec toi ?

— Parce que je ne vous emmène pas. Qu'est-ce que vous feriez à Cambridge ? Vous perdriez tous vos amis ici ? Vous iriez dans une nouvelle école ? Vous vivriez dans un logement exigu avec moi pendant que je rédigerais des essais et étudierais pour mes examens ? Benjamin est en dernière année, tu en as deux encore. As-tu réellement envie de plaquer tout ça ? Et je ne pourrais pas m'occuper de vous tout en suivant mes cours. Vous êtes bien mieux ici avec papa et Agnès, dans votre propre maison, à fréquenter une école que vous aimez, avec des camarades que vous connaissez depuis des années, dans un environnement familier.

— Tu nous plaques.

Les yeux de Mel lançaient des éclairs de colère et de souffrance, et les sanglots de Sam n'avaient pas faibli une seule fois. Mel s'attaqua ensuite à son père.

— Tu dois lui avoir fait quelque chose d'horrible pour qu'elle nous lâche comme ça.

Elle les haïssait tous les deux, sûre de les haïr toujours. Jusqu'à la fin des temps.

Sarah fut prompte à le défendre.

— Ce n'est pas vrai, Mel. Ton père n'a rien à voir là-dedans.

— Les gens ne s'en vont pas simplement comme ça, pour des études. Pas les adultes en tout cas. Il faut que tu nous détestes vraiment tous pour t'en aller.

Les sanglots de Sam se changèrent en un gémissement. Mel se leva et le prit dans ses bras. Il se tourna alors pour regarder de nouveau sa mère, la figure ravinée par les larmes, mais cette fois elle ne s'approcha pas. Il ne lui appartenait plus. Il était à eux maintenant.

Sam pouvait à peine parler entre deux sanglots.

— Est-ce... est-ce... que c'est vrai? Tu... tu... nous détestes, maman?

Le cœur de Sarah se brisa à cette idée et des larmes dévalèrent ses joues tandis qu'elle secouait la tête.

— Non, ce n'est pas vrai. Je vous aime de tout mon cœur... chacun de vous et papa.

Elle pleurait à présent. Oliver détourna la tête de leur groupe qui se dévisageait en silence, ne sachant plus que faire. Leur famille avait été détruite d'un seul coup. Puis, sans un mot, il se dirigea vers Mel et se chargea de Sam qui se cramponna à lui comme naguère, quand il était bébé.

— Ça se passera bien, fils... nous nous débrouillerons.

Il se pencha pour embrasser Mel, mais elle se déroba et monta en courant vers sa chambre ; peu après ils entendirent claquer sa porte. Alors, lentement, Oliver s'engagea dans l'escalier avec Sam, et Sarah et Benjamin restèrent seuls. Il la regarda, toujours sous le choc, incapable de croire ce qu'il avait entendu, sachant pourtant que c'était vrai.

— Maman... pourquoi?

Il était assez âgé pour qu'on lui parle ouvertement et elle n'y avait jamais manqué.

— Je ne le sais pas très bien. Tout ce dont je suis sûre c'est que je ne peux plus continuer comme ça et que cette solution semble la bonne. Voilà ce que je sais. Je veux être plus que cela. Plus que quelqu'un qui se charge de ramasser les enfants pour les conduire en classe et attend que Sam rentre de l'école.

Pendant un instant, à l'entendre, Ben eut l'impression qu'elle détestait être leur mère.

— Mais tu ne pouvais pas attendre ? D'autres mamans attendaient.

— Pas plus longtemps. Il faut que je le fasse maintenant.

Elle se moucha, mais les larmes ne s'arrêtaient pas. C'était affreux de leur causer de la peine et pourtant sans en avoir l'intention, eux aussi lui en causaient. Ils l'avaient blessée pendant des années. Et Ollie également.

Benjamin hocha la tête, regrettant de ne pas comprendre. Il l'aimait et la voulait heureuse mais, au fond du cœur, il estimait terrible d'agir comme ça. Il était incapable d'imaginer qu'on abandonne un enfant. Il n'avait jamais pensé qu'elle commettrait une chose pareille. Pourtant elle l'avait commise, elle la commettait et maintenant tout était changé. Qu'est-ce qui restait ? Rien. Des gosses. Un père qui travaillait tout le temps. Et une domestique qui préparait la cuisine pour eux. Soudain, il ne pouvait plus patienter jusqu'à l'automne pour s'en aller. Il serait parti tout de suite s'il l'avait pu. Il n'avait plus de famille. Rien qu'un groupe de gens avec qui il habitait. C'était presque comme si elle était morte, pire encore parce qu'elle aurait pu rester si elle l'avait voulu. Et qu'elle ne le veuille pas, voilà ce qui le frappait au cœur. Si elle leur était si attachée, elle serait restée, seulement elle s'en allait. Ça parlait suffisamment. Il regarda ses pieds, puis releva les yeux vers Sarah, honteux de ses réflexions et désireux de fuir la maison le plus vite qu'il pouvait. Il avait toujours cru en elle, plus encore qu'en son père, et subitement elle leur jouait ce sale tour. Comme ça. A eux tous, lui, Mel, Sam, même son père. Il en était désolé pour lui, mais il n'y pouvait rien changer.

— Excuse-moi de te poser cette question maintenant... je me demandais si... crois-tu que papa serait opposé à ce que je prenne la voiture un moment ?

Elle secoua la tête, s'interrogeant sur ce qu'il pensait au fond de lui-même. Il avait toujours été celui dont elle était la plus proche.

— Je suis sûre que c'est d'accord.

On aurait dit que subitement elle n'avait plus aucune autorité. Elle avait rendu ses clefs. C'était un aperçu de ce que seraient ses retours aux week-ends. Ils n'auraient plus l'habitude de sa présence, elle n'aurait plus aucun pouvoir sur eux. Cela ne serait pas facile, quoi qu'elle fasse.

— Ça va, toi ?

Elle s'inquiétait pour lui. Elle savait que même s'il ne disait pas grand-chose il était très affecté. Et il n'avait que dix-sept ans, après tout. Elle ne voulait pas qu'il aille s'enivrer, puis essaie de revenir en voiture ou se mette une autre folle idée en tête.

— Où vas-tu à cette heure-ci ?

Dix heures passées et la nuit de Noël : elle n'était pas enchantée qu'il soit sur les routes.

— Juste voir un ami. Je rentrerai dans un moment.

— D'accord. — Elle hocha la tête et il s'apprêta à s'en aller, alors elle se pencha soudain et lui saisit la main. — Je t'aime... rappelle-toi toujours cela, s'il te plaît...

Elle pleurait à présent et Benjamin aurait voulu dire quelque chose mais il resta muet. Elle leur avait fait trop mal. Il ne put qu'incliner la tête en signe d'assentiment, puis se dirigea vers la porte en prenant son manteau au passage. Et un instant après il était parti. Elle frissonna quand la porte claqua, puis elle monta lentement à leur chambre. Elle entendait encore des sanglots provenant de la chambre de Mel, dont la porte était fermée à clef quand Sarah essaya de l'ouvrir, et Mel ne voulut pas lui répondre ; aucun son ne sortait de celle de Sam et elle n'osa pas y entrer de crainte de l'éveiller. Elle se rendit dans sa propre chambre et s'assit sur le lit, avec l'impression d'avoir été heurtée par un camion. Oliver ne vint finalement qu'une heure plus tard. Il la trouva étendue sur le lit, fixant le mur du regard, les yeux encore pleins de larmes.

— Comment va-t-il ?

Elle n'était même pas allée le voir. Il était maintenant à Oliver, plus à elle. Eux tous. Elle aurait aussi bien pu ne plus être là et elle prit alors conscience qu'elle devait partir aussi vite que possible. Ce serait probablement plus facile pour eux tous, maintenant qu'ils savaient qu'elle s'en allait.

— Il dort.

Oliver se laissa choir dans un fauteuil avec un soupir d'épuisement. La journée avait été longue et la soirée interminable, il n'avait plus envie de rompre des lances avec elle. Elle ruinait leur existence, simplement pour avoir ce qu'elle voulait. Sa mère avait eu raison. Mais c'était trop tard maintenant. Ils étaient plongés dans la mélasse jusqu'au cou et s'il voulait que ses gosses s'en tirent, il lui fallait se mettre à nager vite. Il avait commencé avec Sam ce soir et il y avait encore Mel dont il devait s'occuper, et Benjamin. Il avait vu l'expression du garçon. Même à dix-sept ans, il était rudement secoué par ce qu'avait fait Sarah.

— ... Je ne sais pas si aucun d'eux va jamais s'en remettre.

— Ne dis pas des choses comme ça. Je me sens déjà assez mal.

— Peut-être que non. Peut-être que si tu avais suffisamment mal, tu ne le ferais pas. Ils ne vont plus jamais se fier à personne et encore moins à moi. Si leur propre mère les laisse tomber, qu'est-ce que tu imagines qu'ils vont attendre du reste du monde ? Qu'est-ce que tu penses qu'en seront les conséquences pour eux, que ça les rendra meilleurs ? Bon Dieu, non. Ils auront de la chance s'ils s'en remettent. Nous en aurons tous.

— Et si j'étais morte ?

— Ç'aurait été plus facile pour eux. Du moins tu n'y aurais été pour rien et, en fait, c'est la décision que toi tu as prise qui donne aux enfants l'impression d'être rejetés.

— Merci beaucoup. Alors tu me dis que je suis la dernière des dernières, c'est ça ?

Elle était de nouveau en colère. Il essayait de la vaincre par la culpabilité et elle en éprouvait déjà suffisamment.

— Peut-être que je te le dis, Sarah. Peut-être l'es-tu. Peut-être n'es-tu qu'une sale égoïste et te fiches-tu complètement de nous. C'est possible, n'est-ce pas ?

— Peut-être. M'annonces-tu que tu ne veux plus de moi ?

— Ne me fais pas dire ce que je n'ai pas dit.

L'ennui était qu'il voulait d'elle, il la voudrait toujours, quoi qu'elle fasse à lui ou aux enfants, mais à l'instant présent il la détestait pour ce qu'elle venait de leur faire. Sam s'était cramponné à lui comme un enfant qui se noie, et il se noyait. Il allait souffrir pendant un long, très long temps, et Oliver pensait ce qu'il avait dit. Il se demandait si eux tous n'allaient pas en être marqués pour la vie. Sûrement Sam, en particulier si elle ne revenait pas définitivement, ce qui était plausible, Oliver s'en rendait compte, même si elle s'en défendait, car les choses allaient changer pour elle une fois qu'elle serait à Harvard. Il y aurait d'autres gens dans sa vie, et Oliver et les enfants seraient loin, bien loin de là. Rien n'était plus garanti à présent, ni pour l'un ni pour l'autre.

— Je crois que je devrais partir le plus vite possible. C'est trop dur pour nous tous si je reste les deux prochaines semaines.

— A toi de juger.

Il se rendit dans la salle de bains et se déshabilla. Il ne se sentait plus proche d'elle subitement. Ils avaient fait l'amour ensemble pas plus tard que la veille et voilà qu'elle lui semblait désormais une étrangère. Une étrangère qui s'était introduite dans sa maison et jouée de l'affection de ses enfants.

— Quand penses-tu t'en aller ? questionna-t-il en revenant et s'asseyant sur le lit.

— Après-demain peut-être. Il faut que je m'organise.

— J'emmènerai les enfants quelque part pour qu'ils ne te voient pas partir.

— C'est une idée.

Elle le regarda alors tristement, plus rien ne restait à dire. Ils s'étaient tout dit, les accusations, les regrets, les excuses, les explications et maintenant les larmes.

— ... Je ne sais plus quoi ajouter.

Surtout après ce soir, après avoir vu leurs enfants pleurer. N'empêche qu'elle s'en allait toujours.

— Moi non plus.

Elle paraissait assommée et brisée.

Ils restèrent étendus en silence dans le noir et enfin, à deux heures du matin, il s'endormit. Mais Sarah demeura éveillée jusqu'à l'aube et c'est alors seulement qu'elle entendit Benjamin rentrer. Pourtant elle ne lui dit rien. C'était un gentil garçon et il avait subi une rude épreuve. Ce serait dur pour lui aussi. Il n'était encore qu'un enfant, du moins elle le croyait.

Il était devenu un homme cette nuit-là, une expérience étrange et belle pour lui. Les parents de Sandra n'étaient pas chez eux et il avait fait l'amour avec elle pour la première fois. C'était comme si on lui avait donné une femme à lui en échange de celle qu'il avait perdue au début de la soirée. Ce fut pour lui une nuit bizarre, une nuit douce-amère, et après cela ils avaient parlé longtemps, de ce qui s'était passé à la maison et de ce qu'il avait éprouvé. Il pouvait parler à Sandra comme il ne pouvait parler à personne d'autre, puis ils avaient de nouveau fait l'amour et il était enfin rentré à la maison, vers son propre lit, pour songer au nouvel amour qu'il avait, à ce que cela signifiait et à la mère qu'il avait perdue. Et soudain cela lui sembla un peu moins terrifiant, à cause de Sandra.

Sarah écoutait les bruits de la maison pendant que tous dormaient, souhaitant être encore l'une d'eux. Mais elle n'était plus une des leurs. On aurait dit qu'elle était quelqu'un d'autre et qu'il ne lui restait plus qu'à poursuivre sa nouvelle existence. Elle en éprouvait encore de la joie, malgré ce que cela avait coûté en cœurs et en vies. Pendant qu'ils dormaient tous, elle se leva et commença à emballer ses affaires. Elle rassembla ce dont elle avait besoin dans trois valises et quand Oliver se leva le matin, elle avait fini. Elle avait pris une douche et s'était habillée, elle avait réservé une place dans un avion. Elle avait téléphoné à un hôtel de Cambridge où elle avait séjourné une fois. Et elle s'était résolue à partir cet après-midi au plus tard.

— Où vas-tu à cette heure-ci ?

Oliver avait l'air surpris de la voir habillée quand il se leva, et il comprit que beaucoup de choses s'étaient passées pendant son sommeil.

— Nulle part encore. Je pars ce soir. Je préviendrai les enfants quand ils seront debout. Ils ne peuvent guère être beaucoup plus bouleversés qu'ils ne le sont déjà. Pourquoi ne les emmènerais-tu pas quelque part pour leur changer les idées ?

— J'essaierai. Je verrai ce que je peux faire.

Il se doucha, s'habilla et donna quelques coups de téléphone. Et au petit déjeuner, tous deux les avertirent que Sarah partait plus tôt que prévu et que lui les emmenait skier dans le Vermont. Oliver demanda à Agnès de préparer le bagage de Sam et, pendant un instant, Benjamin eut l'air de vouloir regimber. Il dit qu'il avait des choses à faire pour ses cours pendant le reste des vacances.

— Pendant le congé de Noël ?

Oliver eut l'air sceptique et se demanda s'il s'agissait d'une petite amie.

— Combien de temps nous absenterons-nous ?

— Trois ou quatre jours.

Assez pour distraire tout le monde si c'était possible, puis retour à la tristesse qui se serait abattue sur la maison lorsqu'elle partirait. Cette tristesse était déjà là. Les enfants parurent atterrés quand elle annonça qu'elle s'en irait dans la journée, mais ils étaient déjà si abattus par le choc de la veille au soir que rien ne les surprenait, et ils se contentèrent de hocher la tête au-dessus des petits déjeuners auxquels ils touchaient à peine. Benjamin, les traits tirés par la fatigue, ne dit pas grand-chose et ne mangea guère, Mel ne parlait à personne et Sam regardait constamment son père comme pour s'assurer qu'il était encore là et ne les avait pas abandonnés.

Finalement, Benjamin accepta de les accompagner dans le Vermont et ils se débrouillèrent pour quitter la maison à quatre heures, avant que Sarah parte pour l'aéroport. Les adieux furent déchirants, Sam pleurait de nouveau quand ils se séparèrent d'elle. Agnès se tenait sur le seuil, figée de consternation, et même Benjamin avait les larmes aux yeux cette fois-ci, Sarah était incapable de proférer un son et Oliver pleurait ouvertement quand la voiture s'éloigna. Il ne regarda qu'une fois dans le rétroviseur et sentit son cœur presque littéralement se briser quand il la vit debout là-bas devant la maison, le bras levé dans un dernier salut. Son existence entière s'écroulait en l'espace d'un instant. Disparus la femme qu'il aimait et tout ce qu'il avait construit. Disparue, en échange de la folie dont elle avait envie. Et il estima que cela ne ferait pas de mal à ses gamins de le voir pleurer. Il souffrait autant qu'eux et, regardant Sam, il sourit à travers ses larmes et serra le petit garçon contre lui.

— Allez, mon brave, nous allons nous en tirer, tu sais. Et maman aussi.

Il avait encore les larmes aux yeux en essayant de sourire à Sam et aux autres.

— Est-ce que nous la reverrons un jour?

Voilà ce qu'avait redouté Oliver. Sam n'avait plus confiance en rien ni en personne à présent, mais Oliver n'était pas sûr de ne pas être dans le même état d'esprit, qui l'en blâmerait?

— Bien sûr que oui. Et un de ces quatre matins, nous n'aurons plus autant de chagrin. N'empêche, cela fait une sacrée peine, hein?

Sa voix s'étrangla de nouveau et, sur la banquette arrière, Benjamin se moucha. Mel pleurait aussi, mais elle était perdue dans ses pensées et ne parlait à aucun d'eux, elle n'avait adressé la parole à personne depuis ce matin.

Cela serait bizarre de jouer envers eux le rôle du père et de la mère, bizarre de faire ce qu'elle avait fait pour eux... les conduire chez le médecin... l'orthodontiste... acheter des chaussures pour Sam... Quand trouverait-il le temps pour tout cela? Comment se débrouillerait-il sans elle? Mais, ce qui importait beaucoup plus, comment vivrait-il sans la femme qu'il aimait, sans sa main, sa vie, son réconfort et son rire? Le long trajet vers le Vermont se déroula dans le silence, aucun d'eux ne proféra un mot avant qu'ils s'arrêtent pour dîner, loin au cœur du Massachusetts.

Sarah se trouvait à Boston à ce moment-là, en route vers Cambridge, pour commencer une nouvelle vie. La vie qu'elle avait souhaitée, sans eux.

5

En définitive, le ski fut un succès et, les premiers jours passés, tous recommencèrent à revenir à la vie, certains plus lentement que d'autres. Sam avait des cauchemars la nuit et il avait maintenant la larme facile, mais il riait aussi et il s'amusa follement à skier avec son père. Et Benjamin s'engagea même pour une épreuve de descente avant leur retour mais, quand il ne skiait pas, il téléphonait à des amis, comme si eux seuls détenaient la solution à tous ses problèmes. Seule Mel demeura repliée sur elle-même, skiant sans ardeur et évitant les autres. Elle était le seul membre féminin du groupe à présent et Oliver s'efforça avec constance de lui remonter le moral, mais elle le tenait à distance. Elle semblait n'avoir rien à leur dire, le seul à qui elle parlait était Sam et même avec lui elle gardait le plus souvent un silence pénible.

Oliver avait fort à faire avec eux tous, il louait skis et chaussures de ski, chargeait et déchargeait la voiture, organisait les repas, bordait Sam dans son lit, gardait un œil sur Mel, s'assurant que chacun était vêtu comme il le fallait et, sur le coup de huit heures du soir, il était épuisé. Il pouvait à peine attendre la fin du dîner, puis il se laissait choir dans le lit avec Sam. Il avait décidé de partager une chambre avec lui, pour le cas où l'enfant se sentirait trop solitaire. Sam fit pipi au lit deux fois, ce qui obligea Oliver, en pleine nuit, à tourner le matelas, changer les draps, trouver des couvertures propres. Il était évident que Sam éprouvait une détresse profonde, comme eux tous, mais Oliver s'affairait tellement à cause des enfants qu'il avait à peine le temps de penser à Sarah. La nuit seulement, quand il était couché, il sentait souffrir son cœur et, quand il s'éveillait le matin, il avait l'impression qu'une montagne pesait sur sa poitrine au souvenir douloureux de Sarah. C'était un peu comme si elle était morte, et c'est seulement lors de leur troisième journée dans le Vermont qu'Oliver mentionna son nom. Il dit quelque chose à propos de « maman » et les enfants tournèrent vivement la tête, chacun portant ouvertement les stigmates de son chagrin, et il fut aussitôt navré d'en avoir parlé.

Ils repartirent le Jour de l'An, tous avaient meilleur moral et une mine incroyablement resplendissante de santé. C'est quand ils rentrèrent chez eux qu'ils furent de nouveau touchés. La maison était trop silencieuse, le chien dormait et même Agnès était sortie. Oliver se rendit compte à ce moment-là qu'ils avaient tous secrètement espéré que Sarah les attendrait, mais elle ne les attendait pas. Elle était partie depuis longtemps et, bien qu'ayant le numéro de téléphone de son hôtel à Cambridge, il ne l'appela pas ce soir-là. Il coucha Sam, après que Mel l'eut aidé à préparer le dîner. Benjamin sortit. Il surgit dans la cuisine habillé pour ce qui avait toutes les apparences d'une sortie avec une jeune fille, alors que les autres étaient assis à la table de la cuisine.

— Si vite ? dit Oliver en souriant — aucun d'eux n'avait même défait ses bagages. Ce doit être quelqu'un hors série.

Benjamin eut un sourire diplomatique à l'adresse de son père.

— Rien qu'un ami. Est-ce que je peux emprunter la voiture, papa ?

— Ne rentre pas tard, fils. Et sois prudent. Il y aura encore pas mal de gens ivres sur la route, ce soir.

Du moins avait-il la satisfaction que son fils ne soit pas une tête folle et il savait que Benjamin ne conduisait jamais quand il avait bu. Plus d'une fois, il leur avait téléphoné pour qu'on vienne le chercher, même s'il n'avait pris qu'une bière ou deux avec des amis. Sarah lui avait enfoncé ce principe dans la tête, celui-là et pas mal d'autres. Elle avait imprimé sa marque sur eux tous, et maintenant elle était partie, et Oliver se demanda quand elle reviendrait pour le week-end tant promis. Elle n'était absente que depuis six jours, et cela paraissait déjà une éternité.

Cela faisait un drôle d'effet de se coucher seul ce soir. Il resta allongé dans son lit à penser à elle, comme chaque nuit de cette semaine, s'efforçant de prétendre qu'il n'y songeait pas vraiment. A minuit, il ralluma et essaya de lire des papiers qu'il avait rapportés du bureau. Son patron avait été chic de lui accorder cette semaine de congé à si bref délai, et il était en meilleure forme à présent mais guère mieux. Il était encore éveillé quand Benjamin rentra à une heure du matin et s'arrêta sur le seuil de la chambre pour lui souhaiter bonne nuit. Oliver avait laissé la porte ouverte de façon à entendre Sam et Benjamin le regarda d'un air triste en posant les clefs de la voiture sur une table.

— Ce doit être dur pour toi, papa... je veux dire... avec maman partie.

Oliver hocha la tête. Il n'avait pas grand-chose à ajouter. C'était dur pour eux tous.

— Je pense que nous nous y habituerons et elle va revenir chez nous bientôt. — Mais il n'avait pas le ton de la conviction et Benjamin hocha la tête à son tour. — Tu as passé une bonne soirée ? C'est un peu tard de rentrer à cette heure-ci la veille des cours.

— Oui... j'avais pratiquement perdu la notion du temps. Excuse-moi, papa.

Il sourit et dit au revoir. Une heure plus tard, Oliver entendit pleurer Sam et il se précipita dans sa chambre. Le petit garçon dormait toujours, Oliver s'assit à côté de lui pour lui caresser la tête. Ses cheveux noirs étaient humides. Il ne tarda pas à se calmer mais, à quatre heures, Oliver le sentit qui se glissait dans le lit. L'enfant se blottit contre lui et Oliver pensa à le rapporter dans sa chambre mais, à la vérité, il s'aperçut qu'il était content de sa présence, il se tourna sur le côté puis se rendormit. Et père et fils restèrent paisiblement plongés dans le sommeil jusqu'au matin.

Au petit déjeuner, le lendemain matin, ce fut le chaos habituel. Agnès prépara des gaufres et du bacon pour tout le monde, ce qui était d'habitude une gâterie de week-end, réservée à des occasions exceptionnelles. On aurait dit qu'elle savait qu'ils avaient besoin maintenant de quelque chose de spécial, et elle avait mis dans le panier-repas de Sam un déjeuner particulièrement soigné, avec tous ses plats favoris. Elle se chargeait désormais de le conduire à l'école, et Oliver s'en alla prendre son train avec le sentiment d'être désorganisé et bousculé, ce qui ne lui ressemblait pas. Il s'était affairé à donner des instructions à chacun d'eux, leur rappelant qu'ils devaient rentrer à l'heure et se mettre à leurs devoirs. C'était ce que faisait Sarah, n'est-ce pas ? Ou bien non ? Tout semblait si paisible quand elle était là, si bien ordonné et si heureux au moment où il partait pour le bureau. Et une fois là-bas, il fut accueilli par un monceau de travail d'une semaine avec des rapports sur des projets en cours. Il fut dans l'impossibilité de partir avant sept heures, ce soir-là, et il était près de neuf heures quand il arriva chez lui. Benjamin était de nouveau sorti, Mel parlait au téléphone avec des amis et Sam regardait la télévision dans le lit de son père, ayant oublié de faire ses devoirs, et Agnès s'était abstenue de l'y obliger. Elle expliqua à Oliver qu'elle n'avait pas voulu le mettre dans tous ses états.

— Est-ce que je peux dormir avec toi, papa?

— Tu ne crois pas que tu devrais dormir dans ton propre lit, fils?

Il craignait que cela devienne quotidien.

— Rien que ce soir?... s'il te plaît... je promets, je serai sage.

Oliver lui sourit et se courba pour déposer un baiser sur le sommet de sa tête.

— Je serais beaucoup plus content si tu avais fait tes devoirs.

— J'ai oublié.

— Apparemment.

Il enleva sa veste et sa cravate, posa son porte-documents près du bureau et s'assit sur le lit à côté de Sam, se demandant si Sarah avait téléphoné mais n'osant pas le questionner.

— Qu'est-ce que tu as fait, aujourd'hui?

— Pas grand-chose. Agnès m'a laissé regarder la télé quand je suis rentré.

Tous deux savaient que Sarah ne le lui permettait jamais. Les choses changeaient rapidement sans elle, un peu trop au goût d'Oliver.

— Où est Benjamin?

— Sorti.

Ce qui visiblement importait peu à Sam.

— C'est ce que j'ai compris.

Et il allait avoir à régler cette question-là aussi. Benjamin n'était pas autorisé à sortir en semaine, quand bien même il était en dernière année. Il n'avait que dix-sept ans et Oliver n'avait aucune intention de le laisser se mettre à faire les quatre cents coups en l'absence de Sarah.

— Ecoute voir, mon grand. Je te laisse dormir ici ce soir, mais c'est tout. Demain, tu retournes dans ton lit à toi. D'accord?

— D'accord.

Ils se serrèrent la main pour sceller la chose, l'enfant souriant de toutes ses dents, et Oliver éteignit la lumière.

— Je descends manger un morceau. Dors un peu.

— Bonne nuit, papa.

Il avait l'air heureux en s'enfonçant dans le grand lit, s'emparant de la moitié qui avait été celle de Sarah.

— Dors bien... — Oliver demeura un long moment à le contempler depuis le seuil de la chambre. — Je t'aime.

Il le chuchota, puis s'en alla voir ce que faisait Mel. Elle avait traîné le téléphone de l'entrée jusque dans sa chambre, et il y avait du désordre partout, des vêtements, des livres, des chaussures. C'était merveille qu'elle puisse même pénétrer dans la pièce. Elle leva la tête vers son père d'un air inquisiteur comme il attendait qu'elle termine sa conversation téléphonique, mais elle se borna à couvrir le récepteur avec sa main.

— Tu veux quelque chose, papa ?

— Oui. Un bonsoir et un baiser me plairaient bien. As-tu fait tes devoirs ?

— Bonsoir. Et oui, je les ai faits.

Elle semblait agacée qu'il ait seulement posé la question.

— Tu ne viendrais pas me tenir compagnie pendant que je dîne ?

Elle hésita, puis hocha la tête, l'air pas trop satisfaite. Elle aurait préféré rester au téléphone avec son ami, mais son père s'était exprimé comme si c'était un ordre. A la vérité, il n'avait pas envie de manger seul et elle était la seule candidate dans la maison, en dehors d'Agnès.

— O.K., je descends tout de suite.

Il traversa la pièce avec précaution et descendit voir le dîner que lui avait laissé Agnès. Elle avait enveloppé l'assiette dans une feuille d'aluminium et l'avait mise dans le four pour la garder chaude mais, quand il la découvrit, elle ne contenait pas grand-chose qui le tente. Les côtelettes d'agneau étaient trop cuites, la pomme de terre au four était encore dure et les brocolis avaient succombé depuis des heures. Même l'odeur ne lui dit rien, il jeta tout et se fit des œufs sur le plat avec du jus d'oranges qu'il pressa, en attendant que Mel le rejoigne. Il finit par y renoncer et quand elle arriva, il avait terminé.

— Où est Benjamin ?

Il pensait qu'elle le savait peut-être, mais elle se contenta de hausser les épaules.

— Avec des camarades, je suppose.

— Un soir de semaine ? Ce n'est pas très malin. — Elle haussa les épaules encore une fois, la mine contrariée d'être obligée de jouer les baby-sitters. — Est-ce que tu consacres un peu de temps à Sam quand tu rentres ?

Il s'inquiétait surtout pour Sam, alors justement qu'il avait du mal lui-même à être de retour en temps à la maison. Pour l'enfant, en ce moment, la présence d'Agnès ne pouvait suffire.

— J'ai beaucoup de travail, papa.

— Cela ne m'a pas paru être des devoirs, tout à l'heure dans ta chambre.

— Il est couché, non ?

— Il ne l'était pas quand je suis arrivé. Il a besoin de toi à présent, Mel. Nous avons tous besoin de toi. — Il sourit. — Tu es la maîtresse de maison maintenant que maman est partie.

Mais c'était une responsabilité dont elle n'avait jamais voulu. Ce n'était pas sa faute à elle si sa mère était partie. C'était la sienne à lui. S'il n'avait pas fait ce qu'elle ne parvenait toujours pas à imaginer, Sarah ne les aurait probablement jamais quittés.

— ... Je veux que tu passes un peu plus de temps avec lui. Parle-lui. Tu le traitais comme ton propre bébé, avant.

Elle l'avait même bercé le soir où Sarah leur avait annoncé qu'elle partait. Pourtant tout se passait comme si elle ne voulait plus d'aucun d'eux. Comme Sarah, elle avait divorcé d'avec eux. Et Oliver se demanda soudain si Benjamin n'avait pas la même réaction. Il semblait vouloir ne plus être là perpétuellement, et cela aussi allait devoir cesser. Il aurait bien aimé leur donner plus de son temps, les aider à faire face à leurs problèmes.

Le téléphone sonna pendant qu'il parlait à Mel et il retint avec peine un soupir en entendant son père au bout du fil. Il se sentait trop fatigué pour lui parler maintenant. Il était plus de dix heures et il avait envie d'une douche et de se fourrer dans son lit à côté de Sam. La journée avait été rude au bureau et le retour au foyer le soir n'était plus une détente.

— Salut, papa. Comment vas-tu ?

— Je vais bien. — Il eut apparemment une hésitation et Oliver regarda Mel s'esquiver pendant qu'il répondait à son père. —... Mais pas ta mère.

— Oh ? Est-elle malade ?

Cette fois, Oliver était trop à bout de forces pour beaucoup s'inquiéter.

— C'est une longue histoire, fils. — Le vieil homme soupira tandis qu'Oliver attendait l'explication. — On lui a fait un encéphalogramme, cet après-midi.

— Mon Dieu... pourquoi ?

— Elle avait divagué... et elle s'était perdue la semaine dernière pendant que tu t'étais absenté. Je veux dire vraiment perdue cette fois, et elle a dégringolé quelques marches et s'est foulé la cheville. — Oliver eut soudain des remords de ne pas avoir téléphoné du Vermont, mais il en avait eu plus qu'assez sur les bras lui aussi. — Elle a eu de la chance, je suppose, à son âge elle aurait pu se casser le col du fémur ou pire.

Mais ce n'aurait pas été pire que ce qu'on lui avait dit.

— Papa, on ne fait pas d'encéphalogramme pour une cheville foulée. De quoi s'agit-il ?

L'esprit de son père semblait s'égarer aussi, et Oliver était trop las pour prêter l'oreille à une histoire qui traînait en longueur.

Son père eut encore comme une hésitation.

— Je me demandais si... je pouvais prendre la voiture pour venir te voir ?

— Maintenant ? — Oliver était abasourdi. — Papa, qu'est-ce qui cloche ?

— J'ai besoin de parler, c'est tout. Et notre voisine Margaret Porter gardera un œil sur elle. Elle a été d'une grande aide. Son mari a eu le même genre de problème.

— Quel problème ? De quoi parles-tu ? Qu'est-ce qu'on a trouvé ?

Oliver parlait d'une voix impatiente, ce qui était rare chez lui, mais il était trop fatigué et soudain très inquiet.

— Pas de tumeur, rien de ce genre. C'était une possibilité, bien sûr. Ecoute, s'il est trop tard...

Mais à l'évidence il avait besoin de discuter avec quelqu'un et Oliver n'eut pas le courage de lui dire de ne pas venir.

— Non, c'est parfait, papa, arrive.

Il mit en route la cafetière et se prépara une tasse, se demandant encore où était Benjamin et quand il reviendrait. Il était trop tard pour être dehors un soir de semaine, et il voulait lui en faire la remarque. Mais son père survint le premier, la mine pâle et épuisée. Il paraissait beaucoup plus âgé qu'une semaine avant à Noël et cela rappela à Oliver qu'il avait le cœur fatigué. Il s'avisa que ce n'était peut-être pas prudent qu'il conduise seul la nuit, mais il ne voulut pas le bouleverser maintenant en lui posant la question.

— Entre donc, papa.

Il espérait que le coup de sonnette n'aurait pas réveillé Sam pendant qu'il escortait son père vers la grande cuisine accueillante. Son père refusa le café, mais prit une tasse de décaféiné en poudre et s'assit lentement dans un des sièges sous l'œil attentif d'Oliver.

— Tu parais épuisé.

Il n'aurait probablement pas dû le laisser venir, mais il s'était dit que son père avait besoin de parler — et il ne s'était pas trompé. George exposa peu à peu à Oliver le résultat de l'examen au scanner.

— Elle est atteinte de la maladie d'Alzheimer, fils. Son cerveau se racornit visiblement, d'après l'examen. On n'en est pas certain évidemment, mais ça et sa conduite de ces derniers temps semblent confirmer le diagnostic.

— C'est ridicule. — Oliver ne voulait pas y croire. — Fais faire un autre examen.

Mais George Watson se contenta de secouer la tête. Il savait ce qu'il en était.

— Inutile. Je suis certain qu'il n'y a pas d'erreur. Tu ignores les choses qu'elle a faites ces derniers temps. Elle se perd, son esprit devient confus, elle oublie des choses simples qu'elle a connues toute sa vie, comme d'utiliser un téléphone, ou les noms de nos amis. — Les larmes lui montèrent aux yeux. — Parfois elle s'embrouille même à mon sujet. Elle n'est pas sûre si c'est moi ou toi. Elle m'a appelé Oliver pendant des jours la semaine dernière, puis elle a piqué une crise de fureur quand j'ai essayé de la reprendre. Elle emploie un langage que je n'avais jamais entendu dans sa bouche. Je suis gêné parfois de la sortir en public. L'autre jour, elle a traité de « vieille salope » la caissière de la banque que nous voyons chaque semaine. La pauvre femme a failli s'en évanouir.

Oliver sourit malgré lui. Pourtant ce n'était pas drôle. C'était triste. Et soudain George jeta un coup d'œil à la ronde d'un air déconcerté.

— Où est Sarah ? Couchée ?

Pendant un instant, Oliver songea à répondre qu'elle était sortie, mais à quoi bon lui cacher la vérité. Il l'apprendrait obligatoirement à un moment ou un autre. Bizarrement, il en avait honte, comme s'il n'avait pas su conserver son épouse, comme si c'était sa faute pleine et entière.

— Elle est partie, papa.

— Partie pour où ? — Son père ne semblait pas comprendre. — Elle est sortie ?

— Non, repartie à l'université. A Harvard.

— Elle t'a quitté ? — George était abasourdi. — Quand est-ce arrivé ? Elle était ici avec toi à Noël... — Cela paraissait incompréhensible, mais il vit soudain le chagrin dans les yeux de son fils et il comprit. — Oh, mon Dieu, Oliver... je suis vraiment navré... Quand tout cela s'est-il produit ?

— Elle m'en a parlé il y a trois semaines. Elle s'était inscrite pour le programme de maîtrise à l'automne dernier, mais je crois que ce n'est pas seulement cela. Elle dit qu'elle reviendra, ce dont je ne suis pas convaincu. Je crois qu'elle s'aveugle elle-même plus qu'elle ne nous raconte des histoires. Je ne sais pas encore qu'en penser. Il nous faut attendre de voir comment cela va tourner.

— Comment les enfants réagissent-ils ?

— Apparemment assez bien. Je les ai emmenés skier la semaine dernière, et cela nous a fait un bien fou à tous. C'est pourquoi je ne t'avais pas téléphoné. Elle est partie le lendemain de Noël. Néanmoins, à la vérité, je crois que nous sommes encore tous sous le choc. Mel en rejette entièrement le blâme sur moi, Sam a des cauchemars chaque nuit et Benjamin semble avoir choisi comme solution de se cacher chez ses camarades nuit et jour. Ma foi, je ne sais pas trop si je dois le lui reprocher. Peut-être que si ça m'était arrivé à son âge j'en aurais fait autant.

Mais l'idée que sa propre mère les quitte était inconcevable pour l'un comme pour l'autre, et cela ramena vers elle leurs pensées après la stupéfiante révélation d'Oliver.

— Qu'est-ce que tu vas décider, pour maman ?

— Je ne vois pas très bien ce que je peux faire. On dit qu'au rythme où elle va, elle pourrait diminuer assez rapidement. Elle finira par ne plus reconnaître personne, par ne plus me reconnaître.

De nouveau, ses yeux se remplirent de larmes, la pensée lui en était intolérable. Cela lui donnait l'impression de la perdre peu à peu tous les jours, et lui faisait comprendre d'autant mieux le chagrin qu'avait Oliver de perdre Sarah. Mais il était encore jeune, il trouverait quelqu'un d'autre un jour. Phyllis était la seule femme que George avait jamais aimée et, après quarante-sept ans de vie commune, il ne pouvait pas supporter la pensée de sa disparition. Il sortit un mouchoir de fil, se moucha et prit une profonde aspiration avant de poursuivre :

— On dit que cela peut durer six mois ou un an, ou beaucoup moins, avant qu'elle atteigne un stade d'hébétude totale. On ne le sait pas exactement. Mais on pense que ce sera difficile de la garder à la maison quand cela se produira. Je ne sais que faire...

Sa voix chevrota et le cœur d'Oliver se gonfla d'affection pour lui. Il allongea la main pour prendre la sienne. Il avait de la peine à croire qu'il parlait de sa propre mère, la femme qui avait toujours été si intelligente et si forte, et voilà que maintenant elle oubliait tout ce qu'elle avait jamais su, brisant le cœur de son père.

— Ne te tourmente pas trop à cause de ça, sinon tu tomberas malade aussi.

— C'est ce que Margaret dit. C'est la voisine dont je t'ai parlé. Elle a toujours été très gentille avec nous. Son mari a été atteint de la maladie d'Alzheimer pendant des années et elle a été obligée en fin de compte de le placer dans une maison spécialisée. Elle-même a eu deux crises cardiaques et elle ne pouvait plus prendre soin de lui. Il est resté dans cet état pendant six ans et s'est éteint en août dernier. — Il regarda son fils d'un air pitoyable. — Je ne peux pas supporter l'idée de la perdre... l'idée qu'elle ne se rappelle plus rien... c'est comme de la regarder s'éteindre graduellement, et elle est tellement difficile à vivre maintenant. Elle qui avait toujours si bon caractère.

— Je l'avais bien trouvée un peu agitée à Noël, mais je ne m'étais pas rendu compte qu'il se produisait une chose pareille. J'étais trop absorbé par mes propres ennuis. En quoi puis-je être utile ? — C'était abominable, il perdait sa mère et son épouse, sa fille ne lui adressait pratiquement pas la parole. Les femmes disparaissaient vite de sa vie, mais il devait songer à son père, pas à lui-même. — Que puis-je pour toi, papa ?

— Ma foi, être là simplement.

Les yeux des deux hommes mêlèrent un moment leurs regards, et Oliver se sentit plus proche de lui qu'il ne l'avait été depuis bien des années.

— Je t'aime, papa.

Il n'avait pas honte de le dire maintenant, même si, des années auparavant, cette phrase-là aurait gêné peut-être son père. Quand Oliver était jeune, son père était très sévère. Cependant il s'était adouci au fil des années et il avait terriblement besoin de son fils maintenant, plus qu'il n'avait jamais eu besoin de qui que ce soit.

— Je t'aime aussi, fils.

Tous deux pleuraient ouvertement et George se mouchait de nouveau quand Oliver entendit la porte d'entrée s'ouvrir et se refermer doucement; il se retourna et vit Benjamin gravir l'escalier d'un pas rapide. Il l'appela.

— Pas si vite, jeune homme. Où étais-tu jusqu'à onze heures et demie du soir un jour de semaine?

Benjamin se retourna, rouge de froid et d'embarras, puis parut surpris de voir son grand-père assis là.

— J'étais avec des amis... désolé, papa. Je n'avais pas pensé que tu y verrais d'inconvénient. Bonjour, grand-père, qu'est-ce que tu fais ici? Il est arrivé quelque chose?

— Ta grand-mère n'est pas bien.

Oliver parlait d'un ton sévère et se sentait de nouveau fort. L'affection chaleureuse de son père semblait lui donner une énergie nouvelle, au moins comptait-il pour quelqu'un. Et son père avait besoin de lui, les enfants aussi, même si Sarah s'en passait maintenant.

— ... et tu sais fichtrement bien que tu n'es pas autorisé à sortir la veille des jours où tu vas en classe. Recommence encore une fois et tu es consigné pendant deux semaines. Compris, monsieur?

— O.K., O.K... je t'ai dit que j'étais désolé.

Oliver hocha la tête. Le garçon était bizarre. Pas ivre ou drogué mais plutôt comme s'il avait subitement quelque chose de différent. Il avait l'air plus homme et il ne semblait pas avoir envie de discuter.

— Qu'est-ce qu'elle a, grand-mère?

Son grand-père leva la tête avec une expression malheureuse et Oliver prit vivement la parole à sa place :

— Ta grand-mère a eu des problèmes.

— Elle va guérir?

Tout à coup, Benjamin parut jeune et affolé. On aurait dit qu'il ne pouvait pas supporter la pensée de perdre quelqu'un d'autre. Il dévisageait les deux hommes d'un œil soucieux, et Oliver lui tapota l'épaule.

— Elle ira bien. Ton grand-père a besoin de soutien, voilà tout. Tu pourras peut-être lui consacrer un peu de temps, en dehors de ces amis qui sont si attirants.

— Bien sûr, grand-père, je viendrai te voir ce week-end.

Le garçon avait de l'affection pour lui et George Watson raffolait de ses petits-enfants. Parfois Oliver se disait qu'il les aimait davantage qu'il ne l'avait aimé lui-même. Il était beaucoup moins strict maintenant et était mieux en mesure de les apprécier.

— Nous serons ravis, ta grand-mère et moi. — Il se leva, avec la sensation d'être las et vieux, et il toucha le bras du garçon comme si cela pouvait lui redonner un peu de jeunesse. — Merci à vous deux. Je ferai bien de repartir. Mrs Porter doit avoir envie de rentrer chez elle. J'ai laissé ta grand-mère avec elle.

Il se dirigea lentement vers la porte, suivi d'Oliver et de Benjamin.

— Tu te sens bien dans ton assiette, papa ? — Oliver se demandait s'il ne devrait pas le reconduire, mais son père affirma qu'il préférait son indépendance. — Alors, téléphone dès que tu seras rentré.

— Ne dis pas de bêtises ! riposta George. Je me porte comme un charme. C'est ta mère qui ne va pas bien. — Mais son expression s'adoucit de nouveau et il serra très fort Oliver contre lui. — Merci, fils... pour tout... et... je suis navré pour... — Il jeta un coup d'œil à Benjamin et il les unit dans un même regard. — ... pour Sarah. Appelle si tu as besoin de quelque chose. Quand ta mère ira un peu mieux, Sam pourrait venir passer un week-end.

Pourtant les choses ne semblaient pas prendre le chemin d'un mieux possible pour elle.

Tous deux regardèrent George s'éloigner et Oliver soupira en fermant la porte de la maison. Rien n'était simple désormais. Pour personne. Il y avait de quoi frémir en pensant à ce qui arrivait à sa mère. Il se tourna alors vers Benjamin, se demandant ce qui se passait dans sa vie dont il ne parlait pas.

— Dis-moi, où es-tu ces jours-ci quand tu restes parti jusqu'à des heures indues ?

Il l'examina attentivement quand ils éteignirent les lumières et se dirigèrent vers l'étage.

— Juste avec des amis.

Mais quelque chose dans la façon dont il remuait la bouche indiqua à Ollie qu'il mentait.

— Je voudrais croire que tu me dis la vérité.

Benjamin sursauta et se tourna vers lui.

— Qu'est-ce qui te fait dire ça ?

— C'est une fille, hein ?

Oliver était plus près de la vérité qu'il ne le croyait et Benjamin détourna la tête avec un sourire bizarre qui était révélateur.

— Peut-être bien. Rien d'extraordinaire.

Oh, que si. Quelque chose de fantastique. Sa première aventure, et il était fou d'elle. Ils passaient au lit tout le temps qu'ils pouvaient. Les parents de la jeune fille étaient absents perpétuellement. Ils travaillaient l'un et l'autre et ils avaient l'air de sortir beaucoup. Elle était le dernier enfant resté à la maison, si bien qu'ils avaient beaucoup de liberté et ils savaient pertinemment quoi en faire. Sandra était son premier grand amour. C'était une jolie fille de son école. Ils étaient dans le même cours de chimie et il l'aidait à passer l'examen. Ses résultats scolaires, au contraire de Benjamin, étaient plus que médiocres, et elle s'en moquait, au fond. Elle s'intéressait beaucoup plus à Benjamin, et il aimait le contact de son corps quand il la touchait. Il aimait tout en elle.

— Pourquoi ne l'amènes-tu pas chez nous un de ces jours ? Est-ce que Mel la connaît aussi ? J'aimerais la rencontrer.

— Oui... évidemment... bientôt... Bonne nuit, papa.

Il s'engouffra dans sa chambre et Oliver sourit pour lui-même en entrant dans la sienne. A l'instant même, le téléphone sonna . Il emporta précipitamment l'appareil dans la salle de bains pour ne pas déranger Sam, et répondit d'une voix assourdie. Il avait supposé que c'était son père, mais il eut un coup au cœur. C'était Sarah.

— Allô ?

— C'est toi ?

— Oui. — Une longue pause, le temps qu'il s'efforce de recouvrer son sang-froid. — Comment vas-tu, Sarah ?

— Très bien. J'ai trouvé un appartement aujourd'hui. Comment vont les enfants ?

— Ils tiennent le coup. — Il écoutait, brûlant d'amour pour elle, puis repris d'un élan de haine à son égard parce qu'elle était partie. — Cela n'a pas été facile pour eux.

Elle ne releva pas la remarque.

— Et le ski ?

— Parfait. Les enfants se sont amusés. — Mais ce n'était pas pareil sans toi... il avait envie d'en faire la remarque mais s'abstint. A la place, il dit la seule chose qu'il s'était juré de ne pas dire. — Quand reviens-tu passer un week-end ?

— Il y a juste huit jours que je suis partie.

Envolée la promesse d'être de retour chaque fin de semaine. Il savait bien que cela se passerait comme ça, mais elle l'avait nié avec tellement d'ardeur. Et subitement elle donnait l'impression d'être si insensible, si différente. Difficile de croire qu'elle avait pleuré avec lui au moment où elle était partie. Maintenant, on aurait dit une simple connaissance appelant pour donner signe de vie et non son épouse depuis dix-huit ans.

— ... J'ai pensé qu'il nous fallait à tous du temps pour nous adapter. Après la semaine dernière, je crois que nous avons tous besoin de souffler.

Voilà pourquoi elle les avait quittés, pour « souffler ».

— Et combien de temps cela va-t-il durer? — Il s'en voulait d'insister, mais s'apercevait qu'il était incapable de s'en empêcher. — ... Une semaine? Un mois? Un an? J'estime que les enfants ont besoin de te voir.

— J'ai besoin de les voir aussi. N'empêche, je juge que nous devrions laisser passer quelques semaines, leur donner une chance de s'habituer.

Et moi? Il avait envie de lui rétorquer ça, mais ne le fit pas.

— Tu leur manques énormément.

Et à lui également.

— Ils me manquent aussi. — Elle avait un ton gêné comme si elle avait hâte de raccrocher. Elle ne pouvait pas supporter de se sentir coupable. — Je tenais seulement à te donner l'adresse de mon logement. Je m'y installe samedi. Dès que j'ai une ligne, je téléphonerai.

— Et entre-temps? S'il arrive quelque chose aux enfants?

Le seul fait d'évoquer cette éventualité le mettait dans tous ses états, mais il avait le droit de connaître l'endroit où elle était, il avait besoin de le connaître, ne serait-ce que pour lui-même.

— Je ne sais pas. Laisse un message pour moi à l'hôtel. Et après cela je pense que tu pourrais envoyer un télégramme à cette adresse si la nécessité s'en présentait. Cela ne devrait pas me prendre longtemps pour obtenir qu'on installe le télé-phone.

La froideur d'Oliver n'était là que pour masquer le chagrin.

— Quel arrangement ridicule.

— Je ne peux pas faire mieux. Ecoute, il faut que je raccroche.

— Pourquoi? Y a-t-il quelqu'un qui t'attend?

Il s'en voulait aussi à mort de dire cela mais, en l'écoutant, il était en proie à une jalousie dévorante.

— Ne sois pas stupide. Il est tard, voilà tout. Ecoute, Ol... tu me manques...

Elle n'aurait rien pu dire de plus cruel. Elle n'était

nullement obligée de se trouver là-bas. Elle avait choisi de partir, elle lui avait déchiré le cœur jusqu'aux entrailles et maintenant elle osait lui raconter qu'il lui manquait.

— Tu as un toupet monstre, Sarah. Je ne comprends pas quel jeu tu joues.

— Il ne s'agit pas de jeu. Tu sais parfaitement pourquoi je suis venue ici. J'ai besoin de le faire.

— Tu as dit aussi que tu rentrerais chaque fin de semaine. Tu as menti.

— Non, je ne mentais pas, mais j'y ai réfléchi et je pense simplement que ce serait dur pour tout le monde. Toi, moi, les enfants.

— Ce ridicule congé sabbatique que tu prends est dur aussi pour nous tous. Qu'est-ce que je suis censé faire pendant que tu es partie ? M'enfermer dans la salle de bains avec *Playboy* ?

— Ollie... non... s'il te plaît... c'est dur pour nous deux.

Mais la décision venait d'elle, pas de lui.

— Je ne t'ai pas plaqué. Jamais je n'aurais fait ça.

— Je n'avais pas le choix.

— Quelle garce. Ma mère avait raison il y a des années. Tu es une égoïste.

— Nous n'allons pas recommencer. Nom d'une pipe, Ollie, il est plus de minuit. — Puis, soudain, sa curiosité s'éveilla. — Pourquoi chuchotes-tu ?

Elle pensait qu'il était couché, mais un écho résonnait pendant qu'ils parlaient.

— Sam est dans notre lit. Je suis dans la salle de bains.

— Est-il malade ?

Elle paraissait tout à coup inquiète et cela ne fit qu'irriter Oliver. Comment aurait-elle réagi s'il avait été malade ? Elle aurait pris l'avion pour rentrer ? Peut-être devrait-il lui dire que Sam était malade, après tout. Mais la vérité était pire.

— Il a des cauchemars toutes les nuits. Et il a fait pipi au lit. Il voulait dormir avec moi ce soir.

Il y eut un long silence pendant qu'elle les imaginait dans ce qui avait été son lit à elle seulement quelques jours auparavant, puis elle parla à mi-voix.

— Il a de la chance de t'avoir. Prends bien soin de toi. Je t'appellerai dès que j'aurai le téléphone.

Il voulait lui parler encore mais à l'évidence elle n'y tenait pas.

— Prends bien soin de toi.

Il voulait lui dire qu'il l'aimait toujours, mais il ne le dit pas non plus. Elle se montait le coup à elle-même, avec ces histoires de revenir avec eux, de ne pas être partie pour de bon, de revenir aux fins de semaine et aux vacances. Elle les avait quittés, voilà la vérité pure. Elle les avait tous plaqués. Et le pire était qu'il en avait conscience : quelles que soient les circonstances, les raisons ou les conditions, il l'aimerait toujours.

6

Les premières semaines sans elle furent pénibles. Et on aurait dit que tous les matins une catastrophe s'abattait sur le petit déjeuner. Les œufs n'étaient jamais à point, il y avait trop de pulpe dans le jus d'orange, les toasts étaient brûlés ou pas assez grillés et même le café d'Oliver ne lui paraissait pas avoir le même goût. C'était ridicule, il le savait. Agnès faisait la cuisine pour eux depuis dix ans, et ils aimaient beaucoup Agnès, mais ils s'étaient habitués aux petits déjeuners de Sarah. Sam donnait l'impression d'être toujours en train de pleurnicher, plus d'une fois Oliver le surprit à lancer des coups de pied au chien, Mel boudait tout le long du repas et Benjamin ne les honorait plus de sa présence. A la place, il filait en coup de vent, après avoir affirmé qu'il ne mangeait jamais le matin.

Et maintenant Oliver se retrouvait perpétuellement obligé de discuter avec eux. Mel voulait sortir les deux soirées du week-end, Benjamin continuait à rentrer trop tard le soir en semaine, mais prétendait qu'il étudiait avec des amis, quant à Sam il s'agitait pendant la nuit et finissait toujours dans le lit d'Oliver, ce qui l'avait réconforté d'abord mais lui tapa sur les nerfs au bout d'un certain temps. La famille paisible qu'ils avaient formée n'existait plus.

Sarah finit par appeler quand elle eut son téléphone, quinze jours plus tard que promis, et elle n'était toujours pas venue les voir à la maison. Elle estimait que c'était trop tôt et à présent toutes leurs conversations étaient brèves et amères. Elle semblait aussi avoir presque peur des enfants, comme si elle se sentait incapable de se forcer à les réconforter. Elle continuait à feindre qu'elle leur reviendrait un jour plus intelligente, plus cultivée et connaissant la réussite. Mais

Oliver ne s'y trompait pas. Du jour au lendemain, l'union qu'il avait chérie pendant dix-huit ans était tombée en poussière. Et cela affectait sa vision de toutes choses : la maison, les enfants, leurs amis, même ses clients au bureau. Il était irrité contre tout le monde, contre elle évidemment et lui-même aussi, secrètement convaincu, comme Mel l'était encore, qu'il avait fait quelque chose de travers et que c'était sa faute à lui.

Leurs amis téléphonaient pour l'inviter, la nouvelle s'était répandue lentement, une fois qu'Agnès avait commencé à conduire la voiture de Sarah pour le ramassage des écoliers. Mais il ne voulait voir personne. Ils étaient curieux, ils étaient cancaniers, ils se mêlaient fichtrement trop de ce qui ne les regardait pas. Par-dessus le marché, George téléphonait pratiquement nuit et jour, avec d'horribles récits de la régression mentale de la mère d'Oliver. Elle perdait de plus en plus la mémoire, devenait jusqu'à un certain point un danger pour elle-même, et George, désemparé, s'accrochait à son fils pour qu'il le réconforte. Toutefois Oliver arrivait tout juste à maintenir à flot sa propre vie. Se débattre avec les enfants était déjà assez difficile. Il songea à les conduire chez un psychanalyste mais, quand il téléphona à l'institutrice de Sam pour lui en parler, elle affirma que ce qu'ils ressentaient les uns et les autres était normal. C'était compréhensible que Sam se montre difficile, raisonneur et geignard, ses notes à l'école en subissaient les conséquences et celles de Mel aussi. Et à l'évidence elle continuait à rendre son père responsable de l'absence de sa mère. Le psychologue de l'établissement dit que cela aussi était sain. Elle avait besoin de rejeter la culpabilité sur quelqu'un d'autre qu'elle, et il était un bouc émissaire idéal. Et c'était normal également que Benjamin cherche refuge auprès de ses camarades pour fuir le foyer qui était maintenant si différent sans sa mère. Cela s'estomperait avec le temps, déclarèrent les spécialistes, ils s'adapteraient tous, mais il y avait des moments où Oliver se demandait s'il survivrait jusque-là.

Il rentrait le soir épuisé par sa journée de travail pour trouver son foyer désorganisé, les enfants malheureux et à couteaux tirés. Ses dîners n'étaient plus mangeables, enveloppés dans du papier alu et gardés trop longtemps au four. Et quand Sarah appelait, il avait envie de jeter le récepteur contre le mur et de hurler. Il ne voulait pas entendre parler de ses cours ou des raisons qui l'empêchaient *encore* de venir à la fin de cette semaine. Il voulait qu'elle revienne dormir avec lui, qu'elle l'aime, qu'elle fasse la cuisine pour lui et qu'elle se charge de leurs enfants. Agnès était épatante, mais ce qu'elle pouvait leur offrir était bien loin de tous les petits soins de leur mère.

Un après-midi, assis dans son bureau, il regardait par la fenêtre tomber la pluie et le grésil typiques de la fin janvier à New York en se demandant si Sarah reviendrait jamais. A cet instant précis, il se serait contenté d'un week-end. Cela faisait maintenant un mois qu'elle était partie et il éprouvait un tel sentiment de solitude qu'il croyait presque ne pas pouvoir le supporter.

— Voilà un visage gai... puis-je entrer?

C'était Daphné Hutchinson, l'assistante du directeur de la société, il la connaissait depuis quatre ans et ils travaillaient actuellement ensemble sur une présentation destinée à un nouveau client. Elle était jolie, avec des cheveux noirs qu'elle ramenait sévèrement en arrière serrés dans un chignon. Elle était bien habillée, avec un certain chic européen, tout était très simple et net chez elle. Et elle portait toujours une grande écharpe, des souliers coûteux ou un bijou discret mais beau. Il avait de la sympathie pour elle, elle avait l'esprit vif et délié, elle était discrète, travailleuse et pour une raison quelconque ne s'était jamais mariée. Elle avait trente-huit ans et l'amitié qu'elle avait nouée avec Oliver au fil des années n'avait jamais été que platonique. Elle l'avait signifié nettement dès le début à tout le monde, les histoires d'amour de bureau n'étaient pas son style et en dépit de quelques sérieuses tentatives elle s'en était tenue contre vents et marées à ce qu'elle avait dit. Oliver la respectait, cette attitude lui avait rendu facile le travail avec elle.

— ... J'ai quelques-unes des maquettes pour la semaine prochaine... — elle portait un vaste carton à dessin, mais elle parut hésiter — vous n'avez pas l'air d'humeur à vous en occuper. Voulez-vous que je revienne plus tard?

Elle avait entendu une rumeur au sujet du départ de Sarah et elle lui avait vu les traits tirés depuis des semaines, mais ils n'en avaient jamais parlé.

— Ça va, Daph, entrez. Le moment n'est pas plus mal choisi qu'un autre, ma foi.

Elle pénétra dans la pièce, l'esprit inquiet à son sujet. Il semblait avoir perdu du poids, son visage était pâle et il avait une expression de chagrin indicible. Elle s'assit et lui montra les maquettes, mais il était incapable de se concentrer et en fin de compte elle proposa qu'ils s'arrêtent et lui offrit une tasse de café.

— Y a-t-il quelque chose que je puisse faire ? Je ne paie peut-être pas de mine, déclara-t-elle avec un grand sourire amical, mais j'ai des épaules terriblement solides.

Il lui sourit. Elle avait beaucoup de chic, beaucoup d'allure, si bien qu'il en oubliait presque sa petite taille. C'était une femme sensationnelle, et une fois de plus, il se demanda pourquoi elle ne s'était jamais mariée. Trop occupée peut-être ou trop absorbée dans son travail. Cela arrivait à pas mal d'entre elles, puis subitement à quarante ans elles étaient prises de panique. Pourtant elle n'avait pas l'air de s'affoler. Elle paraissait satisfaite et sûre d'elle, son regard était affectueux tandis qu'Oliver se radossait à son fauteuil avec un soupir et secouait la tête.

— Je ne sais pas, Daph... je pense que vous en avez entendu parler... — Ses yeux se fixèrent sur les siens comme deux lacs verts débordant de chagrin et Daphné dut résister à l'élan qui la portait à le prendre dans ses bras. — Sarah est partie le mois dernier pour reprendre des études à l'université... à Boston.

— Ce n'est pas la fin du monde, vous savez. Il aurait pu vous arriver pire.

Elle avait entendu dire qu'ils divorçaient, mais elle s'abstint de le répéter à Oliver.

— A mon avis, il y a de fortes chances que ce soit pire, mais elle n'a pas le cran de l'avouer. En près de cinq semaines, nous ne l'avons pas vue et les enfants perdent la boule et moi aussi. Je me démène tous les soirs pour essayer de partir d'ici, et il est six ou sept heures la plupart du temps. Huit avant que j'arrive chez moi et à ce moment-là ils sont tous déchaînés, mon dîner est desséché, nous nous engueulons, ils pleurent et cela recommence le lendemain matin.

— Ce n'est pas folichon, en effet. Pourquoi ne pas prendre un appartement à New York pendant un certain temps ? Au moins seriez-vous proche du bureau et le changement ferait du bien aux enfants, peut-être.

Il n'y avait même pas songé, mais il ne voyait pas l'avantage de le faire à présent, de leur infliger le choc d'un changement d'amis et d'école. Et il savait que tous avaient besoin du réconfort d'un cadre familier.

— J'arrive tout juste à nous maintenir la tête hors de l'eau, alors pas question de déménager.

Il lui parla de la fureur de Mel contre lui, des sorties de Benjamin, des pipis au lit de Sam qui dormait avec lui chaque nuit.

— Vous avez besoin de répit, mon enfant. Pourquoi ne les emmenez-vous pas en voyage ? Une semaine aux Caraïbes ou à Hawaii, un endroit chaud, ensoleillé et gai ?

Un endroit pareil existait-il ? Aucun d'eux serait-il jamais de nouveau gai ? Cela semblait difficile à croire et il était vaguement gêné d'épancher son cœur auprès d'elle, mais elle ne semblait y voir aucun inconvénient.

— Je continue à espérer la voir revenir si nous restons où nous sommes et peut-être que nous pourrons recommencer comme avant.

— Cela ne se passe généralement pas comme ça.

— Oui. — Il passa avec lassitude ses doigts dans ses cheveux. — Je l'ai remarqué. Navré de vous ennuyer avec ça. Il y a des moments où cela me tombe dessus. J'ai du mal à me concentrer sur mon travail, mais du moins est-ce agréable de sortir de la maison. C'est tellement déprimant là-bas le soir, et les fins de semaine sont pires. On dirait qu'un grand coup de vent nous a tous éparpillés et que nous ne savons plus comment nous retrouver. Cela n'était pas comme ça avant...

A présent, il avait du mal à se rappeler comment c'était. Il avait l'impression qu'ils vivaient l'horreur de l'absence de Sarah depuis une éternité.

— Puis-je faire quelque chose ? — Elle n'avait jamais rencontré ses enfants, mais ne demandait pas mieux que de les voir. Elle avait pas mal de temps libre le week-end. — Je serai contente de les connaître un de ces jours. Peut-être que cela leur ferait du bien ou bien pensez-vous qu'ils s'imagineraient que je veux vous arracher à leur mère ?

— Je ne sais même pas s'ils s'en apercevraient. — Tous deux savaient toutefois que ce n'était pas le cas. Il lui sourit, heureux de l'oreille compatissante qu'elle lui prêtait. — Peut-être pourriez-vous venir passer la journée. Ce serait amusant pour nous tous quand les choses se seront un peu tassées, si jamais elles se tassent. Ma mère a été malade aussi ces derniers temps. Quand quelque chose va de travers, tout se détraque à la fois. Avez-vous remarqué ?

Il eut ce sourire d'adolescent qui faisait fondre le cœur des femmes et Daphné rit.

— Vous plaisantez ? C'est l'histoire de ma vie. Comment se porte le chien ?

— Le chien ? — Il était surpris qu'elle lui pose la question. — Bien. Pourquoi ?

— Ayez l'œil sur lui. C'est le moment où il va tomber malade et mordre quatorze de vos voisins.

Ils éclatèrent de rire ensemble, puis il soupira.

— Je n'avais jamais imaginé qu'une chose pareille puisse nous arriver, Daph. Sarah m'a pris totalement au dépourvu. Je n'y étais pas préparé, les enfants non plus. Je croyais que nous avions l'existence rêvée.

— Cela se produit parfois. Les gens tombent malades, ils meurent, les circonstances se modifient, ils s'éprennent subitement de quelqu'un d'autre ou je ne sais quoi de saugrenu de ce style. Il faut vous faire une raison et, un jour, vous regarderez en arrière et peut-être comprendrez-vous pourquoi la situation a évolué.

— C'est ma faute, je suppose. — Il le croyait encore, il n'y avait pas d'autre explication. — Elle se sentait peut-être négligée, méprisée, ou tenue pour sans importance.

— Ou encore elle se sentait étouffée ou morte d'ennui, ou peut-être qu'elle n'était finalement pas quelqu'un de si sensationnel, somme toute. — Elle approchait plus près de la vérité qu'elle ne l'imaginait, mais Oliver n'était pas préparé à le reconnaître. — Peut-être avait-elle simplement besoin de changement. C'est difficile de connaître les raisons pour lesquelles les gens agissent. Ce doit être encore plus difficile à comprendre pour vos enfants.

Daphné avait une grande sagesse pour son âge et, de nouveau, Oliver se rappela qu'il avait toujours été attiré par elle, non pas sur le plan physique, mais du fait qu'elle était solide, qu'elle était de ces femmes avec qui se font les amitiés sûres. Il n'avait pas eu de femme pour amie depuis des années, pas depuis qu'il avait épousé Sarah.

— Si je ne le comprends pas moi-même, ce n'est pas étonnant que les enfants ne le comprennent pas. Et elle n'arrange pas les choses en se tenant à distance. En partant, elle avait promis de revenir à la maison chaque week-end.

— C'est dur, certes, mais cela vaut peut-être mieux pour vous tous. Quand elle reviendra vous voir, vous serez plus calmes.

Il rit amèrement à cette idée. La perspective lui paraissait fort improbable.

— Le calme n'existe pas chez nous. Tous commencent à se plaindre à l'heure du petit déjeuner et quand je rentre ils continuent, ou ils ne sont pas là, ce qui est pire. Je n'avais jamais imaginé que les enfants puissent donner tant de fil à retordre. Ils ont toujours été tellement gentils, sages, équilibrés et heureux. Et maintenant... je les reconnais à peine quand je rentre le soir, ce ne sont que disputes et pleurnicheries. Je n'ai pratiquement qu'une hâte, c'est de revenir ici.

Et une fois au bureau il ne supportait pas non plus d'y être. Daphné avait peut-être raison. Ils devraient peut-être prendre encore des vacances.

— Ne laissez pas s'installer cet état de choses. — Elle parlait en connaissance de cause, cela se lisait dans ses yeux. — Vous en subissez aussi les conséquences. Donnez-lui une chance. Si elle revient, parfait. Si elle ne revient pas, organisez convenablement votre existence. Votre *vraie* vie. Pas ce faux-semblant. Cela ne remplace pas une personne vivante. Je parle par expérience, croyez-moi.

— Est-ce pour cela que vous ne vous êtes jamais mariée, Daphné?

Étant donné les circonstances, poser la question ne semblait plus aussi indiscret.

— Plus ou moins. Avec en supplément quelques complications. Je m'étais juré de me bâtir une carrière jusqu'à trente ans, après quoi d'autres choses se sont produites qui ont pris mon temps, et je me suis réfugiée de nouveau dans mon travail. Puis... ma foi, c'est une longue histoire, mais disons en bref que cela me convient. J'en suis heureuse, cela marche pour moi, n'empêche que ce n'est pas un sort enviable pour la plupart des gens. Et vous avez des enfants. Il vous faut davantage dans votre existence. Un de ces jours, vos enfants s'en iront et ce bureau n'est pas d'une compagnie bien réconfortante après minuit.

Tout le monde savait qu'elle restait certains soirs jusqu'à dix heures. Mais voilà aussi pourquoi elle préparait les meilleures maquettes. Elle travaillait comme une brute à ce qu'elle faisait et avec une intelligence remarquable.

— Vous êtes pleine de sagesse. — Il lui sourit et consulta sa montre. — Vous ne pensez pas que nous devrions jeter encore un coup d'œil à ce que vous avez apporté?

Cinq heures allaient sonner et il songeait à rentrer chez lui, mais c'était encore un tout petit peu trop tôt.

— Pourquoi ne pas rentrer chez vous de bonne heure, pour

changer ? Cela ferait du bien à vos enfants et à vous aussi.
Emmenez-les dîner quelque part.

Il eut l'air surpris, il n'y avait même jamais pensé tant il
s'était désespérément accroché à leur rythme de vie habituel.

— Epatante, cette idée. Merci. Cela ne vous ennuie pas
qu'on revoie ce dossier demain ?

— Ne dites pas de bêtises. Il sera plus complet. — Elle se
leva et se dirigea vers la porte, puis le regarda par-dessus son
épaule. — Tenez bon. Les tempêtes se déchaînent toutes à la
fois, mais elles ne durent pas éternellement.

— Vous le jurez ?

Elle leva deux doigts avec un sourire.

— Parole de scout !

Elle partit, il forma le numéro de chez lui et Agnès
décrocha.

— Bonjour, Agnès. — Il se sentait plus gai que depuis
bien des jours. — Ne prenez pas la peine de préparer à dîner
pour ce soir. Je pense rentrer et emmener les enfants au
restaurant.

L'idée de Daphné lui plaisait. C'était vraiment une femme
épatante.

— Oh.

Il eut l'impression d'avoir déconcerté Agnès.

— Il y a quelque chose qui ne va pas ?

La réalité recommençait à s'imposer brutalement à lui.
Rien n'était simple à présent. Pas même d'emmener les
enfants au restaurant.

— Melissa est de nouveau à une répétition, Benjamin a
une séance d'entraînement de basket-ball ce soir. Et Sam est
au lit avec la fièvre.

— Bon, tant pis. Nous irons une autre fois. — Puis,
fronçant les sourcils : — Sam n'a rien de grave ?

— Non. Juste un rhume. Je me doutais qu'il couvait
quelque chose hier. L'école m'a téléphoné de revenir le
chercher aussitôt après que je l'y avais conduit ce matin.

Et elle ne l'avait pas averti. Son petit était malade et il ne
le savait même pas. Pauvre Sam.

— Où est-il ?

— Dans votre lit, Mr Watson. Il a refusé d'aller dans le
sien et j'ai pensé que vous n'y verriez pas d'inconvénient.

— Non, non.

Un enfant malade au lit avec lui. C'était loin du genre de
vie que ce lit avait naguère connue, mais tout cela semblait

terminé. Il raccrocha, la mine morose, et Daphné s'encadra de nouveau sur le seuil.

— Oh, oh, encore des mauvaises nouvelles, on dirait. Le chien ?

Ollie rit. Elle lui remontait vraiment le moral.

— Pas encore. C'est Sam. Il a de la fièvre. Les autres sont sortis. Alors pas de dîner ce soir. — Puis il eut une idée. — Ecoutez, aimeriez-vous venir chez nous dimanche ? Nous pourrions alors emmener les enfants au restaurant.

— Vous êtes sûr que cela ne leur déplairait pas ?

— Certain. Ils seraient ravis. Nous irons dans un petit restaurant italien qu'ils adorent. La pizza y est fantastique et les fruits de mer excellents.

— L'idée est alléchante. Et faisons un pacte : si leur mère revient à la maison à l'improviste, c'est annulé ; pas de scrupules, pas de rancœur, pas de problème. D'accord ?

— Miss Hutchinson, vous êtes beaucoup trop facile à vivre.

— C'est ma spécialité. Comment croyez-vous que je suis arrivée où j'en suis ? Pas à cause de ma belle mine.

Elle était modeste en même temps qu'intelligente et elle avait un sens de l'humour réconfortant.

Elle fit un petit salut de la main puis s'éloigna de nouveau d'un pas vif et, en se préparant à partir, il se demanda pourquoi il n'était pas attiré physiquement par elle. Elle était jolie et en dépit de sa petite taille elle avait une silhouette agréable qu'elle déguisait avec soin sous des tailleurs classiques et des robes simples. Il se demanda si c'était parce qu'il n'était pas encore prêt, somme toute il était encore marié avec Sarah. Non, il y avait plus que cela. Le comportement de Daphné signifiait : « Je serai votre amie quand vous voudrez, mais n'approchez pas de trop près, camarade. Ne me touchez pas. » Cachait-elle quelque chose ou était-ce seulement sa ligne de conduite au bureau ? Un de ces jours peut-être lui poserait-il la question.

Il rentra à sept heures un quart. Sam dormait profondément dans son lit, sa petite tête était brûlante de fièvre. Les deux autres étaient sortis et il descendit se cuire de nouveau des œufs sur le plat. Aucune nourriture n'avait été laissée pour lui. Agnès avait donné à Sam du bouillon et du pain grillé et elle avait pensé qu'Oliver était capable de se débrouiller seul. Ce qu'il fit, et il attendit que les deux aînés reviennent, mais l'attente fut longue. Melissa arriva à dix heures, toute joyeuse et animée. Elle adorait la pièce où elle jouait un rôle de premier plan, mais dès qu'elle aperçut Oliver son visage se ferma et elle se dépêcha de monter à sa chambre sans proférer une syllabe. Il éprouva un sentiment de solitude quand elle referma sa porte. Il était plus de minuit quand son frère aîné rentra. Oliver était assis dans le bureau.

Il entendit se refermer la porte d'entrée et sortit de la pièce pour rejoindre Benjamin avec une expression on ne peut plus explicite. Benjamin allait passer un mauvais quart d'heure.

— Où étais-tu ?

— Je m'entraîne pour le basket, le mardi soir.

Son père ne déchiffra rien dans ses yeux, mais il avait l'air sain et fort et tout en lui criait l'indépendance.

— Jusqu'à minuit ?

Oliver n'était pas décidé à croire cette blague.

— Je me suis arrêté ensuite pour manger un hamburger. La belle affaire.

— Non, pas « la belle affaire ». Je ne sais pas ce qui se passe avec toi, tu parais avoir l'impression, maintenant que ta mère est partie, que tu peux faire tout ce qui te plaît. Eh bien, ce n'est pas le cas. Les mêmes règles restent valables. Rien n'a changé ici, sauf qu'elle est partie. Il est bien entendu que tu dois rentrer à la maison et ne pas sortir les soirs de semaine, faire tes devoirs et être ici quand j'arrive. Est-ce clair ?

— Oui, bien sûr. Mais quelle différence ça fait ?

Il avait l'air furieux.

— Parce que nous sommes toujours une famille. Avec ou sans elle. Et Sam et Mel ont besoin de toi... et moi aussi.

— C'est de la blague, papa. Sam ne veut que maman. Et Mel passe la moitié de sa vie au téléphone et l'autre moitié enfermée à clef dans sa chambre. Tu ne rentres pas avant neuf heures du soir et à ce moment-là tu es trop fatigué même pour nous adresser la parole. Alors pourquoi est-ce que je resterais à perdre mon temps ici ?

Oliver fut blessé par cette riposte et cela se voyait.

— Parce que tu habites ici. Et je ne rentre pas à neuf heures du soir. Je suis à la maison au plus tard à huit heures. Je m'échine à attraper ce train tous les soirs et je compte sur ta présence. Je ne te le redirai pas, Benjamin. Voilà un mois que cela dure maintenant. Tu sors tous les soirs. Je vais te consigner pendant un mois si tu ne cesses pas.

— Du diable si tu vas me consigner.

Benjamin avait soudain l'air furieux et Oliver fut choqué. Son fils ne lui avait jamais répondu sur ce ton, il n'aurait pas osé. Et voilà qu'il le défiait soudain ouvertement.

— Parfait. Tu as réussi. A partir de cette minute, tu es consigné.

— Sans blague, papa !

Pendant un instant, Benjamin donna l'impression qu'il allait lui taper dessus.

— Ne discute pas avec moi. — Leurs voix avaient monté de ton et ni l'un ni l'autre n'avait vu Mel descendre silencieusement l'escalier et les observer depuis le seuil de la cuisine. — Ta mère n'est peut-être plus là, mais c'est toujours moi qui décide ici.

— Qui dit ça ? — Une voix furieuse explosait derrière eux et ils se retournèrent tous les deux avec surprise pour apercevoir Mel qui les regardait. — Qu'est-ce qui te donne le droit de nous tyranniser ? Tu n'es jamais là, de toute façon. Tu te fiches pas mal de nous. Sinon, tu n'aurais pas commencé par chasser maman. C'est entièrement ta faute si elle est partie et maintenant tu t'attends à ce que nous ramassions les morceaux.

Il avait envie de pleurer à les entendre. Ils n'avaient rien compris. Comment le pouvaient-ils ?

— Ecoutez, je veux que vous sachiez tous les deux quelque chose. — Les larmes débordaient de ses yeux quand il les regarda. — J'étais prêt à tout pour garder votre mère ici et si je me reproche ce qu'elle a fait, je soupçonne qu'une part d'elle-même l'avait toujours désiré, elle voulait repartir à l'université, s'éloigner de nous tous et mener sa propre vie. Mais que ce soit ma faute ou non, je vous aime tous beaucoup...

Sa voix tremblait douloureusement et il se demanda s'il parviendrait à continuer, néanmoins il poursuivit :

— ... Et je l'aime aussi. Nous ne pouvons pas laisser cette famille se désintégrer maintenant, elle a trop d'importance pour nous tous... j'ai besoin de vous, mes petits... — Il fondit en larmes et Mel eut soudain l'air horrifié. — J'ai énormément besoin de vous... et je vous aime...

Il se détourna et sentit la main de Benjamin sur son épaule, peu après il eut conscience que Melissa était à côté de lui, puis elle l'entoura de ses bras.

— Nous t'aimons, papa, chuchota-t-elle d'une voix rauque. Pardonne-nous, nous avons été odieux.

Elle jeta un coup d'œil à son frère aîné, lui aussi avait les larmes aux yeux mais, quelque navré qu'il fût pour son père, il avait maintenant sa propre vie et ses propres problèmes.

— Excusez-moi. — Il mit plusieurs minutes à pouvoir reprendre la parole. — C'est dur pour nous tous. Et c'est probablement dur pour elle aussi.

Il voulait se montrer loyal envers elle et ne pas monter les enfants contre elle.

— Pourquoi n'est-elle pas revenue comme elle l'avait dit ? Pourquoi ne nous téléphone-t-elle pas ? demanda Melissa plaintivement quand tous trois entrèrent à pas lents dans la cuisine.

Sarah ne leur avait pas téléphoné souvent depuis qu'elle s'était installée à Boston, c'est le moins qu'on puisse dire.

— Je ne sais pas, chérie. Je pense qu'il y a plus de travail qu'elle ne s'y attendait. Je me doutais un peu que cela risquait de se produire.

Mais il n'avait pas compté qu'elle resterait cinq semaines loin d'eux. C'était cruel envers Sam, envers chacun d'eux, et il le lui avait dit et répété au téléphone, mais elle s'était contentée de répliquer qu'elle n'était pas encore prête à revenir. La coupure faite, aussi pénible soit-elle, Sarah volait à présent de ses propres ailes, même s'ils devaient en souffrir.

— Elle reviendra un de ces jours.

Melissa hocha la tête pensivement et s'assit à la table de la cuisine.

— Mais ce ne sera plus la même chose, n'est-ce pas ?

— Peut-être que non. Mais que ce soit différent ne sera peut-être pas si mal. Peut-être qu'un jour, quand nous en aurons fini avec ça, ce sera mieux.

— Tout était si bien avant, pourtant.

Elle avait levé la tête vers lui et il hocha la sienne. Du moins avaient-ils repris contact, du moins quelque chose s'était arrangé. Il se tourna alors vers son fils.

— Et toi ? Qu'est-ce qui se passe avec toi, Benjamin ?

Oliver pressentait qu'il se passait beaucoup de choses mais rien dont son fils lui ferait part. Et cela était nouveau chez lui. Il avait toujours été franc et ouvert.

— Rien de spécial. — Puis, avec un air embarrassé : — Je ferais bien d'aller me coucher maintenant.

Il se détourna pour quitter la pièce. Oliver eut envie de le rattraper par le bras.

— Benjamin... — Le garçon s'arrêta. Oliver avait perçu

une sorte de malaise. — As-tu des ennuis ? Tu veux me dire un mot seul à seul avant de te coucher ?

Benjamin hésita, puis secoua la tête.

— Non, merci, papa. Ça va. — Puis, anxieusement : — Est-ce que je suis toujours consigné ?

Oliver n'hésita pas une seconde. C'était important que tous comprennent qu'il tenait fermement la barre maintenant, sinon ils se mettraient à mener une vie de bâton de chaise. Et pour leur propre bien, il ne pouvait pas les laisser faire.

— Oui, tu es consigné, fils. Désolé. A l'heure pour dîner tous les soirs, fin de semaine comprise. Pendant un mois. Je t'avais averti avant.

Il ne cédait pas, mais son expression disait à Benjamin qu'il faisait cela parce qu'il l'aimait.

Benjamin hocha la tête et quitta la pièce, sans que les deux autres se doutent du désespoir qu'Oliver venait de susciter. Il fallait qu'il soit avec elle le soir... il le fallait... elle avait besoin de lui. Et lui avait besoin d'elle aussi. Il se demandait comment ils parviendraient à survivre.

Après le départ de Benjamin, Oliver regarda Melissa, se dirigea vers elle et se pencha pour l'embrasser.

— Je t'aime, ma chérie. Je t'aime du fond du cœur. Je crois que nous devons tous nous armer de patience maintenant. Les choses vont bien finir par s'arranger.

Elle inclina lentement la tête en regardant son père. Elle en connaissait plus sur Benjamin qu'elle n'était désireuse de le dire. Elle l'avait vu un millier de fois avec Sandra, et elle savait aussi qu'il séchait des cours. Les rumeurs avaient vite fait de se répandre dans leur école, même entre les classes de première année et celles de terminale. Et elle se doutait qu'il était sérieusement mordu pour la jeune fille, assez mordu pour défier leur père.

Sam ne bougea pas cette nuit-là, et, au matin, la fièvre avait disparu. Tous semblaient plus calmes quand Oliver partit pour son bureau, le cœur plus léger. Il était navré d'avoir dû consigner Benjamin, mais c'était pour son bien, et il pensait que Benjamin le comprendrait.

La réconciliation avec Mel avait bien valu les souffrances de la soirée précédente et soudain, se mettant au travail et découvrant un message sur son bureau, il se rappela avoir invité la veille Daphné à venir chez eux le dimanche suivant. Alors, pour la première fois depuis un mois, il se sentit joyeux à la perspective du week-end.

7

Le dimanche, Daphné vint par le train. Il passa la chercher à la gare et la ramena à la maison en parlant des enfants le long du chemin. Mel s'était montrée plus aimable avec lui toute la semaine, Sam était encore un peu enrhumé et Benjamin adressait à peine la parole à son père depuis qu'il lui avait confirmé qu'il était consigné. Mais finalement il respectait les règles. Il était rentré tous les soirs pour l'heure du dîner et montait dans sa chambre immédiatement après.

— Je vous avertis, ils ne sont pas commodes ces temps-ci, mais ce sont de braves gosses.

Il lui sourit, heureux qu'elle soit venue. Sarah n'avait pas téléphoné depuis des jours et son silence pesait à chacun d'eux, en particulier à Oliver.

— J'essaierai de leur faire comprendre que je ne suis pas une menace.

Daphné lui rendit son sourire. Elle était habillée d'un pantalon de cuir noir merveilleusement coupé sous une veste de fourrure.

— Qu'est-ce qui vous fait dire ça ?

Il ne savait pas pourquoi mais elle semblait désireuse qu'il sache qu'elle n'avait aucune idée de roman d'amour en tête.

— Je le dis parce que j'aime que les choses soient nettes et claires.

— Existe-t-il une raison pour que vous ne vous intéressiez pas aux hommes ? — Il s'efforçait de parler d'un ton léger, lui-même n'était pas attiré par elle en ce moment, mais ce serait agréable de sortir un jour avec elle. Daphné avait beaucoup à offrir à un homme : l'intelligence, la beauté, le charme, l'esprit. Il avait une réelle sympathie pour elle. — Je sais que vous refusez systématiquement les rendez-vous avec quelqu'un du bureau.

— C'est parce que j'ai appris ma leçon voilà bien longtemps. Une rude expérience. — Elle décida de lui raconter. Elle en avait envie, peut-être parce qu'elle aussi le trouvait séduisant. — Après avoir obtenu mon diplôme à Smith, je travaillais depuis trois ans dans mon premier poste quand je suis tombée amoureuse du président du conseil d'administration de l'agence de publicité où j'étais employée.

Elle eut un petit sourire cependant qu'il sifflait en lui jetant un coup d'œil.

— Vous ne vous compromettez pas avec n'importe qui, dites-moi ?

— C'était un des hommes les plus enthousiasmants du monde de la publicité. Il l'est toujours. Il avait quarante-six ans à l'époque. Marié, avec deux enfants. Il habitait dans Greenwich. Et il était catholique.

— Pas de divorce.

— Bonne réponse. Vous avez gagné les deux cents dollars.

— Elle parlait d'un ton prosaïque, sans amertume. Elle tenait à ce qu'Oliver soit au courant, bien que n'en ayant informé quasiment personne jusque-là. — En fait, sa famille était propriétaire de la société. C'est un homme sensationnel. J'étais éperdument amoureuse et je me suis dit que peu importait qu'il soit marié.

Elle se tut et regarda le paysage par la portière comme si elle était plongée dans ses souvenirs. Oliver l'incita à continuer. Il voulait connaître le reste, ce que ce type lui avait fait pour la rendre si méfiante à l'égard des hommes. Cela paraissait dommage qu'elle gâche sa vie dans la solitude, bien qu'elle n'eût visiblement pas l'air malheureuse.

— Et ? Combien de temps cela a-t-il duré ? Qu'est-ce qui s'est passé ?

— Nous avons vécu des jours merveilleux. Nous avons voyagé. Nous nous retrouvions le soir le mardi et le jeudi dans un appartement qu'il avait en ville. Ce n'est pas très joli, mais le fait est que j'étais devenue sa maîtresse. Et finalement il m'a congédiée.

— Charmant.

— Il avait peur que quelqu'un s'en aperçoive, pourtant nous étions extrêmement discrets. Et il avait toujours été franc avec moi. Il aimait sa femme et ses enfants, qui étaient encore petits à l'époque. Sa femme n'avait que quelques années de plus que moi. Mais il m'aimait aussi. Et je l'aimais. Et j'étais prête à accepter le peu qu'il me donnait.

Elle parlait de lui sans irritation et Ollie était surpris de son calme.

— Depuis combien de temps ne l'avez-vous pas vu ?

Elle rit en le regardant.

— Trois jours. Il m'a trouvé un autre emploi. Nous avons un appartement. Nous passons maintenant trois nuits par semaine ensemble et il n'y aura jamais davantage. Cela a fait treize ans en mars que cela dure et peut-être jugez-vous cela fou, mais je suis heureuse et je l'aime.

Elle donnait l'impression d'être parfaitement satisfaite et Oliver était abasourdi. Elle avait une liaison avec un homme marié et s'en trouvait apparemment très bien.

— Vous parlez sérieusement ? Cela vous est égal, Daph ?

— Bien sûr que non. Les enfants sont à l'université maintenant. Et sa femme s'active au club de jardinage et dans une quinzaine d'œuvres de charité. Je suppose qu'il y a quelque chose qu'il aime dans leur manière de vivre, parce qu'il n'a jamais hésité une minute. Je sais qu'il ne la quittera jamais.

— Mais c'est un arrangement infect pour vous. Vous méritez mieux que ça.

— Qui le dit ? Si j'épousais quelqu'un d'autre, nous pourrions finir par divorcer ou être malheureux. Rien n'est garanti pour personne. J'aurais aimé avoir des enfants, mais j'ai eu un problème il y a cinq ans et maintenant de toute façon je ne peux plus en avoir. Je trouve que cela me suffit. Peut-être suis-je bizarre, ou anormale, mais cela marche pour nous. Et voilà mon histoire, mon ami. J'ai pensé qu'il fallait que vous la connaissiez. — Elle lui sourit gentiment. — Parce que je vous aime bien.

— Je vous aime bien aussi. — Il eut un sourire timide. — Je crois que vous venez de me briser le cœur. — Mais jusqu'à un certain point il était soulagé. Il était dégagé de toute pression et maintenant ils pouvaient réellement être amis. — Croyez-vous qu'un jour il quittera sa femme ?

— J'en doute. Je ne suis même pas sûre que je l'épouserais s'il la quittait. Nous sommes bien comme cela. J'ai ma vie personnelle, ma carrière, mes amis et lui. Cela devient quelquefois un peu pénible aux vacances et en fin de semaine. Mais peut-être ce que nous avons est-il d'autant plus précieux que nous connaissons ses limites.

Elle possédait encore plus de sagesse qu'il ne l'aurait imaginé et il l'admira pour sa franchise comme pour le reste.

— J'aimerais pouvoir être aussi philosophe que vous.

— Vous le deviendrez peut-être un jour.

Il se demanda s'il se satisferait jamais de deux jours par semaine avec Sarah. Il ne le pensait pas. Il avait envie de tellement plus que cela. Il voulait ce qu'il avait eu avec elle avant, et cela n'en prenait apparemment pas le chemin.

Il freina devant la maison et se tourna vers elle.

— Merci de m'avoir mis au courant.

Un merci qui venait du fond du cœur.

— Je vous fais confiance. — C'était sa façon de lui
demander de ne pas divulguer son secret, mais elle savait déjà
qu'elle n'avait rien à craindre sur ce point. — J'estimais que
vous deviez être au courant. Je ne voulais pas que vos enfants
se montent la tête à notre sujet.

— Superbe. — Il sourit de toutes ses dents. — Qu'est-ce
que je leur dirai en vous présentant ? Hé, les petits, n'ayez
crainte, elle a une liaison avec un homme marié et elle
l'adore. — Son visage redevint grave, et son regard était
doux. — Vous êtes une femme épatante, Daph. Si jamais je
peux faire quoi que ce soit pour vous, si vous avez besoin d'un
ami... vous n'avez qu'à appeler...

— N'ayez crainte. Je le ferai. Quelquefois, la solitude pèse
lourdement. Mais on apprend à se suffire à soi-même, à ne
pas trouver n'importe quel prétexte pour appeler au milieu de
la nuit. On téléphone à des amis, on apprend à s'occuper. Je
pense que cela a été bon pour moi.

Il secoua la tête.

— Je ne crois pas que je deviendrai jamais aussi adulte.

A quarante-quatre ans, il comptait toujours que Sarah
prenne soin de lui s'il avait mal à la tête.

— Que cela ne vous tourmente pas. Je suis probablement
timbrée, voilà tout. Du moins c'est ce que pensent mes
parents.

— Ils sont au courant ?

Oliver était stupéfait. Ils avaient manifestement l'esprit
large.

— Je les avais mis au courant il y a des années. Ma mère a
pleuré pendant des mois, mais maintenant ils s'y sont habitués. Grâce à Dieu, mon frère a six enfants. L'attention s'est
détournée de moi.

Tous deux rirent, puis descendirent de voiture et Andy
sauta instantanément sur elle, posant ses pattes partout sur le
pantalon de cuir, mais Daphné n'eut pas l'air de s'en
formaliser.

Quand ils entrèrent dans la maison, Sam regardait la
télévision et Mel faisait quelque chose dans la cuisine avec
Agnès. Oliver précéda Daphné dans la pièce et la présenta à
Sam. Elle avait l'air détendue et à son aise, et Sam l'examina
de la tête aux pieds avec intérêt.

— Vous travaillez avec mon papa ?

— Oui, bien sûr. Et j'ai un neveu de ton âge. Il suit les matches de lutte, lui aussi.

Elle était apparemment à la page en ce qui concernait les engouements des gamins de neuf ans, et Sam eut un hochement de tête approbateur. C'était quelqu'un de bien.

— Mon papa m'a emmené voir un match l'année dernière. Epatant.

— J'y ai emmené aussi Sean une fois. Il était enchanté. J'ai trouvé cela absolument abominable.

Sam eut un rire moqueur à son adresse. Melissa émergea lentement de la cuisine et Oliver la présenta.

— Daphné Hutchinson, ma fille Melissa.

Elles se serrèrent la main, et Agnès disparut discrètement en se demandant s'il sortait déjà avec d'autres femmes. Les choses avaient bien changé dans cette maison mais, après ce qu'avait fait Mrs Watson, elle ne pouvait guère l'en blâmer. Il avait besoin d'une épouse et si Sarah avait été assez sotte pour lâcher quelque chose qui en valait la peine, eh bien une autre personne méritait sa bonne fortune.

Daphné et Melissa bavardaient tranquillement et Ollie voyait bien que sa fille étudiait son invitée du regard. Le pantalon de cuir, les cheveux soyeux, la veste de fourrure et le sac noir de chez Hermès, suspendu négligemment à son épaule, avaient l'approbation de Melissa. Daphné était très chic aussi en dehors des heures de bureau et maintenant Oliver comprenait pourquoi. Grâce à sa liaison avec un homme plus âgé qui lui faisait des cadeaux, elle avait accès au luxe et aux beaux objets. Ses bijoux même étaient de grand prix : la plupart des femmes seules ne peuvent s'en offrir de semblables. L'histoire que Daphné lui avait racontée le stupéfiait encore. N'empêche qu'elle était intéressante aussi. Mais on aurait dit que Melissa devinait que cette femme n'était pas une menace, qu'il n'y avait rien que de l'amitié entre elle et son père.

— Où est Benjamin ? questionna finalement Ollie.

— Sorti, je pense, répliqua Mel. Qu'est-ce que tu crois ?

Elle haussa les épaules et sourit à Daphné.

— J'avais aussi un frère aîné. Je l'ai détesté pendant près de dix-huit ans. Il s'est beaucoup amélioré, toutefois, en vieillissant.

Il avait exactement le même âge qu'Oliver, ce qui était peut-être une des raisons de sa sympathie pour lui.

Tous les quatre restèrent assis à bavarder pendant des

heures dans la confortable salle de séjour, puis ils sortirent se promener avec Andy et, juste avant l'heure du dîner, Benjamin rentra, l'air échevelé et égaré. Il était censé être allé jouer au football avec des amis mais, comme toujours, il avait abouti chez Sandra dont les parents s'étaient séparés aussi maintenant, ce qui leur rendait les choses plus faciles. Sa mère n'était jamais à la maison et son père était parti s'installer à Philadelphie.

Benjamin se montra froid envers Daphné quand il lui fut présenté et leur adressa à peine la parole en cours de route. Ils se rendirent au restaurant italien dont Oliver avait parlé à Daphné et ils s'amusèrent bien, ils rirent, bavardèrent, échangèrent des plaisanteries et finalement même Benjamin se dégela, ce qui ne l'empêchait pas de jeter fréquemment des coups d'œil inquisiteurs à son père et à Daphné.

Ils revinrent à la maison pour le dessert qu'Agnès avait promis de préparer pour eux et Andy resta étendu devant la cheminée tandis qu'ils mangeaient de la tarte aux pommes et des biscuits faits à la maison. La journée avait été parfaite. La première depuis longtemps, et tous avaient l'air heureux.

Le téléphone sonna pendant qu'ils écoutaient Sam raconter des histoires de fantômes, et Oliver alla répondre. C'était son père. Les autres n'entendaient que sa partie de la conversation.

— Oui... d'accord, papa... calme-toi... où est-elle ? Tu vas bien ?... J'arrive tout de suite... Reste là-bas. Je passerai te prendre. Je ne veux pas que tu rentres seul en voiture. Laisse l'auto là-bas, tu la ramèneras demain.

Il raccrocha, l'air fébrile, et les enfants furent affolés. Il se hâta de les rassurer, bien qu'il eût les mains tremblantes en replaçant le récepteur.

— Ne vous inquiétez pas. Il s'agit de grand-mère. Elle a eu un petit accident. Elle s'en est allée seule au volant et a renversé un voisin. Personne n'est gravement atteint. Elle n'est qu'un peu secouée et on la garde à l'hôpital juste ce soir en observation. Grand-père est bouleversé, c'est naturel. Heureusement, le bonhomme qu'elle a heurté a eu des réflexes rapides, il a sauté sur le capot de la voiture, il n'a qu'une cheville cassée. Ç'aurait pu être bien pire pour tous les deux.

— Je croyais qu'elle n'était plus censée conduire, dit Melissa, l'air encore soucieuse.

— Effectivement. Grand-père était dans le garage en train de ranger des outils et elle a décidé d'aller faire une course.

Il ne leur raconta pas qu'elle avait expliqué au médecin qu'elle était partie chercher son fils à l'école, ni que son père pleurait quand il lui avait téléphoné. Les médecins venaient de l'avertir qu'à leur avis il était temps de la mettre dans une maison spécialisée où elle serait sous surveillance constante.

— ... Je suis navré, dit-il en se tournant vers Daphné, mais il faut que j'aille le voir. Je pense qu'il est probablement encore plus bouleversé qu'elle. Voulez-vous que je vous dépose à la gare ?

Le train n'était que dans une heure, mais il ne voulait pas la laisser en plan.

— Je prendrai un taxi. Allez-vous-en. — Elle jeta un coup d'œil aux trois jeunes visages qui l'entouraient. — Je peux rester ici avec les enfants s'ils veulent bien de moi.

Mel et Sam eurent l'air enchantés, Benjamin ne dit rien.

— Ce serait magnifique. — Il lui sourit et pria Mel d'appeler un taxi par téléphone à neuf heures un quart. Il l'amènerait à la gare largement à temps pour attraper le train de neuf heures et demie. — ... Benjamin peut même vous conduire.

— Le taxi ira très bien. Je suis sûre que Benjamin a mieux à faire qu'à escorter des vieilles dames à la gare.

Elle avait senti sa réticence et ne voulait pas s'imposer. Un instant après, Oliver partit et Benjamin disparut dans sa chambre, la laissant avec les deux autres enfants.

Sam alla chercher un supplément de tarte et Mel monta en courant chercher le texte de sa pièce pour le lui montrer. Agnès était montée se coucher, comme elle en avait l'habitude, tout de suite après avoir rangé la cuisine, et Daphné se trouvait seule dans la salle de séjour lorsque le téléphone se mit à sonner sans arrêt. Elle jeta un coup d'œil autour d'elle avec nervosité et se décida finalement à répondre, craignant que ce soit Oliver et qu'il s'inquiète si personne ne décrochait. Peut-être avait-il oublié quelque chose. En tout cas, quand elle souleva le récepteur, à l'autre bout de la ligne ce fut d'abord un silence subit, puis une voix féminine demanda Oliver.

— Désolée, il est sorti. Puis-je prendre un message ?

Elle avait répondu d'un ton de femme d'affaires et son instinct lui disait que c'était Sarah. Elle ne se trompait pas.

— Est-ce que les enfants sont là ?

Sarah avait l'air agacée.

— Assurément. Désirez-vous que j'aille les chercher ?

— Je... oui... — Puis : — Excusez-moi, mais qui êtes-vous ?

Daphné n'hésita pas une seconde. Mel entrait dans la pièce et Daphné répondit dans le combiné :

— La baby-sitter. Je vais vous passer Melissa.

Elle tendit le téléphone à Melissa avec un gentil sourire puis se rendit dans la cuisine pour voir ce que faisait Sam. Il massacrait la tarte en engouffrant d'énormes bouchées de pommes tout en s'efforçant de couper un autre morceau pour Daphné.

— Ta maman est au téléphone, je crois. Elle parle à Mel.

— Elle téléphone ?

Il eut l'air stupéfait et abandonna ce qu'il faisait pour courir dans l'autre pièce, suivi des yeux par Daphné. Dix bonnes minutes s'étaient écoulées quand ils revinrent, la mine déprimée, et Daphné en eut le cœur serré. Elle voyait à leur expression à quel point leur mère leur manquait et Sam s'essuyait les yeux sur sa manche. Melissa aussi avait l'air assombrie par la conversation.

— Encore un peu de tarte, quelqu'un ?

Daphné voulait leur changer les idées, mais ne savait pas trop comment s'y prendre. Mel la regardait d'un air interrogateur.

— Pourquoi lui avez-vous dit que vous étiez la baby-sitter ?

Daphné lui répondit sans ambages, franche avec elle comme elle l'avait été avec Ollie.

— Parce que je ne voulais pas l'inquiéter. Votre papa et moi, nous sommes simplement des amis, Mel. Il y a dans ma vie quelqu'un que j'aime beaucoup et votre père et moi ne serons jamais plus que des camarades. Cela ne rimait à rien de mettre votre mère dans tous ses états ou de causer entre eux un malentendu. La situation est déjà assez difficile pour vous tous maintenant telle qu'elle est, sans que ma présence vienne compliquer les choses.

Mel hocha la tête, silencieusement reconnaissante.

— Elle a dit qu'elle ne pouvait pas venir à la maison la semaine prochaine parce qu'elle avait un exposé à rédiger.

Pendant qu'elle parlait, Sam fondit en larmes. Instinctivement, Daphné l'attira dans ses bras et le serra contre elle. Elle avait calmé toutes les craintes qu'ils auraient pu avoir en leur parlant de l'homme qu'elle aimait et elle était contente de l'avoir fait, et plus contente encore d'en avoir parlé d'abord à Oliver. Ce n'étaient pas des gens à meurtrir mais à aimer et dorloter. Et que leur mère les ait abandonnés la fâchait.

— Peut-être est-ce trop douloureux pour elle de revenir aussi vite.

Elle s'efforçait d'être équitable, mais Mel était en colère.

— Alors, pourquoi n'irions-nous pas la voir? questionna Sam judicieusement.

— Je ne sais pas, Sam.

Daphné lui essuya les yeux et tous trois s'assirent à la table de la cuisine, leur appétit envolé, la tarte oubliée.

— Elle dit que son appartement n'est pas encore prêt et qu'il n'y a pas de place pour nous pour dormir, mais c'est stupide.

Il cessa de pleurer, tous trois continuèrent à parler et neuf heures et quart passa sans qu'ils s'en aperçoivent.

— Oh, là là. — Quand Daphné jeta un coup d'œil à sa montre, il était neuf heures et demie. — Y a-t-il un autre train?

Elle pouvait toujours prendre un taxi pour rentrer à New York, à défaut.

Mais Melissa hocha la tête.

— A onze heures.

— J'attraperai celui-là, alors.

— Bien.

Sam se cramponnait à sa main, mais les deux enfants avaient soudain l'air épuisé. Daphné coucha Sam peu après et bavarda avec Mel jusque peu après dix heures, puis lui suggéra d'aller se mettre au lit, elle pouvait très bien attendre toute seule pendant une demi-heure encore avant d'appeler un taxi. Et finalement Mel monta à l'étage, plongée dans ses réflexions. Oliver fut surpris, en rentrant à dix heures et demie, de voir Daphné encore là, lisant tranquillement.

— Comment va votre père?

— Très bien, je pense. — Oliver paraissait fatigué. Il avait mis son propre père au lit comme un enfant et promis de revenir le lendemain l'aider à prendre sa décision concernant sa mère. — C'est une situation abominable. Ma mère est atteinte de la maladie d'Alzheimer, et cela mine mon père.

— Oh, mon Dieu, c'est terrible.

Elle se sentit contente que ses propres parents soient encore en bonne santé et pleins d'allant. Ils avaient soixante-dix et soixante-quinze ans, mais tous deux n'en paraissaient encore que cinquante. Puis elle se rappela le coup de fil de Sarah.

— A propos, votre femme a téléphoné.

— Oh, miséricorde...

Il se passa une main dans les cheveux, se demandant si les enfants lui avaient parlé de la présence de Daphné, mais elle devina à son regard ce qu'il pensait et le rassura sans tarder.

— Qu'est-ce qu'ils lui ont dit?

— Je ne sais pas. Je n'étais pas dans la pièce pendant qu'ils lui parlaient. Mais il n'y avait personne quand le téléphone a sonné, j'ai décroché et je lui ai dit que j'étais la baby-sitter.

Elle sourit et il lui dédia un large sourire en retour.

— Merci pour cela. — Puis, de nouveau avec une expression inquiète : — Comment étaient les enfants après ce coup de fil?

— Bouleversés. J'ai cru comprendre qu'elle leur avait dit ne pas pouvoir venir à la maison à la fin de la semaine et qu'elle ne pouvait pas les accueillir là-bas. Sam pleurait. Mais il avait retrouvé sa bonne humeur quand je l'ai mis au lit.

— Vous êtes vraiment une femme étonnante. — Il jeta avec regret un coup d'œil à sa montre. — Je n'ai aucune envie que vous partiez, mais je ferais mieux de vous conduire à la gare. Nous arriverons tout juste pour le train.

En cours de route, elle le remercia.

— J'ai passé une journée épatante, Oliver.

— Moi aussi. Je suis navré d'avoir dû vous abandonner à la fin.

— Ne vous en faites pas pour cela. Vous avez pas mal de problèmes sur les bras. Mais les choses s'arrangeront un de ces jours.

— Si je survis jusque-là.

Il eut un sourire las.

Il attendit le train avec elle et l'embrassa fraternellement avant son départ, et dit qu'il la verrait le lendemain au bureau. Elle agita la main quand le train s'éloigna et il revint chez lui en conduisant lentement, désolé que la situation ne soit pas différente. Peut-être que si elle avait été libre, songea-t-il, mais il savait que c'était un mensonge. Si libre qu'aurait pu être Daphné, si attirante, si intelligente qu'elle fût, tout ce qu'il voulait, c'était Sarah. Il composa son numéro quand il rentra, mais quand la sonnerie retentit à l'autre bout de la ligne, personne ne décrocha.

8

George Watson plaça sa femme dans une maison de repos au cours de la semaine qui suivit. Une maison spécialisée pour malades atteints de la maladie d'Alzheimer et diverses formes de démence. En apparence, elle était gaie et agréable, mais un coup d'œil aux malades qui vivaient là déprima Oliver au-delà de toute expression quand il alla voir sa mère. Elle ne le reconnut pas cette fois-ci et crut que George était non pas son mari mais son fils.

George s'essuyait les yeux quand ils partirent. Oliver lui prit le bras dans le vent aigre et le reconduisit chez lui. Il eut l'impression de l'abandonner en le quittant ce soir-là pour retrouver ses enfants.

C'était bizarre, à la réflexion, que lui et son père soient en train de perdre leurs compagnes en même temps, quoique de façon différente. C'était un crève-cœur pour tous deux. Du moins Oliver avait-il les enfants pour le maintenir occupé et son travail pour le distraire. Son père n'avait rien, sinon sa solitude et ses souvenirs, et les visites pénibles à la maison de repos pour voir Phyllis tous les après-midi.

Puis le grand jour arriva. Sarah téléphona le jour de la Saint-Valentin et annonça qu'elle voulait voir les enfants à la fin de la semaine suivante. A Boston.

— Pourquoi ne viens-tu pas ici?

Elle était partie depuis sept semaines et, comme les enfants, Oliver mourait d'envie de la voir et de l'avoir avec eux à la maison.

— Je veux qu'ils voient où j'habite.

Il avait envie de protester, mais il s'abstint. A la place, il accepta et la rappela quand il eut calculé l'heure approximative de leur arrivée à Boston.

— Nous devrions débarquer chez toi vers onze heures samedi matin, si nous prenons une navette à neuf heures.

Il aurait aimé arriver le vendredi soir, mais c'était trop compliqué avec les classes et le bureau, et elle avait suggéré le samedi matin.

— As-tu de la place pour nous tous?

Il sourit pour la première fois depuis des semaines et à

l'autre bout de la ligne, du côté de Sarah, un silence bizarre suivit.

— Non... je pensais que Mel et Benjamin pourraient dormir sur deux vieux canapés dans ma salle de séjour. Et j'avais l'intention de prendre Sam avec moi...

Sa voix s'éteignit et Oliver, la main figée sur le récepteur, écoutait les mots se réverbérer dans sa tête. Sam... avec *moi,* avait-elle dit, pas avec *nous.*

— Et moi, alors, qu'est-ce que je deviens là-dedans ?

Il résolut de lui parler carrément. Il voulait savoir où il en était, une fois pour toutes. Il ne pouvait plus supporter la torture de l'incertitude.

— Je pensais que peut-être... — sa voix était à peine plus qu'un murmure — tu voudrais être à l'hôtel. Ce... ce serait plus facile comme ça, Ollie.

Elle avait les larmes aux yeux en le disant, mais lui avait un poids sur le cœur en l'entendant.

— Plus facile pour qui ? Il me semble que c'est toi qui avais promis que rien ne changerait, il n'y a pas si longtemps, tu disais que tu ne t'en allais pas pour de bon. Ou bien as-tu oublié ?

— Je n'ai pas oublié. Seulement les choses changent quand on s'en va et qu'on prend du recul.

Alors pourquoi les choses ne changeaient-elles pas pour lui ? Pourquoi la désirait-il toujours si ardemment ? Il avait envie de la secouer violemment, puis il avait envie de l'embrasser jusqu'à ce qu'elle le supplie de la prendre. Mais elle n'allait plus le faire. Plus jamais.

— Donc tu me dis que c'est fini. Est-ce cela, Sarah ?

Sa voix était trop forte et son cœur battait à grands coups.

— Je te demande seulement de descendre à l'hôtel, Ollie... pour cette fois-ci.

— *Arrête ça !* Arrête de me jouer la comédie, nom d'un chien !

Ce côté cruel qu'elle avait, jamais il ne s'était douté de son existence.

— Je suis navrée... je suis aussi désemparée que toi.

Et à ce moment précis, elle était sincère.

— Désemparée, toi, Sarah, sans blague ! Tu sais parfaitement ce que tu fais. Tu l'as su du jour où tu es partie d'ici.

— J'ai simplement envie d'être seule avec les enfants ce week-end.

— Très bien. — La voix d'Oliver était devenue glaciale. —
Je les déposerai devant chez toi à onze heures.

Sur quoi, il raccrocha avant qu'elle puisse continuer à le
torturer. Cette fin de semaine serait solitaire pour lui, tandis
qu'elle et les enfants auraient leur joyeuse réunion.

Il aurait pu les laisser partir seuls, mais il ne voulait pas. Il
voulait être avec eux, en particulier après, pour le voyage de
retour. Il savait aussi, au fin fond de son cœur, qu'il avait
envie d'être près d'elle. Il se faisait du souci surtout pour Sam,
modérément pour les autres. Benjamin n'était pas enthou-
siasmé par le voyage, il manquerait une partie de football,
mais Oliver lui dit qu'à son avis il se devait d'y aller. Mel était
ravie de partir et Sam était transporté de joie. Mais Oliver se
demandait quelles seraient leurs réactions à tous après avoir
vu Sarah.

Le vol jusqu'à Boston avait pour eux un air de fête, de
l'autre côté de la travée où était assis Oliver silencieux et,
quand ils se rendirent en taxi à l'adresse de Sarah, dans
Brattle Street, il était incroyablement nerveux. Il lui avait dit
qu'il les déposerait et, quand elle ouvrit la porte, il crut que
son cœur allait s'arrêter en l'apercevant. Elle était plus belle
que jamais. Ses cheveux, plus longs, pendaient librement, son
jean la moulait d'une façon qui fit souffrir Oliver, mais il
s'efforça de conserver son sang-froid devant les enfants. Elle
lui déposa un petit baiser sur la joue, étreignit les enfants et
les emmena dans la maison prendre le déjeuner qu'elle leur
avait préparé pendant qu'Oliver poursuivait son chemin dans
le taxi, brûlant pour elle de toutes les fibres de son corps.

Elle habitait un petit logement, avec une salle de séjour
confortable et une minuscule chambre à coucher et, derrière,
un jardin embroussaillé. Et pendant que les enfants sirotaient
bruyamment leur bouillon en dévorant leur mère des yeux,
tous parlaient à la fois ; les émotions et les craintes trop
longtemps refoulées s'évanouissaient. Sam ne quittait pas
Sarah d'une semelle et même Benjamin paraissait plus
détendu qu'il ne l'avait été depuis longtemps. Tous étaient
heureux, sauf Oliver, solitaire dans sa chambre d'hôtel.

En fin de compte, c'était arrivé, elle l'avait chassé. Elle ne
l'aimait plus. Et cette réalité faillit le tuer. Il pleura en se
remémorant le passé et marcha pendant des heures sur le
campus de Harvard. Il passa dans tous les endroits où ils
étaient allés des années auparavant et il s'aperçut en revenant
à pied à son hôtel qu'il pleurait toujours. Il ne comprenait pas.

Elle lui avait dit que rien ne changerait entre eux, pourtant voilà qu'elle lui fermait maintenant sa porte. C'était terminé, ils étaient devenus des étrangers. Il se sentait comme un enfant abandonné. Et ce soir-là, assis seul dans sa chambre d'hôtel, il lui téléphona.

Il entendait en bruit de fond un vacarme de musique, de voix et de rires, et il n'en éprouva que plus violemment son désir d'être avec elle.

— Désolé, Sarah. Je ne voulais pas interrompre ta partie de plaisir avec les enfants.

— Aucune importance. Ils font du pop-corn dans la cuisine. Et si je t'appelais plus tard?

Et quand elle le fit, minuit était déjà passé.

— Qu'est-ce qui nous arrive?

Il devait lui poser la question, il devait savoir. Au bout de deux mois, tout ce qu'il était capable de faire c'était de penser à elle et il voulait plus que jamais qu'elle lui revienne. Si vraiment elle ne lui revenait plus, il lui fallait le savoir.

— ... Je ne comprends pas. Quand tu es partie, tu as dit que tu rentrerais à la maison à chaque fin de semaine. Maintenant, au bout de près de deux mois, tu me tiens à distance et tu te conduis comme si nous étions divorcés.

— Je ne le sais pas non plus, Ollie. — Sa voix était douce, une caresse familière qu'il aurait voulu oublier mais il ne le pouvait pas. — Les choses ont changé pour moi une fois que je me suis retrouvée ici. Je me suis rendu compte à quel point je l'avais désiré, je me suis rendu compte que je ne pouvais plus reprendre la vie que nous menions auparavant. Peut-être en serai-je capable un jour... mais il faudra que ce soit très différent.

— Comment? Dis-le-moi... j'ai besoin de savoir.

Il était furieux contre lui-même, mais il avait recommencé à pleurer. Quelque chose de terrible s'était produit ce week-end et il le savait. Elle était tellement importante pour lui, et il était impuissant à y changer quoi que ce soit ou à obtenir qu'elle lui revienne.

— Je ne connais pas encore les réponses, moi non plus. Je sais seulement que j'ai besoin d'être ici.

— Et nous? Pourquoi ceci? Pourquoi ne pouvais-je pas rester avec vous ce soir?

Il n'avait pas de vergogne, pas de fierté. Il l'aimait trop et la désirait trop intensément.

— Je crois que j'ai peur de te voir.

— C'est fou. *Pourquoi?*

— Je ne peux pas te le dire. Peut-être exiges-tu trop de moi, Oliver. C'est presque comme si j'étais quelqu'un d'autre à présent. Quelqu'un que j'étais et que j'allais être, quelqu'un qui était endormi pendant toutes ces années, mis de côté et oublié, mais maintenant je suis de nouveau vivante. Et je ne veux pas y renoncer. Pour personne. Pas même toi.

— Et ce que nous étions ensemble? L'as-tu oublié si vite? Sept semaines seulement et à l'entendre on aurait dit une éternité.

— Je ne suis plus celle que tu aimais. Je ne suis pas sûre de l'avoir été. Je crois que c'est pour cette raison que je redoute de te voir. Je ne veux pas te décevoir. Mais je ne suis plus la même personne, Ollie. Peut-être ne l'étais-je plus depuis longtemps sans m'en douter.

Oliver était oppressé, pourtant il lui fallait poser la question.

— Y a-t-il quelqu'un d'autre?

Déjà? Si vite? C'était cependant possible. Elle lui avait paru si belle quand il avait déposé les enfants. Elle avait rajeuni en quittant Purchase et déjà il la trouvait jolie, mais maintenant elle l'était encore plus.

— Non, il n'y a personne. — Néanmoins, elle avait eu comme une hésitation en répondant. — Pas encore. Mais je veux être libre de voir d'autres gens.

Miséricorde. Il ne pouvait pas croire qu'elle le disait. Mais elle le disait. C'était fini.

— Je pense que cela règle la question, alors. Veux-tu déposer une demande de divorce?

Sa main tremblait quand il le proposa.

— Pas tout de suite. Je ne sais pas ce que je veux.

« Pas tout de suite. » Il aurait aimé qu'elle hurle de terreur à cette perspective, mais c'était évident qu'elle l'avait envisagée. Et c'était également évident que leur vie commune était terminée dans tous les cas de figure.

— Préviens-moi quand tu auras pris ta décision. Je te trouve complètement stupide, Sarah. Nous avons eu quelque chose de formidable pendant dix-huit ans et tu jettes cela par la fenêtre.

Sa voix était amère et triste tandis qu'il essuyait les larmes sur ses joues, écartelé entre le chagrin et la fureur.

— Ollie... — Elle donnait l'impression de pleurer, elle aussi. — Je t'aime encore.

— Je ne veux pas l'entendre. — C'était trop pénible maintenant, trop pour lui. — Je passerai prendre les enfants demain à quatre heures. Envoie-les en bas, je les attendrai dans un taxi.

Tout d'un coup, il n'avait plus envie de la revoir. Et quand il reposa doucement le téléphone près du lit, il eut la sensation d'y avoir déposé son cœur avec. La femme qu'il avait connue et aimée sous le nom de Sarah Watson n'était plus. Elle avait disparu. Si même elle avait jamais existé.

9

Quand il passa prendre les enfants le lendemain après-midi, son cœur battait la chamade pendant que le taxi attendait. Il descendit appuyer sur la sonnette, puis remonta dans le taxi. Il était anxieux de les revoir, de les avoir de nouveau avec lui, de ne plus être seul un instant de plus. Son dimanche solitaire dans Boston avait été lugubre. C'était un week-end dont il se souviendrait jusqu'à la fin de ses jours.

Melissa fut la première à apparaître, l'air sûre d'elle, adulte et très jolie. Elle agita la main à l'adresse de son père qui était dans le taxi, et il fut soulagé de voir qu'elle débordait d'entrain. Benjamin venait ensuite, l'air grave et préoccupé, mais c'était son expression habituelle à présent. Il avait changé de façon radicale dans les deux mois qui avaient suivi le départ de Sarah. Ou peut-être devenait-il simplement adulte ? Oliver n'en était pas certain et il s'inquiétait à son sujet. Puis Sam arriva à son tour, traînant les pieds et portant un gros paquet mal emballé. Elle lui avait donné un ours en peluche, sans trop savoir si ce cadeau lui plairait, mais il avait dormi avec cette nuit-là et il s'y cramponnait à présent comme à un trésor sacré.

Benjamin se glissa sur le siège avant, Mel était déjà installée dans le taxi quand Sam approcha de son père avec de grands yeux tristes et c'était facile de voir qu'il avait pleuré.

— Bonjour, mon gros, qu'est-ce que tu trimballes là ?

— Maman m'a donné un ours en peluche. Juste pour me porter bonheur... tu sais.

Il était gêné d'avouer qu'il en était fou. D'instinct, elle avait choisi exactement ce qui lui convenait. Elle les connaissait bien tous, et Oliver sentait encore son parfum sur le petit garçon quand il l'embrassa. Respirer son parfum et songer à elle lui arrachait le cœur. Puis, tandis que Sam passait devant lui en cognant contre leurs jambes son sac de voyage, Oliver leva les yeux et la vit, debout sur le seuil. Elle faisait des signes d'adieu et, pendant un instant, il eut envie de sauter à bas du taxi, de retourner là-bas en courant, de la serrer dans ses bras et de la ramener avec eux. Peut-être parviendrait-il à la faire revenir à la raison et, sinon, du moins pourrait-il la toucher, la sentir, avoir un contact avec elle. Au contraire, il se contraignit à détourner les yeux et, d'une voix rauque, dit au chauffeur d'aller à l'aéroport. Il regarda malgré lui en arrière quand le taxi démarra, elle continuait à agiter le bras, jeune et jolie, et tandis qu'il l'examinait, il sentit Melissa lui glisser quelque chose dans la main. C'était une petite bourse de soie blanche et, quand il l'ouvrit, il vit l'émeraude qu'il avait offerte à Sarah pour Noël. Un billet bref à l'intérieur lui demandait de garder la bague pour Melissa. Et cela aussi était une déclaration significative. Le week-end avait été impitoyable pour lui. Il glissa la bourse dans sa poche sans proférer un son, les mâchoires serrées, les yeux froids, et regarda par la portière.

Oliver resta longtemps sans rien dire, se contentant d'écouter les enfants parler d'abondance sur le repas qu'elle avait préparé, le pop-corn, le logement qui leur avait bien plu. Même Sam semblait plus à l'aise maintenant. Et c'était évident que voir leur mère leur avait fait le plus grand bien. Ils avaient tous l'air soigné, et les cheveux de Sam étaient coiffés exactement comme Oliver l'aimait. Et rien que de les voir comme ça lui était pénible, si visiblement sortis des mains de Sarah, comme nouveau-nés et tout juste jaillis d'elle. Il ne voulait pas entendre comme ç'avait été épatant, quelle mine magnifique elle avait, comme le jardin était mignon ou combien difficiles ses cours. Il voulait seulement entendre dire à quel point affreux ils lui avaient tous manqué, lui Oliver surtout, et qu'elle ne tarderait pas à revenir, qu'elle détestait Boston et qu'elle avait eu tort d'y venir. Mais cela, il savait maintenant qu'il ne l'entendrait jamais dire.

Le vol de retour jusqu'à New York fut agité, mais les enfants ne semblèrent même pas s'en apercevoir et ils arrivèrent à la maison à huit heures du soir. Agnès les attendait et proposa de leur préparer à dîner. Ils lui racontèrent alors tout sur Boston, ce que leur maman avait fait, ce qu'elle avait dit, ce qu'elle avait pensé et tout ce à quoi elle s'occupait. Et finalement, à la moitié du repas, Oliver fut incapable d'en supporter davantage. Il se leva et jeta sa serviette à la stupeur des enfants qui le regardèrent avec des yeux ébahis.

— J'en ai plus qu'assez d'entendre rabâcher toutes ces histoires ! Je suis content que vous vous soyez bien amusés, mais, nom d'une pipe, vous ne pourriez pas parler d'autre chose ?

Ils eurent l'air consterné et il fut envahi par la gêne.

— ... Excusez-moi... je... aucune importance.

Il les quitta et monta dans sa chambre dont il referma la porte, puis demeura assis là dans le noir, à contempler le clair de lune. Cela lui avait été trop pénible de les entendre parler d'elle perpétuellement. Ils l'avaient retrouvée. Et lui l'avait perdue. Il n'y avait plus moyen de revenir en arrière, plus moyen d'y échapper. Elle ne l'aimait plus, quoi qu'elle en eût dit au téléphone. C'était fini. Pour toujours.

Il resta assis là dans le noir, sur son lit pendant un temps qui sembla long, puis il s'étendit dans la pénombre et contempla le plafond. Un temps plus long encore s'écoula avant qu'il entende frapper à la porte. C'était Mel, et elle entrouvrit légèrement la porte mais au premier abord ne le vit pas. « Papa ? » Elle entra dans la pièce, puis elle l'aperçut couché sur son lit.

— ... Je suis désolée... nous ne voulions pas te contrarier.. c'est seulement que...

— Je sais, mon petit, je sais. Vous avez le droit d'être fous de joie. C'est votre maman. Je me suis emballé juste une minute. Même les papas ont parfois des coups de folie.

Il se rassit, lui sourit, puis alluma la lumière, confus qu'elle l'ait trouvé boudant dans le noir.

— ... c'est qu'elle me manque terriblement... comme elle vous a manqué...

— Elle dit qu'elle t'aime toujours, papa.

Mel ressentait une profonde tristesse pour lui, l'expression qu'elle lisait dans les yeux de son père était poignante.

— C'est gentil, chérie. Je l'aime aussi. Seulement, c'est parfois difficile à comprendre quand les choses changent... quand vous perdez quelqu'un que vous aimez autant... quand vous avez l'impression que votre vie entière est terminée... Je m'y habituerai.

Melissa hocha la tête. Elle avait promis à sa mère qu'elle

ferait son possible pour aider Oliver et elle s'y apprêtait. Elle mit Sam au lit ce soir-là, avec son ours en peluche, et lui dit de laisser son père dormir seul pour une fois.

— Est-ce que papa est malade ? — Elle secoua négativement la tête. — Il s'est conduit bizarrement ce soir.

Sam avait l'air très inquiet.

— Il est bouleversé, voilà tout. Je pense que c'était dur pour lui de voir maman.

— Moi, j'ai trouvé ça super.

Il sourit joyeusement en étreignant son ours et Mel lui rendit son sourire, se sentant mille ans de plus que lui.

— Moi aussi, mais je crois que c'est plus dur pour eux.

Sam eut un mouvement de menton comme s'il comprenait aussi mais, à la vérité cela le dépassait. Puis il posa à sa sœur la question qu'il n'avait osé poser à aucun de ses parents :

— Mel... est-ce que tu crois qu'elle reviendra ?... Je veux dire, comme avant... ici, avec papa et tout...

Sa sœur hésita un long moment avant de lui répondre, sondant son propre cœur et son esprit mais, comme son père, elle connaissait déjà la réponse.

— Je ne sais pas... mais je ne le pense pas.

Sam hocha de nouveau la tête, mieux à même de faire face à la situation maintenant qu'il était allé voir sa mère et qu'elle avait promis qu'il pourrait revenir dans quelques semaines. Elle n'avait pas parlé de retourner à Purchase les voir.

— Tu crois que papa est furieux contre elle ?

Mel fit un signe de dénégation.

— Non, j'ai l'impression qu'il a seulement du chagrin. Voilà pourquoi il a explosé ce soir.

Sam acquiesça et se laissa retomber sur son oreiller.

— Bonne nuit, Mel... je t'aime.

Elle se pencha pour l'embrasser et lui caressa doucement les cheveux, comme Sarah l'avait fait à Boston.

— Je t'aime aussi même si parfois tu te montres un sale gosse.

Tous deux rirent et elle éteignit la lumière, puis ferma la porte. En se rendant à sa propre chambre, elle vit Benjamin qui enjambait la fenêtre et se laissait prestement choir sur le sol. Elle le regarda faire, mais elle ne réagit ni par la voix ni par le geste. Elle se contenta de baisser son store, puis alla s'étendre sur son lit. Elle avait largement de quoi réfléchir. Ce soir, tous en étaient là. Tous demeurèrent longtemps couchés sans dormir cette nuit-là, songeant à Sarah. Et, quel que fût l'endroit où Benjamin s'était rendu, Mel estima que cela ne regardait que lui. Toutefois, c'était bien facile de deviner où il se trouvait. En dépit de la consigne toujours en vigueur, il était parti chez Sandra.

10

Daphné entra dans le bureau d'Oliver le lendemain matin peu après dix heures et, d'abord, elle pensa que tout allait bien pour lui. Elle savait qu'il avait emmené les enfants à Boston voir Sarah pendant le week-end.

— Comment ça s'est passé ?

A peine les mots lui étaient-ils sortis de la bouche qu'elle lut la réponse dans ses yeux. Il avait l'air d'avoir été frappé par la foudre.

— Ne le demandez pas.

— Je suis navrée.

Elle l'était sincèrement, pour lui et les enfants.

— Moi aussi. Avez-vous déjà assemblé les diapositives ?

Elle répondit d'un signe de tête et ils s'abstinrent d'aborder de nouveau le sujet. Ils travaillèrent sans arrêt jusqu'à quatre heures et, pour une fois, il y trouva du soulagement. C'était merveilleux de ne pas penser à Sarah ou même aux enfants.

Il rentra chez lui à neuf heures ce soir-là, et plus tard encore les autres soirs. Ils avaient une présentation urgente à préparer pour un client important. Néanmoins, les enfants n'en parurent pas perturbés. Et, trois semaines après la première visite, Sarah invita encore les enfants, mais là Oliver ne les accompagna pas. Mel partit avec Sam. Benjamin avait déjà prévu d'aller faire du ski avec des camarades et refusa de changer ses projets.

Le vendredi soir, quand Oliver arriva tard chez lui, la maison était sombre et silencieuse, même Agnès avait pris quelques jours de congé pour se rendre chez sa sœur dans le New Jersey. Se retrouver tout seul sans aucun d'eux provoquait une sensation bizarre mais aussi un certain soulagement. Il y avait trois mois que Sarah était partie, trois mois pendant lesquels il avait souffert, pleuré et s'était tracassé pour eux ; il avait assumé des responsabilités vingt-quatre heures sur vingt-quatre et avait couru comme un dératé entre Purchase et son bureau. Parfois, il était obligé de reconnaître que Daphné avait raison. Ç'aurait été plus commode d'emménager à New York, mais il ne pensait pas qu'ils y étaient prêts les uns et les autres. Peut-être d'ici un an ou deux... c'était déroutant d'envisager les choses aussi longtemps à l'avance sans Sarah. Oliver avait l'impression que sa vie était une immensité désertique.

Il dîna avec son père le samedi soir et alla le dimanche après-midi rendre visite à sa mère. La voir était déprimant. Elle ne parla que de vouloir rentrer chez elle s'occuper de son jardin. Elle ne se rendait pas très bien compte de l'endroit où elle était mais par moments paraissait retrouver un peu de lucidité.

— Tu t'en tires, papa? avait-il questionné le soir où ils avaient dîné au restaurant.

— Plus ou moins. — Son père avait souri. — C'est terriblement pesant, la solitude, sans elle.

Oliver soupira et eut en réponse un sourire mélancolique.

— Je sais bien, papa.

Cela semblait toujours une ironie du sort qu'ils perdent tous deux leurs épouses en même temps. Ironique, tragique et infiniment douloureux.

— Du moins as-tu les enfants pour te tenir compagnie.

— Tu devrais venir chez nous plus souvent. Sam meurt d'envie de te voir.

— Peut-être demain après-midi.

Mais Oliver avait expliqué qu'ils se trouvaient avec leur mère à Boston.

Ils revinrent d'excellente humeur cette fois-ci encore, mais Melissa avait averti Sam de ne pas trop en parler avec papa. Et elle lui avait particulièrement recommandé de ne pas mentionner Jean-Pierre. C'était un ami de leur maman, qui était passé faire leur connaissance le samedi soir, et Mel pensait secrètement qu'il en pinçait pour leur mère. Il avait vingt-cinq ans, il était originaire de France et diplômé d'une université de là-bas, il avait fait rire tout le monde, raconté des quantités de blagues et confectionné une pizza avec ce qu'il avait sous la main. Sam le trouvait formidable, mais Mel lui assura que papa ne tiendrait pas à le savoir.

— Tu crois qu'il sort avec maman?

Sam était toujours curieux, et il avait eu l'impression de les avoir vus s'embrasser une fois où il était entré dans la cuisine chercher du Coca-Cola.

Melissa par contre fut prompte à démolir ses hypothèses.

— Ne sois pas ridicule.

Et tous deux débordaient de joie parce que Sarah avait promis de les emmener pour les vacances de printemps.

— Où penses-tu que nous irons ? avait demandé Sam.

— Je ne sais pas, nous verrons.

En fin de compte, elle avait choisi une semaine de ski dans le Massachusetts et elle les emmenait tous. Même Benjamin avait accepté de l'accompagner. Et c'est seulement cinq jours avant leur départ qu'Oliver reçut l'appel téléphonique à son bureau. En provenance de l'école de Benjamin. Il avait séché des cours depuis des mois et était bien près d'échouer à ses examens, la direction voulait informer Oliver qu'il avait reçu plusieurs avertissements.

— Benjamin ? — Oliver était abasourdi. Il avait quitté une réunion pour répondre au téléphone, craignant que Benjamin ait eu un accident. — Je ne peux pas le croire. Il a toujours été inscrit au tableau d'honneur.

— Plus maintenant, Mr Watson. — C'était le sous-directeur en personne qui l'appelait. — Depuis janvier, nous l'avons à peine vu aux cours et pendant ce trimestre il a eu des notes inférieures à la moyenne dans presque toutes les matières.

— Pourquoi ne m'avez-vous pas informé avant ? Pourquoi avez-vous attendu tellement longtemps ?

Oliver était stupéfait et furieux contre le garçon, contre lui-même, contre le lycée, contre Sarah qui avait tout déclenché. La série de calamités semblait ne jamais devoir s'interrompre.

— Nous vous avons envoyé des avertissements depuis trois mois et vous n'avez jamais répondu.

— Le petit salaud... — Oliver comprit instantanément ce qui s'était probablement passé. Benjamin les avait interceptés. — Et ses demandes d'inscription à l'université ?

— Je ne sais pas. Il nous faudra mettre au courant les écoles auprès desquelles il a posé sa candidature, naturellement, mais il a toujours été un élève excellent jusqu'à ceci. Nous nous rendons compte qu'il y a des circonstances atténuantes. Peut-être que s'il accepte de suivre des cours de rattrapage pendant l'été... et, bien entendu, tout dépendra de ses notes à partir de maintenant. Son dernier trimestre va être très important.

— Je comprends. — Oliver ferma les yeux, essayant

d'assimiler l'ensemble de la situation. — Y a-t-il à l'école un autre problème dont je devrais être informé ?

Il pressentait qu'il y en avait encore un et il avait soudain presque peur de l'apprendre.

— Eh bien, certaines choses ne sont pas précisément de notre ressort...

— C'est-à-dire ?

— Je faisais allusion à la petite Carter. Nous estimons qu'elle est une des composantes du problème de Benjamin. Elle a eu des difficultés personnelles cette année, ses parents se sont séparés, et elle n'est pas... ma foi, elle n'est certainement pas l'élève qu'est ou était Benjamin, mais je crois que leur idylle les a beaucoup trop absorbés. Il est même question qu'elle lâche complètement le lycée. Mais nous avons déjà prévenu sa mère qu'elle n'obtiendrait pas son diplôme...

Nom d'une pipe... Oliver l'avait consigné et lui avait ordonné de rentrer à la maison pour l'heure du dîner, alors il avait séché ses cours pour aller traîner avec une idiote, une ratée qui n'avait même pas fini le lycée ou presque.

— Je vais m'en occuper. J'espère que nous pourrons faire en sorte que cela n'influe pas sur les candidatures que Benjamin avait posées aux grandes écoles.

Il n'allait pas tarder à obtenir leur réponse... Harvard... Princeton... Yale... et maintenant il se trouvait sous la menace d'un renvoi.

— Peut-être que si vous pouviez passer plus de temps à la maison avec lui... Nous comprenons combien c'est difficile à présent, avec le départ de Mrs Watson...

Oliver fut piqué au vif par cette phrase, il faisait tout son possible maintenant pour être avec les enfants, mais de nouveau résonna à ses oreilles la phrase de Benjamin... *Tu ne rentres jamais à la maison avant neuf heures tous les soirs...*

— Je vais faire ce que je peux. Et je lui parlerai ce soir.

— Très bien. De notre côté, nous vous tiendrons informé de la situation.

— N'hésitez pas à m'appeler au bureau.

— Naturellement.

Oliver raccrocha et resta un moment la tête baissée, oppressé. Puis, ne sachant pas quoi faire d'autre, il appela Sarah à Boston. Par chance, elle était sortie. Ce n'était plus son problème, de toute façon. Elle les avait tous laissés en plan. A lui de le résoudre désormais.

Cet après-midi-là, il quitta son bureau à quatre heures et

arriva chez lui avant six heures. Il était là quand Benjamin franchit le seuil de l'entrée, l'air content de lui-même, ses livres sous le bras. D'un seul regard d'acier, son père l'arrêta.

— Viens dans mon cabinet de travail, Benjamin, je te prie.

— Il y a quelque chose qui ne va pas ?

A l'expression de son père, c'était évident, mais il ne s'attendait pas à ce qui allait suivre. Au moment où il pénétrait dans la pièce, Oliver lui administra une claque magistrale. C'était la première fois de sa vie qu'il frappait un de ses enfants, mise à part l'unique fessée que Benjamin avait reçue à quatre ans quand il avait planté une fourchette dans une prise de courant. Il avait voulu faire impression sur lui à l'époque et c'était encore le cas cette fois-ci. Mais ce qui inspirait son geste, pourtant, c'était davantage un sentiment de culpabilité et de frustration. Benjamin chancela presque sous le choc et son visage devint cramoisi quand il s'assit sans proférer un son pendant qu'Oliver fermait la porte. Il savait maintenant que son père avait tout découvert ou au moins découvert une partie. Et il se doutait de ce qui l'attendait.

— Excuse-moi... je n'avais pas l'intention de faire ça... mais j'ai eu l'impression d'avoir été trompé. J'ai reçu aujourd'hui un coup de téléphone de ton école, de Mr Young... que diable as-tu donc fabriqué ?

— Je... je suis désolé, papa. — Il baissa les yeux vers le sol, puis finit par les relever vers lui. — Je ne pouvais pas... je ne sais pas.

— Tu es au courant que tu risques d'être renvoyé du collège ? — Benjamin hocha la tête. — Te rends-tu compte qu'après cela tu risques de ne plus jamais entrer dans une bonne université ? Ou tu seras obligé de perdre un an ou tout au moins de suivre des cours d'été ? Et que diable est-il arrivé à tous les avertissements qu'on est censé m'avoir envoyés ?

— Je les ai jetés. — Il était franc avec son père et il le regardait d'un air malheureux comme s'il avait de nouveau dix ans. — Je m'étais imaginé que je parviendrais à me remettre à flot et que tu n'aurais pas besoin d'être au courant.

Oliver arpenta la pièce de long en large, puis s'arrêta pour le dévisager.

— Et qu'est-ce que cette jeune fille a à voir dans cette histoire ? Je crois que son nom est Sandra Carter ? — A la vérité, ce nom était imprimé en lettres de feu dans son esprit et il se doutait depuis longtemps que l'aventure actuelle de Benjamin dépassait les limites mais pas un instant l'idée ne l'avait effleuré que les choses en arriveraient à ce point-là. — Je présume que tu couches avec elle. Depuis quand cela dure-t-il ?

Benjamin contempla le plancher pendant un long moment sans rien dire.

— Réponds-moi, bon Dieu ! Qu'est-ce qui se passe avec elle ? Young dit qu'elle envisage de laisser tomber ses études. Quel genre de fille est-ce et pourquoi n'ai-je pas fait sa connaissance ?

— C'est une fille bien, papa. — Benjamin leva soudain la tête d'un air de défi. — Je l'aime et elle a besoin de moi.

Il avait choisi de ne pas répondre à la seconde question de son père.

— Charmant. Comme compagnon de recalage ?

— Elle ne va pas lâcher ses études... pas encore... elle passe seulement un mauvais moment... son père a plaqué sa mère et... peu importe. C'est une longue histoire.

— Je suis touché. Ta mère t'a plaqué, alors vous vous en allez tous les deux la main dans la main au soleil couchant et vous renoncez à vos études. Et après, quoi ? Tu joues les pompistes jusqu'à la fin de tes jours pendant qu'elle va travailler comme serveuse de bar ? Ce n'est pas ce que j'attends de toi ou ce que tu souhaites pour toi-même. Nom d'une pipe, Benjamin, ressaisis-toi.

Son visage s'était figé en lignes rigides que son fils ne lui avait jamais vues, mais ces trois derniers mois lui avaient coûté cher et cela se lisait sur ses traits.

— Je veux que tu cesses de fréquenter cette jeune fille. Tout de suite ! Tu m'entends ? Et si tu ne le fais pas, je t'expédierai dans une sacrée école militaire s'il le faut. Je ne vais pas te laisser gâcher ta vie comme ça, simplement parce que tu es bouleversé et que nous avons tous passé de mauvais moments. L'existence va t'offrir des quantités de chemins de traverse illusoires, fils. C'est le choix pour lequel tu opteras qui te fera ou te brisera.

Benjamin le dévisageait en silence, aussi inflexible que son père ; pire : aussi inflexible que Sarah.

— Je m'arrangerai pour que mes notes remontent, papa, et je ne sècherai plus mes cours, mais je ne cesserai pas de fréquenter Sandra.

— Et moi je te dis que tu ne la verras plus, compris ?

Benjamin se leva, ses yeux bleus jetaient sur son père un regard aussi flamboyant que ses cheveux roux.

— Je ne cesserai pas de la fréquenter. Et je te le dis en toute franchise. Tu ne peux pas m'y contraindre. Je m'en irai.

— C'est ton dernier mot ?

Benjamin se borna à hocher la tête.

— Très bien. Tu es consigné jusqu'à la fin des cours, jusqu'à ce que je voie tes notes remonter à leur niveau précédent, jusqu'à ce que l'école me dise que tu n'as pas manqué un seul cours, jusqu'à ce que tu obtiennes ton diplôme et entres dans le genre d'université que tu mérites. Après, nous nous occuperons de Sandra.

Debout face à face, les deux hommes se dévisageaient d'un air furieux et ni l'un ni l'autre ne céda.

— Maintenant, va dans ta chambre. Et je t'avertis, Benjamin Watson, je vais te surveiller nuit et jour, alors ne cherche pas à me jouer des tours. Je téléphonerai à la mère de cette fille si j'y suis obligé.

— Ne prends pas cette peine. Elle n'est jamais là.

Oliver hocha la tête, toujours profondément déçu par son fils aîné et stupéfait qu'il lui résiste si ouvertement.

— Puis-je m'en aller maintenant ?

— Je t'en prie... — Puis, comme Benjamin atteignait la porte, d'une voix plus douce : — Je suis navré de t'avoir frappé. J'ai atteint mes limites moi aussi, j'en ai peur, et ta conduite ridicule n'est pas d'un grand secours.

Benjamin hocha la tête et quitta la pièce, refermant la porte derrière lui, tandis qu'Oliver se laissait lentement tomber dans un fauteuil, tremblant de tout son corps.

Mais la semaine suivante, après de longues réflexions, il s'avisa de ce qu'il avait à faire, ou pouvait faire, pour tout au moins améliorer la situation. Il alla trouver le directeur de l'école pour s'entretenir avec lui. Au début, les autorités hésitèrent mais finalement dirent que si Oliver parvenait à l'inscrire dans une école comparable elles accepteraient sa suggestion. C'était la seule chose qu'il pouvait faire, et ce serait dur pour les enfants au début, mais c'était peut-être exactement la solution rêvée pour eux tous. Oliver les envoya auprès de Sarah passer leurs vacances scolaires et, bien que Benjamin eût commencé par refuser, Oliver l'y contraignit. Il le menaça de toutes les façons possibles, jusqu'à ce que le garçon parte finalement avec les autres. Et miraculeusement, pendant l'absence des enfants, Oliver s'adressa à quatre écoles différentes et en trouva une très bonne qui accepta de prendre Benjamin. Il allait louer un appartement à New

York, y emménager avec eux le plus tôt possible et les inscrire dans de nouvelles écoles. Cela éloignerait Benjamin de la jeune fille et ce qu'il avait d'amis qui lui faisaient perdre le nord. De plus, Oliver serait rentré à la maison tous les soirs à six heures. C'est ce qu'avait suggéré Daphné deux mois plus tôt et qu'il avait affirmé ne jamais vouloir faire, ou du moins pas avant plusieurs années, mais maintenant l'idée lui était inspirée par le désespoir.

Sans aucune difficulté, Mel fut admise par une école de jeunes filles huppée de l'Upper East Side et Collegiate voulut bien de Sam. C'étaient toutes d'excellentes démarches, encore qu'un peu précipitées. Et pendant les deux derniers jours précédant leur retour, Oliver courut les rues avec Daphné et dénicha un appartement très séduisant, une sous-location d'un an offerte par un banquier qui partait à Paris avec femme et enfants. L'appartement avait quatre grandes chambres, une vue agréable, un ascenseur manœuvré par un liftier, un portier, une vaste cuisine sophistiquée et, derrière la cuisine, une pièce très convenable pour accueillir Agnès. L'appartement allait lui coûter une fortune mais, en ce qui concernait Oliver, il en valait la peine. En dix jours, il avait mené à bout toutes ses démarches. Ne restait plus qu'à annoncer la nouvelle aux enfants quand ils rentreraient de vacances.

Le bail signé, il s'assit dans la salle de séjour avec Daphné qui le considérait avec inquiétude. Pour quelqu'un qui s'était refusé à tout changement deux mois auparavant, il agissait vraiment bien vite à présent. Il s'y était résolu depuis qu'il s'était rendu compte que Sarah ne reviendrait pas.

— Je pense que cela nous fera du bien à tous.

Il se défendait devant Daphné, quoiqu'il n'y fût nullement obligé.

— Moi de même. Mais que croyez-vous que vont dire les enfants?

— Que peuvent-ils dire? Il m'est impossible de surveiller Benjamin quand je fais la navette entre ici et chez moi. Et si cela se révèle un désastre d'ici le mois de juin, nous pouvons toujours réemménager à Purchase et je réinscrirai les enfants dans leurs anciennes écoles à l'automne. Mais peut-être que c'est ce que j'aurais dû décider dès le début.

Elle acquiesça de nouveau d'un signe de tête. Il avait raison. Ce n'était pas irrémédiable et du moins était-ce un effort valable pour tirer Benjamin hors du marécage où il s'enlisait.

— Vous ne pensez pas que c'est trop radical?

— Entendez-vous par là que je suis fou ?

Il lui sourit nerveusement, se posant la même question et stupéfait de ce qu'il avait accompli depuis que les enfants étaient partis en vacances avec leur mère. Il redoutait de leur annoncer la nouvelle et pourtant il en était aussi joyeux. C'était une nouvelle vie passionnante pour eux tous, quelles que fussent les raisons qui l'avaient conduit à agir ainsi. Et cela semblait la meilleure solution aux problèmes de Benjamin.

— Je crois que vous avez pris la bonne décision, si cela peut servir à quelque chose. Mais j'estime aussi que cela va être pour eux encore un grand changement à assumer.

— Peut-être un bon, cette fois.

Il se promena de-ci de-là dans la salle de séjour. L'appartement était élégant, et il avait la conviction que les enfants seraient contents de leurs chambres, en particulier Melissa. Leur nouvelle résidence était située dans la 84e Rue Est, une voie bordée d'arbres, à deux pas de Central Park. C'était exactement ce que souhaitait Oliver depuis qu'il avait décidé de chercher un appartement en ville.

— Qu'est-ce que vous en pensez, Daph ? Croyez-vous vraiment que je suis idiot ?

Il avait soudain peur de l'annoncer aux enfants. Qui sait s'ils n'allaient pas de nouveau réagir follement, pourtant il avait bien été certain qu'elle était bonne quand il avait pris sa décision.

— Je ne crois pas que vous êtes idiot et j'estime que ce sera parfait. Simplement, ne vous attendez pas à ce qu'ils sautent de joie et vous disent que c'est une idée sensationnelle. Cela va les effrayer pour commencer, quels que soient vos efforts pour leur faciliter les choses. Donnez-leur le temps de s'adapter.

— Je sais. C'est ce que je pensais.

Pourtant, il n'était pas préparé à la violence de leur réaction. Il les avertit le lendemain, quand ils rentrèrent de leurs vacances avec Sarah. Il alla les chercher à l'aéroport et les conduisit en ville, les avisant qu'il avait une surprise pour eux mais refusant d'expliquer ce que c'était. Ils débordaient d'entrain pendant le trajet, lui racontant tout ce qu'ils avaient fait et vu et vantant ce séjour à la neige avec leur mère. Pour une fois, il n'en fut pas bouleversé. Il vibrait d'excitation à la pensée de ce qu'il s'apprêtait à leur montrer à New York.

— Allons-nous voir Daphné, papa ?

C'était Melissa qui posait la question et il se contenta de secouer négativement la tête en continuant à conduire. Il avait prévenu Agnès ce matin, et elle avait été stupéfaite, mais elle avait accepté de venir. Peu lui importait de déménager à New York, du moment qu'elle était avec les enfants.

Ils s'arrêtèrent devant l'immeuble, il trouva une place pour se garer et les escorta à l'intérieur. Ils regardaient autour d'eux avec curiosité.

— Qui habite ici, papa ? voulut savoir Sam, et Oliver secoua la tête, entra dans l'ascenseur et demanda à monter au septième.

— Bien, monsieur.

Le liftier sourit. Le portier avait reconnu Oliver tout de suite quand il leur avait ouvert. C'étaient les nouveaux locataires du 7H. Voilà pourquoi il ne leur avait pas posé de question sur leur destination.

Oliver appuya sur la sonnette devant l'appartement et, comme personne ne répondait, il haussa les épaules, sortit la clef de sa poche et l'ouvrit toute grande pour ses enfants qui le regardaient avec des yeux ronds en se demandant s'il était devenu fou.

— Entrez donc, jeunes gens.

— C'est l'appartement de qui ?

Mel chuchotait et n'osait pas entrer, mais Sam s'avança sans barguigner et jeta un coup d'œil alentour. Il ne vit personne et fit signe aux autres de le rejoindre.

Soudain, Benjamin comprit et eut l'air inquiet en entrant. Par contre, Mel commença à s'exclamer devant la beauté des objets anciens.

— Je suis contente que cela te plaise, ma chérie. — Oliver sourit. — C'est notre nouveau logement à New York. Qu'est-ce que tu en dis ?

— Oh là là ! — Elle avait l'air enthousiaste. — Quand est-ce que nous allons y habiter, papa ?

Ils n'avaient encore jamais eu d'appartement à New York et Sam s'inquiéta brusquement.

— Tu ne vas plus rentrer à la maison pendant la semaine, papa ?

— Bien sûr que si. Beaucoup plus tôt. Nous habiterons tous ici jusqu'à la fin de l'année scolaire, puis nous y reviendrons en septembre.

Il s'efforçait de leur donner l'impression que c'était une

belle aventure, mais ils assimilaient subitement la nouvelle et avaient tous l'air effrayés.

— Tu veux dire que nous emménageons ici ? — Mel avait une expression horrifiée. — Et nos camarades ?

— Tu les verras en fin de semaine et pendant l'été. Et si nous ne nous plaisons pas ici, nous n'y reviendrons pas l'an prochain. Mais je pense que nous devrions au moins essayer.

— Tu veux dire que je dois changer d'école *maintenant* ? Elle ne parvenait pas à croire ce qu'il disait. Et lui cacher la vérité était impossible. Il acquiesça d'un signe de tête, puis les regarda tous. Sam était comme assommé, Mel s'assit dans un fauteuil et se mit à pleurer. Benjamin ne proféra pas un son, mais son visage se figea en un bloc de glace quand il regarda son père. Il savait que ce déménagement était dû en partie à lui, mais cela n'adoucissait en rien sa colère. Leur père n'avait pas le droit de leur faire ça, pas le moindre droit. C'était déjà assez dur que leur mère soit partie, mais à présent ils allaient devoir changer d'école et venir habiter à New York. Soudain, tout serait différent. Mais c'était exactement ce que voulait Oliver. Surtout pour lui, Benjamin le comprit.

— Allons, les enfants, ce sera amusant. Pensez-y comme à une existence entièrement nouvelle et captivante.

— Et Agnès ?

Sam paraissait soudain doublement inquiet. Il ne voulait pas perdre encore quelqu'un qu'il aimait, mais son père le rassura aussitôt.

— Elle vient aussi.

— Et Andy ?

— Il peut venir également, à condition qu'il se conduise bien. S'il mordille tout le mobilier, nous serons obligés de le laisser chez grand-père pour le reprendre en fin de semaine.

— Il se conduira bien, je le garantis. — Sam avait les pupilles dilatées, mais du moins ne pleurait-il pas. — Est-ce que je peux voir ma chambre ?

— Naturellement. — Oliver était content. Au moins Sam faisait-il un effort, si ses aînés n'en faisaient pas. Melissa avait toujours son air tragique et Benjamin regardait d'un air morne par la fenêtre. — Elle n'a rien de sensationnel pour le moment mais, quand nous aurons apporté une partie de tes affaires, elle sera fantastique.

Par chance, le propriétaire de l'appartement avait deux fils et une fille, deux des pièces avaient un aspect masculin et la troisième était rose, mais Melissa refusa même d'y jeter un coup d'œil. La chambre était deux fois plus grande que celle que Melissa occupait à la maison et était beaucoup plus raffinée que ce à quoi elle était habituée. Et Sam, en revenant dans la salle de séjour, déclara à son sujet :

— Elle est bien, Mel... elle est rose... elle te plaira.

— Je m'en moque. Je ne m'installe pas là. J'irai habiter avec Carole ou Debbie.

— Non, tu n'iras pas. — La voix d'Oliver était calme et ferme. — Tu emménageras ici avec nous autres. Et je t'ai inscrite dans une excellente école. Je sais que le changement est pénible, mais pour le moment c'est ce qu'il y a de mieux, vraiment, Mel, crois-moi.

Benjamin se retourna vers eux d'un seul coup au moment où son père achevait sa phrase.

— Ce qu'il dit, c'est qu'il veut garder l'œil sur moi et il veut me tenir éloigné de Sandra. Et les week-ends, papa ? Je ne pourrai pas aller la voir non plus ?

Sa voix était amère et furieuse.

— Je t'ai déjà interdit de la voir jusqu'à ce que tes notes s'améliorent. Je te l'ai dit, je ne veux pas perdre de temps avec toi. Toutes tes chances d'entrer dans une bonne université sont sur le point de s'évaporer.

— Je m'en moque. Cela ne rime à rien.

— Cela rimait à quelque chose d'important pour toi quand tu as envoyé ta demande d'inscription, ou l'as-tu oublié ?

— Les choses ont rudement changé depuis, marmotta Benjamin d'un ton morne et il retourna à la fenêtre.

— Eh bien, est-ce que chacun a vu tout ce qu'il voulait voir ?

Oliver réussit malgré tout à parler avec entrain, mais seul Sam était prêt à jouer le jeu.

— Y a-t-il un jardin ?

Oliver lui sourit.

— Pas tout à fait. A deux rues d'ici, il y a Central Park. Cela devrait pouvoir le remplacer en cas de besoin. — Sam hocha la tête. — On peut s'en aller ?

Melissa s'élança vers la porte, Benjamin suivit d'un pas plus mesuré, la mine pensive. Et le retour à Purchase fut silencieux, chacun perdu dans ses pensées, seul Sam posant de temps à autre une question.

Agnès avait préparé à dîner pour eux à la maison, et Sam lui expliqua tout pour l'appartement.

— Je peux jouer au ballon à Central Park... et j'ai une

chambre rudement grande... et nous allons revenir ici dès que les classes seront finies, pour l'été. Comment s'appelle mon école, papa?

— Collegiate.

— Collegiate, répéta-t-il, tandis qu'Agnès qui l'écoutait avec attention observait les deux autres. — Ni Benjamin ni Mel n'avaient proféré un mot depuis qu'ils s'étaient assis à table. — Quand est-ce que nous déménageons?

— La semaine prochaine.

A ces mots, Melissa se transforma de nouveau en fontaine et, quelques minutes plus tard, Benjamin quitta la table. Il ramassa discrètement les clefs de la voiture sur la table du vestibule et, sans dire un mot, il démarra peu après, suivi des yeux par Oliver.

Mel ne ressortit pas de sa chambre ce soir-là, et la porte était fermée à clef quand il voulut l'ouvrir. Seul Sam était content du déménagement. Pour lui, c'était quelque chose de nouveau et de palpitant. Après l'avoir couché, Oliver descendit attendre le retour de Benjamin. Ils allaient avoir une conversation sérieuse au sujet de ses actes de défi.

Il ne rentra pas avant deux heures du matin, Oliver l'attendait toujours, avec une angoisse grandissante. Puis enfin il entendit crisser le gravier dans l'allée et la voiture s'immobiliser dehors. La porte s'ouvrit silencieusement et Oliver sortit dans le hall pour aller à sa rencontre.

— Veux-tu venir à la cuisine, que nous discutions?

C'était une question de pure forme.

— Il n'y a rien à discuter.

— Il y en a pas mal, apparemment, suffisamment pour te retenir dehors jusqu'à deux heures du matin, ou s'agissait-il d'une autre sorte de conversation?

Il se dirigea le premier vers la cuisine sans attendre de réponse et tira deux chaises, mais Benjamin mit un moment à prendre place et à l'évidence il n'en avait pas envie.

— Qu'est-ce qui se passe, Benjamin?

— Rien dont j'aie envie de discuter avec toi.

Soudain, ils étaient ennemis. C'était arrivé du jour au lendemain, mais ce n'en était pas moins décevant ou pénible.

— Pourquoi es-tu si fâché contre moi? A cause de maman? Tu continues à m'en faire porter la responsabilité?

— C'est ton affaire. La façon dont je me conduis est la mienne. Je n'aime pas que tu me dises comment je dois agir. Je suis trop âgé pour cela.

— Tu as dix-sept ans, tu n'es pas encore adulte, même si tu aimerais l'être. Et tu ne peux pas continuer à enfreindre toutes les règles, tôt ou tard il te faudra en payer le prix et il sera astronomique. Il y a toujours des règles dans la vie, qu'on le veuille ou non. Pour le moment, tu cours le risque de ne même pas pouvoir entrer à l'université.

— Qu'elle aille se faire foutre, l'université.

Ollie fut stupéfait par la réplique.

— Qu'est-ce que cela signifie ?

— J'ai des choses plus importantes à m'occuper.

Pendant un instant, Oliver se demanda s'il était ivre, mais il n'en avait pas l'air.

— Qu'est-ce qu'il y a de si important ? Cette jeune fille... Sandra Carter ? A ton âge, c'est quelque chose qui passe, Benjamin. Et sinon, il te faudra attendre longtemps avant de pouvoir t'occuper de la question. Tu dois finir tes études secondaires, aller à l'université, trouver un emploi, gagner de quoi entretenir une femme et des enfants. Tu as une longue route devant toi, et tu ferais bien de rester sur le bon chemin à présent, sinon tu te trouveras enlisé jusqu'au cou sans même t'en apercevoir.

Benjamin parut s'affaisser légèrement sur lui-même en l'écoutant, puis il leva les yeux vers son père.

— Je ne pars pas pour New York avec toi. Je ne le veux pas.

— Tu n'as pas le choix. Il le faut. Je ferme la maison ici sauf pour le week-end. Et je ne te laisserai pas habiter seul ici, un point c'est tout. Si tu veux savoir la vérité, nous déménageons là-bas en partie à cause de toi, pour que tu puisses te ressaisir avant qu'il ne soit trop tard, et que je puisse passer plus de temps avec vous tous le soir.

— C'est trop tard à présent. Et je ne pars pas.

— Pourquoi cela ?

Oliver attendit et un silence interminable s'établit dans la pièce. Puis son fils finit par répondre :

— Je ne peux pas quitter Sandra.

— Pourquoi ? Et si je te laissais la voir en fin de semaine ?

— Sa mère s'en va pour la Californie et elle n'a nulle part où habiter.

Oliver retint avec peine un gémissement devant le tableau que peignait son fils.

— Sandra ne l'accompagne pas ?

— Elles ne s'entendent pas. Et elle déteste son père. Elle ne veut pas non plus aller vivre avec lui à Philadelphie.

— Alors que va-t-elle faire ?

— Lâcher l'école, prendre un emploi et rester ici, mais je ne veux pas la laisser seule.

— C'est noble de ta part, mais elle semble très indépendante.

— Elle ne l'est pas. Elle a besoin de moi.

C'était la première fois qu'il acceptait de parler d'elle, et Oliver fut touché mais aussi affolé par ce qu'il entendait. Elle ne semblait pas le genre de fille avec qui on devrait se lier. Elle donnait l'impression d'être une source d'ennuis.

— ... Je ne peux pas la quitter, papa.

— Il faudra bien que tu le fasses de toute façon quand tu seras à l'université. Autant régler le problème maintenant, avant qu'il devienne plus grave.

L'ironie de la réflexion provoqua simplement un sourire chez Benjamin.

— Je ne peux pas partir.

Il se montrait inflexible et soudain Oliver fut désorienté.

— Pour l'université ou pour New York ?

— Les deux.

Benjamin avait l'air obstiné et presque au désespoir.

— Mais *pourquoi* ?

Il y eut un autre long silence, puis Benjamin releva les yeux et décida de tout lui dire. Il avait gardé le secret seul assez longtemps et puisque son père tenait tellement à être au courant, eh bien, il le lui confierait.

— Parce qu'elle est enceinte.

— Oh, là là... *oh, là là*... pourquoi diable ne m'as-tu pas averti ?

— Je ne sais pas... je n'ai pas pensé que cela t'intéresserait... et, de toute façon, c'est mon problème.

Il baissa la tête, accablé sous ce fardeau comme il l'était depuis des mois.

— Est-ce pour cette raison que sa mère l'abandonne et s'installe en Californie ?

— En partie. D'ailleurs, elles ne s'entendent pas et sa mère a un nouvel ami.

— Et que pense-t-elle de l'état de sa fille ?

— Elle juge que c'est le problème de Sandra, pas le sien. Elle lui a dit de se faire avorter.

— Et ?... Elle le fera ?

Benjamin secoua la tête et regarda son père avec dans les yeux tout ce à quoi il croyait, sa tendresse de cœur et les principes inculqués par son père.

— Je n'ai pas voulu qu'elle le fasse.

— Pour l'amour du Ciel, Benjamin... — Oliver se leva et commença à arpenter la cuisine. — Tu n'as pas voulu ? Pourquoi ? Que diable une fille de dix-sept ans va-t-elle faire avec un bébé ? Ou veut-elle l'abandonner pour qu'il soit adopté ?

Benjamin secoua de nouveau la tête.

— Elle dit qu'elle veut le garder.

— Benjamin, je t'en prie, use de ton bon sens. Tu ruines trois existences, pas seulement une. Obtiens de cette jeune fille qu'elle interrompe sa grossesse.

— Elle ne peut pas.

— Pourquoi ?

— Elle est enceinte de quatre mois.

Oliver se rassit brutalement.

— Dans quel pétrin tu t'es fourré, pas étonnant que tu aies séché des cours et raté des compositions, néanmoins j'ai une nouvelle à t'annoncer, nous allons nous en sortir ensemble, mais tu m'accompagnes à New York la semaine prochaine quoi qu'il advienne.

— Papa, je te l'ai déjà dit. — Benjamin se leva, l'air impatient. — Je ne vais pas la laisser. Elle est seule et enceinte, et c'est mon enfant qu'elle porte. Je tiens à elle et au bébé.

Et, soudain, ses yeux s'emplirent de larmes, il se sentait fatigué, épuisé, il n'avait plus envie de discuter, la situation était déjà assez pénible pour lui sans y ajouter son père.

— ... Papa, je l'aime... je t'en prie, ne te mêle pas de ça.

Benjamin ne lui dit pas qu'il avait proposé à Sandra de l'épouser, mais elle considérait le mariage comme une institution stupide. Elle ne voulait pas finir divorcée comme ses parents.

Oliver s'approcha et passa un bras autour de ses épaules.

— Il faut que tu sois raisonnable... tu dois faire ce qui est bon... pour vous deux. Et gâcher ta vie ne servira à personne. Où habite-t-elle maintenant ?

Mille possibilités passaient par l'esprit d'Oliver pendant

qu'ils discutaient, et l'une d'elles était de payer sa pension dans un foyer pour mères célibataires.

— Chez elle, mais elle va déménager dans un logement à Port Chester. Je l'ai aidée à payer le loyer.

— C'est généreux de ta part, mais elle va très bientôt avoir besoin de beaucoup plus que cela. As-tu une idée de tout l'argent que coûtent les bébés ? Combien cela coûte d'en avoir un ?

— Qu'est-ce que tu suggères, papa ? — De nouveau son ton était amer. — Qu'elle se fasse avorter parce que cela coûte moins cher ? C'est mon enfant qui est en elle. Je l'aime, cet enfant, et je l'aime, elle, et je ne renonce à aucun d'eux, est-ce que tu comprends ça ? Et je ne pars pas pour New York. Je vais améliorer mes notes ici, sans aller nulle part. Je peux toujours rester ici avec elle si j'y suis obligé.

— Je ne sais plus que te dire. Es-tu sûr qu'elle est enceinte de quatre mois ?

Benjamin acquiesça d'un signe de tête et Oliver eut un accès de déprime en constatant que leur petit « accident » avait coïncidé avec le départ de Sarah. Ils avaient tous perdu la boule pendant un temps, mais le coup de folie de Benjamin durerait une vie entière.

— Est-ce qu'elle l'abandonnera ?

Benjamin secoua de nouveau la tête.

— Non, nous ne le voulons pas, papa. C'est drôle, j'avais toujours pensé que tu étais opposé à l'avortement.

Le coup le toucha durement. C'était lui l'homme qui s'était battu avec Sarah chaque fois pour sauver ses trois enfants et voici que maintenant il voulait un avortement pour le bébé de Benjamin. Mais cette situation-là était bien différente.

— Dans la plupart des circonstances, effectivement, mais ce que tu fais va ruiner ton existence et je tiens plus à toi qu'à cet enfant.

— Cet enfant est une partie de moi, et une partie de toi et de maman... et de Sandra... et je ne laisserai personne le tuer.

— Comment vas-tu l'entretenir ?

— Je peux prendre un emploi après les heures de classe s'il le faut. Et Sandra peut travailler aussi. Elle ne fait pas cela pour me soutirer quoi que ce soit, papa. C'est arrivé comme ça et maintenant nous nous débrouillons de notre mieux pour y faire face.

Ce qui n'était pas mirobolant, lui-même s'en rendait compte.

— Depuis combien de temps es-tu au courant ?

Cela expliquait sa gravité ces derniers temps, ses disparitions constantes et son attitude de défi.

— Un moment. Deux mois, je crois. Elle n'était pas certaine, au début, parce qu'elle n'a jamais été très régulière, puis je l'ai décidée à aller consulter.

— C'est déjà ça. Et maintenant ? Est-ce qu'elle est suivie suffisamment sur le plan médical ?

— Je l'emmène chez le médecin une fois par mois.

C'était incroyable... son petit... son premier-né... devenait père.

— ... c'est suffisant, n'est-ce pas ?

Benjamin avait de nouveau l'air soucieux, tout d'un coup.

— Pour l'instant. Crois-tu qu'elle irait dans un foyer pour mères célibataires ? On s'occuperait d'elle et, éventuellement, on l'aiderait à prendre des dispositions pour le bébé.

Benjamin eut aussitôt un ton soupçonneux.

— Quelle sorte de dispositions ?

— C'est à elle de voir... et à toi... mais ce serait un endroit convenable où habiter, avec des filles dans la même situation.

Benjamin hocha la tête. C'était une idée, en tout cas.

— Je lui demanderai.

— Le bébé est attendu pour quand ?

— Fin septembre.

— Tu seras parti suivre tes cours à ce moment-là.

— Peut-être.

Mais c'était une tout autre discussion, et tous deux étaient trop fatigués pour l'entamer. Il était plus de quatre heures du matin et l'un et l'autre étaient épuisés.

— Va te coucher. Nous parlerons demain. — Il tapota l'épaule de Benjamin avec une expression de tendresse chagrine. — Je suis navré, fils. Navré que cela vous soit arrivé à vous deux. Nous allons trouver une solution.

— Merci, papa.

Mais ni l'un ni l'autre n'avait l'air convaincu quand ils montèrent se coucher, chacun avec ses pensées, chacun avec ses ennuis. Et les portes de leurs chambres se refermèrent silencieusement derrière eux.

11

Ils discutèrent tard dans la nuit presque chaque soir de cette semaine, et n'aboutirent à aucun résultat. Une fois, Oliver alla même voir Sandra et il fut attristé en la voyant. Elle était jolie et pas très intelligente, effrayée et solitaire, et visiblement d'un autre milieu que les Watson. Elle se cramponnait à Benjamin comme s'il était la seule personne capable de la sauver. Et sur un point elle était inflexible, de même que Benjamin : elle mettrait leur enfant au monde.

Ce qui emplit Oliver de désespoir, si bien qu'à la fin il téléphona à Sarah.

— Es-tu au courant de ce qui se passe dans la vie de ton fils aîné ?

Cela résonnait à ses propres oreilles comme du roman feuilleton, mais une décision devait être prise, Benjamin ne pouvait pas passer le reste de son existence avec cette fille et leur bébé.

— Il m'a appelée hier soir. Je ne crois pas que tu doives t'en mêler.

— Es-tu folle ? — Il l'aurait volontiers étranglée avec le fil du téléphone. — Ne comprends-tu pas quelles conséquences cela va avoir sur sa vie ?

— Que veux-tu qu'il fasse ? Qu'il tue cette fille ?

Il en croyait à peine ses oreilles.

— Ne dis pas de bêtises, nom de nom, elle pourrait s'en débarrasser ou au moins donner le bébé à adopter. Et Benjamin devrait revenir à la raison.

— Cela ne ressemble pas à l'Oliver que je connais... Depuis quand es-tu devenu un champion de l'avortement ?

— Depuis que mon fils de dix-sept ans a mis enceinte sa petite amie de dix-sept ans et se propose de ruiner leurs deux existences en agissant noblement.

— Tu n'as pas le droit de te mêler de ce qu'il estime être juste.

— Je ne peux pas croire que je t'entends dire cela. Qu'est-ce qui t'arrive ? Tu ne te préoccupes pas de son avenir ? Est-ce que tu ne comprends pas qu'il veut lâcher ses études maintenant, laisser tomber le lycée et ne plus penser à l'université ?

— Il changera d'avis. Attends que le bébé se mette à hurler jour et nuit comme il l'a fait lui. Il te suppliera de l'aider à y échapper mais, entre-temps, il doit faire ce qu'il juge bon.

— Je te trouve aussi folle que lui. Ce doit être héréditaire. Et c'est ça le genre d'avis que tu lui donnes ?

— Je lui dis de faire ce en quoi il croit.

— Quelle idiotie !

— Qu'est-ce que tu lui dis de faire ?

— D'améliorer ses notes, de retourner poser son derrière sur les bancs de l'école et de laisser la fille aller dans un foyer pour mères célibataires, puis de donner le bébé à adopter.

— Voilà une solution bien ficelée, en tout cas. Dommage qu'il ne soit pas de ton avis.

— Il n'a pas à être d'accord avec moi, Sarah. Il est mineur. Il doit faire ce que nous lui disons de faire.

— Pas s'il t'envoie au diable, ce qu'il fera si tu le pousses à bout.

— Exactement comme tu l'as fait ?

Il était furieux contre elle, elle jouait avec la vie de Benjamin en prêchant ses satanées idées libérales.

— Nous ne parlons pas de nous, nous parlons de lui.

— Nous parlons d'un de nos enfants qui est en train de ruiner sa vie et tu débites des imbécillités.

— Regarde la réalité en face, Oliver, c'est son enfant, sa vie, et il va faire exactement ce qu'il veut faire, que cela te plaise ou pas, alors inutile de te créer un ulcère à l'estomac à cause de cela.

Discuter avec Sarah était impossible, il finit par raccrocher, encore plus malheureux qu'avant.

Et le samedi matin, Benjamin vint trouver son père à l'instant où le camion de déménagement apparut dans l'allée. Ils expédiaient quelques petites choses à New York, du linge et les vêtements dont ils avaient besoin.

— Prêt à partir, fils ?

Oliver s'efforçait à la jovialité, comme si rien ne clochait, comme si cela pouvait faire une différence et le convaincre. Cependant Benjamin avait l'air calme et résolu.

— Je suis venu te dire au revoir, papa.

Un silence interminable s'établit entre eux.

— Il faut que tu viennes avec nous, fils. Pour ton bien. Et peut-être même pour celui de Sandra.

— Je ne pars pas. Je reste ici. J'ai pris ma décision. Je

lâche les études tout de suite. J'ai trouvé un boulot dans un restaurant et je peux habiter avec Sandra dans son logement.

En un sens, Oliver lui avait forcé la main avec ce déménagement pour New York et il le regretta presque.

— Et si je te laisse habiter à la maison ? Est-ce que tu retourneras au lycée ?

— J'en ai marre du lycée. Je veux m'occuper de Sandra.

— Benjamin, je t'en prie... tu t'occuperas beaucoup mieux d'elle si tu as des diplômes.

— Je peux toujours retourner en classe plus tard.

— Est-ce que le lycée est déjà au courant ?

Benjamin anéantit le dernier des espoirs de son père en hochant affirmativement la tête.

— Je l'ai prévenu hier après-midi.

— Qu'est-ce qu'on a dit ?

— On nous a souhaité bonne chance. Sandra avait déjà averti son professeur principal au sujet du bébé.

— Je ne peux pas croire que tu fais cela.

— Je veux être avec elle... et avec mon enfant... Papa, tu aurais agi de même.

— Possible, mais pas de la même façon. Tu fais ton devoir, mais de la mauvaise façon et pour les mauvaises raisons.

— Je fais du mieux que je peux.

— Je m'en rends compte. Et si tu passais un test d'équivalence de fin d'études ? Tu prendrais un congé maintenant et entrerais à l'université cet automne ? C'est encore une possibilité, tu sais.

— Oui, mais ce n'est plus ce dont j'ai envie, papa. Je veux entrer dans le monde réel. J'ai des responsabilités réelles, et une femme que j'aime... et un bébé en septembre.

Ridicule quand on y pensait et pourtant vrai. Oliver en aurait pleuré, en regardant les déménageurs entrer dans la maison et en ressortir avec des cartons, sous la direction d'Agnès. C'était fou. En quatre mois, Sarah avait détruit leurs existences et maintenant elles ne seraient plus jamais les mêmes. Il se demanda soudain pourquoi diable il s'installait à New York, si Benjamin ne venait même pas. Et pourtant il y avait certaines choses qui lui plaisaient dans cette idée, comme de pouvoir rentrer à la maison plus tôt le soir et de vivre davantage de temps avec Mel et avec Sam. Mel s'était calmée au cours de la dernière semaine, puisque le déménagement n'était maintenant que pour deux mois et à titre d'essai, et qu'ils retourneraient à Purchase pour le week-end et pour tout l'été. Et plus intéressant encore était le fait que tous ses camarades étaient impressionnés et mouraient d'envie d'aller la voir en ville.

— Papa, il faut que je parte. Je commence à travailler à deux heures et Sandra m'attend à l'appartement.

— Tu me téléphoneras ?

— Bien sûr. Viens nous voir quand tu seras installé en ville.

— Je t'aime, Benjamin. Je t'aime vraiment, vraiment.

Il enlaça son fils et l'étreignit, tandis que tous deux pleuraient.

— Merci, papa. Tout ira bien...

Oliver acquiesça d'un signe de tête, mais il ne le croyait pas. Rien n'irait plus jamais bien, ou du moins pas avant très, très longtemps.

Oliver regarda le garçon s'éloigner en voiture, des larmes sur ses joues, et il agita lentement la main, puis Benjamin disparut hors de vue et son père rentra à pas lents dans la maison. Sans le vouloir, Oliver avait sans doute aggravé les choses et maintenant Benjamin était un raté qui travaillait dans un restaurant et vivait avec une fille, mais peut-être que quelque chose de bon en sortirait un jour... un jour lointain...

A l'intérieur de la maison, le chaos régnait. Il y avait des déménageurs partout, le chien aboyait frénétiquement et Sam était si joyeux qu'il était prêt à exploser et courait du haut en bas de la maison en étreignant son ours. Mel continua à téléphoner presque jusqu'à l'instant du départ, et Agnès insista pour laisser tout en ordre. Mais ils finirent par sortir et, après un dernier coup d'œil à la maison qu'ils aimaient, ils suivirent le camion de déménagement vers un nouveau destin à New York.

Une plante offerte par Daphné les attendait là-bas, ainsi que des fruits et des gâteaux pour les enfants et une boîte de biscuits pour chiens à l'intention d'Andy. C'était l'accueil parfait, et Mel poussa de petits cris d'extase en voyant sa chambre, puis elle s'élança vers le téléphone qui s'y trouvait.

Mais tandis qu'ils s'installaient, Oliver était incapable de penser à autre chose qu'à Benjamin dans sa nouvelle vie, une vie qu'il regretterait amèrement un jour, et peut-être plus vite qu'il le pensait. Et Oliver eut le sentiment qu'il perdait, les uns après les autres, les gens qu'il aimait le plus tendrement

12

L'installation à New York était ce qu'il avait fait de mieux pour eux depuis des années, Oliver s'en rendit compte en quelques jours. Sam adorait sa nouvelle école et se fit facilement des amis. Et Mel était enchantée par la sienne, chaque fois qu'elle le pouvait elle passait du temps avec Daphné, elle téléphonait à tous ses amis à Purchase pour les tenir au courant de la vie de rêve qu'elle menait maintenant. Et, ce qui valait encore mieux, Oliver réussissait à être chez eux tous les soirs avant le dîner et à passer avec les enfants le temps qu'il souhaitait. Mel continuait à rester suspendue au téléphone la plupart de ce temps, mais elle le savait là. Et lui et Sam pouvaient passer des heures à bavarder, lire, jouer et, quand la température devint plus agréable au début de mai, ils allèrent parfois jouer au ballon dans le parc après dîner. C'était la vie parfaite. Sauf que Benjamin lui manquait constamment et qu'il se tourmentait à son sujet la plupart du temps. Il avait maintenant perdu deux personnes, bien qu'il prît grand soin de voir son fils chaque fin de semaine, quand ils étaient à Purchase. Il voulait que Benjamin vienne dîner avec eux, mais Ben travaillait la nuit et son père eut presque le cœur brisé de le voir s'échiner pour un salaire de misère comme garçon de salle quand il s'arrêta au restaurant pour lui dire bonjour. Il renouvela son offre de le laisser habiter la maison, malgré son peu d'enthousiasme à l'idée qu'il vive seul, et il le supplia de retourner au lycée, mais Benjamin ne voulait pas quitter Sandra maintenant. Quand Oliver aperçut la jeune femme un samedi après-midi, il reçut un choc. Elle paraissait enceinte de plus de cinq mois, et Oliver se demanda si l'enfant était bien de son fils. Il posa la question à Benjamin dès que l'occasion s'en présenta, mais le garçon eut seulement l'air blessé et affirma que c'était bien le sien. Il dit qu'il en était sûr. Et Oliver ne voulut pas insister.

Le coup le plus rude s'abattit quand les lettres des universités commencèrent à arriver. Oliver les trouvait à la maison en fin de semaine. Benjamin tenait encore à ce que son courrier lui soit adressé là. Son lycée ne leur avait jamais notifié que Benjamin avait lâché ses études, et il avait été accepté par toutes sauf Duke. Il aurait pu aller à Harvard ou à

Princeton ou à Yale et, au lieu de cela, il raclait dans un restaurant la nourriture restée collée au fond de l'assiette d'autres gens pour la nettoyer et, à dix-huit ans, il allait être père. Oliver en avait quasiment le cœur brisé quand il y songeait. Il répondit lui-même à toutes les lettres, expliquant chaque fois qu'à cause de circonstances familiales difficiles en ce moment, il était dans l'impossibilité de donner suite, mais qu'il aimerait poser de nouveau sa candidature pour l'année prochaine. Oliver espérait toujours l'attirer à New York pour terminer ses études secondaires. Il aurait perdu une année de sa vie, mais pas plus. Pourtant il n'en reparla pas avec Benjamin. C'était un sujet brûlant et Benjamin semblait totalement absorbé par sa vie avec Sandra.

— Pourquoi ne pas venir à New York passer quelques jours ?

Oliver aurait fait n'importe quoi pour l'y inciter, mais le garçon prenait ses responsabilités au sérieux et il déclinait toujours l'offre, expliquant qu'il ne pouvait pas laisser Sandra seule, et Oliver ne l'incluait jamais dans son invitation. Benjamin ne s'était pas rendu non plus à Boston pour voir sa mère depuis qu'il avait quitté la maison, mais il avait l'air de lui téléphoner de temps à autre. Par contre, une fois installés dans leur nouvelle demeure, Mel et Sam y allèrent. Ils se montrèrent moins loquaces sur leur séjour cette fois-ci à leur retour et Oliver eut l'impression que quelque chose chiffonnait Sam. Il essaya de questionner Mel à ce propos une fois, mais elle resta dans le vague, se contentant de dire que Maman était très occupée par ses cours. Néanmoins, Oliver sentit qu'il y avait autre chose et un soir cela surgit tout naturellement comme il jouait aux cartes avec Sam. La nuit était calme et ils étaient seuls. Par extraordinaire, Mel étudiait dans sa chambre.

— Qu'est-ce que tu penses des Français, papa ?

La question était bizarre et son père leva la tête en fronçant les sourcils d'un air déconcerté.

— Les Français ? Ils sont très bien. Pourquoi ?

— Rien. Je me le demandais, voilà tout.

Mais Oliver sentit qu'il y avait davantage et que le gamin avait envie de parler mais n'osait pas.

— Il y a un Français dans ton école ?

Sam secoua négativement la tête et écarta de nouveau une carte, en caressant la tête d'Andy pendant qu'il attendait que son père joue. Il adorait les soirées qu'ils partageaient à présent. Il commençait vraiment à apprécier leur nouvelle vie. Mais sa mère et Benjamin lui manquaient toujours, comme à eux trois.

— Maman a cet ami...

Les mots jaillirent tandis qu'il jouait et examinait ses cartes, et soudain Oliver sursauta. C'était donc ça. Elle avait un ami.

— Quel genre d'ami?

L'enfant haussa les épaules et ramassa une autre carte.

— Je ne sais pas. Il est très bien, je pense.

Mel entra juste à ce moment et elle s'arrêta pour essayer d'attirer l'attention de Sam, mais il ne la regardait pas et Oliver qui levait la tête vit son expression comme elle avançait lentement vers eux.

— Qui est-ce qui gagne?

Elle tentait de les détourner de ce que Sam venait de dire. Elle savait qu'ils n'étaient pas censés en parler, bien que Sarah ne l'eût pas recommandé expressément, mais cela allait de soi.

— C'est Sam. Nous étions juste en train de bavarder.

— Oui, j'ai entendu.

Mel regarda Sam d'un air désapprobateur.

— Votre maman a un nouvel ami français?

— Oh, il n'est pas nouveau, riposta aussitôt Sam. Il est déjà venu là. Nous avions fait sa connaissance une autre fois, mais maintenant il habite avec maman. Tu sais, comme un ami. Il vient de France et son nom est Jean-Pierre. Il a vingt-cinq ans et il est ici pour deux ans dans le cadre d'un programme d'échange culturel.

— Quelle chance pour lui. — Le visage d'Oliver se pinça tandis qu'il ramassait une autre carte sans même voir ce qu'elle était. — Agréable aussi pour maman, je trouve. Comment est-il?

Il trouvait déplaisant de faire subir un interrogatoire à l'enfant, mais maintenant il voulait savoir. Elle vivait avec un homme de vingt-cinq ans et lui avait présenté ses enfants. Rien que d'y penser le rendait furieux.

— Cela n'avait pas grande importance, papa. Il couchait sur le divan pendant que nous étions là-bas.

Et quand vous n'y êtes pas, avait-il envie de demander. Alors où dort-il? Mais cela, ils le savaient tous. Même Sam en avait discuté avec Mel sur le chemin du retour, car il voulait savoir si elle croyait que leur maman était amoureuse. Et elle lui avait fait promettre une fois de plus de ne pas en parler à leur père.

— Très agréable, répéta-t-il. Est-il gentil?

— Ça va. — Sam n'avait pas l'air impressionné. — Il est aux petits soins pour maman. Je pense que c'est comme ça qu'on fait en France. Il lui apporte des fleurs, des petits cadeaux, et il nous a donné à manger des croissants. Je préfère les muffins anglais, mais ils étaient bons. Pas de quoi s'emballer.

Sauf pour Oliver qui avait l'impression que de la fumée devait jaillir de ses oreilles. Il mourait d'impatience de mettre Sam au lit et quand il en fut enfin libéré, et à ce moment-là Mel l'intercepta, se doutant de sa réaction à ce qu'avait dit Sam.

— Il n'aurait pas dû te raconter tout ça. Je suis désolé, papa. Je pense que c'est seulement un camarade pour maman. Cela paraissait juste un peu bizarre de le voir installé là.

— Je m'en doute.

— Il a dit que son bail était expiré, et que maman le laissait dormir sur le divan jusqu'à ce qu'il trouve un autre endroit où habiter. Il a été charmant avec nous. Je crois que cela ne tire pas à conséquence.

Elle avait de grands yeux tristes et tous deux savaient que cela impliquait beaucoup plus que ce qu'elle en convenait devant son père. Cela signifiait que Sarah était allée de l'avant et qu'il y avait un homme dans sa vie, au contraire d'Oliver, qui continuait à soupirer après elle tous les soirs, qui n'était pas sorti une seule fois avec une femme depuis qu'elle était partie et n'en avait toujours pas envie.

— Ne t'en fais pas pour ça, Mel. — Il s'efforça de paraître traiter la chose avec plus de désinvolture qu'il n'en éprouvait, par égard pour elle tout au moins. — Ta mère a le droit d'agir comme bon lui semble. Elle est libre. Nous le sommes l'un et l'autre, j'imagine.

— Mais tu ne sors jamais, n'est-ce pas, papa?

Elle le regardait avec l'air d'être fière de lui et il sourit. C'était drôle qu'elle soit fière de lui pour une chose de ce genre.

— Je n'en ai jamais le temps, ma foi. Je suis trop occupé à me tracasser à votre sujet à tous.

— Peut-être que tu devrais, un de ces jours. Daphné dit que ce serait bon pour toi.

— Ah, voilà ce qu'elle dit, hein? Eh bien, réponds-lui de

se mêler de ce qui la regarde, j'ai assez d'embrouillaminis dans ma vie sans y ajouter ça.

Alors sa fille lui jeta un coup d'œil, comprit la vérité. Et elle fut navrée pour lui.

— Tu aimes toujours maman, n'est-ce pas, papa ?

Il hésita longuement, se sentant ridicule de répondre par l'affirmative, puis il hocha la tête en répliquant :

— Oui, Mel. Parfois, je pense que je l'aimerai toujours. Mais cela ne rime à rien désormais. C'est fini entre nous.

Il était temps que Mel le sache et, à son avis, les autres le savaient aussi d'ailleurs. Cinq mois s'étaient écoulés depuis le départ de Sarah et rien ne s'était passé comme elle l'avait promis. Pas de week-ends, pas de vacances, elle ne téléphonait plus que rarement. Et maintenant il comprenait pourquoi, puisqu'elle vivait avec un garçon de vingt-cinq ans originaire de France appelé Jean-Pierre.

— C'est à peu près ce que je pensais. — Mel avait l'air chagrinée pour lui. — Est-ce que tu vas divorcer ?

— Un de ces jours, probablement. Je ne suis pas pressé. Je verrai ce que souhaite ta mère.

Et, le soir même, quand Mel fut partie se coucher, il lui téléphona, se rappelant ce qu'avait raconté Sam ; il ne prit pas de gants avec sa femme. A quoi bon ? Le temps était passé depuis longtemps de finasser avec elle.

— Ne crois-tu pas qu'il y a un certain manque de tact à ce qu'un homme vive chez toi quand les enfants sont là ?

Il n'y avait pas de fureur dans sa voix cette fois, seulement du dégoût. Elle n'était plus la femme qu'il avait connue et aimée. Elle était quelqu'un d'autre. Et elle appartenait à un garçon nommé Jean-Pierre. Mais elle était aussi la mère de ses enfants et cela lui importait davantage.

— Oh... ça... c'est seulement un ami, Ollie. Et il couchait sur le divan. Les enfants dormaient avec moi dans ma chambre.

— Je ne crois pas que tu aies trompé qui que ce soit. Ils sont au courant tous les deux. Mel sûrement au moins, je peux te l'affirmer, et je pense que Sam s'en doute aussi. Cela ne te dérange pas ? Cela ne te gêne pas d'avoir ton amant sous ton toit ? — Le ton était accusateur et ce qui irritait au fond Oliver c'était l'âge du garçon. — J'ai l'impression de ne plus te connaître. Et je ne suis même pas sûr que j'en ai envie.

— C'est ton affaire maintenant, Oliver. Et la façon dont je vis et avec qui je vis est la mienne. Cela ferait peut-être du bien aux enfants si ta propre existence était un peu plus normale.

— Je vois. Qu'est-ce que cela signifie ? Je devrais ramener des filles de dix-neuf ans à la maison rien que pour leur prouver ma virilité ?

— Je ne veux pas prouver quoi que ce soit. Nous sommes bons amis. L'âge n'a pas d'importance.

— Je m'en fiche. Mais les apparences, j'y tiens au moins quand mes enfants se trouvent là. Je te prie d'y veiller.

— Ne me menace pas, Oliver. Je ne suis pas un de tes enfants. Je ne suis pas ta bonne. Je ne travaille plus pour toi. Et si c'est ce que tu sous-entends quand tu dis que tu ne me connais pas, tu as raison. Tu ne m'a jamais comprise. Je n'étais pas autre chose qu'une servante engagée pour maintenir tes enfants dans le droit chemin et faire ta lessive.

— Comment peux-tu dire de telles stupidités ! Nous avons eu diablement plus que cela, tu le sais parfaitement. Nous ne serions pas restés ensemble pendant près de vingt ans si tu n'avais pas été pour moi autre chose qu'une domestique.

— Peut-être ne nous en sommes-nous pas aperçus, ni l'un ni l'autre.

— Et quelle différence maintenant, à part le fait que tu as abandonné tes enfants ? Qu'est-ce qu'il y a de tellement mieux ? Qui fait la cuisine ? Qui fait le ménage ? Qui sort les ordures ? Il faut bien que quelqu'un s'en charge. J'ai fait mon travail. Tu as fait le tien. Et ensemble nous avons construit quelque chose de sensationnel, jusqu'à ce que tu jettes tout par terre, que tu le piétines, et nous par-dessus le marché, en partant. C'était infect de nous faire ça à tous, et à moi en particulier. Mais au moins je ne rejette pas tout ce que nous avons vécu ensemble. Ne le dénigre pas maintenant simplement parce que tu as fichu le camp.

Il y eut un long silence à l'autre bout du fil et pendant un moment Oliver se demanda si elle pleurait.

— Excuse-moi... peut-être as-tu raison... c'est simplement... je suis désolée, Ollie... que je ne pouvais plus continuer...

Le ton d'Oliver était redevenu plus doux :

— Je suis désolé que tu ne l'aies pas pu. — Sa voix était caressante et bourrue. — Je t'aimais tellement, Sarah, que lorsque tu t'en es allée j'ai cru que ton départ me tuerait.

Elle sourit à travers ses larmes.

— Tu es trop brave et trop fort pour que quoi que ce soit

t'abatte longtemps, Ollie, tu ne le sais même pas, mais tu es un gagneur.

— Alors, qu'est-ce qui est arrivé? — Il sourit avec tristesse. — Je n'ai pas l'impression d'avoir gagné. La dernière fois que j'ai regardé, tu ne te baladais pas dans ma chambre.

— Peut-être as-tu gagné. Peut-être trouveras-tu cette fois-ci quelque chose de meilleur. Quelqu'un qui te conviendra davantage et qui s'accordera mieux avec ce que tu souhaites. Tu aurais dû épouser une ravissante jeune fille intelligente et gaie qui ne demandait qu'à te créer un beau foyer et à te donner une foule d'enfants.

— C'est ce que j'avais avec toi.

— Mais ce n'était pas réel. Je ne l'ai fait que parce que j'y étais obligée. Voilà ce qui ne marchait pas là-dedans. Je voulais faire ce que je fais, mener une vie de bohème sans responsabilités envers personne d'autre que moi-même. Je ne veux posséder ni quelqu'un ni quelque chose. Jamais je ne l'ai voulu. J'avais seulement envie d'être libre. Et je le suis maintenant.

— Le drame, c'est que je ne m'en suis jamais douté... je n'ai jamais imaginé...

— Moi non plus pendant longtemps. Je suppose que c'est pour cela que tu ne t'en es pas rendu compte non plus.

— Es-tu heureuse maintenant?

Il avait besoin de le savoir, pour sa propre paix d'esprit. Elle avait mis leur vie sens dessus dessous mais, si elle avait trouvé ce qu'elle cherchait, peut-être cela en valait-il la peine. Peut-être seulement.

— Je le crois. Plus heureuse en tout cas. Je le serai infiniment plus quand j'aurai accompli quelque chose qui aura de la valeur à mes yeux.

— Tu l'as déjà accompli... tu ne le sais pas, voilà tout. Tu m'as donné vingt années merveilleuses, trois beaux enfants. Peut-être que cela suffit. Peut-être ne peut-on compter éternellement sur quoi que ce soit.

— Pour certaines choses, si. J'en suis sûre. La prochaine fois, tu sauras ce que tu cherches et ce dont tu ne veux pas, et moi de même.

— Et ton ami français? C'est ton idéal?

Il ne voyait pas comment il pouvait l'être à vingt-cinq ans, mais Sarah était une femme étrange. Peut-être était-ce ce qu'elle voulait à présent.

— Pour le moment, il est parfait.

Oliver sourit de nouveau. Il avait déjà entendu ces mots, voilà bien longtemps.

— Je crois t'entendre quand tu habitais dans SoHo. Assure-toi que tu vas bien de l'avant et pas à reculons. On ne retourne pas en arrière, Sarrie. Cela ne marche pas.

— Je sais. C'est pour cela que je ne suis jamais revenue à la maison.

Il comprenait maintenant. Il souffrait toujours autant mais du moins comprenait-il.

— Tu veux que je dépose une demande en divorce ?

C'était la première fois qu'il lui posait la question directement et, pour la première fois, prononcer ces mots ne lui serrait pas le cœur. Peut-être était-il enfin prêt.

— Quand tu auras le temps. Je ne suis pas pressée.

— Je suis navré, chérie...

Il sentait des larmes lui picoter les yeux.

— Ne le sois pas.

Puis elle lui souhaita une bonne nuit, et il resta seul avec ses souvenirs, ses regrets et ce qu'échafaudait son imagination à propos de Jean-Pierre... ce sacré veinard...

Sam revint se glisser dans le lit de son père cette nuit-là, pour la première fois depuis qu'il était arrivé à New York, et Oliver ne se fâcha pas. C'était réconfortant de l'avoir près de lui.

A la fin de cette semaine-là, ils se rendirent à Purchase, mais ils ne virent pas Benjamin. Les enfants étaient occupés avec leurs amis, et le jardin de Sarah était en pleine floraison si bien qu'Agnès fit d'énormes bouquets qu'elle voulait rapporter en ville. Le samedi matin, alors qu'Oliver, couché dans son lit, rêvait tranquillement, le téléphone sonna.

C'était George et, en l'écoutant, Oliver se redressa brusquement sur son séant. Son père racontait des choses ahurissantes, Oliver comprit seulement que sa mère avait été renversée par un autobus et était dans le coma. On l'avait ramenée à l'hôpital et son père pleurait, la voix altérée et hachée.

— Je file là-bas tout de suite, papa. Quand est-ce arrivé ?

Cela s'était produit à huit heures ce matin. Oliver parvint à l'hôpital en moins d'une heure, les cheveux juste peignés, portant sa chemise de la veille et un pantalon kaki. Il découvrit son père pleurant en silence dans le hall. Quand il aperçut Oliver, il lui tendit les bras comme un enfant perdu.

— Mon Dieu, papa, que s'est-il passé ?

— C'est ma faute. Elle était mieux depuis quelques jours et j'ai insisté pour la ramener chez nous en fin de semaine.

Elle lui manquait trop, il avait trop envie de l'avoir à côté de lui dans le lit qu'ils avaient partagé pendant près d'un demi-siècle et, comme elle lui avait semblé plus en forme, il s'était persuadé que cela lui ferait du bien de revenir dans sa maison pour quelques jours. Les médecins avaient tenté de le décourager, mais il avait affirmé qu'il était capable de s'occuper d'elle aussi bien qu'eux.

— ... Elle avait dû se lever avant que je me réveille. Quand j'ai ouvert les yeux, je l'ai vue là entièrement habillée. Elle avait l'air d'avoir l'esprit un peu brouillé, elle a dit qu'elle allait préparer le petit déjeuner. J'ai pensé que cela serait bon pour elle de faire quelque chose de familier comme ça, alors je ne l'en ai pas empêchée. Je me suis levé, j'ai pris ma douche, je me suis rasé et quand je suis entré dans la cuisine elle n'y était pas. La porte de la maison était ouverte et je ne l'ai pas trouvée. Je l'ai cherchée partout, dans le jardin, dans l'appentis. J'ai parcouru en voiture tous les environs et alors... — Il se remit à sangloter. — ... j'ai aperçu l'ambulance... le conducteur de l'autobus a dit qu'elle avait marché droit sur lui. Il avait freiné aussi sec qu'il avait pu sans pouvoir s'arrêter à temps. Elle vivait à peine quand on l'a transportée ici et on ne sait pas... Oh, Oliver, c'est comme si je l'avais tuée. Je voulais tellement que le passé ressuscite, croire qu'elle était de nouveau bien et naturellement c'était faux et maintenant...

Elle était dans le bloc des soins intensifs et, quand Oliver la vit, il fut bouleversé. Elle avait été grièvement blessée à la tête et la plupart de ses os étaient cassés mais par chance elle avait perdu conscience, leur dit-on, dès qu'elle avait été heurtée, si toutefois c'était un réconfort.

Les deux hommes attendirent dans le hall et, à midi, Oliver insista pour emmener son père déjeuner à la cafétéria. Ils allaient la voir toutes les heures pendant une minute ou deux et, vers minuit, ils comprirent l'un et l'autre que leur veille ne servait à rien. Les médecins n'offrirent aucun espoir et juste avant l'aube elle eut une importante congestion cérébrale. Son père était rentré chez lui à ce moment-là, mais Oliver était resté à attendre. Il avait téléphoné à plusieurs reprises pour tenir Agnès au courant de la situation. Il ne voulait pas qu'elle avertisse déjà les enfants. Elle leur avait expliqué qu'il avait été rappelé en ville pour une affaire urgente à son bureau. Il ne tenait pas à les impressionner tout de suite.

Le médecin vint lui parler à six heures comme il somnolait dans le hall. Il avait vu sa mère pour la dernière fois deux heures plus tôt. Dans l'unité de soins intensifs, il n'y avait ni jour ni nuit, il n'y avait que des lumières éclatantes, le bourdonnement de machines, de temps à autre un sifflement d'ordinateur, et quelques gémissements sinistres espacés. Mais sa mère n'avait même pas remué quand il l'avait vue.

Le médecin lui toucha le bras et il s'éveilla aussitôt.

— Oui ?

— Mr Watson... votre mère a eu une hémorragie cérébrale.

— Est-elle... ? A-t-elle... ?

Même maintenant, prononcer les mots était terrifiant. A quarante-quatre ans, il voulait encore sa mère. Vivante. Jusqu'à la fin du monde.

— Son cœur bat toujours et nous l'avons branchée sur un respirateur. Mais le cerveau n'émet plus d'ondes. Je crains que le combat ne soit terminé. Nous pouvons la maintenir branchée sur les machines aussi longtemps que vous voudrez, mais cela ne sert en réalité à rien. C'est à vous de décider maintenant.

Oliver se demanda si son père voudrait qu'il prenne la décision pour lui, puis soudain il sut que non.

— Qu'aimeriez-vous que nous fassions ? Nous pouvons attendre si vous désirez consulter votre père.

Oliver acquiesça d'un signe de tête, étreint par un sentiment de solitude poignant. Sa femme l'avait abandonné cinq mois auparavant et maintenant il était sur le point de perdre sa mère. Mais il ne pouvait pas y penser en égoïste à présent. Il devait songer à George et à ce que cela allait représenter pour lui de perdre sa compagne de quarante-sept années. Ce serait atroce. Pourtant, à la vérité, elle l'avait quitté des mois auparavant, quand sa lucidité avait commencé à sombrer. Bien souvent, elle oubliait même qui il était. Et son état aurait rapidement empiré au cours de l'année suivante. Peut-être, d'une affreuse façon, ceci valait-il mieux.

— Je vais lui téléphoner.

Mais en se dirigeant vers le téléphone, il se ravisa et sortit prendre sa voiture dans la délicieuse matinée de printemps. Il faisait beau dehors, l'air était doux, le soleil était chaud et les oiseaux chantaient déjà. C'était dur de croire qu'elle était virtuellement morte, et voilà qu'il devait en avertir son père.

Il ouvrit lui-même la porte de la maison avec une clef qu'il gardait pour un cas d'urgence et se rendit à pas de loup dans la chambre de ses parents. Elle était pareille à ce qu'elle avait toujours été, à part que son père était seul dans le vieux lit à colonnes qu'ils possédaient depuis le jour de leur mariage.

— Papa? chuchota-t-il — et son père remua, alors il allongea doucement la main pour la poser sur lui. — Papa...

Il craignait de lui faire peur. A soixante-douze ans, il avait le cœur faible, les poumons fragiles, mais il avait toujours de la dignité et de la force, ainsi que le respect de son fils. Il s'éveilla avec un sursaut et regarda Oliver.

— Est-ce que... Est-elle...?

Il eut soudain l'air terrifié en se redressant sur son séant.

— Elle est encore là, mais il faut que nous en parlions.

— Pourquoi? Qu'y a-t-il?

— Pourquoi ne te donnes-tu pas une minute pour te réveiller?

Il avait toujours l'expression égarée de quelqu'un qu'on a tiré d'un sommeil profond.

— Je suis réveillé. Il est arrivé quelque chose?

— Maman a eu une attaque. — Oliver poussa un soupir en s'asseyant avec précaution sur le lit et prit la main de son père. — On la maintient en vie parce qu'on l'a branchée sur les machines. Seulement, papa... c'est tout ce qui reste... — Il était désolé de le dire, mais c'était la vérité. — Son cerveau est mort.

— Qu'est-ce qu'on veut que nous fassions?

— On peut la débrancher, c'est à toi de décider.

— Et alors elle mourra?

Oliver acquiesça d'un signe de tête et les larmes coulèrent lentement sur les joues du vieil homme qui se laissait retomber sur son oreiller.

— Elle était si belle, Oliver... si charmante quand elle était si jeune... si jolie quand je l'ai épousée. Comment peut-on me demander de la tuer? Ce n'est pas juste. Comment serais-je capable d'agir ainsi envers elle?

— Veux-tu que je m'en charge? J'avais pensé simplement que tu devrais être mis au courant... je suis navré, papa.

Tous deux pleuraient maintenant mais, à la vérité, la femme qu'ils aimaient était morte depuis déjà un certain temps. D'elle ne restait finalement rien à l'heure actuelle.

George se rassit avec lenteur et s'essuya les yeux.

— Je désire être là quand on le fera.

— Non, protesta aussitôt son fils, je ne veux pas que tu y sois.

— Ce n'est pas à toi de prendre la décision, c'est à moi. Je le lui dois. J'ai été auprès d'elle pendant presque cinquante ans et je ne veux pas la laisser seule à présent. — Le flot de larmes réapparut. — Oliver, je l'aime.

— Je sais, papa. Et elle le savait aussi. Elle t'aimait aussi. Tu n'es pas obligé de te contraindre à cette épreuve.

— C'est arrivé uniquement par ma faute.

Oliver serra fortement les mains du vieil homme dans les siennes.

— Ecoute-moi, s'il te plaît. Il ne restait rien de maman, rien de ce que nous avons connu et aimé. Elle n'était plus, depuis longtemps, et tu n'es pas responsable de ce qui s'est passé hier. Peut-être en un sens que cela vaut mieux ainsi. Admettons qu'elle ait vécu, elle se serait desséchée et serait morte, sans reconnaître personne, sans aucun souvenir de ce qui l'occupait ou qu'elle aimait... toi... ses petits-enfants... moi... ses amis... sa maison... son jardin. Elle aurait été un légume dans une clinique, et elle aurait détesté ça si elle l'avait compris. Cela lui a été épargné. Accepte-le comme la destinée, la volonté de Dieu si tu préfères l'appeler de cette façon, et cesse de battre ta coulpe. Rien ne dépend de toi. Tout ce que tu fais maintenant, tout ce qui est arrivé, était prévu d'avance. Et quand nous la laisserons partir, elle sera libre.

Le vieil homme acquiesça d'un signe, réconforté par les paroles de son fils. Peut-être avait-il raison. Et, de toute manière, on n'y pouvait plus rien changer.

George Watson se vêtit avec soin, d'un costume sombre à fines rayures, avec une chemise blanche empesée et une cravate bleu marine que Phyllis lui avait achetée dix ans auparavant. Il avait une allure distinguée, l'air maître de lui, quand ils sortirent de la maison. Il jeta un dernier coup d'œil autour de lui comme s'il s'attendait à voir Phyllis, puis il se tourna vers son fils et secoua la tête.

— Quel drôle d'effet de penser qu'elle était encore là hier matin.

Mais Oliver eut un geste de dénégation.

— Non, elle n'y était pas, papa. Elle n'y était plus depuis très très longtemps. Tu le sais.

George Watson en convint silencieusement, et ils se rendirent avec la voiture à l'hôpital, sans échanger un mot. La matinée était magnifique... un beau jour pour mourir, ne cessait de songer Oliver. Puis ils gravirent le perron, prirent l'ascenseur jusqu'au troisième et demandèrent à voir le médecin de garde. C'était celui qui s'était entretenu avec Oliver deux heures plus tôt. Rien n'avait changé dans l'état de Mrs Watson, sinon qu'elle avait eu plusieurs attaques, ce à quoi il fallait s'attendre après l'hémorragie. Rien d'important n'avait changé. Elle était en état de mort cérébrale et le resterait à jamais, seule leur machine la maintenait en vie pour le moment.

— Mon père a désiré être présent, expliqua Oliver.

— Je comprends.

Le jeune médecin était aimable et compatissant.

— Je veux être là quand vous... quand...

Sa voix trembla et s'étouffa, il fut incapable de prononcer les mots. Le médecin fit signe qu'il comprenait. Il avait déjà vécu cette scène des douzaines de fois, mais n'était pas encore complètement endurci.

Il y avait une infirmière auprès de Phyllis quand ils entrèrent, les machines palpitaient et émettaient des bip-bip. La ligne sur le moniteur décrivait un trajet complètement plat, et tous savaient que c'était sa condamnation. Mais elle avait l'air paisible, gisant là endormie. Ses yeux étaient fermés, ses cheveux en ordre, ses mains allongées le long de son corps. George Watson se pencha et en souleva une. Il la porta à ses lèvres et déposa un baiser sur ses doigts.

— Je t'aime, Phyllis... je t'aimerai toujours, toujours... et un jour nous serons réunis.

Le médecin et Oliver se détournèrent, le fils les joues ruisselantes de larmes, souhaitant que tout puisse être différent, qu'elle puisse vivre encore bien des années, que rien n'ait changé, qu'elle ait vécu pour voir Sam grandir et avoir lui-même des enfants.

— Dors en paix, ma chérie, murmura George Watson pour la dernière fois.

Puis il regarda d'un air d'attente le médecin. Il continua à tenir la main de Phyllis, et les machines furent arrêtées. Alors tranquillement, paisiblement, son mari lui tenant la main dans la mort comme il l'avait fait dans la vie, Phyllis Watson cessa de respirer.

George Watson resta longtemps les yeux fermés, puis il se

pencha pour l'embrasser, reposa sa main auprès de son corps, s'attarda dans une caresse sur sa joue et la contempla très longuement, imprimant à jamais cette dernière vision dans son cœur. Puis il sortit, les yeux aveuglés par les larmes. Quarante-sept années de vie partagée, l'amour qui les avait unis comme un seul être pendant la majeure partie de leur existence, c'était fini. Même le médecin était ému quand il les quitta pour aller signer les papiers. Oliver fit s'asseoir son père sur une chaise dans le hall, il le raccompagna ensuite chez lui. Il lui tint compagnie jusqu'à midi, puis rentra brièvement à la maison pour commencer à prendre les dispositions nécessaires.

Les enfants l'y attendaient et Mel comprit aussitôt que quelque chose était arrivé. Son père avait une mine épuisée et des vêtements chiffonnés, et ce qu'avait raconté Agnès n'avait pas sonné juste à ses oreilles.

— Qu'est-ce qui s'est passé, papa?

Les yeux d'Oliver s'embuèrent.

— Grand-mère vient de mourir, chérie. C'était très triste et en même temps presque beau. Cela va être vraiment pénible pour ton grand-père.

Mel fondit en larmes et, un instant après, mû par un pressentiment, Sam les rejoignit. Oliver le mit au courant et il pleura à son tour. Elle lui manquerait énormément.

— Pouvons-nous aller voir grand-papa?

— Dans un moment. J'ai plusieurs choses à faire d'abord.

Il y avait l'enterrement à organiser, les derniers détails à régler à l'hôpital. Dans l'après-midi, il décida d'envoyer les enfants à New York par le train avec Agnès. Il téléphona auparavant à Daphné et lui demanda de passer les voir à l'appartement. Elle dit qu'elle avait beaucoup de peine pour lui. Cela semblait injuste que tout cela lui tombe dessus, déclara-t-elle, et il en fut ému et reconnaissant.

Il téléphona aussi à Benjamin, lui annonça la nouvelle et lui suggéra de rendre visite à son grand-père dès que possible, puis il ajouta qu'il le préviendrait de la date de l'enterrement. Il pensait que ce serait probablement le mercredi.

Puis il retourna chez son père et fut soulagé de voir que Mrs Porter, leur fidèle voisine, était là et s'occupait de son père. Elle se montra discrète, courtoise et aimable envers lui, elle était exquise. Finalement quand il rentra, seul et épuisé, Sarah lui téléphona. Elle lui offrit ses condoléances et s'excusa d'avance de ne pas assister aux obsèques, elle avait des examens.

— Je l'expliquerai à papa.

— Dis-lui combien je suis désolée.

Elle-même pleurait.

— Merci, Sarah.

Et pour une fois il n'éprouva rien à son égard. Il était obnubilé par l'image du visage de son père tenant la main de sa mère, le regard d'amour et de douceur qu'il posait sur elle. C'est cela qu'il voulait avoir dans sa vie, lui aussi, et il espérait le trouver un jour, mais il savait maintenant que ce ne serait pas avec Sarah.

Il retourna chez son père le lendemain matin, ayant entre-temps pris toutes les dispositions nécessaires. Les enfants revinrent le mardi soir et les funérailles eurent lieu le mercredi. La cérémonie fut simple, avec la musique que sa mère aimait et des brassées de fleurs superbes provenant de son propre jardin. Ensuite, quand on eut descendu lentement le cercueil dans la terre, il reconduisit son père dans sa maison, pour vivre seul, pour affronter son chagrin, pour finir ses jours sans la femme qu'il avait chérie.

13

Juin arriva avant qu'ils aient tous retrouvé leur équilibre. L'école était finie et ils revinrent à la campagne pour l'été. George Watson leur rendait visite de temps à autre. Il semblait fatigué et beaucoup plus âgé. A l'évidence, la solitude lui pesait terriblement, beaucoup plus que lorsque Phyllis était à la clinique. Là du moins la voyait-il, mais maintenant il ne pouvait plus que parler d'elle à sa famille et à ses amis.

Oliver avait recommencé sa navette quotidienne entre New York et la banlieue, mais ce n'était pas aussi éprouvant en été. Ils se baignaient dans la piscine quand il rentrait et les enfants se couchaient plus tard qu'en hiver.

Ils célébrèrent la fête nationale, le 4 Juillet, en recevant quelques amis autour d'un barbecue. Deux semaines plus tard, Mel et Sam devaient rejoindre Sarah pour le reste de l'été. Elle les emmenait en France, où ils voyageraient pendant un mois avec Jean-Pierre. Elle avait téléphoné pour avertir Olivier et il avait décidé de ne pas s'y opposer. Les enfants étaient à présent en âge de comprendre. Mel avait seize ans et Sam presque dix, et ils étaient fous de joie à l'idée de partir.

George Watson vint même à la fête, amenant Margaret Porter, l'aimable voisine dont ils avaient déjà fait la connaissance. C'était une femme séduisante aux cheveux gris, pleine de gaieté. Elle avait été infirmière dans sa jeunesse, son défunt mari était médecin, et elle semblait prendre bien soin du père d'Oliver. Elle veillait à ce qu'il s'asseye quand il le devait, sans faire d'histoires, lui apportait sa nourriture et plaisantait amicalement avec lui et leurs amis, et George en paraissait content. Il parla beaucoup de Phyllis, et Oliver comprit qu'il se sentait encore responsable de l'accident qui l'avait finalement tuée. Mais il avait l'air de s'en remettre. Tous, chacun à sa manière, se rétablissaient des chocs de l'année écoulée. Oliver lui-même se sentait mieux. Il avait entamé la procédure de divorce en juin et, sur l'insistance constante de Daphné, il était allé à un rendez-vous qui s'était révélé une catastrophe. Il était sorti avec une dessinatrice d'une autre agence de publicité et affirma hautement que cette jeune femme était cinglée. Elle avait voulu qu'il goûte à la cocaïne, et son sport favori était la lutte entre femmes. Daphné l'avait amplement taquiné là-dessus, mais du moins était-ce un début.

Benjamin et Sandra avaient aussi assisté au pique-nique. Sandra était maintenant enceinte de sept mois. Oliver eut pitié d'elle, elle n'était pas intelligente et son visage enfantin était ridicule au-dessus de ce corps énorme. Elle discourut d'abondance sur le bébé et pendant un instant Oliver fut terrifié en se demandant s'ils n'allaient pas se marier. Mais, quand il posa la question, Benjamin répliqua qu'ils ne le prévoyaient pas pour le moment. Il pensait qu'ils étaient trop jeunes tous les deux.

Mel essaya à plusieurs reprises d'entamer la conversation avec Sandra, mais elle n'avait apparemment rien à dire et Mel finit par renoncer et retourna bavarder avec ses amis. Daphné était venue aussi et elle passa beaucoup de temps à causer avec Margaret Porter au bord de la piscine.

— J'ai passé une excellente journée, dit Daphné à Oliver avant de partir. Un vrai 4 Juillet à la mode d'autrefois, avec de bons amis. On ne peut pas demander plus dans la vie.

Elle sourit gaiement et il rit, se remémorant des jours enfuis.

— Je le pourrais, mais je ne crois pas que je m'y risquerais. Une autre sortie comme celle que j'ai eue me tuerait.

Ils rirent tous deux au souvenir de la fan de lutte féminine.

— Votre père paraît se bien porter et j'aime beaucoup son amie. C'est une femme très intéressante. Elle et son mari ont beaucoup voyagé en Extrême-Orient, et ils ont dirigé pendant deux ans un dispensaire au Kenya.

— Elle a l'air du bon remède pour papa. C'est déjà ça. J'aimerais bien que Benjamin retrouve ses esprits. Cette fille est gentille, mais elle ruinera son existence s'il la laisse faire.

— Donnez-lui sa chance. Il s'efforce d'agir comme il faut, seulement il ne sait pas encore ce que c'est.

— C'est difficile de l'imaginer avec un enfant à lui. Lui-même est encore un enfant et elle a l'air d'avoir quatorze ans. Et, nom d'une pipe, Daph, elle est d'une stupidité pitoyable.

— Elle est simplement hors de son élément ici et, convenez-en, elle est rudement désavantagée. Elle sait ce que vous pensez tous d'elle, elle voit bien ce à quoi Benjamin a renoncé pour rester avec elle. C'est un sacré fardeau pour cette petite.

Oliver sourit tristement à son amie.

— Parlant de fardeau, elle donne l'impression d'attendre des triplés.

— Ne soyez pas méchant, le gronda-t-elle.

— Pourquoi pas ? Elle détruit la vie de mon fils.

— Peut-être pas. Peut-être que le bébé sera fantastique.

— J'aimerais quand même qu'elle l'abandonne.

Daphné secoua la tête, elle avait bavardé avec chacun d'eux et savait à quoi s'en tenir.

— Je ne crois pas que Benjamin la laisserait faire. Il vous ressemble trop : trop moral, trop honnête, trop désireux de rester fidèle à ce en quoi il croit et à agir comme il le doit envers chacun. C'est un garçon formidable. Tout se terminera bien.

— Qu'est-ce qui vous en rend si sûre ?

— C'est votre enfant, n'est-ce pas ?

Puis Daphné était repartie pour New York et les autres s'en étaient allés peu après. Oliver avait aidé Agnès à remettre de l'ordre et, malgré lui, quand il s'étendit seul au bord de la piscine tard cette nuit-là, il se prit à songer à Sarah, à se demander ce qu'elle faisait. Le 4 Juillet avait toujours compté pour eux. Et ils auraient été mariés dix-neuf ans cet été. Cela l'entraîna à penser aussi à d'autres choses... à ses parents... à son père... et à Margaret Porter. Il se demanda si son père s'intéressait à elle ou était simplement reconnaissant de son aide et heureux d'avoir quelqu'un à qui parler. Peut-être un peu des deux. C'était bizarre d'imaginer que son père puisse s'intéresser à quiconque excepté sa défunte épouse.

Curieux comme tous avaient quelqu'un maintenant... Sarah avait Jean-Pierre, son père avait Margaret vaille que vaille et même son fils avait la jeune femme qui portait son enfant. Et Oliver était seul, attendant que quelqu'un survienne dans sa vie et remplisse cette vie. Il se demanda si cela se produirait jamais.

— Papa ? — C'était Mel qui le cherchait, chuchotant dans le noir. — Où es-tu ?

— Je suis près de la piscine. Qu'est-ce qui se passe ?

— Je me demandais seulement si tu n'étais pas malade.

Elle s'approcha à pas lents et s'assit à côté de lui.

— Je suis en forme, chérie.

Il caressa les longs cheveux blonds et sourit. C'était une jeune fille charmante et la situation s'était arrangée entre eux. Elle semblait s'être considérablement assagie depuis qu'ils avaient emménagé à New York et elle était de nouveau plus proche de lui. Plus proche qu'elle ne l'était de Sarah.

— ... La journée a été agréable, n'est-ce pas ?

— Oui, épatante. — Puis, en écho aux propres réflexions d'Oliver : — Qu'est-ce que tu penses de l'amie de grand-père ?

— Margaret ? Je la trouve sympathique.

— Crois-tu qu'il va l'épouser ?

La curiosité de Mel était piquée au vif, et il lui sourit.

— J'en doute. Il aimait beaucoup trop grand-mère. On ne trouve pas cela plus d'une fois au cours d'une vie.

— Je m'étais posé la question, voilà tout. — Puis, avec une inquiétude nouvelle : — Penses-tu que maman se mariera avec Jean-Pierre ? ... il est si jeune pour elle...

— Je ne le pense pas, chérie. Je pense qu'elle prend un peu de distraction.

Melissa hocha la tête, soulagée.

— Mon Dieu, n'est-ce pas que cette pauvre Sandra est horrible ?

Il acquiesça d'un signe de tête, soudain amusé qu'ils

épluchent l'un après l'autre les invités après leur départ, comme les couples mariés en ont l'habitude. Cela soulageait un peu son sentiment de solitude.

— Je suis fou de rage de voir Benjamin gâcher sa vie avec elle, à travailler comme garçon de salle pour l'entretenir.

— Comment se débrouilleront-ils avec le bébé ?

— Dieu seul le sait. J'estime qu'ils devraient l'abandonner, mais Benjamin affirme qu'ils veulent le garder. Et ensuite ? Que je sois pendu si je les laisse se marier.

— Je ne pense pas qu'il en ait envie. Il s'efforce simplement de se conduire gentiment avec elle. D'autre part, il a l'air aussi d'en avoir assez d'elle. Et elle n'a pas cessé de s'intéresser aux autres garçons qui passaient par là. Je n'ai pas l'impression qu'elle sait ce qu'elle veut. Grands dieux, papa... imagine un peu, avoir dix-sept ans et se retrouver avec un bébé sur les bras !

— Ne l'oublie pas, ma chère, si jamais l'appel de la nature retentit !

Il la menaça du doigt et elle rit, rougissant dans le noir.

— Ne t'inquiète pas. Je ne suis pas stupide à ce point-là.

Il n'aurait pas su dire ce que cela signifiait exactement : qu'elle ne le ferait jamais ou bien que si elle le faisait elle prendrait plus de précautions. Il nota mentalement de demander à Daphné de lui parler de cette question avant qu'elle parte pour la France cet été.

— Est-ce que Sam dort ?

— Comme une souche.

— Peut-être que nous devrions aussi aller nous coucher.

Il se leva, s'étira, et ils rentrèrent lentement en se tenant par la main. La journée avait été magnifique, chaude et ensoleillée, et maintenant la nuit était fraîche.

C'était exactement ce qu'il aimait.

Devant la chambre de Mel, il l'embrassa en lui disant bonsoir et, quand lui-même fut étendu dans son lit, il songea à l'année qui venait de s'écouler. Que de changements, que de différences pour chacun d'eux. Un an seulement auparavant, le 4 Juillet, les choses avaient été tellement autres. Sarah était là, sa mère... Benjamin semblait encore un enfant. Ils étaient tous devenus adultes au cours de cette année, ou du moins une partie d'entre eux. Pour Sarah, il ne savait pas. Il imaginait qu'elle tâtonnait encore. Par contre, lui-même avait l'impression d'avoir trouvé enfin son équilibre et, tandis qu'il plongeait lentement dans le sommeil, il se surprit de nouveau à s'interroger au sujet de son père et de Margaret Porter.

14

Peu après, Mel et Sam partirent pour l'Europe avec Sarah et son ami français et Oliver se réinstalla dans l'appartement de New York. Rester à Purchase était inutile maintenant que les enfants n'étaient plus là. C'était plus facile pour lui de rester tard au bureau, puis de rentrer à la 84e Rue. Lui et Daphné travaillaient beaucoup ensemble et ils avaient un rendez-vous fixe à présent pour aller manger des spaghetti le lundi et le vendredi soir. Elle passait avec son ami les trois autres soirées de la semaine et, de temps à autre, elle parlait de lui à Oliver.

— Pourquoi vous infligez-vous ce genre de vie? la tança-t-il plus d'une fois. A votre âge, vous devriez être mariée et avec quelqu'un qui puisse vous donner plus de trois nuits par semaine. Daph, vous le méritez.

Elle haussait toujours les épaules et riait. Elle était heureuse comme ça. C'était un homme merveilleux, disait-elle, et elle ne demandait pas davantage. Il était intelligent, bon et généreux, et elle l'aimait. Et, sans enfants, le mariage ne lui paraissait pas tellement important.

— Vous le regretterez un jour.

Elle n'était pourtant pas d'accord avec lui. Ce qu'elle avait lui convenait, même s'il lui manquait quand il n'était pas avec elle.

— Je ne le crois pas, Oliver.

Il lui avoua quel sentiment d'abandon il éprouvait à être seul, sans les enfants. N'avoir personne à qui parler le soir lui manquait comme lui manquait la complicité partagée pendant près de vingt ans avec Sarah.

Il ne se rendait plus à Purchase que pour voir Benjamin et son père. Sandra grossissait à vue d'œil. Et, pour la première fois de sa vie, Benjamin lui parut pâle. Il ne sortait plus jamais au soleil. Il était constamment en train de travailler. Il occupait désormais deux emplois. Il était pompiste le jour et, le soir, garçon de salle. Il essayait de mettre de côté assez d'argent pour que Sandra accouche dans de bonnes conditions, pour payer le loyer du logement qu'il partageait avec elle et pour avoir de quoi subvenir aux besoins de leur enfant. Et quand Oliver avait offert de les aider, Benjamin avait refusé.

— C'est ma responsabilité maintenant, papa. Pas la tienne.

— Ridicule. Tu es un gamin. Tu devrais être en classe, en train de te préparer à obtenir des diplômes !

Mais Benjamin apprenait autre chose, il apprenait à quel point la vie pouvait être pénible quand on a dix-huit ans, une famille à nourrir et qu'on n'a même pas terminé ses études secondaires. Sandra avait finalement été obligée de s'arrêter de travailler. Ses chevilles avaient enflé énormément, et le médecin craignait un accident circulatoire. Benjamin retournait chez eux à midi pour lui préparer ses repas, elle était allongée sur le divan et regardait la télé pendant qu'il faisait la cuisine, se plaignant tout le temps qu'elle ne le voyait plus jamais. Il rentrait le soir le plus tôt qu'il pouvait, mais il travaillait en général jusqu'à deux heures du matin. Penser à tout cela mettait Oliver dans tous ses états. Il voulait aider son fils, lui donner de l'argent pour lui faciliter la vie. Il trouva une solution plus simple. Il donna l'argent à Sandra, qui était toujours prête à recevoir ce qu'il offrait. Il les pressa d'aller à la maison et au moins de jouir de la piscine, mais Sandra n'avait envie d'aller nulle part et Benjamin n'en avait pas le temps. Il avait trop à faire.

Il ressemblait assez à sa mère, se dit un jour Oliver en établissant un chèque de cinq cents dollars au nom de Sandra, après lui avoir dit d'acheter ce dont elle avait besoin pour le bébé. Sarah n'avait pas accepté un sou de lui non plus depuis son départ. Elle vivait sur l'argent que sa grand-mère lui avait laissé, et elle affirmait que ce n'était pas juste qu'Ollie l'entretienne. Sa bourse était plate et les enfants parlaient constamment de choses qu'ils ne pouvaient pas faire quand ils allaient la voir parce que « maman n'en avait pas les moyens », mais c'était le genre de vie que Sarah avait toujours souhaité. L'existence qu'il lui avait procurée ne lui importait plus. Elle avait donné des montagnes de vêtements à Mel et avait laissé le reste dans la maison de Purchase. Elle vivait en jean, en T-shirt et en sandales. Et elle tirait gloire avec Jean-Pierre de voyager à travers l'Europe avec quatre sous en poche. Il avait reçu plusieurs cartes postales des enfants depuis leur départ, mais ils ne téléphonaient jamais et il ne savait pas exactement où ils se trouvaient. Cela l'inquiétait de temps à autre, mais Sarah s'était bornée à dire qu'ils coucheraient chez des parents de Jean-Pierre en France et dans des auberges de jeunesse dans les autres pays où ils iraient. Ce serait pour eux une expérience toute nouvelle, c'était certain, et elle leur serait peut-être salutaire. Il était sûr que Sarah prendrait grand soin d'eux. C'était leur mère, il s'était toujours fié à elle. Mais maintenant qu'ils étaient tous partis, il était abasourdi de constater à quel point ils lui manquaient. Quand il rentrait le soir dans l'appartement vide, il éprouvait une souffrance quasi physique. Il avait donné à Agnès congé pour l'été et loué les services d'une entreprise de nettoyage qui se chargeait de faire le ménage de l'appartement. La maison de Purchase était fermée et le chien se trouvait chez son père. Du moins était-ce une compagnie pour lui. Quand Oliver prit le train dans l'intention d'aller le voir un dimanche après-midi, il fut touché de le trouver en train de soigner avec amour le jardin de sa défunte épouse. Il avait toujours détesté jardiner, mais cela lui paraissait vital d'entretenir les rosiers auxquels elle tenait tant.

— Tu t'en tires bien, papa ?

— Très bien. C'est le calme plat ici, surtout quand vous n'êtes pas là, toi et les enfants. Nous allons de temps à autre au restaurant, Margaret et moi, mais j'ai beaucoup de travail pour mettre en ordre la succession de ta mère.

Les démarches nécessaires à l'enregistrement du testament avaient l'air de l'occuper et aussi le transfert au nom des enfants d'Oliver des quelques actions que possédait sa femme et qu'il voulait leur donner.

Cet après-midi passé auprès de son père attrista Oliver qui était pensif quand il remonta dans le train, le soir. Sa voiture était en révision au garage et cela lui faisait tout drôle de repartir par le chemin de fer au lieu de conduire. Il s'installa confortablement et ouvrit le livre qu'il avait emporté. Il y eut plusieurs arrêts avant que le siège voisin du sien soit pris. Levant brièvement les yeux, il vit une jeune femme aux longs cheveux noirs et au teint très bronzé se glisser à côté de lui.

— Pardon, dit-elle, comme elle le heurtait.

Elle transportait apparemment un énorme sac de week-end et une raquette de tennis vint toquer avec régularité contre sa jambe jusqu'à ce que la jeune femme déplace le sac.

— ... désolée de vous encombrer avec ce bazar.

Il hocha la tête, lui assura qu'elle ne le dérangeait nullement, puis revint à son livre, tandis qu'elle extirpait ce qui ressemblait à un manuscrit et commençait à l'annoter. Et plus d'une fois il eut la sensation qu'elle l'observait. Finalement, il leva les yeux en souriant et se rendit compte qu'elle était fort séduisante. Elle avait des yeux bleus et un éparpillement de taches de rousseur sur un visage qui ne pouvait guère avoir plus de vingt-cinq ou vingt-six ans. Ses cheveux étaient tirés en arrière et elle n'était pas fardée.

— Le livre vous plaît? demanda-t-elle comme ils s'arrêtaient dans une nouvelle gare.

— Assez.

C'était le succès de la saison et Oliver le trouvait bon, tout en préférant d'ordinaire ne pas lire de romans, mais Daphné le lui avait offert en affirmant qu'il l'apprécierait.

— ... est-ce votre manuscrit sur lequel vous travaillez?

Elle avait éveillé sa curiosité. Elle rit en secouant la tête et, l'espace d'un instant, elle parut un peu plus âgée. Elle avait en réalité trente ans, mais sa beauté naturelle rappelait à Oliver certaines des camarades de Mel. Elle avait une voix grave, amicale, et un regard intelligent en expliquant ce qu'elle lisait et pourquoi.

— Je travaille dans l'édition et notre maison a publié le livre que vous lisez. C'est pourquoi j'ai demandé s'il vous plaisait. Vous habitez en banlieue?

Elle éprouvait de la curiosité à son sujet, mais elle semblait s'intéresser à tous les gens en général. Elle avait une nature ouverte et aimable. Il remarqua qu'elle avait un très joli décolleté et de beaux bras dans sa robe d'été.

— J'ai habité la banlieue. Je vis maintenant en ville. La plupart du temps, en tout cas.

Ah, conclut-elle intérieurement. Un père du week-end.

— Vous venez de rendre visite à vos enfants?

Il secoua la tête, amusé par ses questions directes.

— Non. Mon père.

— Moi aussi. — Elle sourit. — Lui et sa femme ont eu un enfant tout récemment.

Elle expliqua qu'il avait soixante-trois ans et était marié pour la troisième fois. Sa mère s'était remariée aussi et vivait à Londres.

— Voilà qui paraît une famille intéressante.

— Elle l'est. — La jeune femme eut un large sourire. — Son épouse a quatre ans de moins que moi. Papa n'est pas quelqu'un qui perd du temps.

Elle ne précisa pas que sa mère avait épousé Lord Bronson

et qu'on ne parlait en Europe que d'eux, de leurs châteaux, de leurs résidences de campagne et de leurs réceptions fabuleuses. Elle avait voulu échapper à tout cela et était venue travailler à New York comme le commun des mortels. Elle n'était guère attirée par la vie ultra-mondaine de ses parents.

— Et vous, que faites-vous?

Il éclata de rire. Quelle drôle de fille. Drôle, franche, aimable et extrêmement séduisante.

— Je travaille dans la publicité.

Elle se demanda alors s'il était marié, mais ne lui posa pas la question.

— Comme mon petit père. — Elle parut amusée. — Robert Townsend, peut-être que vous le connaissez.

Voilà donc qui elle était. Townsend était un des personnages les plus importants du métier.

— Je l'ai rencontré. Je ne peux pas dire que je le connais vraiment. — Puis il décida de se présenter. — Je suis Oliver Watson.

Elle lui serra la main d'une poigne ferme.

— Megan Townsend.

Elle rangea alors son manuscrit et ils bavardèrent pendant le reste du trajet. Il trouva agréable de causer avec elle, en oublia son livre et lui offrit de la déposer chez elle quand ils arrivèrent à Grand Central Station à New York.

Elle habitait à l'angle de Park Avenue et de la 69e Rue, à quinze pâtés de maisons seulement de l'appartement d'Oliver. Après l'avoir déposée, il décida de rentrer à pied et fit arrêter le taxi. La nuit était chaude et il aimait bien New York en été. La ville était quasi désertée, sauf par quelques aficionados, les travailleurs acharnés dans son genre et une poignée de touristes.

Le téléphone sonnait quand il arriva chez lui, et il crut que c'était Daphné. Personne d'autre ne téléphonait, maintenant que les enfants étaient partis, sauf de temps à autre son père. Il fut surpris quand il entendit la voix de la jeune femme qu'il venait de quitter. C'était Megan Townsend.

— Bonsoir, vous. J'ai eu une idée. Ça vous tenterait de revenir boire un pot et manger une salade? Je ne vaux pas grand-chose comme cuisinière, mais mes capacités vont jusque-là. Je m'étais dit...

Elle sembla soudain hésitante, l'idée qu'il était peut-être marié lui traversait soudain l'esprit. A son âge, la plupart des hommes l'étaient, mais elle se dit que si elle se lançait sur une fausse piste il le lui dirait. Il avait l'air d'un type franc.

— Ce serait très agréable. — C'était pour lui une expérience nouvelle d'être accosté par une femme et invité à dîner un dimanche soir. Il n'avait même pas eu l'idée de lui demander son numéro de téléphone et il se rendit compte alors que Daphné avait raison. Il manquait désespérément de pratique. — Puis-je apporter quelque chose ?

— J'ai tout ce qu'il faut. Disons huit heures ?

— Parfait. — Puis : — Je suis content que vous ayez téléphoné.

— Ce n'est pas exactement la chose à faire, je pense, dit-elle en riant dans le téléphone, sans avoir manifestement le moindre scrupule à ce sujet, et il se demanda si elle faisait ça souvent, mais la vie est trop courte. J'ai pris plaisir à bavarder avec vous dans le train.

— Moi aussi.

Puis elle décida de lui poser la question sans plus perdre de temps. Les hommes mariés, ce n'était pas son genre, quoique pour un dîner de temps à autre elle n'y voyait pas d'inconvénient.

— A propos, êtes-vous marié ?

— Je... — Il ne savait pas trop comment répondre. Il l'était, mais plus d'une façon qui comptait, et il décida de lui dire la vérité. — Je suis marié... mais je suis séparé depuis sept mois.

Sa réponse parut la satisfaire.

— Quand je vous ai vu au début, je m'étais dit que vous étiez allé rendre visite à vos enfants aujourd'hui.

— Ils sont en Europe pour l'été, deux d'entre eux, en tout cas. L'autre est à Port Chester, il travaille.

Mais il ne lui raconta pas que Benjamin avait dix-huit ans et qu'il habitait avec une fille qui avait lâché comme lui ses études en attendant la naissance de leur bébé.

— A huit heures, donc.

Elle raccrocha avec un sourire, contente de ce qu'elle avait fait, et Oliver avait aussi un air content quand il redescendit d'un pas de flâneur Park Avenue une demi-heure plus tard.

L'appartement de la jeune femme était situé au dernier étage, avec un très joli jardin suspendu. Il se trouvait dans un petit immeuble chic et Oliver supposa avec justesse que c'était un appartement en copropriété. Cette jeune femme n'appartenait pas au monde du travail ordinaire, et il savait que

Robert Townsend était non seulement une célébrité de la publicité mais qu'il était aussi issu d'une des plus importantes familles de Boston. Megan portait la marque de son éducation sur toute sa personne, des cheveux aux souliers, de sa voix distinguée au chemisier de soie blanche coûteux qu'elle avait enfilé avec un jean pour l'accueillir. Elle avait libéré ses cheveux et Oliver trouva ravissante la façon dont ils flottaient sur ses épaules et le long de son dos. Elle n'était pas seulement jolie, il s'en rendait compte à présent, elle était belle, d'une beauté vraiment frappante. Elle s'était légèrement fardée. Elle le conduisit dans le vaste séjour, qui était tout en blanc et chrome, avec un sol de marbre blanc et noir et deux peaux de zèbre jetées négligemment sous une énorme table de verre. Un des murs était entièrement recouvert d'un miroir et la vue superbe qu'on avait de la ville à cet endroit s'y reflétait. Dans la petite salle à manger, la table était mise pour deux. Tout en portant seulement un jean et une chemise de soie, Megan Townsend donnait une impression de raffinement extrême.

— Quel bel endroit!

Il admirait la vue et elle l'emmena sur la terrasse après lui avoir servi un gin-tonic.

— C'est la seule fois où j'ai pleinement cédé à ma fantaisie.

Son père avait voulu lui acheter un hôtel particulier pour son trentième anniversaire, au début de l'année, mais elle avait refusé avec énergie. Elle adorait l'appartement qu'elle avait, il était bien assez grand, et Oliver comprenait parfaitement pourquoi elle l'aimait.

— ... j'y passe énormément de temps. J'y vis la plupart de mes week-ends enterrée sous les manuscrits.

Elle eut un rire paisible et il sourit.

— Il y a de pires destins.

Il décida alors de jouer le même jeu qu'elle. Il y avait soudain beaucoup de choses qu'il désirait savoir sur Megan Townsend.

— ... et vous? Mariée? Divorcée? Mère de douze enfants?

Bien que cela au moins fût plus qu'improbable. Tout en elle proclamait qu'elle n'avait pas d'enfant et qu'elle était célibataire.

— Jamais été mariée. Pas d'enfants. Pas de chats, pas de chiens ni d'oiseaux. Et en général pas d'amants mariés.

Tous deux rirent, et il esquissa un sourire triste.

— Je pense que cela m'élimine.

— Allez-vous reprendre la vie commune avec votre femme? demanda-t-elle comme ils s'asseyaient dehors sur des chaises longues blanches dessinées par le styliste le plus en vogue du moment.

— Non. — Il lui adressa un regard franc, mais il s'abstint de lui dire que jusqu'à une date récente il aurait bien aimé le faire. — Nos vies ont pris des directions très différentes. Elle est maintenant étudiante à Harvard et veut devenir écrivain.

— Cela paraît admirable.

— Pas vraiment. — Il y avait encore une trace d'amertume dans sa voix chaque fois qu'il parlait de Sarah à des étrangers. — Elle m'a abandonné avec nos trois enfants pour aller là-bas.

— Une pilule dure à avaler.

— Elle l'a été.

— Et l'est encore ?

Elle avait une intuition vive et semblait désireuse de le connaître.

— Quelquefois. Mais cela s'arrange ces derniers temps. On ne peut pas nourrir sa colère éternellement, commenta-t-il avec un sourire morose, quoique je l'aie tenté pendant longtemps. Elle ne cessait d'affirmer qu'elle allait revenir, mais je crois que cette comédie est terminée à présent. Et les enfants s'adaptent... moi aussi... — Il lui adressa un sourire, puis eut soudain un éclat de rire moqueur pour lui-même. — Toutefois je suis obligé de vous l'avouer, ceci est ma première sortie avec une autre femme depuis vingt ans. Vous jugerez peut-être que je suis un peu rouillé en ce domaine.

— Vous n'avez eu de rendez-vous avec personne depuis son départ ?

Megan était impressionnée. La femme qui l'avait abandonné devait vraiment être quelqu'un. Elle-même n'était jamais restée sans un homme dans sa vie plus d'un mois et elle était sûre de ne pas vouloir qu'il en soit autrement. Son dernier amant n'était parti que trois semaines auparavant, après six mois plaisants où il avait fait la navette entre le perchoir luxueux de Megan et son hôtel particulier sur la 5e Avenue. Elle fréquentait un milieu huppé, mais Oliver l'avait attirée par sa beauté physique, son charme et quelque chose qui donnait l'impression qu'il souffrait de la solitude.

— ... vous parlez sérieusement ?

Il se souvint alors de la fanatique de lutte féminine et rit de nouveau.

— Non, j'ai menti... je suis allé à un rendez-vous il y a deux mois environ, ce fut un désastre.

Elle rit en posant le reste de son gin-tonic.

— Mon Dieu, Oliver, vous êtes pratiquement vierge !

— Si l'on veut.

Il rit et pendant un instant se demanda s'il ne s'était pas un peu trop avancé cette fois-ci. Il n'avait pas fait l'amour avec une femme depuis sept mois et il s'interrogea soudain sur ce qui arriverait s'il essayait. Peut-être cela ne marcherait-il même pas. Pendant sept mois, il n'avait désiré que Sarah. Et il n'avait couché avec personne d'autre pendant vingt ans. Il n'avait jamais trompé sa femme, et cette jeune femme-ci donnait l'impression d'être habituée à obtenir n'importe quel homme qui la tentait. Subitement un petit garçon au fond de lui-même eut envie de repartir chez lui en prenant ses jambes à son cou, et il se sentit comme Sam en se levant pour aller de nouveau admirer la vue pendant qu'elle rentrait mettre la dernière main à la salade promise.

— Je vous avertis, je ne sais pas faire la cuisine. La salade César et du carpaccio sont les extrêmes limites de mon talent culinaire. Après, c'est strictement de la pizza et des plats achetés tout prêts chez le Chinois.

— Je meurs d'impatience. Tout cela me plaît beaucoup.

Elle lui plaisait beaucoup aussi, tout en l'effrayant un peu.

Ils s'installèrent pour dîner dans la salle à manger, discutèrent du travail de Megan et du sien, et il commença à se sentir de nouveau plus à l'aise. Elle en vint à lui poser des questions sur ses enfants et il s'efforça de les lui décrire.

— Ils ont tous été très frappés par le départ de leur mère, et moi de même. Pourtant, j'ai l'impression qu'ils commencent à s'en remettre maintenant.

Tous sauf Benjamin et la catastrophe qu'il avait déclenchée pour lui-même avec Sandra.

— Et vous ? Comment vous sentez-vous maintenant ?

Elle se montrait un peu plus douce après avoir absorbé un peu de bon vin blanc de France et il s'était détendu, lui aussi. Il trouvait plus facile de lui parler à présent, tandis qu'ils s'entretenaient rêveusement de la vie en dégustant leur dîner tout simple.

— Je ne sais pas. Je n'y pense plus beaucoup. Je m'occupe constamment de mon travail et des enfants. Je n'ai pas réfléchi à mes sentiments depuis un certain temps. Peut-être est-ce un bon signe.

— Vous manque-t-elle toujours ?

— Bien sûr, mais au bout de vingt-deux ans, le contraire

serait fou. Nous étions mariés depuis dix-huit ans et nous nous étions fréquentés auparavant pendant quatre ans. C'est une longue durée dans l'existence de n'importe qui. Dans mon cas, c'est la moitié de ma vie.

— Vous avez quarante-quatre ans ? — Elle sourit et il hocha affirmativement la tête. — Je vous donnais environ trente-neuf ans.

— Moi je vous en donne vingt-cinq.

— J'en ai trente.

Tous deux rirent.

— Quelle impression cela fait-il ? Aussi terrifiante qu'on le raconte ? Sarah était horrifiée d'atteindre trente ans, elle se voyait avec sa vie entière derrière elle. Mais cela n'avait rien de comparable avec trente-neuf... quarante... et quarante et un... Je pense que c'est ce qui lui a monté à la tête, finalement. Elle a été prise de panique à l'idée qu'elle n'accomplirait jamais rien avant d'être devenue vieille, alors elle a filé. L'idiot, c'est qu'elle avait beaucoup accompli, ou du moins c'est ce que je pensais en tout cas, mais pas elle.

— Je n'ai jamais attaché beaucoup d'importance à ce genre de chose, mais je suppose que cela tient à ce que je ne suis pas mariée et avec des enfants rivés aux pieds comme des boulets. J'ai su toute ma vie ce que je voulais. Je suppose que vous me qualifieriez d'enfant gâtée jusqu'à la moelle.

Elle disait cela avec un air de jubilation qui le fit rire, se doutant qu'elle avait raison, rien qu'à jeter un coup d'œil à l'appartement richement aménagé.

— Qu'est-ce qui est important pour vous ? J'entends par là, qu'est-ce qui compte vraiment pour vous ?

Moi-même, faillit-elle riposter à haute voix, puis elle décida d'être un peu moins franche.

— Mon travail, je pense. Ma liberté. Faire de ma vie exactement ce que je veux. Je ne suis pas partageuse et me plier à ce que les autres attendent de moi n'est pas ce qui me convient. Chacun de nous joue le jeu d'après ses propres règles et j'aime les miennes. Je ne vois pas pourquoi on serait obligé de faire quoi que ce soit, se marier, avoir des enfants, se conformer à certaines règles. J'agis comme cela me convient, et c'est ce qui me plaît.

— Vous êtes une enfant gâtée, dit-il prosaïquement mais, pour le moment, il n'était pas sûr d'en être offusqué.

— Ma mère m'a toujours recommandé de ne jamais jouer selon les règles d'autrui et je ne le fais jamais. Je suis apparemment toujours capable de voir au-delà. Quelquefois, c'est une force, d'autres fois une terrible faiblesse. Et parfois c'est un handicap parce que je ne comprends pas pourquoi les gens compliquent tellement la vie. Il faut faire dans la vie ce dont on a envie, c'est la seule chose qui compte.

— Et si vous peinez des gens avec ce système ?

Elle s'avançait en terrain dangereux, mais elle était assez intelligente pour le comprendre.

— Il arrive que ce soit le prix à payer. Il faut vivre avec, mais on doit vivre aussi avec soi-même et dans certaines circonstances voilà le plus important.

— Je crois que c'est le sentiment de Sarah, mais je ne suis pas d'accord. Parfois on doit aux autres davantage qu'à soi-même et on doit serrer les dents et faire ce qui est bon pour eux, même s'il vous en coûte.

C'était la différence fondamentale entre lui et son épouse, et peut-être la différence entre lui et Megan.

— La seule personne à qui je dois quoi que ce soit est moi-même, telle est actuellement ma règle de conduite. Voilà pourquoi je n'ai pas de progéniture et je ne me sens pas contrainte de me marier quoique âgée de trente ans. Je crois que c'est bien de cela que nous parlons, n'est-ce pas ? En un sens, je suis de votre avis. Quand on a des enfants, on doit se consacrer à eux et pas seulement à soi-même. Et si on ne veut pas assumer ce que cela comporte, on ne doit pas en avoir. Je refuse cette responsabilité, ce qui est la raison pour laquelle je n'ai pas d'enfants, mais votre femme en a eus. Je suppose que la première erreur fondamentale qu'elle a commise a été de vous épouser et d'avoir des enfants.

— J'en suis le responsable, je pense. Je l'ai persuadée de l'un et de l'autre. Puis... vingt ans après, elle est revenue à ce qu'elle était quand nous avions fait connaissance... et elle a déguerpi...

— Ne vous en blâmez pas. La responsabilité lui en incombait aussi. Vous ne l'avez pas forcée à vous épouser, revolver au poing. Vous faisiez ce en quoi vous croyiez, pour vous. Vous n'êtes pas responsable de la conduite des autres dans la vie.

Megan était une femme totalement indépendante, qui n'était attachée à rien ni à personne, mais du moins le disait-elle franchement.

— Que pensent vos parents de la façon dont vous vivez ?

Il était curieux de le savoir, cela aussi, et pendant un instant elle resta pensive.

— Oh, je suppose que cela les agace, mais ils ont abandonné la partie. Mon père ne cesse de se marier et d'avoir des enfants. Il en a eu deux avec ma mère, quatre avec sa deuxième femme et il vient d'avoir son septième rejeton. Ma mère se marie mais oublie d'avoir des enfants, ce qui est une chance parce qu'au fond elle n'y tient pas. Ma sœur et moi, nous avons passé la majeure partie de notre jeunesse dans des pensions coûteuses à partir de l'âge de sept ans. On nous y aurait expédiées plus tôt si on avait pu, mais les écoles ne voulaient pas nous prendre.

— C'est horrible. — Oliver avait une mine horrifiée. Il ne concevait même pas l'idée d'envoyer ses enfants loin de lui. A sept ans, Sam était encore un bébé. — Cela vous a beaucoup affectée ?

Mais à peine la question posée, il se rendit compte qu'elle était stupide. Si Megan n'était maintenant attachée à rien ni à personne, c'est bien évidemment qu'il y avait des raisons.

— Je suppose que oui. Je ne suis pas douée pour former ce que les Anglais appellent « un attachement durable ». Les gens passent. Ils ont toujours passé dans ma vie et j'y suis habituée... à quelques exceptions près.

Elle eut soudain l'air triste et commença à débarrasser le couvert.

— Vous et votre sœur, étiez-vous très attachées l'une à l'autre ?

Elle s'interrompit et le regarda avec une expression bizarre.

— Oui. Très. C'était la seule personne sur qui j'aie jamais pu compter. Nous étions de vraies jumelles, si vous voyez ce que je veux dire. Double cause d'ennuis, comme on dit. Sauf qu'elle était tout ce que je n'étais pas. Bonne, gentille, bien élevée, convenable, courtoise, elle jouait toujours franc jeu et croyait ce que tout le monde lui disait. A vingt et un ans, elle est tombée amoureuse d'un homme marié. Et elle s'est suicidée quand il a refusé de quitter sa femme.

Un changement total s'était opéré chez Megan après cela, Oliver le comprit à son expression tandis qu'elle parlait.

— Je suis navré.

— Moi aussi. Je n'ai jamais eu d'autre amie comme elle. J'avais l'impression d'avoir perdu la moitié de moi-même. La meilleure. Elle était toutes les bonnes choses, toutes les choses charmantes que je n'étais pas et ne serai jamais.

— Vous êtes trop sévère pour vous-même.

Il l'avait dit à voix très basse, avec une douceur qui ne fit qu'accentuer la peine de Megan.

— Pas vraiment. Je suis franche. Si j'avais été en cause, j'aurais tué ce salaud ou abattu sa femme à coups de revolver. Je ne me serais pas suicidée. — Puis, avec une expression de souffrance : — Au moment de l'autopsie, on a découvert qu'elle était enceinte de quatre mois. Elle ne m'en avait pas soufflé mot. Je me trouvais ici, à l'université. Elle séjournait à Londres auprès de ma mère. — Son regard s'était durci quand elle demanda : — Aimeriez-vous du café ?

— Oui. S'il vous plaît.

L'histoire était stupéfiante. Ainsi donc, si difficile à imaginer que ce soit, que d'événements se produisaient dans l'existence des gens, tragédies, chagrins, miracles, instants qui modifiaient une vie entière. Oliver se doutait que Megan devait être très différente avant la mort de sa sœur, mais il n'en aurait jamais la certitude.

Il la suivit dans la cuisine et elle leva les yeux vers lui avec un sourire chaleureux.

— Vous êtes un homme charmant, Oliver Watson. D'habitude, je ne raconte pas ma vie aux gens, et surtout pas la première fois que je les rencontre.

— Je m'en sens honoré.

Ce récit expliquait largement la personnalité de Megan.

Ils ressortirent sur la terrasse pour boire le breuvage stimulant qu'elle avait tiré de sa machine à expresso, et elle s'assit tout près de lui pendant qu'ils contemplaient le paysage. Et il eut l'intuition qu'elle voulait quelque chose de lui, mais quelque chose qu'il n'était pas prêt à lui donner. C'était trop tôt pour lui, et il redoutait encore ce qui se passerait s'il se tournait vers une femme qui n'était pas Sarah.

— Aimeriez-vous déjeuner avec moi un jour de cette semaine ?

— Cela me plairait beaucoup. — Elle sourit. Il avait vraiment un grand charme naïf tout en étant un homme solide, honorable et bon. Il était tout ce qu'elle avait toujours redouté et jamais désiré. — Voudriez-vous passer la nuit avec moi ici ?

La question était d'une franchise brutale et elle le prit par surprise au moment où il reposait sa tasse. Il regarda Megan avec un sourire qui le rendait à la fois beau et juvénile.

— Si je dis non, comprendrez-vous qu'il ne s'agit pas d'un rejet ? J'ai peu de goût pour la précipitation. Vous méritez mieux. Vous aussi bien que moi.

— Je ne veux rien de plus.

Elle était franche avec lui. C'était une de ses rares vertus.

— Moi, si. Et vous le devriez aussi. Nous passons la nuit ensemble, nous en tirons du plaisir, nous nous séparons, et alors ? Qu'est-ce que cela nous a apporté ? Même si nous ne passions qu'une nuit ensemble, ce serait plus agréable si cette nuit signifiait quelque chose.

— Ne donnez pas trop d'importance à tout cela.

— Serait-il plus simple de dire que je ne suis pas prêt ? Ou est-ce que cela fait de moi un perdant ?

— Vous vous rappelez ce que j'ai dit, Oliver ? Il faut jouer selon ses propres règles. Telles sont les vôtres. J'ai les miennes. Je transigerai pour un déjeuner, si vous n'êtes pas trop choqué de vous être entendu adresser pareille proposition indécente.

Il rit, se sentant de nouveau plus à l'aise. Tout paraissait acceptable à Megan, elle était souple, dépourvue d'exigences et si attirante physiquement qu'il se serait battu de ne pas la prendre au mot et d'accepter son offre tout de suite avant qu'elle puisse changer d'avis.

— Je vous téléphonerai demain.

Il se leva. Il était temps de partir, avant qu'il fasse quelque chose qu'il regretterait plus tard, même si Megan ne le regrettait pas.

— ... merci pour ce merveilleux dîner.

— A votre disposition.

Elle l'observa avec attention en se dirigeant avec lui vers la porte, puis elle le regarda droit dans les yeux avec une expression que peu d'hommes lui avaient vue. Bien qu'elle eût couché avec un grand nombre, rares étaient ceux qui la connaissaient.

— ... Oliver... merci... pour tout.

— Je n'ai rien fait, j'ai mangé, bavardé et pris plaisir à votre compagnie. Vous n'avez pas besoin de me remercier.

— Merci d'être ce que vous êtes... même si vous ne téléphonez pas.

Elle était habituée à ces ruptures qui suivaient généralement une nuit de passion déchaînée. Comme elle le lui avait dit, les gens ne faisaient que passer dans sa vie. Elle y était accoutumée. Mais s'il ne lui téléphonait pas, il lui manquerait jusqu'à un certain point.

— Je vous donnerai un coup de fil.

Sur quoi, il se pencha, l'étreignit et l'embrassa. C'était la première femme qu'il embrassait depuis le départ de son épouse légitime, et sa bouche était attirante et tiède, son corps ferme et séduisant. Il désirait plus que tout faire l'amour avec elle, mais il savait aussi qu'il devait s'en aller. Il voulait réfléchir à cette situation. Megan avait trop de personnalité pour être prise à la légère.

— Bonne nuit, chuchota-t-elle quand l'ascenseur arriva à l'étage.

Il plongea son regard dans le sien en souriant tandis que les portes se refermaient. Elle resta là un long moment, puis rentra lentement dans son appartement. Elle retourna s'asseoir sur la terrasse en songeant à Oliver... et à cette sœur dont elle n'avait pas parlé depuis des années. Et sans savoir pourquoi, ou pour lequel des deux, elle se mit à pleurer sans bruit.

15

Dès la première heure le lendemain, il lui téléphona comme promis et l'invita à déjeuner pour ce jour-là aux *Quatre Saisons*. La veille au soir, il était resté éveillé pendant des heures dans son lit à penser à elle, s'en voulant à mort de s'en être allé sans faire l'amour avec elle. Tout ce qu'il pouvait désirer au monde lui avait été offert sur un plateau d'argent... et il s'était enfui. Il se sentait le dernier des imbéciles, et il était sûr que Megan partageait cette opinion.

Ils se retrouvèrent aux *Quatre Saisons* à midi, elle portait une robe de soie rouge vif et des sandales vernies à talons très hauts, et il songea qu'il n'avait jamais vu de femme plus dotée de charme sensuel. Du coup, il jugea sa conduite de la veille cent fois plus stupide et il le dit à Megan pendant qu'ils prenaient place à leur table. La fontaine au milieu de la salle jaillissait en fine vapeur d'eau, et tout autour d'eux il y avait des gens appartenant à leurs sociétés à l'un et à l'autre. Ce n'était guère un endroit discret pour une rencontre, mais aucun d'eux n'avait de raisons de tenir au secret.

Elle lui parla du nouveau livre qu'elle avait envie de publier, et il lui expliqua en long et en large le travail effectué pour un de leurs nouveaux clients. Trois heures étaient sonnées quand ils regardèrent autour d'eux et se rendirent compte qu'ils étaient seuls dans la salle. Megan rit et Oliver eut l'air légèrement gêné.

— Que diriez-vous de venir dîner demain soir? questionna-t-il quand ils partirent.

— Savez-vous faire la cuisine?

— Non. — Il rit. — Mais je peux faire semblant. Qu'est-ce qui vous tenterait? De la pizza? Un plat chinois? Un sandwich au pastrami? Un cheeseburger acheté au *Paradis des Hamburgers*?

Elle le regarda en riant.

— Pourquoi ne prendrais-je pas quelques petites fantaisies chez mon traiteur favori et nous nous débrouillerons avec ça?

— Magnifique.

L'idée lui plaisait par son côté confortable et surtout par la perspective de la revoir.

— Aimez-vous la moussaka?

— Je l'adore.

Mais il s'intéressait beaucoup plus à elle qu'au repas, et il déposa un baiser sur sa joue en l'aidant à monter dans un taxi. Il revint à pied à son bureau.

— Un nouveau client? lui demanda Daphné à quatre heures quand elle passa lui montrer une suite d'esquisses de scénario.

— Qui?

— Cette beauté éblouissante avec qui je vous ai vu déjeuner.

Elle lui souriait gaiement de l'autre côté de la table et il rougit en feignant de s'absorber dans la contemplation du projet de spots pour la télévision.

— A quoi vous amusez-vous? A m'espionner?

— Est-ce que je sens du printemps dans l'air? Ou est-ce son parfum?

— Occupez-vous de vos affaires. C'est probablement de l'insecticide. J'ai trouvé un cafard sous mon bureau ce matin.

— Comme c'est plausible. Même les plantes en plastique

ne peuvent pas respirer ici, encore moins un gentil cafard en parfaite santé. Elle est d'une beauté à couper le souffle. Qui est-ce ?

— Juste une jeune femme que j'ai rencontrée l'autre jour.

— Très bien. C'est du sérieux ?

Elle se conduisait comme une sœur avec lui, et c'est pour cette raison qu'il avait de l'affection pour elle.

— Pas encore. Et probablement jamais. C'est une de ces fameuses femmes indépendantes comme mon ex-épouse, son credo est de faire carrière, d'avoir sa liberté et de ne pas trop s'attacher à quiconque.

Il définissait ainsi Sarah pour la première fois et, en soi, c'était un pas dans la bonne direction.

— Cela a tout l'air de présager des catastrophes. Prenez du bon temps avant qu'elle vous brise le cœur.

— C'est bien parti.

— Félicitations.

— Merci. Maintenant, cela vous ennuie-t-il que nous nous remettions au travail ou préférez-vous donner des conseils aux amoureux éperdus ?

— Ne soyez pas si susceptible.

Mais ils oublièrent d'aller dîner ensemble comme ils en avaient coutume, ce soir-là, et travaillèrent tard. Quand il rentra, il téléphona à Megan. Elle était sortie, mais son répondeur était branché. Oliver laissa son nom et dit simplement qu'il avait téléphoné pour dire bonsoir et reconfirma leur rendez-vous pour le lendemain soir.

Elle arriva ponctuellement à huit heures, les bras chargés de bonnes choses qu'ils déballèrent ensemble dans la cuisine.

— Très agréable chez vous, commenta-t-elle courtoisement, mais l'appartement d'Oliver ne supportait pas la comparaison avec le sien. Il était encore impersonnel, anonyme. Seuls les enfants avaient imprimé leur marque dans leurs chambres, mais Oliver ne s'était guère occupé du reste et, comme Agnès était absente, il n'y avait même pas de fleurs. Oliver y avait pensé trop tard, une fois rentré chez lui, au moment où il ouvrait une bouteille de vin pour leur dîner.

— Comment s'est passée la journée pour vous ?

— Pas mal. Et pour vous ?

Elle semblait détendue et heureuse en jupe de soie blanche fendue jusqu'à mi-cuisse et corsage turquoise qui faisait paraître encore plus foncé son hâle couleur de miel.

Il lui raconta ce qu'il avait fait toute la journée, pendant qu'ils mangeaient la moussaka à la table de la cuisine. C'était agréable de pouvoir en parler avec quelqu'un.

— Vous devez vous sentir très seul ici, en l'absence des enfants.

Il lui sourit, se demandant si c'était une invite à retourner chez elle.

— C'est parfois un peu silencieux sans eux, mais j'ai travaillé très tard presque tous les soirs.

Et il eut soudain l'intuition qu'il ne continuerait pas sur ce rythme-là bien longtemps.

Ils bavardèrent de trente-six mille choses, de polo et de base-ball, de ses parents à elle de nouveau, et de la détestation qu'elle éprouvait à l'égard des Anglais. Il se douta que c'était dû à l'homme qui avait causé le suicide de sa sœur. Elle avait des opinions tranchées sur tout et, tandis qu'elle l'aidait à débarrasser la table, il remarqua de nouveau la fente de sa jupe, ce qui fut suivi d'une irrésistible poussée d'excitation.

Ils s'installèrent dans la salle de séjour pour bavarder en buvant du vin et soudain, sans savoir comment c'était arrivé, il se retrouva en train de l'embrasser. Ils étaient étendus tous deux sur le divan. Elle avait la jupe remontée autour de la taille, les cuisses nues et quand sa main glissa sur le satin de sa peau, il se rendit compte qu'elle ne portait rien sous sa jupe, et il gémit de désir en la caressant. Ses doigts trouvèrent ce qu'il cherchait, elle gémit doucement, le poids des années cessa de peser sur lui, il était de nouveau jeune, un jeune homme amoureux bouillonnant d'ardeur. Il lui retira son corsage, elle détacha sa jupe comme par magie, elle était nue et splendide sous ses mains et il perdit le souffle tant elle était belle.

— Mon Dieu, Megan... mon Dieu...

Alors d'une main experte, taquine, provocante, elle le dépouilla de ses vêtements et ils firent l'amour allongés sur le divan comme jamais encore il ne l'avait fait. Elle le caressa d'une façon dont il n'avait jamais osé rêver, et elle l'emplit d'un désir si violent qu'il la posséda avec la force et l'élan irrésistible d'un tremblement de terre. Couché sur elle, il sentit son corps trembler, puis se mettre à onduler lentement. Il ne pouvait pas croire qu'elle voulait recommencer, mais elle guida de nouveau ses mains vers elle, puis poussa la tête d'Oliver entre ses jambes et il lui caressa de la langue les endroits qu'elle souhaitait. Elle gémit, se récria, frissonna et au bout d'un instant il la pénétra de nouveau, et cela se poursuivit pendant des heures. Elle le tira par terre, puis il l'emmena dans sa chambre. Et finalement ils restèrent étendus côte à côte, épuisés, elle rit de son rire grave, son rire de gorge, et l'attira de nouveau contre elle. Il gémit.

— Grands dieux, femme, tu vas me tuer.

— Mais quelle façon de mourir !

Ils rirent tous deux et, peu après, elle mit à couler un bain pour lui et ils firent alors l'amour dans la baignoire. Ce fut pour l'un et l'autre une nuit inoubliable et, lorsque le soleil se leva, ils trempaient joyeusement dans l'eau. Jamais il n'avait connu quelqu'un de pareil, elle débordait de désir et éveillait en lui une ardeur égale. Il ne se serait jamais cru capable des exploits qu'elle lui avait fait accomplir, mais il en avait été enchanté.

— Te rends-tu compte que nous faisons l'amour depuis dix heures d'affilée ? Il est sept heures du matin.

Il en était surpris. Surpris et enchanté de lui-même et d'elle. Ces relations ne ressemblaient en rien à celles qu'il avait eues avec Sarah, et il avait cru que leur vie amoureuse était parfaite.

— Après sept mois, tu ne crois pas que tu le méritais ?

Elle lui sourit et il rit.

— Je n'y avais pas pensé sur ce plan-là. Peut-être que nous devrions essayer encore.

Mais il plaisantait. Pas elle. Elle l'enfourcha dans la baignoire tandis qu'il riait et, au grand étonnement d'Oliver, en quelques instants, il éprouva de nouveau du désir et ils roulèrent, battirent l'eau et cabriolèrent comme deux dauphins dans la baignoire, puis il la plaqua contre la paroi et la pénétra tandis qu'elle gémissait, éperdue, le suppliant de ne pas s'arrêter et poussant finalement un cri quand tous deux atteignirent l'acmé du plaisir dans les profondeurs de la tiède eau savonneuse.

— Oh, Megan... qu'est-ce que tu me fais !...

Sa voix était grave et rauque tandis qu'il lui déposait un baiser dans le cou, elle ouvrit les yeux et caressa ses cheveux blonds échevelés par leurs ébats passionnés.

— ... je n'ai encore connu personne comme toi.

— Jamais encore cela ne s'était passé de cette façon pour moi. — Elle n'avait pas dit cela auparavant à quiconque et elle le pensait réellement. — Tu es remarquable, Oliver.

— Tu es rudement sensationnelle, toi aussi.

Il eut du mal à se forcer à s'habiller pour aller au bureau et une fois vêtu de pied en cap, alors qu'ils étaient prêts à partir, elle l'empoigna et commença à le caresser là où il aurait dû être épuisé, mais ne l'était pas.

— Je ne peux pas le croire... Megan... nous ne parviendrons pas à sortir d'ici...

Et il commençait à penser qu'ils ne le devraient pas.

— Peut-être devrions-nous tous les deux téléphoner que nous sommes malades, chuchota-t-elle en l'entraînant sur le sol du vestibule.

Elle lui mordit le cou, lui mordilla le visage et l'excita tout en le caressant. Il la posséda de nouveau avec force, plus de force qu'il ne s'en connaissait et plus de vigueur qu'il ne croyait lui rester après presque douze heures d'étreintes amoureuses avec Megan Townsend.

Et ils finirent par faire ce qu'elle avait suggéré. Ils téléphonèrent en se disant souffrants et passèrent la journée au lit, par terre, sur le divan et dans la baignoire. Ils s'aimèrent même appuyés au mur de la cuisine, quand ils y allèrent pour réchauffer les restes de moussaka. C'était une espèce de folie qui s'était emparée d'eux deux, et ce soir-là ils s'étendirent dans le lit, lui la serrant contre son corps tandis qu'elle lui donnait à manger des gaufrettes au chocolat.

— Crois-tu que nous devrions appeler un médecin? questionna-t-il gaiement. Peut-être est-ce une maladie... ou que nous avons été drogués...

— Ce sont peut-être les gaufrettes.

— Mmmm... bon... donne-m'en encore...

Il leur était difficile même d'imaginer de se séparer ou d'être capables de garder leurs vêtements. Puis, il se rappela subitement quelque chose à quoi il aurait dû penser la veille et il lui demanda si elle ne craignait pas de devenir enceinte.

— Non. — Elle avait l'air parfaitement détendue. — Je me suis fait ligaturer les trompes il y a neuf ans.

— A vingt et un ans?

Il fut choqué, puis se souvint. Cela s'était passé après la mort de sa sœur, enceinte de quatre mois.

— Je savais que je ne voulais pas d'enfants, de toute façon, et je ne voulais pas qu'un salopard me joue le tour qui était arrivé à Priscilla.

— Et tu ne l'as jamais regretté? Si tu voulais des enfants, un jour?

— Je n'en voudrai pas. Et si j'en ai envie, je peux en adopter. Mais je doute fort que je le ferai. Je ne tiens pas du

tout à avoir ce genre d'enquiquinement. Pourquoi? Tu
souhaites avoir d'autres enfants?
— Naguère, oui. Mais Sarah n'en voulait plus. Elle s'est
fait aussi ligaturer les trompes, quand nous avons eu Sam. Je
l'ai toujours regretté, mais elle jamais.
— Tu voudrais d'autres enfants maintenant?
Elle ne paraissait pas soucieuse, seulement intriguée. Elle
ne parvenait pas à imaginer qu'on souhaite avoir un plus
grand nombre d'enfants, ou même en avoir un seul en ce qui
la concernait.
— Je ne sais pas. C'est un peu tard à présent, mais je
suppose que cela ne m'ennuierait pas si cela arrivait.
— Eh bien, ne compte pas sur moi.
Elle sourit gaiement et se laissa retomber sur son oreiller.
Alors, se sentant libre de lui parler ouvertement, il se confia
à elle à propos de Benjamin.
— Mon fils de dix-huit ans va être père en septembre. C'est
une affaire lamentable. Il travaille comme garçon de salle
pour entretenir la jeune fille. Ils ont tous les deux interrompu
leurs études, alors qu'il aurait pu entrer à Harvard.
— Peut-être le fera-t-il un jour. — Elle eut soudain l'air
navré pour Oliver. Il était visiblement bouleversé par la
situation du jeune garçon. — Ils vont garder le bébé?
— Ils le souhaitent. J'ai fait mon possible pour les décourager. Du moins, Dieu merci, ils ne veulent pas se marier.
Il était content de l'entêtement de Sandra à ce sujet.
— Quand ils seront confrontés à la réalité de ce que cela
représente, rien ne dit qu'ils ne reviendront pas à la raison.
Les bébés ne sont adorables que dans les publicités pour les
couches-culottes. Le reste du temps, ce sont de petits mons-
tres.
— Combien de bébés avez-vous connus, Miss Townsend?
— Aussi peu que possible, merci beaucoup.
Elle se roula sur le côté et saisit d'une main ferme le
membre d'Oliver qu'elle préférait, puis repoussa la couverture et se déplaça pour le caresser tout autour du bout de la
langue.
— ... Personnellement, je préfère les papas aux bébés...
— Quelle chance pour moi.
Il sourit, ferma les yeux, puis l'attira à lui pour lui rendre la
pareille. Mais, cette nuit-là, ils finirent par s'endormir,
épuisés, juste après minuit. La journée avait été un véritable
marathon, inoubliable. Le miracle de Megan Townsend.

16

Leur liaison flamba tout au long du mois le plus brûlant de l'année. La température fut torride en août et aussi ardente leur passion. Ils alternaient entre l'appartement d'Oliver et celui de Megan et, une fois, passèrent même la nuit à faire l'amour sur sa terrasse heureusement aménagée à l'abri des regards !

Il n'avait pratiquement plus le temps de voir Daphné, mais elle savait ce qui se passait et elle en était heureuse pour lui. Il avait perpétuellement le regard vague et il était constamment distrait, et Daphné espéra, pour son bien, qu'il se donnait assez de bon temps pour se purger l'esprit de tous ses tracas.

Un jour, ils allèrent en voiture à Purchase pour rendre visite au père d'Oliver et à Benjamin, et il laissa Megan chez son père, pour la reprendre au retour. Mais ils ne s'arrêtèrent pas à la maison. Sans trop savoir pourquoi, il ne tenait pas à aller là-bas avec elle. La maison était encore trop pleine de souvenirs de Sarah.

Pourtant il ne pensait plus à elle que rarement à présent. Il était obsédé par Megan, leurs relations charnelles et son corps. Par un après-midi de dimanche suffocant de chaleur, ils allaient et venaient nus dans l'appartement d'Oliver quand le téléphone sonna. Il ne voyait vraiment pas qui pouvait appeler. Probablement Daphné, pour demander de ses nouvelles, mais en ce moment elle téléphonait rarement. Elle ne voulait pas le déranger.

Le crachotement d'une communication à longue distance crépita à son oreille quand il décrocha le récepteur, puis la ligne devint silencieuse, la sonnerie retentit de nouveau et une opératrice d'outre-mer lui annonça qu'il s'agissait d'une communication en PCV de San Remo. Il n'entendait pas grand-chose et sourit en regardant Megan parader devant lui. Pendant un instant, il eut un accès de tristesse en songeant aux ajustements auxquels ils seraient contraints. Les enfants devaient rentrer le week-end suivant.

— Allô ?

Il entendait un bruit dans le lointain. Cela ressemblait à des pleurs, mais il se dit que c'était seulement des parasites sur la ligne.

— Allô! cria-t-il.

Et soudain il entendit Mel qui sanglotait en répétant sans arrêt : « Papa... »

— Melissa? Melissa! Parle-moi. — Le son s'évanouit, puis revint avec un écho mais plus net. — Qu'y a-t-il? Qu'est-ce qui se passe?

— ... un accident...

— *Oh, mon Dieu... Non... Sam... pas Sam... s'il vous plaît... et pas même Sarah...*

— Chérie, je ne t'entends pas. Parle plus fort!

Pendant qu'il attendait, ses yeux se remplirent de larmes. Megan l'observait. Il l'avait complètement oubliée dans son désir désespéré de comprendre sa fille.

— ... un accident... tué... maman...

Oh, miséricorde. C'était Sarah...

Il se leva comme si cela allait améliorer la communication et cria dans le téléphone aussi fort qu'il put. En Italie, il était minuit.

— Qu'est-il arrivé à ta mère?

— ... une voiture... conduisait... nous sommes à San Remo... Jean-Pierre...

— Melissa, est-ce que ta mère est blessée?

Et Megan lut alors sur son visage qu'il l'aimait encore mais, après vingt ans de vie commune, elle ne l'en blâmait pas. Et elle aussi resta figée par la peur. Cela lui rappelait le coup de téléphone qu'elle avait reçu près de dix ans auparavant... de sa mère... *Chérie... oh, chérie... c'est Priscilla...*

— Maman va bien...

Les larmes dévalèrent sur les joues d'Oliver quand il entendit ces mots.

— Sam? Et Sam?

— ... Sam a le bras cassé. Papa, c'était affreux...

Elle recommença à pleurer et il ne comprenait rien. Mais si Sam était vivant... il était vivant, n'est-ce pas?... et Sarah... et Melissa parlait au téléphone.

— ... Une voiture nous a heurtés... de plein fouet... le conducteur a été tué... et deux enfants... et Jean-Pierre... Jean-Pierre a été tué sur le coup... oh, papa... c'était affreux...

Oh, miséricorde... le pauvre homme... mais du moins les enfants étaient-ils vivants. Ses enfants, en tout cas, sinon les autres. C'était une façon terrible, égoïste, d'envisager les choses, mais il était profondément réconforté.

— Ma mignonne, est-ce que tu vas bien ?... es-tu blessée ?

— ... je vais très bien...

— Où est maman ?

— A l'hôpital... m'a dit de te téléphoner... il faut que nous rentrions en France pour l'enterrement... Nous arriverons chez nous vendredi.

— Mais tu vas bien ? Tu es sûre ? Est-ce que maman a été blessée ?

— ... les yeux au beurre noir... toute tailladée... mais elle va bien.

C'était comme de jouer au télégraphe, mais ils étaient vivants, encore que meurtris et blessés. Et ils avaient vu mourir l'amant de leur mère, et un autre homme et deux enfants. Cette pensée le fit frémir.

— Voulez-vous que je vienne ?

— ... je ne pense pas... nous allons loger chez les parents de Jean-Pierre... nous y partons ce soir... maman dit que tu as le numéro.

— Je l'ai. Je vous téléphonerai. Et, mon petit... — Il se mit à pleurer en tenant le combiné d'une main tremblante. — ... je t'aime... dis à Sam que je l'aime aussi... et dis à maman que je suis navré.

Mel pleurait aussi et la communication finit par devenir si mauvaise qu'ils furent obligés de raccrocher. Oliver avait l'air très secoué en reposant le combiné et il regarda Megan avec stupeur. Il l'avait totalement oubliée en parlant à sa fille.

— Ils n'ont rien ?

Elle était debout devant lui, nue, ravissante, lui offrant un verre de cognac.

— Je pense que non. La communication était très mauvaise. Il y a eu un accident... plusieurs personnes ont été tuées, d'après ce que j'ai compris. L'ami de ma femme a été tué sur le coup. Il conduisait. Dans San Remo.

— Mon Dieu. C'est affreux ! — Elle s'assit à côté de lui et but une gorgée du cognac auquel il n'avait pas touché. — Est-ce que les petits ont été blessés ?

— Sam a le bras cassé. Je crois que Melissa n'a rien. Sarah a des coupures, mais ils sont tous saufs. Cela a dû être sinistre. — Puis, encore sous le coup de l'émotion, il regarda Megan. — Quand elle a commencé à parler, j'ai cru... j'ai cru que Sam... ou peut-être même Sarah... c'est terrible à dire alors qu'il y a d'autres gens tués, mais je suis content que ce n'ait pas été eux.

— Je comprends.

Elle passa un bras autour de lui et le serra contre elle. Pendant un long moment, ils demeurèrent simplement assis là. Ils ne bougèrent pas de chez lui ce soir-là, pour le cas où les enfants téléphoneraient de nouveau et, pour la première fois depuis un mois, ils ne firent pas du tout l'amour. Il était incapable de penser à autre chose qu'à ses enfants. Et, peu à peu, le choc de la nouvelle les ramena l'un et l'autre au bon sens.

Leur liaison effrénée allait devoir prendre un autre cours avec le retour des enfants. Il ne pouvait pas passer dehors la nuit entière, elle ne pouvait pas s'installer chez lui, et ils devraient se montrer beaucoup plus prudents. En un sens cela leur donnait envie d'en profiter au maximum pendant qu'ils étaient encore seuls et dans un autre sens la prise de conscience de ce qui allait survenir si vite avait déjà modifié la situation.

Et le jeudi soir ils étaient l'un et l'autre nerveux et déprimés. Ils ne dormirent pas de la nuit, faisant l'amour et parlant, souhaitant que tout soit différent.

— Nous pourrions nous marier un jour, proposa-t-il, ne plaisantant qu'à moitié.

Elle le regarda avec une feinte horreur.

— Ne dis pas de bêtises. C'est un peu radical, non ?

— Tu trouves ?

Il n'avait jamais rencontré quelqu'un comme elle et pour l'heure il était absolument sous son charme.

— Pour moi, oui. Je ne peux épouser personne, Oliver. Ce n'est pas mon style, et tu le sais.

— Tu sais merveilleusement réchauffer la moussaka.

— Alors épouse le type de la charcuterie où on la prépare.

— Impossible qu'il soit aussi charmant que toi, bien que je ne le connaisse pas.

— Sois sérieux. Qu'est-ce que je ferais d'un mari et de trois enfants ?

Il feignit d'y réfléchir et elle rit.

— Je verrais bien certaines choses...

— Par chance, on n'a pas besoin d'être marié pour cela. — Ils avaient vécu un mois merveilleux, mais elle réagissait maintenant comme si c'était fini. — Je ne souhaite pas davantage.

— Tu changeras peut-être d'avis un jour.

— En ce cas, tu seras le premier averti. Je te le promets.

— Sincèrement?

— Autant que je peux l'être sur ce genre de sujet. Je te l'ai déjà dit, le mariage n'est pas pour moi. Et tu n'as pas besoin d'une autre épouse qui prenne la fuite en hurlant. Il te faut une belle jeune femme intelligente, une merveille qui soit folle d'amour pour toi, s'occupe de tes enfants et t'en donne quatorze de plus.

— Quelle idée. Je crois que tu me confonds avec ton père.

— Pas exactement, mais je ne suis pas ce qui te convient, Oliver. Je sais ce que je suis, et en partie ça va, en partie ça ne va pas. A ma façon, je ressemble probablement beaucoup à ta femme, et c'est exactement ce dont tu n'as pas besoin. Regarde les choses en face.

Il se demanda si elle avait raison et s'il ne s'était pas trouvé une nouvelle édition de Sarah plus jeune et plus dans le vent. Il n'y avait jamais réfléchi, mais c'était possible. L'idée le déprima.

— Qu'est-ce qui va se passer maintenant?

— Nous profitons de ce que nous avons tel que c'est pour aussi longtemps que nous pouvons et dès que cela devient trop compliqué pour l'un ou l'autre d'entre nous, nous nous séparons en nous embrassant avec un au revoir et merci.

— Aussi simple que ça?

— Aussi simple.

— Allons donc. On s'attache aux gens dans la vie. Tu ne crois pas qu'après avoir passé un mois ensemble tout le temps, nous nous sommes attachés l'un à l'autre maintenant?

— Bien sûr. Mais ne confonds pas l'amour sensuel et l'amour-affection. Les deux ne vont pas toujours la main dans la main. J'ai de la sympathie pour toi, de l'intérêt, peut-être même que je t'aime. Mais ce sera différent quand les enfants reviendront. Peut-être trop différent pour nous deux et, si c'est le cas, nous devons l'accepter et aller de l'avant. On ne peut pas se tuer pour des choses comme ça dans la vie. Cela n'en vaut pas la peine.

Elle se montrait si terriblement désinvolte, si décontractée, exactement comme lorsqu'elle l'avait dragué dans le train et lui avait téléphoné pour l'inviter à dîner. Aussi longtemps que c'est amusant, parfait, mais dès que cela cesse de l'être, laisse tomber. Elle avait raison. Il avait cru devenir amoureux d'elle mais peut-être là aussi avait-elle raison, peut-être était-il en réalité amoureux de son corps.

— Il se peut que tu sois dans le vrai. Je ne sais pas.

Ils firent de nouveau l'amour cette nuit-là, mais ce ne fut pas pareil. Et le lendemain matin elle repartit chez elle, emportant toutes les traces de sa présence qu'elle avait laissées dans l'appartement pendant ce dernier mois. Ses fards, son déodorant, les pilules qu'elle prenait en cas de migraine, le parfum qu'il lui avait acheté, les robes qu'elle avait laissées dans la penderie. Oliver se sentit étreint par un sentiment d'abandon devant l'espace vide et cela lui rappela de nouveau sa désolation d'avoir perdu Sarah. Pourquoi tout devait-il finir ? Pourquoi tout changeait-il, tout devenait-il fugitif ? Il aurait voulu tout garder indéfiniment.

Mais cette loi de la vie lui fut démontrée avec encore plus de force quand il vit ses enfants descendre de l'avion, Sarah derrière eux. Jamais encore il ne lui avait vu cette expression de stupeur, de chagrin et de solitude. Elle leva vers lui des yeux affligés, entourés par deux affreuses marques bleu-noir, et un pansement sur son menton recouvrait quatorze points de suture. Sam avait l'air effrayé aussi, et il se cramponnait à la main de sa mère de son côté valide, l'autre bras était plâtré de l'épaule au bout des doigts. Et Melissa fondit en larmes dès qu'elle aperçut Oliver. Elle se jeta dans ses bras en sanglotant convulsivement et, un instant après, Sam s'y retrouva aussi, avec son bras plâtré en écharpe, se serrant bien fort contre son papa.

Puis Oliver regarda la femme qui avait été son épouse et ne l'était plus. Alors il comprit pleinement à quel point elle avait aimé le jeune homme qui était mort à San Remo.

— Je suis navré, Sarrie... je suis vraiment désolé... — C'était comme de perdre une partie de lui-même de la voir si meurtrie. — Y a-t-il quelque chose que je puisse faire ?

Elle secoua négativement la tête tandis qu'ils se dirigeaient à pas lents vers l'endroit où l'on récupérait les bagages, et que Melissa parlait de l'enterrement. Jean-Pierre était fils unique et les obsèques avaient été pénibles.

Oliver acquiesça d'un signe et tenta de les réconforter, puis il s'adressa à Sarah par-dessus la tête de Sam.

— Veux-tu rester à la maison de Purchase ? Nous pourrions demeurer en ville, sauf pour le week-end de la Fête du Travail.

C'était le Labor Day, le premier lundi de septembre.

Mais Sarah sourit avec un geste de refus. Elle semblait plus paisible et pas plus âgée, mais plus avisée.

— Je reprends mes cours lundi. Je veux rentrer. J'ai

beaucoup à faire. — Elle ne lui expliqua pas qu'elle avait finalement commencé son roman durant l'été. — Mais merci tout de même. Les enfants viendront me retrouver dans quelques semaines et ça ira très bien pour moi.

Cependant elle redoutait d'avoir à trier les affaires de Jean-Pierre quand elle rentrerait dans l'appartement de Cambridge. Soudain elle comprenait plus clairement l'épreuve subie par Oliver quand elle était partie. En un sens, cela avait dû ressembler un peu à une mort. Elle avait aimé Jean-Pierre comme un fils et un ami, un amant et un père, et elle avait été en mesure de lui donner tout ce qu'elle avait refusé à Oliver ces dernières années parce qu'il n'attendait rien d'elle. Il lui avait beaucoup appris sur ce qu'était donner, aimer... et mourir...

Sarah embarqua dans l'avion à destination de Boston dès que les enfants furent entre les mains d'Oliver, et ils revinrent chez eux en taxi. Ils étaient silencieux, déprimés, bouleversés. Oliver demanda à Sam si son bras lui faisait mal et annonça qu'il voulait le conduire chez un médecin américain. Il avait déjà pris rendez-vous pour la fin de l'après-midi mais, quand ils s'y rendirent, l'orthopédiste lui assura que le bras avait été correctement plâtré à San Remo. Mel avait grandi, blondi et était devenue encore plus jolie pendant cet été, le traumatisme de l'accident ne l'avait pas marquée.

C'était vraiment agréable de se retrouver avec eux, cela l'amenait à comprendre à quel point ils lui avaient manqué sans qu'il s'en rende compte. Et tout à coup il se posa des questions sur l'aberration de sa liaison avec Megan. Ils iraient dans la maison de Purchase le lendemain pour le week-end, et il avait invité Megan à passer la journée avec eux le dimanche pour faire la connaissance de ses enfants. Et Agnès rentrait le lundi. Entre-temps, ils se tireraient d'affaire seuls. Il leur prépara des œufs brouillés sur toasts quand ils arrivèrent à l'appartement. Et petit à petit ils lui racontèrent tout ce qu'ils avaient fait cet été. Ils s'étaient merveilleusement amusés jusqu'à l'accident. Et les écouter aida de nouveau Oliver à se rendre compte à quel point sa vie était désormais loin de Sarah. Il n'était même plus certain de l'aimer encore.

Les enfants allèrent se coucher aussitôt après avoir mangé. Sam s'était même endormi sur la table de la cuisine. Le décalage horaire l'avait déréglé et tous deux étaient épuisés.

Oliver borda Sam dans son lit, en prenant soin de caler le bras plâtré sur un oreiller comme le médecin le leur avait recommandé, puis il alla voir où en était Melissa qui examinait à bout de bras avec un air déconcerté un objet mystérieux trouvé dans sa chambre.

— C'est quoi, ça ?

C'était un corsage de femme, avec un soutien-gorge entortillé dedans, et quand Melissa le lui mit sous le nez le visage d'Oliver se figea, il sentit le parfum de Megan. Il avait oublié cette fois où il avait pourchassé Megan dans la chambre de Mel et lui avait pratiquement arraché ses vêtements tandis qu'ils riaient, puis ils avaient foncé de nouveau vers sa chambre pour finir par faire l'amour dans la baignoire.

— Je l'ignore...

Il ne savait que lui dire. Il n'allait pas se mettre à expliquer ce qui s'était passé pendant ce dernier mois, pas à sa fille de seize ans.

— ... Est-ce à toi ?

Il s'efforça de prendre un air innocent, et elle était presque assez jeune pour le croire.

— Non, ça ne m'appartient pas.

On aurait dit une épouse accusatrice. Alors il se frappa le crâne, avec l'impression de jouer les imbéciles de comédie.

— Je sais ce que c'est. J'ai laissé Daphné ici pendant un week-end pendant que j'étais à Purchase. On repeignait son appartement.

Melissa parut instantanément soulagée, et il l'embrassa en lui souhaitant bonne nuit, puis battit en retraite dans sa propre chambre, éprouvant la même sensation que s'il venait d'échapper à une sentence de mort.

Il téléphona à Megan tard dans la soirée et lui dit combien elle lui avait manqué. Il lui tardait d'être à dimanche.

Le lendemain matin, ils partirent tous les trois pour la campagne. Ils ouvrirent la maison, qui sentait la chaleur et le renfermé, branchèrent le conditionneur d'air, allèrent acheter des provisions et, après le déjeuner se rendirent chez son père pour reprendre Andy. Ils trouvèrent George Watson avec une mine resplendissante, de nouveau s'affairant dans le jardin de sa femme mais, cette fois, sa voisine Margaret Porter l'aidait. Elle avait changé de coupe de cheveux, lui portait un blazer de lin bleu clair neuf et, quand Ollie arriva en voiture avec les enfants, ils étaient en train de rire. C'était plaisant de le voir de nouveau aussi joyeux. Et Oliver fut soulagé. Chaque fois qu'il le voyait, il ne pouvait chasser de son esprit l'image de son père tenant la main de sa mère quand elle était morte et lui donnant un baiser d'adieu. Cette image lui brisait le cœur, mais voilà que finalement, au bout de trois mois, George avait l'air beaucoup mieux.

— Bienvenue chez nous! cria-t-il aux enfants, et Margaret alla à l'intérieur chercher de la limonade et des biscuits faits à la maison. C'était presque comme autrefois, mais Sam prétendit que les biscuits étaient meilleurs. Margaret sourit et prit la défense de sa défunte amie.

— Je n'ai pas connu de meilleure cuisinière que ta grand-mère. Elle confectionnait une tarte meringuée au citron dont je n'ai jamais goûté l'équivalent.

George sourit en y songeant, et des souvenirs d'enfance remontèrent à la mémoire d'Oliver.

— Qu'as-tu fabriqué, papa? questionna-t-il comme ils étaient assis au-dehors sous le vieil orme.

Ils n'avaient jamais installé de piscine, et George affirmait que cela ne leur manquait pas. S'ils avaient envie de se baigner, ils pouvaient toujours aller chez les enfants à Purchase.

— Nous n'avons pas chômé. Le jardin réclame beaucoup d'entretien. Et nous sommes allés à New York la semaine dernière. Margaret avait une affaire à régler, puis nous avons vu une pièce d'avant-garde. Ma foi, elle était très bonne.

Il avait l'air surpris et sourit en jetant un coup d'œil à Margaret, et Oliver eut aussi l'air surpris. Son père avait toujours détesté aller au théâtre. Puis George se tourna vers Sam.

— Comment t'es-tu fait ça, mon petit?

Sam leur parla de l'accident, Melissa ajouta des détails, George et Margaret, consternés, se réjouirent comme Oliver, qu'ils en aient réchappé.

— Voilà qui incite à comprendre combien la vie est précieuse, commenta George Watson à l'adresse de ses petits-enfants. Et courte. Votre ami n'avait que vingt-cinq ans. Quelle pitié... c'est terrible...

Oliver le vit prendre la main de Margaret et se demanda ce que cela signifiait. Peu après Margaret emmena les enfants à l'intérieur chercher encore de la limonade et une fournée toute chaude de gâteaux.

— Tu as bonne mine, papa, dit délibérément Oliver après le départ des enfants, se demandant s'il y avait à cela une raison et il se rappela soudain sa folle liaison avec Megan. Peut-être son père entretenait-il un petit flirt avec sa voisine.

Mais il n'y avait pas de mal à cela. C'étaient deux septuagénaires solitaires et ils avaient droit à une présence amicale de temps à autre, il savait combien son père se sentait seul sans sa mère.

— Je me porte bien, fils. Margaret prend grand soin de moi. Elle a été infirmière, tu sais. Et son mari était médecin.

— Je me le rappelle.

— Nous aimerions vous inviter à dîner un de ces jours. Peut-être en ville. Margaret aime aller à New York de temps en temps. Elle dit que cela la maintient jeune. Et je ne sais pas si c'est ça, mais elle a plus d'énergie qu'une femme ayant la moitié de son âge. C'est une fille sensationnelle.

Oliver sourit à l'idée de qualifier ainsi une septuagénaire, mais pourquoi pas? Pourtant il faillit tomber de son siège quand son père lui jeta en souriant un regard malicieux.

— ... Nous nous marions le mois prochain, Oliver. Je sais que tu auras du mal à l'admettre, mais nous ne sommes plus jeunes. Nous n'avons pas beaucoup de temps, pour autant que nous le sachions. Et nous ne voulons pas gâcher ce qui reste. Je pense que ta mère l'aurait compris.

— Tu *quoi?* — Oliver se tourna sur son fauteuil pour le dévisager. — Maman n'est plus depuis trois mois et tu vas épouser ta voisine?

Etait-il devenu fou? Etait-il sénile? Qu'est-ce qui n'allait pas chez lui? Comment pouvait-il même envisager une chose pareille? C'était révoltant.

— Tu ne parles pas sérieusement!

Oliver était hors de lui et cela se voyait.

— Je suis on ne peut plus sérieux. J'ai droit à davantage qu'à rester simplement assis seul dans un fauteuil, tu ne crois pas? Ou est-ce que cela t'offense de penser que des gens de notre âge aient un coup de cœur comme vous dites, vous les jeunes. Nous pourrions avoir une liaison, mais j'estime lui devoir la bienséance du mariage.

— Tu dois à maman la bienséance de respecter sa mémoire. Elle n'est même pas encore refroidie dans sa tombe!

Il se leva et se mit à marcher comme un lion en cage sous les yeux de George Watson qui l'observait calmement, et par la fenêtre de la cuisine Margaret vit avec inquiétude ce qui se passait. Elle avait prédit à George que c'est ce qui arriverait et il lui avait répondu qu'ils avaient le droit de vivre leurs vies. Ils n'étaient pas encore morts, même si cela ne devait pas tarder, et il ne voulait pas perdre le temps qui leur restait. Et bien que ce fût différent d'avec Phyllis, il l'aimait.

— J'ai le plus grand respect pour ta mère, Oliver, mais j'ai aussi le droit à ma propre vie. Toi aussi. Et tu te remarieras probablement un jour. Tu ne peux pas passer la fin de tes jours à pleurer Sarah.

— Merci du conseil.

C'était inconcevable. Jusqu'à ces quelques dernières semaines, il avait observé un chaste célibat et son père avait une liaison avec sa voisine.

— J'estime que tu devrais longuement réfléchir.

— J'ai réfléchi. Nous nous marierons le quatorze et nous aimerions que vous veniez, toi et les enfants, si vous voulez.

— Je ne ferai rien de la sorte. Et je désire que tu reviennes à la raison.

Mais, au moment où il le disait, Margaret les rejoignit avec le chapeau de paille de George, une boisson fraîche et la pilule pour le cœur qu'il prenait tous les après-midi, et même Oliver ne put manquer de voir la tendre affection du regard qu'ils échangèrent.

Néanmoins, il demeura contraint et inflexible jusqu'à leur départ, il pressa les enfants de monter en voiture, remercia Margaret poliment et à mi-chemin de Purchase se rappela qu'ils avaient oublié Andy. Dès qu'il fut chez lui, il téléphona à son père pour lui dire qu'il prendrait le chien au prochain week-end.

— Entendu. Nous sommes ravis de l'avoir ici. — Puis : — Je suis désolé de t'avoir contrarié, Oliver. Je comprends ce que tu dois ressentir. Mais essaie aussi de voir la chose de mon point de vue. C'est une femme merveilleuse.

— Je suis content pour toi, papa, répliqua-t-il en serrant les dents, mais j'estime toujours que tu te précipites trop.

— Peut-être. Mais nous devons faire ce que nous jugeons bien. Et, à notre âge, il ne reste pas grand temps. Pas du bon temps, en tout cas. On ne sait jamais quel chagrin va vous tomber dessus.

— Raison de plus pour ne pas se bousculer.

— Cela dépend de la façon dont on le considère. Tu verras quand tu auras mon âge.

Et Oliver prit conscience en raccrochant que cela le dégoûtait de penser à son père faisant l'amour avec Margaret Porter. C'est ce qu'il dit à Megan, ce soir-là, quand il lui téléphona.

— Ne sois pas ridicule. Crois-tu que tes pulsions sexuelles vont mourir avant toi ? J'espère bien que non. Il a raison et il est intelligent. Pourquoi resterait-il dans la solitude ? Tu as ta propre vie, tes enfants aussi. Il a le droit à davantage qu'à passer le reste de son existence dans l'isolement, à remâcher ses souvenirs de ta mère. Est-ce vraiment cela que tu veux qu'il fasse ?

Non, et pourtant si, et l'opinion de Megan sur le sujet l'exaspéra.

— Tu ne vaux pas mieux que lui. Je vous trouve tous les deux exagérément portés sur les questions sexuelles.

Puis il lui raconta que Mel avait découvert son corsage et son soutien-gorge. Elle se contenta de rire.

— Je me rappelle bien cette nuit-là, dit-elle d'un ton malicieux.

— Moi aussi. Miséricorde, comme tu me manques.

— On se rattrapera en douce demain dans la piscine.

La pensée de la chose, avec ses enfants présents, lui donna presque le frisson. La situation allait de toute évidence devenir bien différente.

— Nous serons peut-être obligés d'attendre lundi.

— N'y compte pas. Nous trouverons un moyen.

Il sourit en reposant le récepteur et se demanda si elle avait raison au sujet de son père. Mais il se refusait à y penser. Imaginer son père se mariant à son âge ! La seule idée en était révoltante.

17

Oliver vint chercher Megan au train. Elle portait un short court et un petit bain de soleil à bretelles blanc avec des pois noirs, et il n'avait qu'une envie c'est de lui arracher ses vêtements et de faire l'amour avec elle dans la voiture, mais il se retint tandis qu'elle riait et lui caressait l'entrecuisse pendant qu'ils roulaient en direction de la maison et des enfants.

— Arrête... Megan Townsend, tu me rends fou !

— C'est le but de la chose, mon cher.

Puis, comme si elle changeait de vitesse, elle lui raconta en détail la réunion du vendredi qui s'était triomphalement terminée...

Les enfants se trouvaient dans la piscine quand ils arrivèrent, le bras de Sam enveloppé dans un énorme sac-poubelle en plastique pour qu'il puisse nager, et Mel allongée sur un radeau, revêtue d'un bikini neuf qu'elle avait acheté en France, dans le Midi. Et tous deux levèrent la tête avec intérêt quand leur père approcha en compagnie de Megan. Il fit les présentations puis emmena Megan dans la maison pour qu'elle se change mais, quand il lui indiqua le petit vestiaire, elle l'attira vivement à l'intérieur avec elle, plongea la main dans son short et se mit à le caresser jusqu'à ce qu'il gémisse dans un murmure :

— Megan... non !... les enfants...

— Chut... ils n'y verront que du feu.

Il lui avait manqué autant qu'elle lui avait manqué. Après un mois de débauche d'orgasmes, ils étaient restés trois jours entiers l'un sans l'autre. En moins de rien, elle verrouilla la porte, lui descendit le short jusqu'aux genoux, lécha, suça, baisa, tandis qu'il lui ôtait le bain de soleil et faisait glisser son short. Comme d'habitude, elle ne portait rien dessous. Elle fut bientôt à genoux, l'embrassant, et il la renversa doucement sur le sol, puis lui fit frénétiquement l'amour par terre dans le vestiaire, elle vibrant et gémissant, et juste au moment où il la pénétrait avec un son de plaisir animal, il entendit Sam se mettre à l'appeler en cognant aux portes, puis en tambourinant à la porte du vestiaire. Oliver sursauta et regarda Megan, le regard affolé. Il porta un doigt à ses lèvres, pour la supplier de ne pas le trahir, tandis qu'elle riait sous cape.

— Papa ! Est-ce que tu es là ?

La pièce était minuscule et Oliver était sûr que l'enfant pouvait l'entendre respirer. Il secoua la tête, incitant Megan à dire qu'il n'y était pas.

— Non, il n'est pas là. Je sors tout de suite.

Elle répondait couchée par terre, Oliver sur elle, submergé par la terreur.

— O.K. Est-ce que vous savez où il est ?

— Ma foi, non. Il a dit qu'il allait chercher quelque chose.

— D'accord.

Puis encore des claquements de porte et Sam s'éloigna. Ollie se redressa d'un bond, se baigna la figure à l'eau froide, remonta son short et essaya de se recoiffer tandis que Megan lui riait au nez.

— Je t'avais bien dit que nous nous débrouillerions.

— Megan, tu es folle !

Il chuchotait, convaincu que l'enfant savait, mais elle n'avait pas peur.

— Détends-toi. Il a dix ans, il n'a aucune idée de ce qui passe par la tête de son père.

— N'en sois pas si sûre.

Il l'embrassa vivement et déverrouilla la porte pendant qu'elle fouillait négligemment dans son sac à la recherche de son bikini.

— ... je te retrouverai à la piscine.

Il espérait bien que là elle saurait se tenir sinon Mel serait horrifiée. D'autre part, Mel venait de passer l'été avec sa mère et son amant de vingt-cinq ans. Il avait bien le droit lui aussi de vivre sa vie ! Juste au moment où cette pensée lui traversait l'esprit, il entendit résonner à ses oreilles les paroles de son père... mais ceci était différent, n'est-ce pas ? Ou bien non ?

Et il trouva Sam qui l'attendait dans la cuisine. Il avait eu envie d'un Coca-Cola et n'en avait pas trouvé.

— Où étais-tu, papa ?

— Au garage, je cherchais une pince.

— Pour faire quoi ?

Oh, mon Dieu, fiche-moi la paix, je ne sais pas... ç'avait été si simple pendant leur absence et maintenant c'était affolant.

Il servit un Coca-Cola à Sam, puis retourna à la piscine où Megan entrait avec lenteur dans l'eau, en minuscule bikini rouge. Sa cascade de cheveux noirs était ramenée en haut chignon sur le sommet de sa tête, et Mel l'examinait avec un regard critique d'adulte.

Les deux jeunes femmes n'échangeaient pas un mot et Oliver avait l'impression d'être un gros chiot qui tournait autour du bassin, les observant toutes les deux, veillant sur Sam et se sentant incroyablement nerveux.

— Votre costume de bain me plaît beaucoup, dit Megan à Mel.

Il était rose, avec des fronces et comparativement chaste à côté du sien, qui n'était guère plus qu'un string. Mais elle le portait avec élégance. Elle avait un corps sans défaut.

— Je l'ai trouvé en France.

— Avez-vous passé de bonnes vacances ?

— Très bonnes...

Elle ne voulait plus parler de l'accident et ne pensait pas que Megan était au courant. Son père avait dit que c'était une simple connaissance qu'il n'avait pas vue depuis quelque temps.

— ... nous ne sommes revenus que depuis deux jours.

Megan passa devant elle en nageant à longues brassées souples et, quelques minutes plus tard, Mel abandonna son radeau pour exécuter un plongeon spectaculaire. C'était comme s'il y avait un concours entre elles deux, et la tension fut très forte tout l'après-midi autour de la piscine, en particulier entre les deux jeunes femmes.

Ils déjeunèrent de saucisses chaudes et Megan commença à parler du temps qu'elle avait passé en Angleterre quand elle était enfant. Mais visiblement Mel n'en était pas impressionnée. Et Megan ne se mettait pas en frais pour elle ou Sam. En les observant tous, Oliver se sentait mal à l'aise et il fut presque soulagé quand ils déposèrent Megan devant chez elle, le soir, en ville. Elle lui dépêcha des yeux un baiser, salua de la main et disparut, tandis que Mel se détendait manifestement et que Sam reniflait avec dédain.

— Elle est gentille, hein ? dit Oliver qui regretta les mots dès qu'ils furent sortis de sa bouche.

Mel se redressa vers lui comme un serpent, avec une tête de furie.

— Elle a l'air d'une putain.

— Melissa !

— As-tu vu ce costume de bain ?

— Oui, dit Sam avec un large sourire qu'il perdit en voyant sa sœur darder vers lui un regard lui intimant de rester coi sur sa banquette arrière.

— C'est une jeune femme très sympathique, protesta Oliver en reprenant le chemin de chez eux.

— Je ne crois pas qu'elle aime beaucoup les enfants, suggéra Sam.

— Qu'est-ce qui te fait dire ça ?

— Je ne sais pas. — Il haussa les épaules. — Elle n'a pas raconté grand-chose. Mais elle a de l'allure, y a pas, hein, papa ?

— Elle est intelligente aussi. Elle est directrice dans une maison d'éditions.

— Et alors ? Tout ce qui compte pour elle c'est d'afficher son anatomie.

Mel avait senti la sexualité de la jeune femme et en avait violemment pris ombrage, au contraire des membres masculins de sa famille qui n'avaient pas quitté Megan des yeux tout l'après-midi.

Oliver laissa tomber le sujet et, ce soir-là, une fois Sam couché, Mel sortit de sa chambre avec un air désapprobateur.

— Je pense que tu peux lui donner ça. — Elle lui tendit le corsage et le soutien-gorge découverts dans sa chambre deux jours auparavant. — C'est à elle, n'est-ce pas, papa ?

— Pourquoi t'imagines-tu ça ? — Il avait l'impression d'avoir été pris sur le fait, d'avoir souillé leur foyer, ce qui était le cas. Mais il avait le droit d'agir comme bon lui semblait, n'est-ce pas ? En somme, il était adulte. — Je te l'ai dit, ils appartiennent à Daphné.

— Non, sûrement pas. Daphné a une bien plus grosse poitrine. C'est à Megan.

Elle s'exprimait d'un ton accusateur et il se sentit rougir en regardant sa fille.

— Ecoute, Mel, il y a des choses dont s'occupent les grandes personnes qui ne concernent pas les enfants et dont il vaut mieux ne pas se mêler.

— C'est une traînée.

Les yeux de Mel jetaient des flammes de colère, mais à son tour il était furieux.

— Ne dis pas ça ! Tu ne connais même pas cette femme.

— Non, et je n'ai pas envie de la connaître. Elle se fiche pas mal de nous. Elle te regarde avec la langue pendante comme un chien ou je ne sais quoi. Je ne peux pas la souffrir.

Il l'écoutait, déconcerté par cette rivalité de deux femmes qui se le disputaient. Et il ne put s'empêcher de se demander pourquoi elle haïssait Megan. A ceci près, il devait le reconnaître, que Megan ne s'était donné aucun mal pour séduire les enfants. C'est principalement à lui qu'elle s'était adressée, et seulement de temps à autre à eux. Les choses n'avaient pas tourné, en fait, comme il l'avait souhaité.

— Ce n'est qu'une camarade, voilà tout. Rien d'important, Mel. Détends-toi.

Elle eut l'air soulagée.

— C'est vrai ?

— Quoi ?

— Tu n'es pas amoureux d'elle ?

— Je ne sais pas. Elle me plaît.

— Eh bien, tu ne lui plais pas autant. C'est elle-même qu'elle aime le mieux.

Il se demanda si Mel avait raison, et si elle était jalouse ou clairvoyante.

— Ne te tracasse pas pour ça.

Mais quand elle eut quitté la pièce, il se retrouva en train de songer de nouveau à son père. Se montrait-il un enfant jaloux, comme Mel, ou avait-il raison de désapprouver son mariage avec Margaret Porter ? De quel droit s'y opposait-il ? Allait-il lui tenir compagnie le soir et en fin de semaine ? Serait-il là à sa disposition, pour lui apporter ses pilules pour le cœur ? Oliver voulait vivre sa propre vie, son père avait ce droit également, même si cela rendait Oliver nostalgique à cause de sa mère.

Oliver décida de téléphoner à son père sans attendre et, quand il appela, c'est Margaret qui répondit. Cela lui fut un choc, puis il se détendit et demanda à parler à son père.

— Bonsoir, papa... je voulais seulement te dire que... — Il ne savait pas comment s'exprimer. —... je t'aime beaucoup, voilà tout. Fais ce qui te semble juste et oublie le reste. Tu es maintenant en âge de savoir ce que tu veux et ce dont tu as besoin. Et si elle te rend heureux — en prononçant ces mots, des larmes lui picotèrent les yeux — eh bien, vas-y ! Tu as ma bénédiction.

Il y eut un petit sanglot à l'autre bout du fil, puis George Watson s'éclaircit la gorge et le remercia.

— C'est une femme de valeur, fils... ce n'est pas ta mère, évidemment — en le disant, il espéra que Margaret ne pouvait pas l'entendre, mais il devait bien ça à Oliver — mais elle est gentille et je l'aime.

— Bonne chance à vous deux.

— Viendras-tu à notre mariage ?

— Bien sûr que oui.

— Le quatorze septembre. Prends garde de ne pas l'oublier.

Oliver rit. Son père avait un regain de jeunesse et il en était content pour lui. Que diable, il y avait droit ! Il aurait plus d'énergie s'il trouvait une femme qu'il aime et était heureux avec elle.

Il téléphona à Megan après avoir raccroché, se sentant de nouveau mieux, mais elle était sortie, et il ressentit un petit coup au cœur en laissant son nom sur le répondeur, puis il s'étendit sur le lit vide qu'elle lui avait laissé. Il se demanda si tout cela n'avait été qu'un rêve démentiel et si Mel avait raison. Mais Megan n'avait jamais prétendu être autre chose que ce qu'elle était. Elle était résolue à prendre du bon temps sans faire de mal à personne. Elle ne voulait rien de plus... elle ne voulait pas d'attaches... pas de mari... ni de foyer... ni d'enfants... et tandis qu'il gisait là, songeant à elle, il se demanda si son aventure amoureuse de l'été n'était pas finie. Elle avait été agréable, mais elle n'allait plus être facile maintenant. Et Megan n'était pas femme à patienter pour l'attendre. Quant aux enfants, le moins qu'on en puisse dire est qu'ils n'avaient pas sympathisé avec elle. Parfois, la vie n'est pas commode.

18

Le week-end du Labor Day fut une agréable rentrée pour tous. Ils avaient installé un barbecue près de la piscine, comme toujours. Les enfants avaient invité des camarades et son père arriva également avec Margaret. Ils apportèrent des gâteaux, des friandises, du pain cuit à la maison, et ils avaient amené le chien ; cette fois, Oliver les félicita tous les deux et laissa son père annoncer la nouvelle aux enfants. Ceux-ci furent un peu étonnés pour commencer, mais ils prirent exemple sur leur père et, puisqu'il pensait que c'était très bien, alors eux aussi. Même Daphné était là. Elle avait accepté de rester pour le week-end. Seule Megan avait décliné l'offre. A la place, elle s'était rendue à East Hampton, ce qui ennuya Oliver, mais il avait été incapable de la convaincre. Elle s'était contentée de dire que les enfants, les chiens et les barbecues, ce n'était pas son genre et qu'elle ne voulait pas être importune. En réalité, elle trouvait cela assommant. Il ne l'avait pas vue de toute la semaine et il était sur des charbons ardents sans elle, mais elle travaillait tard et lui de même. Les enfants étaient à la maison et il attendait qu'ils aient repris leurs habitudes, ce qu'elle ne semblait pas juger important.

Par contre, Benjamin et Sandra vinrent à la réunion et cette fois la jeune femme faisait vraiment pitié. Sa figure était congestionnée et deux fois plus grosse que nature, elle pouvait à peine marcher tant elle était énorme et l'on avait du mal à croire qu'elle avait jamais été jolie. En comparaison, Benjamin avait l'air pâle et maigre, il se ressentait du fardeau que représentait ses deux emplois. Sandra ne savait que se plaindre et parfois il se disait qu'il deviendrait fou. Son père lui tendit une bière, après que Mel eut emmené Sandra dans la maison pour qu'elle s'étende un moment. Oliver regarda attentivement Benjamin, en se demandant quand il admettrait qu'il ne pouvait plus continuer ce travail de forçat ou s'il allait se tuer à la tâche.

— Comment ça va, fils ?

— Très bien, je pense. Il faudra que je trouve une autre place assez vite. On ferme la station-service et je serai licencié dans quelques semaines. Et le restaurant ne paie pas suffisamment, mais j'ai quelques bons tuyaux et, après la naissance du bébé, Sandra dit qu'elle reprendra un travail rapidement.

Il s'efforçait de parler d'un ton optimiste, mais son père se rendait bien compte qu'il était sérieusement découragé. Qui ne l'aurait pas été ? A l'âge de dix-huit ans, attendre un enfant, entretenir une pseudo-épouse de dix-sept ans et occuper deux emplois n'était pas l'idée que quiconque se faisait d'une vie heureuse, et un père moins qu'un autre.

— Vas-tu me laisser t'aider avant que cela nous tue tous les deux ou vas-tu t'obstiner ?

Le garçon sourit, avec une expression plus âgée et plus avisée que naguère. Il avait beaucoup appris au cours des derniers mois, mais rien de facile ni de drôle, et le voir ainsi était un poids sur le cœur de son père.

— Nous verrons, papa. Le bébé sera là dans trois semaines et, après, les choses s'arrangeront.

— Avoir un enfant sur les bras n'est pas une partie de plaisir.

— Oui, je sais. Nous avons suivi un cours à l'Y.M.C.A. sur les soins à donner, l'accouchement sans douleur et tout ce genre de trucs. Je veux être présent lors de l'accouchement pour aider Sandra.

Il ne faisait rien à moitié, et Oliver ne pouvait que l'admirer, à défaut d'autre chose, mais il était horriblement soucieux à son sujet.

— Tu me téléphoneras si tu as besoin de quoi que ce soit ?

— Bien sûr.

— Juré ?

Benjamin sourit de nouveau et, pour une fraction de seconde, redevint le Benjamin d'avant.

— Oui, je te téléphonerai, papa. Merci.

Après cela, ils rejoignirent les autres et parlèrent du mariage du grand-père. Benjamin promit d'y assister et Oliver offrit de conduire la mariée à l'autel. Daphné était contente pour eux et, plus tard, elle demanda en aparté à

Oliver comment cela se passait avec Megan, mais il haussa les épaules d'un air malheureux et lui répondit qu'il ne savait pas.

— Elle est venue la semaine dernière faire connaissance avec les enfants et cela n'a pas été précisément un succès. Elle n'a pas de goût pour ce genre de chose et moi, en ce moment, j'ai du travail plein les bras. C'était différent pendant l'absence des enfants. Maintenant, je ne sais pas, Daphné.

— Elle n'appartient apparemment pas au type maternel chaleureux, mais peut-être n'était-ce pas l'objectif principal de votre affaire.

Oliver sourit à son amie, puis éclata de rire.

— Comme qui dirait.

— Ma foi, au moins cela vous a-t-il sorti de votre coquille.

— Pour l'en sortir, cela l'en avait sorti, c'était un fait. Il sourit de nouveau. — Je suis heureuse pour votre père.

— Quel drôle de tour prend parfois la vie, hein, Daphné ? Benjamin va avoir un enfant, mon père se marie et je reste en plan.

— Cela changera un de ces jours.

Au vrai, il n'était pas pressé. Si sa liaison avec Megan se terminait, ce ne serait pas la fin du monde. Il n'était même pas divorcé, et il était encore incapable de s'imaginer se remariant. Il était occupé par sa vie, ses enfants et son travail. Le reste pouvait attendre pour l'instant.

Ils se baignèrent tard dans la soirée, les enfants chantèrent, son père finit par s'en aller et Benjamin dut repartir travailler. Daphné aida Oliver à tout ranger et Agnès revint après un été de détente. C'était en quelque sorte comme s'ils avaient tous parcouru un long chemin depuis le début de l'été. Et il n'éprouva qu'un bref serrement de cœur lorsqu'il se remémora l'année précédente où Sarah était là, où la vie était tellement simple et équilibrée. Rien n'était plus aussi simple. Et rien n'était sûr à présent. Mais l'existence avait du bon et il était satisfait de ce qu'il avait. N'aurait-il jamais davantage qu'il s'en contenterait.

Finalement, il vit Megan chez elle le soir de leur retour à New York et, après avoir fait l'amour, ils discutèrent sans réticence. Elle reconnut qu'elle était allée à East Hampton avec un ancien amant. Il souffrit de le lui entendre dire, pourtant il s'en était bien douté.

— C'est fini, n'est-ce pas ?

— Pas vraiment. — Elle le regardait, languissamment étendue sur son lit. — Je serai contente de te revoir quand tu voudras. Par contre, je n'ai pas l'intention de jouer la petite mère pour tes enfants, si c'est ce que tu souhaites. Et tu n'as plus autant de temps à me consacrer. Ainsi vont parfois les choses, Oliver. Mais entre nous rien n'est changé.

Qu'elle prenait donc cela avec insouciance, tout était simple, purement sexuel. Il avait été enchanté par cette attitude au début et pourtant, maintenant, il n'y trouvait plus son compte. Il ne voulait pas la partager avec quelqu'un d'autre, il ne voulait pas avoir une vie séparée de celle de ses enfants. Toutefois, être avec quelqu'un qui n'éprouvait aucune affection à leur égard, et envers qui eux-mêmes ressentaient de l'hostilité, était trop difficile. Et il comprenait à présent qu'elle ne se compliquerait pas la vie pour eux. Elle n'en avait pas vraiment envie. La conséquence de son effort maximum pour demeurer sans attaches. A la fin, elle avait gagné. Mais c'était un jeu à qui gagne perd.

— Je suis désolé que les choses tournent de cette façon, dit-il avec franchise en s'habillant.

Cette fois, elle ne lutta pas pour lui enlever ses vêtements. Qu'elle l'admette ou non, le climat avait changé aussi pour elle.

— En réalité, elles ne pouvaient pas tourner autrement. Je te l'avais dit dès le début, Oliver. Tu mérites mieux que cela. Tu méritais mieux que Sarah. Ne te résigne pas à moins cette fois-ci, mon ami. Sinon, tu en souffriras toujours et tu ne mérites pas de souffrir.

— Pourquoi ne souhaites-tu pas davantage ?

Pourquoi ne le voulait-elle pas ? Pourquoi étaient-ils si différents ?

— Je ne suis pas fabriquée de cette façon, j'imagine. Priscilla l'était... mais pas moi. C'est trop pénible, je suppose. Je n'ai pas envie de prendre ces risques-là, de donner mon cœur, de mettre en danger ma vie et mes sentiments. Je tiens seulement à avoir du bon temps, Oliver. Voilà. Aussi simple que cela.

Et bon il l'avait été. Du bon temps. Sensationnel. Echevelé et merveilleux, qui aurait duré autant qu'il l'aurait voulu, sauf qu'il aurait fini par se lasser de la moussaka. On a besoin de davantage que cela. Du moins lui, même si elle s'en contentait.

— Qu'est-ce que je dis en prenant congé ? lui demanda-t-il tristement quand il fut dans le vestibule, tout habillé, sachant qu'il ne reviendrait plus. Merci ?

— Tu dis : « Au revoir », « A un de ces jours », « merci pour un bon moment ».

— Merci pour plus que cela... merci pour quelque chose de vraiment hors série. Tu es vraiment hors série. Ne l'oublie pas. Et peut-être qu'un jour tu auras du courage.

— N'y compte pas.

Elle lui déposa un léger baiser sur les lèvres et appuya sur le bouton d'appel de l'ascenseur. Quand les portes se refermèrent, il la vit lui sourire pour la dernière fois, drapée dans un kimono de satin blanc, la masse de ses cheveux noirs couleur d'ébène autour de l'ivoire de son visage.

Il savait qu'elle allait lui manquer. Et, en rentrant à pied chez lui ce soir-là, il éprouva de la tristesse pour elle. Il était triste à l'idée de ce qu'elle n'aurait jamais, de ce qu'elle ne voulait pas, de ce qu'elle avait peur de chercher. Tout là-haut, debout sur la terrasse, elle le regardait partir et lui adressa un geste d'adieu. Elle rentra dans sa salle de séjour et brancha la musique. Elle but le reste du cognac qu'il avait laissé et s'assit seule sur le divan.

— Il t'aurait beaucoup plu, chuchota-t-elle au souvenir de la jumelle depuis longtemps disparue.

Il aurait été parfait pour elle, et Megan l'aurait taquinée à propos de la gentillesse d'Oliver, de son honnêteté, de sa douceur. Megan sourit pour elle-même en pensant à eux deux, puis retourna à pas lents dans sa chambre. Elle avait du travail à faire et un autre contrat de vente de livre à mener à bien le lendemain. S'attarder sur le passé ne servait à rien. Elle les expulsa tous deux de son cœur, comme un meuble pour lequel elle n'avait plus de place, prit une douche, se lava les dents, éteignit la lumière et se coucha, sachant qu'elle avait eu de bons moments avec Oliver Watson mais que c'était fini . Elle ne pleura pas, elle ne se lamenta pas. Elle était habituée à régler ce genre de situation et tandis que le sommeil la gagnait elle s'obligea à penser à autre chose.

19

Le mariage de George Watson avec Margaret Porter fut exactement ce qu'il devait être. Emouvant, charmant et simple. Daphné avait les larmes aux yeux quand le couple prononça le « oui » solennel. Les mariages lui faisaient toujours cet effet, probablement parce qu'elle-même n'était jamais passée par là, toutefois celui-ci la touchait tout spécialement, car l'un et l'autre étaient adorables.

La mariée portait une robe en dentelle écrue de coupe simple et avait à la main un bouquet d'orchidées de même couleur. Elle était coiffée d'un élégant chapeau. Oliver l'avait conduite à l'autel, comme promis, puis avait pris place à côté de ses propres enfants, les yeux humides, tandis que l'orgue jouait.

La cérémonie fut brève et dépouillée. Ensuite, tous se rendirent à la maison de Purchase pour une petite réception. Oliver avait décidé de l'organiser pour eux et il avait invité quelques-uns de leurs amis intimes. Au début, beaucoup avaient été choqués puis, comme Oliver, ils étaient revenus à des opinions moins radicales. Comment refuser à George et à Margaret cette joie qu'ils partageaient visiblement et méritaient bien ? C'était difficile.

L'après-midi de septembre était ensoleillé. Les mariés partirent en voiture à cinq heures pour la ville. Ils devaient passer la nuit à l'hôtel *Plaza,* puis s'embarquer en avion à destination de San Francisco pour deux semaines. Margaret avait de la famille là-bas, et ils voulaient aller à l'opéra. Après quelques jours à Carmel, ils retourneraient à San Francisco où ils reprendraient l'avion. C'était le voyage rêvé pour eux et, bien que ne l'ayant pas dit explicitement, Margaret ne tenait pas à être loin de la « civilisation ». Etant donné l'état du cœur de George, elle aimait rester à proximité d'endroits où elle savait pouvoir trouver pour lui des soins médicaux compétents. N'empêche qu'il avait l'air de n'avoir besoin que de sa main affectueuse quand ils se mirent en route pour la ville, sous la pluie de pétales de roses lancés par les invités aux deux personnes âgées radieuses, qui les saluaient du bras.

— C'était parfait, absolument parfait ! s'extasia Daphné quand ils s'assirent ensuite dans la salle de séjour. Peut-être que je me marierai quand j'aurai leur âge.

Oliver secoua la tête et sourit.

— Cela ne m'étonnerait pas de vous. Peut-être que je vous imiterai.

Il lui avait annoncé la fin de l'aventure avec Megan. Elle n'en avait pas été surprise, bien que navrée pour lui. Cela lui avait procuré une bonne distraction pendant ces deux derniers mois et maintenant que c'était terminé il avait de nouveau son air de chien perdu, en dépit de ses protestations qu'il était heureux.

— Vous voilà obligé de vous remettre en quête.

— Quelle barbe.

La perspective de sortir de nouveau avec n'importe qui le remplissait de désespoir. Toutefois, il reconnaissait aussi que l'aventure avec Megan avait été plus qu'un peu épuisante, et exceptionnelle pour dire le moins. Quelqu'un qui vivait selon des normes plus ordinaires serait peut-être plus agréable en fin de compte.

Il reconduisit Daphné à la gare ce soir-là, parce qu'elle avait affirmé être obligée de rentrer. Elle devait assister à un déjeuner le lendemain, et l'épouse de son ami ne se trouvait pas en ville, alors elle voulait passer la nuit avec lui. Il n'accompagnait jamais Daphné nulle part. Il veillait à ne pas être vu avec elle. Néanmoins, elle acceptait cela, comme elle acceptait de lui tout le reste.

« Ce salopard a de la veine », lui avait dit Oliver plus d'une fois et elle se contentait de rire. Elle ne voulait rien de plus que ce qu'elle partageait avec lui. Elle l'aimait totalement et se satisfaisait de vivre avec les restrictions qu'il imposait. Et Oliver avait cessé depuis longtemps de tenter de la convaincre de s'attacher à quelqu'un d'autre.

Plus tard dans la soirée, il bavardait avec Mel, assis dans la salle de séjour et commentant le mariage, quand le téléphone sonna. Mel saisit le récepteur, convaincue que c'était un de ses amis. Mais l'appel était de Benjamin qui demanda à parler à Oliver. Mel tendit l'appareil à son père et l'embrassa avant de monter se coucher.

— 'Soir, papa.

— A demain, chérie. Dors bien.

Puis Oliver reporta son attention sur le frère aîné de Mel.

— Qu'est-ce qui se passe, Benjamin ?

Ils l'avaient vu pas plus tard que cet après-midi au mariage. Il avait pris un jour de congé et il était venu seul. Sandra ne se sentait pas bien. Elle avait la grippe, avait expliqué Benjamin, ce qui était une malchance vu son état. Le bébé était attendu d'ici une dizaine de jours, et la tension nerveuse se lisait sur le visage de Benjamin. Il avait une mine absolument atroce.

— Salut, papa. — Benjamin ne se perdit pas en détours. — Elle est en travail. Nous sommes à l'hôpital. Nous y sommes depuis huit heures.

— Tout se passe bien ?

Cela lui ramena en mémoire le souvenir des jours où ses propres enfants étaient nés et de la joie qu'il avait éprouvée, mais Benjamin donnait l'impression d'être plus terrifié que joyeux.

— Pas trop. Elle ne fait aucun progrès... et, papa... elle souffre terriblement. On lui a administré je ne sais quoi, mais cela ne soulage pas la douleur.

— Et vos exercices d'accouchement?

— Elle ne veut pas les faire. Et... papa... on croit que le bébé a des problèmes.

Miséricorde. Un enfant anormal.

— Veux-tu que je vienne?

— Oh, oui.

Benjamin lui indiqua le nom de l'hôpital.

— J'arrive tout de suite.

Il sortit en hâte de la maison, attrapant au passage ses clefs de voiture, content que Benjamin lui ait téléphoné. Du moins faisait-il appel à lui maintenant et peut-être Oliver pourrait-il aider son fils. Il ne pouvait rien pour Sandra, évidemment, et il en était navré. Elle n'avait pas de famille pour prendre soin d'elle, pas de mère pour lui tenir la main. En tout cas, il pouvait être là pour Benjamin et les médecins s'occuperaient du reste pour Sandra.

Quand il arriva, Benjamin arpentait nerveusement le couloir, portant un pantalon vert style pyjama et une blouse blanche par-dessus, avec un drôle de bonnet vert genre bonnet de bain sur la tête. Son père sourit à ce spectacle, se rappelant cette veille de Toussaint où, comme le font à cette date traditionnellement tous les petits Anglo-Saxons, Benjamin s'était déguisé en médecin. Il avait à l'époque quatre ans et il ne parut guère plus âgé maintenant à son père.

— Tu ressembles au Dr Kildare. Comment va-t-elle?

— Horriblement mal. Elle hurlait sans arrêt. On m'a demandé de sortir pour qu'on l'examine de nouveau et elle me suppliait de ne pas m'en aller... je ne sais pas quoi faire pour elle, papa.

— Détends-toi, fils. Ça va aller. Veux-tu une tasse de café?

Benjamin secoua la tête, et Oliver alla chercher du café pour lui-même. Il avait bu beaucoup de vin au mariage et il ne voulait pas s'endormir quand Benjamin avait besoin de lui. Quand il revint avec la tasse fumante, deux médecins dans le même accoutrement que son fils conféraient avec lui. Oliver demeura légèrement à l'écart, et il vit Benjamin fermer les yeux et hocher la tête.

— Ils veulent faire une césarienne. Le bébé est en danger maintenant. Je sais qu'elle ne voulait pas de césarienne, mais ils disent qu'il n'y a pas le choix. — Il retira lentement le bonnet qu'il avait sur la tête. — Ils ne veulent pas me laisser être avec elle là-dedans. On va lui faire une anesthésie générale.

— Elle s'en tirera, tiens bon.

Il lui pressa l'épaule d'une poigne puissante et le conduisit doucement vers un siège.

— Et si le bébé a une malformation quelconque ? demanda Ben d'un ton pitoyable en s'asseyant près de son père.

— Je suis prêt à parier que ce bébé va être superbe.

Il avait envie de lui demander de nouveau de le donner à adopter, mais il savait que le moment était mal choisi.

L'attente leur parut durer un temps infini. Ils regardaient la pendule. Il était déjà plus d'une heure du matin. Puis une infirmière surgit et demanda si Mr Watson était là, les deux hommes se levèrent et, se sentant ridicule, Oliver se rassit. C'était évidemment Benjamin que l'on cherchait. Et le jeune homme s'élança vers la porte.

— Mr Watson ?

— Oui.

— Il y a quelqu'un ici qui désirerait vous rencontrer.

Et sans rien dire de plus à ce jeune homme planté dans ce couloir au beau milieu de la nuit en pyjama vert, on lui tendit son fils. Il formait un minuscule paquet emmailloté et poussa un vagissement lorsque l'infirmière le déposa entre les mains de Benjamin. Celui-ci l'attira doucement contre sa poitrine. Il le contemplait avec une expression de stupeur totale, des larmes glissant sur ses joues, puis il se mit à sourire et se tourna vers Oliver, pressant le bébé contre lui.

— C'est un garçon, papa ! C'est un garçon !

Oliver se précipita pour le voir et, tandis qu'il examinait le minuscule poupon, il sentit son cœur tressaillir dans sa poitrine. Il avait l'impression de regarder le visage de Benjamin quelques instants après sa naissance. C'était le même enfant, la même figure, les mêmes cheveux roux et les mêmes yeux surpris, avec bien des traits de Sarah et, en le détaillant, Oliver prit conscience d'une chose qui lui avait échappé jusque-là. Cet enfant n'était pas seulement celui de Benjamin et de Sandra, c'était aussi son petit-fils. Il tenait de

lui et de tous ceux qui l'avaient précédé... le père d'Oliver...
sa mère... et leurs parents à eux avant cela. Il appartenait à
leur lignée, Oliver ne pouvait plus le nier. Il avait les larmes
aux yeux en caressant avec douceur cet enfant qui était
désormais un des leurs.

— Comment va Sandra ? — Benjamin se rappelait soudain
son existence avec confusion. — Est-ce qu'elle se porte bien ?
demanda-t-il à l'infirmière.

— Tout à fait. Elle restera un moment dans la salle de
réanimation. Et maintenant aimeriez-vous nous accompagner
à la nursery ? Vous tiendrez le bébé pendant que nous
l'enregistrerons.

— Est-ce qu'il va bien ?

— Parfaitement. Il pèse trois kilos sept cents et ses réflexes
sont parfaits. Cela signifie que c'est un petit garçon sain et
éveillé.

Elle prit le bébé des bras de Benjamin et se dirigea vers la
nursery, suivie du nouveau père radieux. Oliver resta sur
place. A quarante-cinq ans, il était soudain grand-père, mais il
était frappé bien plus encore par la ressemblance de son petit-
fils avec son fils. Puis, poussé par le besoin de partager la
nouvelle avec quelqu'un, il se dirigea vers un téléphone
payant, forma le numéro et fit prendre en compte la communication par son abonnement personnel.

Quand elle répondit, il sourit soudain et dit d'une voix
basse enrouée :

— Allô, grand-maman.

— Qui est-ce ?

Elle croyait que c'était un mauvais plaisant et s'apprêtait à
raccrocher.

— Tu as un petit-fils, Sarah.

Il avait de nouveau les larmes aux yeux en se rappelant les
enfants qu'ils avaient eus ensemble.

— Oh, mon Dieu. Comment est-il ?

— Il est parfait. Trois kilos sept cents et c'est le vivant
portrait de Benjamin à sa naissance.

— Comment va Sandra ?

— Pas brillante, j'en ai peur. On a dû pratiquer une
césarienne. Mais elle se remettra. Le bébé est vraiment
mignon, Sarrie... attends de le voir.

— Ils le gardent, alors ?

Elle était maintenant complètement réveillée.

— Oui, dit-il à mi-voix, éprouvant soudain pour ce bébé un

sentiment qu'il ne s'était nullement attendu à ressentir, presque comme si c'était le sien propre, je pense qu'ils le garderont.

Et c'était impossible de ne pas être d'accord avec Benjamin, maintenant qu'il avait vu son petit-fils.

— Comment Benjamin supporte-t-il l'épreuve ?

— Il était très nerveux mais il a l'air à présent d'un papa débordant d'orgueil. Oh, Sarrie, il faudrait que tu le voies.

Il était fier de Benjamin, heureux pour lui et en même temps triste.

— Tu es un vieux sentimental, Oliver Watson. Tu devrais avoir d'autres enfants par toi-même, un de ces jours.

Une remarque curieuse venant d'elle, mais leurs existences se passaient maintenant dans des mondes séparés.

— On me l'a déjà dit. A propos, comment vas-tu ?

— Je vais bien.

— Tes yeux se sont arrangés ?

— Encore un peu colorés, mais rien d'horrible. Transmets mon affection à Benjamin. Je lui téléphonerai demain.

— Soigne-toi bien.

Il avait de nouveau la voix triste. De temps à autre, il souffrait encore lorsqu'il lui téléphonait, mais il était néanmoins content de l'avoir appelée. Le bébé était aussi le petit-fils de Sarah. Il avait voulu la prévenir.

— Félicitations... — elle souriait au téléphone — ... grand-papa.

— A toi de même. Cela nous fait paraître antiques et solennels, non ?

— Je ne sais pas. Je trouve cela plutôt agréable.

Il raccrocha, puis attendit que Benjamin réapparaisse. Il le ramena à leur maison de Purchase. C'était la première fois depuis six mois que Benjamin couchait dans son ancienne chambre. Il était parti en rebelle et rentrait en père de famille. Quel monde étrange, songea Oliver lorsqu'il se rendit dans sa propre chambre, songeant au bébé qui était né cette nuit. Il lui souhaita une vie tranquille, une carrière facile et une entrée dans le monde des adultes plus simple que celle de son père. Dans son lit, Benjamin venait enfin de s'endormir, souriant à l'idée de son enfant.

20

Oliver les ramena en voiture de l'hôpital au morne logement de Port Chester. Il avait eu beau supplier, il n'avait pas
réussi à les convaincre de rentrer à Purchase. Il avait
l'impression que Sandra n'aurait pas demandé mieux, mais
Benjamin avait affirmé qu'ils se débrouilleraient très bien
seuls. Il s'occuperait d'elle et du bébé. Il avait demandé deux
semaines de congé et, d'ici qu'il reprenne son travail, ils se
seraient organisés. Mais chaque fois qu'Oliver vint ensuite
chez eux, le bébé était en train de hurler et lorsqu'il y retourna
la semaine suivante Sandra avait une mine atroce. Elle était
blême avec les yeux cernés de noir et elle souffrait manifestement. Benjamin avait l'air à bout et le logement était dans un
désordre innommable.

Quatre jours plus tard, Oliver reçut au beau milieu de la
nuit un coup de téléphone alors qu'il se trouvait dans
l'appartement de New York. C'était Benjamin, en larmes.
Sandra avait été transportée à l'hôpital, il y avait une
complication, une infection consécutive à la césarienne, et il
s'occupait seul du bébé.

Oliver partit le chercher, emballa toutes les affaires du bébé
et les ramena chez lui.

— Agnès s'occupera d'Alex et tu dormiras un peu pour
changer.

Ce coup-ci, il n'avait pas l'intention de discuter. Benjamin
n'avait jamais eu le visage aussi défait. Il parut soulagé pour
une fois de laisser quelqu'un d'autre agir à sa place et, le
lendemain, lorsqu'Oliver rentra de son bureau, il eut une
longue conversation avec Benjamin. Le bébé ne cessait de
crier, Sandra de se plaindre. Il ne parvenait pas à trouver un
deuxième emploi et ils avaient du mal à joindre les deux
bouts. Soudain tout lui tombait sur la tête et il était pris de
panique. Si mignon que fût le bébé, Oliver regretta de
nouveau qu'ils l'aient eu.

— Fils, il faut que tu réfléchisses sérieusement. Est-ce
vraiment ce que tu veux faire de ta vie ? Estimes-tu réellement
que tu peux garder l'enfant ? Et, plus important encore, que
vas-tu décider pour toi-même ? Veux-tu travailler comme
garçon de salle jusqu'à la fin de tes jours ? Et Sandra ?

C'étaient là toutes les questions qui empoisonnaient l'existence de son fils depuis des mois et maintenant il n'en pouvait plus. Il avoua à son père qu'il n'aimait plus Sandra, il se demandait même s'il l'avait jamais aimée. Il ne pouvait pas supporter l'idée de passer le reste de son existence avec elle. Mais ce qui compliquait les choses maintenant, c'est qu'il adorait le bébé.

— C'est mon enfant, papa. Je ne peux pas l'abandonner. Je ne pourrais pas lui faire ça, ni me le faire à moi. Seulement je ne crois pas que je serai capable de rester avec elle bien longtemps... mais si je la quitte je suis obligé de lui laisser Alex...

Et il s'interrogeait sérieusement sur ses compétences pour élever l'enfant. Elle donnait l'impression de n'avoir aucun des instincts qu'il avait pensé qu'elle aurait. Comme avant, elle ne pensait qu'à elle-même, pas au bébé.

— Pourquoi ne lui donnes-tu pas une chance de se remettre sur pied ? Ce dont il faut te préoccuper peut-être, c'est de son entretien, mais sans vivre avec elle. — Et comment s'en sortirait-il ? En lavant des assiettes ? En pompant de l'essence ? — Je ferai mon possible pour t'aider. Pourquoi ne pas te détendre quelques jours et chercher à t'éclaircir les idées ?

Seulement, quand il le fit, Benjamin se sentit de nouveau assailli par ses responsabilités. Sandra sortit de l'hôpital et, ayant pitié d'elle, il prit le bébé et alla la retrouver. Agnès fut bouleversée de le voir emmener le bébé et Oliver fut également navré de voir Benjamin retourner accomplir ce qu'il jugeait être son devoir. Il ne voulait pas renoncer à ce qu'il estimait ses obligations et cela brisait le cœur d'Oliver de penser qu'il était là-bas avec le bébé et la jeune femme. Il insista pour lui donner cinq mille dollars et Benjamin se débattit comme un beau diable pour les lui refuser.

— Disons alors que c'est un prêt. Je ne vais pas vous laisser crever de faim alors que tu as trois personnes à nourrir.

Finalement Benjamin céda, promettant de le rembourser aussitôt qu'il le pourrait.

La situation devint encore plus compliquée à peine quinze jours plus tard. Le directeur de la société d'Oliver le convoqua et lui soumit une requête totalement inattendue. Le directeur du bureau de Los Angeles se mourait d'un cancer. Il partait dans le courant de la semaine en congé illimité pour longue maladie et quelqu'un devait assumer ses fonctions. De plus, la société voulait agrandir ce bureau et le rendre aussi important que celui de New York. Elle souhaitait établir un « équilibre bicôtier » selon sa formule, pour être proche de l'industrie de la télévision qui jouait un rôle primordial dans ses affaires, et conquérir des budgets plus importants et plus rémunérateurs sur la Côte Ouest. Et le président du conseil d'administration avait conclu qu'Oliver était l'homme de la situation.

— Pour l'amour du ciel... mais je ne peux pas faire ça... j'ai deux enfants en classe ici, une maison, une vie... Je ne peux pas les déraciner pour les emmener à près de cinq mille kilomètres d'ici...

Sans compter maintenant Benjamin et ses problèmes avec son bébé. Il ne pouvait pas le laisser tomber, comme Sarah l'avait fait l'année précédente.

— ... Il faut que je réfléchisse.

Mais le salaire qui avait été mentionné, les conditions et la participation aux bénéfices faisaient de la proposition une occasion qu'il aurait été fou de refuser, et il le savait.

— Nom d'une pipe, Oliver, reprenez votre bon sens. Acceptez! Personne ne vous fera jamais une offre pareille, vous finirez président du conseil d'administration !

Daphné s'efforça de le raisonner ce soir-là, dans son bureau, longtemps après que tous les autres étaient rentrés chez eux.

— D'accord, mais mes enfants ? Ma maison ? Mon père ?

— Ne soyez pas ridicule. Votre père mène sa propre vie, il a une épouse qui l'aime. Et Benjamin aussi a sa propre vie, à présent. Il y mettra tôt ou tard de l'ordre, que vous soyez là ou non. C'est ce genre de garçon. Il vous ressemble comme deux gouttes d'eau. Et Mel et Sam seraient enchantés d'aller là-bas. Regardez comme ils ont gentiment réagi au déménagement à New York.

— Miséricorde, Daphné, c'est différent. Purchase se trouve à moins de cinquante kilomètres. Là-bas, c'est cinq mille ou presque de chez nous.

— Pas si vous vous y créez un chez vous. Melissa n'a plus que deux ans à passer au lycée. Ensuite, elle ira dans une université. Ne vous servez pas d'eux comme prétexte. Acceptez! C'est une offre fantastique.

Mais Los Angeles ? La Californie ? Son pays natal était ici.

— Je ne sais pas. Il faut que j'y réfléchisse. Il faut que j'en discute avec les enfants et que je voie ce qu'ils en pensent.

L'un et l'autre reçurent un choc quand il les mit au courant, mais ne furent pas aussi horrifiés qu'il s'y attendait. Ils eurent même l'air de trouver l'idée pas déplaisante après avoir pesé le pour et le contre. Abandonner leurs amis ne les enchantait pas et Sam s'inquiéta de savoir s'il verrait souvent Sarah, mais Oliver répliqua qu'il était en mesure de les envoyer auprès d'elle très souvent, et qu'ils pourraient passer leurs vacances avec elle. Pour Oliver, par contre, cela demeurait une idée ahurissante et une perspective effrayante. Et qui plus est on voulait qu'il aille là-bas d'ici un mois, et même avant si possible.

— Eh bien, les enfants, leur demanda-t-il après qu'ils en eurent discuté du matin au soir. — Il avait jusqu'à la fin de la semaine pour se décider. — ... Qu'est-ce que vous en dites ? On part pour la Californie ou on reste ici ?

Mel et Sal échangèrent longuement un regard pensif et Oliver se surprit à espérer qu'ils diraient « non ».

— Je serais d'accord pour partir.

Mel l'avait stupéfié. Quant à Sam, il se carra sur son siège et sourit d'une oreille à l'autre.

— Oui, papa. Partons. On pourra aller à Disneyland tous les dimanches.

Il les dévisagea, toujours abasourdi par leur décision.

— C'est sincère ?

Ils inclinèrent la tête en signe d'assentiment et, le lendemain, avec l'impression de vivre un rêve, il se rendit à son bureau et annonça qu'il partirait. Le dimanche, il s'envola pour Los Angeles, chercha une maison à louer, passa trois jours à inspecter des écoles, une autre semaine à faire la connaissance du personnel du bureau, puis revint à New York pour liquider la situation.

La fidèle Agnès avait accepté de les accompagner, et il avait décidé de ne pas vendre la maison de Purchase, de la conserver jusqu'à ce qu'il soit sûr que tout allait bien pour eux sur la côte Ouest. Le plus dur fut d'annoncer à Benjamin qu'ils partaient, mais il conclut avec son fils un accord qui du moins lui soulagea l'esprit à son sujet. Benjamin et Sandra acceptèrent d'emménager dans la maison de Purchase avec le bébé. Il leur dit qu'ils pourraient entretenir la maison à sa place et qu'ils lui épargneraient bien du souci « s'ils voulaient bien l'aider ».

— Tu es sûr, papa ? Ce n'est pas seulement pour nous rendre service ?

— Non, n'aie crainte, mon garçon. Il y a aussi une autre

solution. — Il retint son souffle. — Tu pourrais laisser Sandra et Alex ici dans un appartement et venir sur la Côte Ouest avec nous.

Mais Benjamin se contenta de secouer la tête avec tristesse. Il ne les abandonnerait pas. Il ne pouvait pas. Sandra ne savait pas du tout se débrouiller et Alex était son bébé.

— Nous serons très bien ici.

Il avait trouvé un nouvel emploi et l'offre de son père les déchargeait d'un loyer.

Tout se déroula à la vitesse de l'éclair. Ils emballèrent leurs affaires, ils partirent. Ils pleurèrent, ils firent de grands signes d'adieu. Et dans le courant de novembre, la semaine d'avant Thanksgiving, ils s'embarquèrent à destination de Los Angeles, pour commencer une nouvelle vie en Californie.

Quand l'avion se posa à l'aéroport de Los Angeles, Oliver regarda Mel et Sam et s'interrogea sur sa décision.

— Prêts?

Il leur sourit avec nervosité, en priant pour que la maison qu'il avait louée dans Bel Air leur plaise. C'était une résidence invraisemblable avec terrasse, sauna, jacuzzi et une piscine deux fois plus vaste que celle de Purchase. Elle avait appartenu à un acteur qui s'était ruiné et qui la louait en attendant de se décider à la vendre.

Ils récupérèrent Andy qui avait voyagé dans une grande cage, tandis qu'Agnès remettait son chapeau en place et souriait.

Une limousine les attendait à l'aéroport et les enfants montèrent en ouvrant de grands yeux, tandis qu'Andy aboyait et agitait la queue. Oliver se demanda pour la centième fois s'il avait fait quelque chose de totalement fou. Cependant, si c'était le cas, personne n'avait l'air de le regretter. Pas encore, du moins. Il se laissa choir contre le dossier de la banquette et serra bien fort la main de ses deux enfants dans les siennes.

— J'espère que la maison vous plaira, jeunes gens.

— Sûr et certain.

Sam souriait en regardant par la portière et Mel prit soudain un air de grande personne tandis qu'ils se frayaient un chemin dans la circulation de Los Angeles pour se rendre à la nouvelle demeure que leur père leur avait dénichée dans Bel Air. C'était un monde entièrement nouveau pour eux, une nouvelle existence, mais ils ne paraissaient pas s'en inquiéter. Et tandis que lui-même contemplait aussi le paysage par la vitre, Oliver était le seul à redouter la perspective de ce dans quoi ils se lançaient.

21

La maison était exactement comme les enfants l'avaient imaginée. Elle était parfaite pour eux, ce qui transporta Oliver de joie. En quelques semaines, ils eurent pris leurs habitudes et tous trois étaient épanouis. Même Agnès ne tarissait pas d'éloges sur leur nouveau foyer et, après avoir lancé des expéditions de reconnaissance dans les boutiques du voisinage, elle trouva tout ce qu'elle désirait.

Mel adorait son école, Sam invita deux nouveaux camarades à venir se baigner dans leur piscine pendant le week-end de Thanksgiving. Seuls ces jours de congé les dépaysèrent un peu parce qu'il n'y avait ni Benjamin ni leur grand-père et qu'ils étaient loin aussi de Sarah. Ils devaient passer avec elle les vacances de Noël. Et ils furent tout étonnés de voir qu'un mois seulement s'était écoulé quand ils bouclèrent leurs valises pour la rejoindre à Boston.

Oliver les conduisit à l'aéroport et, tout en sachant qu'ils lui manqueraient pendant ces vacances, il fut content d'avoir quelques semaines où il pourrait travailler tard à l'agence. Il avait besoin de ce temps pour étudier tous les projets qui l'attendaient lorsqu'il était arrivé. Et la seule personne dont il regrettait sincèrement l'absence était Daphné. Avec son coup d'œil incisif, son esprit inventif, son discernement et ses solutions astucieuses à ses problèmes de bureau. A plusieurs reprises, il lui avait téléphoné pour demander conseil et lui avait expédié par exprès des papiers pour savoir ce qu'elle pensait de ses idées concernant de nouvelles campagnes publicitaires et des présentations de projets à de nouveaux clients. Il aurait aimé qu'elle aussi ait été détachée à Los Angeles, mais il savait qu'elle n'y serait pas venue. Elle aurait renoncé à son emploi plutôt qu'à l'homme marié à qui elle avait consacré sa vie depuis treize ans.

Les semaines avaient filé comme l'éclair et Noël arriva presque avant qu'ils s'en aperçoivent. Les enfants décorèrent l'arbre avant de partir et échangèrent des cadeaux avec leur père, puis s'embarquèrent pour être à Noël avec Sarah. Et le jour de leur départ, quand il rentra dans la maison vide, il prit conscience que ce serait le premier Noël qu'il vivrait seul, le premier sans eux et sans Sarah. Le plus simple serait de ne plus y penser et de se plonger dans son travail. Il avait largement de quoi s'occuper pendant les quinze jours de leur absence.

Le lendemain après-midi, il sursauta quand un des membres du personnel frappa timidement à la porte de son bureau.

— Mr Watson, Harry Branston a pensé que vous aimeriez voir ceci.

La jeune femme posa une invitation sur son bureau et il y jeta un coup d'œil. Toutefois, il fut trop occupé pour lire de quoi il s'agissait avant plusieurs heures. C'était une invitation à la réception donnée chaque année à Noël par une des chaînes de télévision pour leurs vedettes, leurs employés, leurs amis et principaux annonceurs, et l'un des clients les plus importants de l'agence était précisément cette chaîne. Y assister semblait donc être de bonne politique, mais il ne voyait pas comment il en trouverait le temps et à la vérité cela ne le tentait pas. Repoussant de côté l'invitation, il décida de s'occuper de ce qu'il avait à faire pour le moment. Quatre jours s'étaient écoulés et la dernière chose dont il avait envie était d'assister à une réception quand il tomba sur l'invitation au milieu d'une pile de paperasses sur son bureau ce vendredi après-midi. Il savait qu'il ne connaîtrait personne, et il n'imaginait pas que quiconque s'aperçoive de son absence. Il repoussa donc le carton de côté et soudain il eut l'impression d'entendre la voix de Daphné qui l'exhortait à s'y rendre. C'était exactement le genre de chose qu'elle lui aurait dit, pour le bien de l'agence, et pour se présenter comme le nouveau directeur du bureau de Los Angeles.

— Bon... bon... marmotta-t-il, j'irai...

Puis il sourit tout seul en pensant à elle, en songeant combien lui manquaient leurs dîners aux spaghetti. Cela avait été une des choses les plus pénibles de sa venue à Los Angeles. Il n'y avait pas d'amis. Et en tout cas pas comme Daphné.

Il demanda la limousine de service, qu'il utilisait rarement mais, dans des circonstances comme celle-ci, c'était utile. Le chauffeur saurait où la réception avait lieu et il n'aurait pas à se soucier d'un endroit où se garer.

La réception était organisée sur un des plateaux de l'immense studio et, quand la limousine entra dans le parking, un préposé à la sécurité chercha son nom sur une liste, puis leur fit signe de passer. Pour Oliver, cela ressemblait encore un peu à un rêve ou à un rôle qu'il jouait dans un film inconnu.

Deux jeunes femmes lui indiquèrent le chemin et il se retrouva subitement au milieu de centaines de personnes, habillées sur leur trente et un et buvant du champagne. Le plateau de tournage ressemblait à un énorme hall d'hôtel. Un arbre de Noël géant se dressait au-dessus d'eux, et les dirigeants de la chaîne accueillaient chacun avec des paroles aimables. Au début, Oliver se sentit mal à l'aise, comme un nouveau à l'école, mais personne ne sembla y prêter attention. Il se présenta à plusieurs reprises et fut secrètement impressionné quand il vit des visages connus, ceux de vedettes de séries à succès, parées de paillettes et de diamants. Les femmes étaient ravissantes et les hommes aussi étaient beaux, et Oliver regretta soudain que Mel ne soit pas là. Elle aurait été enchantée. Il vit même la star de l'émission favorite de Sam, un garçonnet au visage criblé de taches de rousseur, dont Sam répétait les facéties indéfiniment.

Il se détourna pour laisser le passage à quelqu'un et piétina par inadvertance les orteils de quelqu'un d'autre. Il fit un bond de côté avec des excuses aux lèvres et se retrouva en face de la plus jolie femme qu'il avait jamais vue, debout juste à côté de lui. Ses traits étaient sans défaut, ses yeux étaient verts et ses cheveux avaient la couleur du cuivre poli.

— Je... je suis désolé... je ne m'étais pas aperçu...

Il se rendit compte qu'il l'avait déjà vue mais ne se rappelait plus où. Quand elle le regarda, elle sourit, découvrant une denture sans défaut et pourtant, en dépit de sa beauté incroyable, elle était parfaitement à l'aise en simple sweater noir sur un pantalon de cuir rouge. Son sourire était celui d'une petite fille, pas d'une étoile de cinéma. Elle était étonnamment menue et tout en elle semblait impeccable et minuscule.

— Je suis profondément navré, répéta-t-il, car il avait atterri en plein sur son pied, mais elle se contenta de rire en regardant la foule qui grouillait autour d'eux.

— C'est fou, hein ? Je viens chaque année et je me demande toujours pourquoi. On croirait qu'on a téléphoné au bureau du casting en disant : « Dis donc, Joe, envoie un groupe pour une réception », puis on glisse à chacun un verre de champagne en lui disant de prendre du bon temps.

Elle rit de nouveau en observant la foule, puis ses yeux plongèrent dans ceux d'Oliver. C'était une nouvelle race pour lui, ce visage parfait, les cheveux roux merveilleusement coiffés. Tout le monde à Los Angeles lui paraissait follement « apprêté », follement étudié dans la façon de s'habiller et de se maquiller. Que d'importance on donnait ici à son image et pourtant il avait vaguement l'impression que cette jeune femme était différente.

— Je me doute que je ne devrais pas vous le demander, je devrais probablement le savoir, mais travaillez-vous ici ?

— Comme qui dirait. Mais pas vous, n'est-ce pas ?

Dans ce cas, il aurait su qui elle était, mais cela ne l'ennuyait pas d'être une inconnue pour lui. En un certain sens, elle trouvait cela bien plus agréable.

— Je travaille pour une agence de publicité. — Il ne voulait pas lui dire qu'il la dirigeait. — J'ai quitté New York il y a seulement quelques semaines. Ici, c'est très différent, mais je m'y plais beaucoup.

— Attendez un peu. La vie est assez démente dans ces parages. J'y suis depuis dix ans et je me sens toujours comme Alice au Pays des Merveilles.

C'était une sensation qu'il commençait à bien connaître et il se demanda subitement à quoi elle ressemblait sans la chevelure soigneusement peignée et le maquillage appliqué avec art.

— D'où veniez-vous, avant ?

— Du Nebraska. — Elle rit. — Le croirez-vous ? Je suis venue m'inscrire à l'université de Los Angeles pour devenir une « star ». Et mes parents pensent toujours que je suis folle de rester ici. Parfois, je le pense aussi, mais on est accroché par le rythme de vie. J'adore ce métier.

Elle parlait avec animation et son expression plut à Oliver. Elle était vivante et gaie, et elle ne semblait rien prendre de tout cela au sérieux. Puis, tandis qu'ils bavardaient, quelqu'un vint lui demander un autographe. Elle le donna sans se faire prier, remercia et se retourna de nouveau vers Oliver. Il avait maintenant l'air franchement gêné, comprenant qu'il devrait savoir qui elle était.

— D'accord, demain, je serai mortifié. Je découvrirai qui vous êtes et me sentirai le dernier des imbéciles. Pourquoi ne pas me le dire tout de suite pour que je me sente un pauvre ignorant et n'y pense plus ? — Il souriait lui aussi. — Qui êtes-vous ?

— Le Petit Chaperon Rouge, répliqua-t-elle pour le taquiner. Au vrai, j'étais contente que vous ne me connaissiez pas. Je suis désolée de gâcher cela.

— Je promets d'oublier dès que vous l'aurez dit.

— Bien. — Elle tendit la main pour se présenter. — Dans ce cas, je suis Charlotte Sampson.

Elle était la vedette d'une des principales séries de la chaîne, une dramatique qui passait une fois par semaine à l'heure de la plus grande écoute. Elle avait une star comme partenaire masculin et une audience de quelque quatre-vingts millions de téléspectateurs.

— Oh, mon Dieu... — Il éprouvait réellement l'impression d'être un imbécile. Mel se pâmerait quand elle apprendrait qu'Oliver avait fait la connaissance de Charlotte Sampson. — Je ne peux pas le croire.

— A présent que nous avons liquidé cette question, vous, qui êtes-vous?

Il lui avait serré la main en oubliant de se nommer. Comment ne l'avait-il pas reconnue? C'était incroyable, mais il ne s'était jamais rendu compte qu'elle était aussi petite, aussi jeune, enjouée et jolie. Elle était très grave à l'écran et elle était en général coiffée d'une autre manière. Il la dévisageait avec stupeur et se sentit un vrai rustre en se présentant enfin.

— Pardonnez-moi. Vous m'avez pris au dépourvu. Je suis Oliver Watson. Tout ceci est très Hollywood pour nous autres de la Côte Est. J'avoue ne pas avoir l'habitude de rencontrer des vedettes tous les jours, sans parler de leur écraser les pieds.

— Ne vous tracassez pas. La dernière fois qu'il était ici, mon père a marché droit vers Joan Collins qui se trouvait sur le plateau et lui a dit qu'elle était le vivant portrait d'un professeur de catéchisme qu'il connaissait dans le Nebraska. C'est la première fois que je l'ai vue sans voix. Il lui a juste tapoté l'épaule et a continué son chemin.

— Je devrais peut-être essayer. J'avoue ne pas vous trouver le style d'une dame catéchiste.

Plutôt d'une jeune femme comme tout le monde, mais une jeune femme exceptionnellement belle. Elle était réellement ravissante et il regarda avec intérêt ses cheveux couleur de flamme. A la teinte crémeuse de sa peau il devinait qu'elle était une vraie rousse.

— Je ne vous aurais pas pris pour un publicitaire. Vous avez l'air d'un des personnages de notre série.

Elle rit et il comprit qu'elle devait rire souvent. Elle était de caractère aimable, sans rien des simagrées et de l'affectation qu'on attendrait de quelqu'un ayant autant de succès et d'importance.

— Je ne crois pas, à mon grand regret.

— Qu'est-ce qui vous a amené ici, à propos ?

Des gens qu'elle connaissait fourmillaient autour d'elle, ils lui adressaient des saluts de la main, des baisers, des signes, mais elle se satisfaisait apparemment fort bien de continuer à s'entretenir avec Oliver.

— L'agence. Quelqu'un est tombé malade et on m'a fait venir pour le remplacer. Le délai était un peu court, mais finalement tout s'est très bien arrangé.

Et soudain il eut des remords.

— Miss Sampson, convient-il que je vous retienne ? Il y a des gens beaucoup plus importants que le publicitaire de la chaîne à qui vous devriez parler.

— J'ai déjà payé mon tribut. Je suis venue de bonne heure, j'ai bu une coupe de champagne et embrassé le directeur de la chaîne. Que veut-on de plus ? Un numéro de claquettes ? Je suis libre à présent. Et je suis contente de discuter avec vous. C'est beaucoup plus agréable que de bavarder avec une foule de vedettes nerveuses parce que leurs séries subissent une baisse dans les sondages.

En tout cas, la sienne ne baissait nullement.

Elle ne l'avait pas obtenu, mais son nom avait été avancé cette année au moment de l'attribution de l'Emmy, qui est à la télévision ce que l'Oscar est au cinéma. Et il se sentit d'autant plus stupide de ne pas l'avoir reconnue sur-le-champ.

— Qu'est-ce que vous avez fait à Los Angeles, Oliver, depuis votre arrivée ?

— J'ai travaillé... encore travaillé, toujours travaillé... je me suis installé... A parler franchement, je n'ai rien vu en dehors de ma maison et de mon bureau.

— Ce n'est pas bien drôle. Etes-vous allé au restaurant ?

— Pas encore, sauf une fois avec mes enfants. Nous sommes allés au *Hard Rock Café,* qu'ils ont adoré. J'ai eu l'impression d'avoir quatre cents ans et de devenir sourd.

Elle rit, elle aimait bien le *Hard Rock Café,* mais elle aussi avait eu cette sensation de surdité, simplement parce que la conversation y était difficile. Par contre, le décor était fabuleux et elle aimait surtout regarder la vieille voiture d'Elvis Presley qui semblait plonger à travers le toit. Chaque fois qu'elle la voyait, elle retrouvait une âme d'enfant.

— Etes-vous allé chez *Spago* ?

— Ma foi, non.

— Il faudra que nous y allions un de ces jours...

Cela ressemblait à la version ouest du « déjeunons ensemble un de ces jours » classique à New York et il ne prit pas ce qu'elle disait au sérieux. Puis elle ajouta avec un air d'intérêt :

— Quel âge ont vos enfants ?

— J'ai une fille de seize ans, un fils qui en a dix et un autre fils qui est resté dans l'Est et qui a dix-huit ans.

— Ah, c'est bien, répliqua-t-elle en souriant avec une légère expression de regret. — Elle éprouvait une réelle sympathie pour lui. — Quel âge a votre femme ?

Elle le regardait droit dans les yeux et il rit de la franchise de la question qu'elle lui posait.

— Quarante-deux ans, à présent, et nous sommes divorcés.

Ou quasiment. La procédure serait définitive dans huit semaines et, au fond de son cœur, là où cela comptait, le lien était enfin tranché. Et Charlotte Sampson lui sourit d'une oreille à l'autre en entendant sa réponse.

— Par exemple, voilà une bonne nouvelle ! Je commençais à m'inquiéter ! — Il fut flatté par ses paroles et l'attention qu'elle lui prodiguait. Il avait sincèrement conscience de ne pas la mériter. Peut-être était-elle simplement timide et n'aimait pas les grandes réceptions. — Vos enfants sont ici en ce moment ?

— Non, ils sont partis il y a quelques jours pour passer Noël avec leur mère à Boston.

— Je croyais que vous aviez dit que vous habitiez New York. — Elle avait soudain l'air déconcertée. — Et pourquoi ne sont-ils pas avec vous pour Noël ?

— Parce qu'ils vivent avec moi toute l'année. Et nous habitions effectivement New York, mais leur mère est installée à Boston. Elle est partie il y a un an faire des études là-bas et... — Il la regarda. Hollywood ou pas, il lui dirait la vérité. Il n'était pas certain que son intérêt était réel, mais elle se conduisait comme s'il l'était et elle avait l'air de quelqu'un de bien. — ... elle nous a abandonnés... moi et les enfants... de sorte qu'ils vivent maintenant avec moi.

Elle le regarda, l'expression soudain grave, rejetant de ses épaules ses longs cheveux roux.

— On dirait qu'il s'agit d'une longue histoire pénible.

— Elle l'a été. Pendant un temps. C'est à présent une histoire courte. Elle est heureuse. Nous sommes bien dans notre peau. On s'adapte quand il le faut.

— Les enfants aussi ?

Il hocha la tête.

— Ils se débrouillent bien. Désormais, à mon avis, ils seront capables de supporter n'importe quoi. Ils forment un groupe solide.

— Et vous avez l'air d'un bon père.

— Merci, madame.

Il esquissa un bref salut et tous deux rirent. A ce moment, un des directeurs de la chaîne s'approcha pour leur dire bonjour. Il embrassa Charlotte Sampson sur les deux joues et serra la main d'Oliver, puis il lui dit qu'il le cherchait depuis une heure.

— Je veux vous présenter à quelques-uns de nos amis, mais je vois que vous avez déjà fait la connaissance de ma dame favorite.

— J'ai essayé de l'écraser quand j'ai franchi la porte et elle a eu la bonté de ne pas me faire jeter dehors ou de ne pas me traîner devant les tribunaux. Elle est probablement trop éclopée maintenant pour bouger, alors nous sommes restés ici à bavarder, moi en l'assommant avec des histoires sur mes enfants.

— J'ai pris grand plaisir à causer avec vous, Oliver. — Elle avait presque l'air froissée et son directeur rit ; elle se tourna vers lui en disant avec ce qui était presque une moue. — ... Je suppose que maintenant vous l'emmenez.

— J'y suis obligé. Je vous le ramènerai, si vous voulez.

Il se tourna vers Oliver pour lui adresser une pseudo-mise en garde :

— Méfiez-vous, elle déteste les étoiles de cinéma, elle adore les enfants et les chiens, elle n'oublie jamais un mot de ses rôles. Je redoute les femmes de ce genre, pas vous ? Et qui plus est, elle est fichtrement trop jolie. Vous devriez la voir à quatre heures du matin, vous en seriez malade, pas de maquillage et un visage d'ange.

— Allons, Howie, ne dites pas de bêtises ! Vous savez à quoi je ressemble le matin !...

Elle riait et Oliver fut amusé. Elle avait l'air vraiment sympathique et il aurait aimé la voir à quatre heures du matin avec ou sans maquillage.

— ... Il raconte des mensonges, rien que des mensonges. Je déteste les enfants et les chiens.

Mais on ne l'aurait pas dit à l'entendre quand ils s'étaient entretenus de ses propres enfants.

— D'accord, Charlie, va jouer, pendant que j'emmène Oliver faire un tour. Je le ramènerai dans un petit moment.

Mais quand ils l'eurent quittée, au grand regret d'Oliver, « Howie » le présenta à tous les êtres vivants ayant une certaine importance qui se trouvaient sur le plateau, et une heure s'était écoulée quand il revint à l'endroit où il l'avait laissée. Et naturellement elle n'y était plus. Il n'avait pas compté qu'elle reste... pas vraiment... mais il aurait beaucoup aimé qu'elle soit là. Il sortit discrètement et alla à la recherche de sa limousine. Alors, à sa stupeur, dans le lointain, montant dans une Mercedes rouge, il la vit. Elle avait tressé ses cheveux en deux nattes, enlevé son maquillage et endossé un vieux manteau de cuir noir. Il agita la main à son adresse, elle l'aperçut, lui rendit son signe, puis hésita une minute, comme si elle attendait qu'il approche. Il se dirigea vers elle, dans l'intention de lui dire combien il avait été heureux de la rencontrer et elle lui sourit quand il arriva.

— Vous rentrez chez vous ?

Elle inclina la tête avec un soudain air enfant. Mais un très bel enfant, songea-t-il en la contemplant.

— Après Noël, j'ai deux semaines de congé. Nous nous sommes arrêtés de tourner ce soir. Et vous ? En avez-vous terminé avec vos devoirs ici ?

Son expression était rieuse et il répliqua d'un signe affirmatif. Il avait envie de l'inviter à dîner, mais n'osait pas se risquer, puis il conclut que, diable, même si elle était Charlotte Sampson, tout ce qu'elle pouvait dire était non !

— Avez-vous déjà dîné ?

Elle fit un signe négatif, puis son visage s'éclaira.

— Cela vous tente de manger une pizza chez *Spago* ? Je ne suis pas sûre que nous entrerons, mais rien n'empêche d'essayer. C'est plutôt bondé, en général.

Ce qui était la litote de l'année. D'ordinaire, les gens se pressaient en masse serrée, prêts à attendre une vie entière pour goûter aux repas sensationnels de Wolfgang Puck et apercevoir les vedettes qui hantaient la salle.

— Cela me plairait beaucoup. — Il avait l'air ravi. Il jeta un coup d'œil par-dessus son épaule à la limousine. — ... Je vous emmène ? Ou est-ce que je vous suis ?

— Pourquoi ne pas monter avec moi ?

— Vous n'y voyez pas d'inconvénient ?

Ce serait certainement plus simple.

Elle lui adressa de nouveau un sourire chaleureux. Elle trouvait sympathique aussi bien son physique que sa façon de parler. Elle aimait bien son air de simplicité, ce qu'il avait en lui de tranquille et d'assuré. Il donnait l'impression de quelqu'un sur qui on pouvait compter.

— Aucun, bien sûr.

Il renvoya alors vivement son chauffeur, comme s'il craignait qu'elle change d'avis, et s'installa sur le siège avant à côté d'elle. Et soudain elle se tourna vers lui.

— J'ai une meilleure idée. Parfois, il y a un vacarme infernal chez *Spago*. Je connais un autre restaurant italien à Melrose. Il s'appelle *Chianti*. La salle est sombre et là personne ne nous verra. Nous n'avons qu'à téléphoner d'ici pour voir si on veut nous prendre.

Elle désigna un petit téléphone rouge sur le tableau de bord et s'en servit tout en mettant la voiture en marche, ce qu'il la regarda faire avec amusement.

— Qu'est-ce qu'il y a ?

— Rien. Simplement, je suis impressionné.

— Oui, dit-elle avec un franc sourire. On est loin de Lincoln, dans le Nebraska.

Le restaurant répondit à la première sonnerie. On serait heureux de réserver une table à Miss Sampson. Et le choix était parfait. Le restaurant était petit, intime, plongé dans une demi-pénombre, et il ne sacrifiait pas à « la nouvelle cuisine ». Il avait l'aspect classique des restaurants italiens de naguère et les plats inscrits sur le menu semblaient délicieux. Le maître d'hôtel nota tout de suite leur commande, et ils s'adossèrent côte à côte à la banquette, tandis qu'Oliver s'efforçait d'assimiler cette aventure. Il dînait avec Charlotte Sampson. Mais on était à Hollywood, n'est-ce pas ? Et le temps d'un éclair il songea à Megan à New York. Comme c'était différent, ici. Là-bas, cela avait été terriblement sophistiqué et un peu décadent, et ceci semblait en quelque sorte tellement simple. Mais Charlotte était ce genre de personne. Elle donnait une solide impression de naturel.

— Vous avez eu une idée sensationnelle.

Il avait l'air content et tous deux plongèrent la main dans la corbeille aux gressins. Ils mouraient de faim.

— Quel soulagement de penser que je ne serai pas obligée

de partir travailler demain à quatre heures. Ma vie sociale en
est parfois complètement désorganisée. La plupart du temps,
je suis trop fatiguée pour aller quelque part le soir, sinon
chez moi me coucher. Je prends un bain, puis je me fourre
au lit avec le scénario du lendemain et à neuf heures du soir
les lumières sont éteintes et je n'y suis plus pour personne.

— Alors, les célèbres réceptions de Hollywood?

— Elles sont pour les imbéciles. A part les convocations
obligatoires dans le genre de ce soir. Le reste, je vous les
laisse. Celles comme ce soir, c'est dangereux de ne pas y
assister. Il ne faut irriter personne de la chaîne de TV.

— C'est ce que j'ai entendu dire. Est-ce réellement aussi
périlleux?

— Quelquefois, si votre cote d'écoute n'est pas fameuse.
C'est un fichu métier. — Puis elle rit. — Mais je l'aime.
J'aime son côté exaltant, le travail pénible, les scénarios
difficiles. Il y a d'autres choses que je préférerais, mais ceci a
été une aventure formidable.

Il y avait deux ans qu'elle jouait dans cette série.

— Qu'auriez-vous aimé faire, plutôt?

— Sur le plan de la profession? — La question était
intéressante. — Jouer Shakespeare probablement. J'ai inter-
prété beaucoup de rôles du répertoire quand j'étais à l'université et j'ai joué ensuite dans des tournées d'été, quand je
ne pouvais pas avoir d'autre travail. J'aime le théâtre. La
tension qu'il crée. L'obligation de se rappeler son rôle en
entier et de le recréer soir après soir sans se tromper. Je
pense que le summum, pour moi, serait une pièce à Broadway.

Il hocha la tête, il comprenait. C'était pour ainsi dire
l'apogée de cette forme d'art, mais ce qu'elle faisait avait
aussi son mérite. Il l'admirait beaucoup pour cela. Et c'était
plus difficile qu'il n'y paraissait. Oliver s'en rendait compte.

— Avez-vous tourné dans des films?

— Un seul. — Elle s'esclaffa. — Ça a été un désastre. La
seule personne qui l'a vu et l'a aimé était ma grand-mère,
dans le Nebraska.

Tous deux rirent, puis leur dîner arriva et ils bavardèrent
sans arrêt de leur travail, de ses enfants, des contraintes de
leurs emplois et des impressions d'Oliver en se retrouvant
soudain à la tête de l'agence de Los Angeles.

— La publicité doit être un dur métier. Une seule bou-
lette et vous perdez le client.

Elle avait entendu là-dessus des histoires terrifiantes depuis des années, mais Oliver paraissait étonnamment calme.

— Ce n'est pas différent de votre travail à vous. On ne vous donne pas non plus beaucoup de liberté d'action.

— Voilà pourquoi on a besoin de quelque chose d'autre, pour ne pas prendre trop cela à cœur. Il faut avoir quelque chose d'autre qui compte dans votre vie.

— Comme quoi ?

Elle répondit sans hésitation :

— Un mari, un foyer, des enfants. Des gens qu'on aime, quelque chose d'autre qu'on sait faire, parce qu'un jour les séries télévisées, les autographes, le battage publicitaire, tout disparaît, et il faut prendre garde à ne pas disparaître avec.

C'était une façon intelligente d'envisager son travail, et il en conçut de l'estime pour elle, mais ce qu'elle venait de dire suscita soudain chez lui une interrogation.

— Y a-t-il un détail que vous me taisez, Miss Sampson ? Est-ce que votre mari ne va pas surgir dans la salle et me donner un coup de poing sur le nez ?

Elle rit à cette idée et secoua la tête en s'attaquant à ses pâtes.

— Aucun risque de cet ordre, j'en ai peur. J'ai été mariée une fois, il y a longtemps, quand j'avais vingt et un ans. Cela a duré environ dix minutes après ma sortie de l'université.

— Qu'est-ce qui s'est passé ?

— Mort subite. Il était acteur. Et je n'ai jamais rencontré personne d'autre que j'aie eu envie d'épouser. Dans ce métier, on ne voit pas tellement de gens avec qui on aimerait passer le reste de sa vie.

Elle avait aussi fréquenté pendant plusieurs années un producteur, mais cela n'avait abouti à rien. Et après cela elle était demeurée pendant de longues périodes sans personne ou était sortie avec des gens qui n'étaient pas du métier.

— Je suis trop difficile, je pense. Ma mère dit que j'ai passé l'âge. — Elle le regardait gravement, mais avec un pétillement de malice. — ... J'aurai trente-quatre ans le mois prochain. Un peu mûre pour le mariage, je suppose.

Cette réflexion suscita un rire moqueur chez Oliver. Elle avait l'air d'avoir vingt ans.

— Ce n'est pas ce que je dirais, ou bien est-ce le point de vue adopté par ici sur la question ?

— Si vous avez plus de vingt-cinq ans, vous êtes finie. A trente ans, vous avez eu votre première opération de chirurgie esthétique pour le visage. A trente-cinq ans, vous en avez eu deux et les yeux retravaillés au moins une fois. Peut-être même deux. A quarante ans, c'est terminé. Vous comprenez pourquoi j'estime qu'il faut quelque chose d'autre dans l'existence.

Aux oreilles d'Oliver, elle semblait bien penser ce qu'elle disait.

— Et s'il n'y a ni mari ni enfants, quoi alors?

— Quelque chose qui vous absorbe l'esprit. Je me suis occupée à titre bénévole d'enfants handicapés. Ces derniers temps, toutefois, je n'ai pas eu beaucoup le loisir de le faire.

— Je vous prêterai les miens.

— Comment sont-ils?

Elle paraissait intéressée et il fut touché. Difficile d'imaginer qu'elle avait pour elle succès et célébrité tant elle était naturelle et simple. Oliver trouvait cela très sympathique. Il aimait tout ce qu'il avait discerné jusqu'à présent. Il en oubliait presque son apparence. Sa beauté perdait soudain son importance en comparaison du reste. Elle était belle à l'intérieur, et cela lui plaisait infiniment plus. Et tandis qu'il se disait cela, il s'efforça de répondre à sa question concernant ses enfants.

— Mel est intelligente et sérieuse, elle a une envie folle de devenir actrice. Ou du moins le pense-t-elle pour le moment. Dieu sait ce qu'elle voudra être plus tard. En tout cas, elle désire obtenir un diplôme d'art dramatique à l'université. Elle a encore deux ans de lycée à finir. Elle est grande et blonde, et vaillante. Je pense que vous l'aimerez...

Il tenait pour acquis qu'elles feraient connaissance, puis se demanda s'il ne s'avançait pas trop, mais Charlotte n'avait pas tiqué quand il avait parlé.

— ... Et Sam est un enfant charmant, il a dix ans, et il déborde d'énergie. Tout le monde l'aime.

Puis il lui parla de Benjamin, de Sandra et du bébé.

— Quelle malchance. Cela doit être dur pour lui.

— Effectivement. Il est décidé à agir loyalement quand bien même cela le tuerait. Il n'a pas l'air d'aimer cette jeune femme, mais il est fou du bébé.

— Ainsi donc vous êtes grand-père. — Elle le dévisagea soudain avec un regard plein de malice. Ils avaient les yeux du même vert mais aucun d'eux ne s'en était aperçu. — ... Vous ne m'aviez pas dit cela quand nous nous sommes rencontrés.

Oliver rit de la façon dont elle le disait.

— Cela fait-il une grande différence ?

— Enorme. Attendez que j'apprenne à mes parents que je suis sortie avec un grand-père. Ils vont vraiment se demander ce que j'avais derrière la tête.

Elle semblait bien s'entendre avec ses parents, et cela aussi plut à Oliver. Il lui parla même de son père et de Margaret.

— Ils viendront voir les enfants en janvier. Rencontrer Margaret était la meilleure chose qui pouvait arriver à mon père, encore que je n'aie pas été de cet avis au début. Qu'il l'épouse aussi vite après la mort de ma mère a été un sacré choc.

— C'est drôle, si âgés que nous soyons, en ce qui concerne nos parents nous sommes toujours des enfants. Vous ne trouvez pas ?

— Si. Au début, j'en voulais à mort à Margaret. Pourtant il a le droit d'avoir un peu de bonheur dans ses dernières années.

Elle sourit.

— Il pourrait vivre encore très longtemps.

— Je le souhaite.

— J'espère faire leur connaissance, dit-elle doucement.

Ils finirent de dîner et bavardèrent encore un moment en buvant du café, puis ils retournèrent vers la voiture de la jeune femme. En chemin, deux personnes l'arrêtèrent pour demander un autographe, mais elle ne s'en irrita pas. Elle se montra gentille et amicale, presque reconnaissante. Il lui en fit la remarque quand ils montèrent dans sa voiture, et elle posa sur lui ses grands yeux verts où se lisait de la gravité.

— Il ne faut jamais oublier dans ce métier que ces gens vous font ce que vous êtes. Sans eux, vous n'êtes rien. Je ne l'oublie jamais.

Et la beauté de la chose est qu'elle n'en avait pas eu la tête tournée. Elle était étonnamment modeste, presque humble.

— Merci d'avoir dîné avec moi ce soir.

— J'ai passé une excellente soirée, Oliver.

Et elle paraissait penser ce qu'elle disait.

Elle le reconduisit à la maison de Bel Air et, quand ils y arrivèrent, il hésita, ne sachant pas s'il devait ou non lui proposer d'entrer, et s'y décida en fin de compte, mais elle répondit qu'elle était vraiment fatiguée. Puis subitement elle se rappela quelque chose.

— A quoi allez-vous vous occuper pendant les vacances, avec vos enfants partis ?

— A rien de bien sensationnel. J'avais l'intention de liquider le travail en retard au bureau. Ce sera mon premier Noël sans eux.

— D'habitude, je vais aussi chez mes parents, mais je n'ai pas pu cette année. Je tourne un film publicitaire la semaine prochaine et je voulais étudier les textes qui suivront. Nous avons un nouveau scénariste. Voulez-vous faire quelque chose dimanche ?

Ce serait la veille de Noël et il s'efforçait de ne pas y penser, mais son offre était trop séduisante pour qu'il la refuse.

— J'en serais ravi. Nous pourrions dîner ici.

Agnès était là, même si les enfants étaient partis, mais Charlotte avait une meilleure idée.

— Si je vous cuisais une dinde ? Une vraie dinde à la mode d'autrefois. Cela vous plairait ?

— J'en serais enchanté.

— Nous pourrons aller à l'église ensuite. Et il y a des amis que je vais toujours voir le jour de Noël. Aimeriez-vous m'accompagner ?

— Charlotte, cela me plairait infiniment, mais êtes-vous sûre qu'il n'y a pas autre chose que vous préféreriez faire ? Je ne veux pas être importun. Je me débrouillerai bien, vous savez.

Il se débrouillerait, mais serait bien solitaire.

— Ma foi, non, dit-elle avec un sourire léger. Je serai vraiment déçue si vous ne venez pas. Noël est très important pour moi et j'aime passer ce jour-là avec des gens pour qui j'ai de la sympathie. Je ne suis pas pour les faux sapins aspergés de poudre argentée et toute la frime qui va avec. Le Noël typique d'Hollywood.

— Alors, d'accord. Quelle heure ?

— Venez à cinq heures. Nous dînerons à sept heures et nous irons à l'église à minuit.

Elle griffonna l'adresse et la lui donna. Il descendit de la voiture, tout étourdi, tandis qu'elle le remerciait de nouveau puis démarrait avec un signe de la main. Il resta un long moment à regarder la petite voiture rouge disparaître au bas de la colline, se demandant si c'était vraiment arrivé. On aurait dit un rêve. Mais passer Noël avec elle était encore plus du domaine de l'irréel.

Elle l'attendait en robe d'hôtesse blanche. La maison était magnifiquement décorée. Elle était située dans les collines d'Hollywood, sur Spring Oak Drive. Et elle avait l'air

accueillant d'une vieille ferme. Charlotte Sampson rit et dit
qu'elle lui rappelait le Nebraska. Il y avait des planchers
bruts, des poutres au plafond et d'énormes cheminées, une à
chaque extrémité de la salle, et devant elles d'immenses
divans bien rembourrés. La cuisine était presque aussi vaste
que la salle de séjour, avec aussi une cheminée et une table
joliment dressée pour deux. Et il y avait un arbre de Noël aux
guirlandes scintillantes dans le coin. A l'étage se trouvaient
deux belles chambres, une qui était manifestement la sienne,
aux tentures en chintz rose et fleuri, l'autre une chambre
d'amis d'un jaune gai, où ses parents couchaient quand ils
venaient, ce qui ne se produisait pas assez souvent à son goût,
dit-elle. Cette maison n'avait pas le dixième de la sophistica-
tion de l'appartement de Megan mais elle était dix fois plus
chaleureuse, et Oliver en était enchanté.

Charlotte avait mis à rafraîchir pour lui une bouteille de vin
blanc, et la dinde rôtissait allégrement dans le four. Elle avait
préparé de la purée de marrons, de la purée de pommes de
terre et des ignames ; il y avait des petits pois, de la gelée
d'airelles et beaucoup de farce. Quand ils se mirent à table, ce
fut pour un festin royal qui lui rappela agréablement les Noëls
qu'il avait vécus chez lui avec Sarah et, longtemps avant, avec
ses parents. Il n'avait jamais imaginé que ce Noël se passerait
de cette façon, qu'il festoierait en compagnie de Charlotte
Sampson. C'était comme si elle lui était tombée du ciel en
cadeau. En s'asseyant, il déposa sur la table un petit présent
pour elle. Il avait été tellement touché par ses invitations qu'il
avait voulu lui offrir quelque chose de joli. La veille, il était
passé chez un bijoutier et lui avait acheté un bracelet d'or tout
simple. Elle fut profondément émue par ce geste et embarras-
sée de n'avoir rien prévu pour lui.

— Mon cadeau, c'est ça, jeune sotte. Un repas de Noël
surgi comme dans un conte de fées.

Elle parut contente de voir combien il l'appréciait. Ils
bavardèrent et rirent puis, après dîner, il téléphona aux
enfants chez Sarah. Cela faisait un drôle d'effet de leur parler
sans être là-bas avec eux, mais ils donnaient l'impression de
s'amuser. Il y eut beaucoup de rires, de cris aigus, de combiné
qu'on se passait et repassait et il ne ressentit même pas de
gêne quand il parla à Sarah. Il lui adressa ses meilleurs
souhaits puis raccrocha. Il appela aussi son père, lequel
semblait plus heureux qu'il ne l'avait été depuis longtemps.
C'était stupéfiant aussi de penser que Sarah les avait quittés

exactement un an auparavant. Il le dit à Charlotte. Lui parler était facile. Elle avait fait pour le dessert une tourte aux pommes, aux amandes et aux raisins secs qu'elle couronna de crème fouettée.

— Est-ce qu'elle vous manque toujours, Oliver ? demanda-t-elle comme ils regardaient la vue en finissant de déguster leur repas de Noël.

Il secoua la tête, franc avec elle.

— Plus maintenant. J'ai même du mal à me rappeler avoir été marié avec elle. Elle me fait l'effet d'une étrangère à présent et je pense que c'est bien le cas. Par contre, le coup a été brutal au début. J'ai vraiment cru que je n'y survivrais pas. Mais il le fallait pour les enfants. Je pense que c'est eux qui m'ont aidé à tenir bon. — Elle hocha la tête, elle comprenait. Et elle songeait qu'il avait de la chance d'avoir ces enfants. — Nous n'avions jamais souhaité les mêmes choses et pendant toutes ces années je m'étais efforcé de ne pas m'en apercevoir. Mais elle n'avait jamais oublié ce qu'elle voulait.

— Bizarre comme parfois ce genre de ténacité est une vertu et d'autres fois une erreur, n'est-ce pas ?

— Dans son cas, se marier avait été une grosse bourde, je crois, mais je suis content que nous l'ayons fait, sinon nous n'aurions pas eu les enfants.

— Ils comptent plus que tout au monde pour vous, Oliver, n'est-ce pas ?

— Oui, avoua-t-il, peut-être même trop. Je ne me suis pratiquement occupé que d'eux cette année.

A l'exception de Megan, et cela avait été une aberration momentanée, un mois de complète, profonde et délicieuse folie.

— Il se peut que vous ayez eu besoin de ce temps pour réfléchir, pour décider ce que vous voulez maintenant.

— Je le suppose. Je ne suis pas sûr d'avoir déjà la réponse, mais peut-être n'est-ce pas nécessaire pour le moment.

Il lui sourit et elle lui servit une tasse de délicieux café fumant. Il se sentait sur le point d'éclater, ce qui était exactement l'effet que doivent produire les repas de Noël. Il était heureux et repu, et il s'épanouissait en compagnie de cette femme. Il avait l'impression qu'elle était faite pour lui, à part qu'elle était Charlotte Sampson. Il se tourna alors vers elle.

— Et vous ? Savez-vous ce que vous cherchez, Charlotte ?

Elle lui sourit.

— Ecoutez, j'aimerais bien que vous m'appeliez Charlie. Tous mes amis intimes m'appellent comme ça. — C'était stupéfiant de se voir compté dans leur nombre, mais il dut reconnaître que l'idée lui plaisait. — ... j'y songe toujours à la fin de l'année... où je vais... où je veux être l'an prochain, et ce que je veux faire. La même chose, je crois, aussi longtemps que cela marche — ils savaient l'un et l'autre qu'elle pensait à son téléfilm — et pour le reste, quoi qu'il arrive, ce sera bien. J'ai mes rêves, comme tout un chacun, mais une bonne partie d'entre eux se sont déjà réalisés. — Elle semblait parfaitement satisfaite de l'existence. Elle n'était en quête de rien, elle ne luttait pas, elle ne souhaitait pas avoir plus qu'elle n'avait déjà. — J'aimerais me marier et avoir des enfants un jour mais, si cela n'arrive pas, c'est que ce n'était pas ma destinée. Inutile de se rendre malade pour des choses de ce genre, elles ne se produisent que si elles le doivent.

Elle était curieusement philosophe et merveilleusement paisible.

Il l'aida à débarrasser et, à dix heures, ils burent une autre tasse de café. Peu avant minuit, il l'emmena en voiture à Beverly Hills, à l'église du Bon-Pasteur, où ils restèrent assis très près l'un de l'autre pendant la messe de minuit. Cela se passa exactement comme il le fallait et, à la fin, dans la clarté des cierges et l'odeur de l'encens, tous chantèrent des chants de Noël. Il était une heure et demie quand ils quittèrent l'église et il la reconduisit lentement chez elle, heureux, animé, comblé. Au point que les enfants ne lui manquaient pratiquement pas.

Il s'apprêtait à la déposer devant chez elle, mais quand ils furent arrivés, elle le regarda soudain bizarrement.

— Je sais que cela risque de vous paraître curieux, Oliver, mais on a un tel sentiment de solitude quand on rentre seul chez soi à Noël. Aimeriez-vous passer la nuit dans ma chambre d'amis?

Ils ne se connaissaient que depuis trois jours, il venait de passer la soirée de Noël en sa compagnie et voilà qu'elle l'invitait chez elle, en ami, non pas avec le désir charnel dont avait témoigné Megan, mais avec bonté, affection et respect; alors soudain il eut envie par-dessus tout d'accepter. Il voulait être avec elle ce soir, une semaine, une année, qui sait même une vie entière.

— Cela me plairait énormément, Charlie.

Il se pencha pour l'embrasser, mais ce fut un baiser léger,

chaste, puis ils entrèrent dans sa maison la main dans la main. Elle le conduisit à l'étage et ouvrit le lit. Il y avait une salle de bains attenante à la chambre et Charlotte avait une réserve de vêtements de nuit et une robe de chambre pour les amis qui restaient coucher. Elle s'affaira comme une mère poule, puis le laissa seul finalement avec un chaud sourire et un « Joyeux Noël ». Et il resta couché bien bien longtemps dans cette chambre d'amis à songer à elle. Il voulait aller la retrouver, mais il savait que ce serait déloyal d'abuser maintenant de sa gentillesse, et il resta là comme un enfant désireux de se glisser dans le lit de sa mère mais n'osant pas s'y risquer.

Quand il se réveilla, le lendemain matin, il perçut une odeur de crêpes, de saucisses et de café bouillant. Il se lava les dents avec la brosse neuve qu'elle lui avait donnée, se rasa et descendit en robe de chambre, curieux de voir ce qu'elle concoctait.

— Joyeux Noël, Oliver ! lui lança-t-elle lorsqu'il franchit le seuil de la cuisine.

Il sourit en la regardant s'affairer et, deux minutes plus tard, elle avait fini de préparer un somptueux petit déjeuner. Il y avait tout ce qu'il avait senti et davantage encore : du bacon, des œufs, du jus d'oranges fraîchement pressées, en plus du café.

— Joyeux Noël, Charlie. Prenez garde, vous n'allez pas réussir à me faire partir d'ici si vous continuez à me nourrir de pareille façon. Quel fameux hôtel vous tenez !

Elle rit gaiement.

— Je suis heureuse qu'il vous plaise, monsieur.

Alors, sans préambule, il se pencha et l'embrassa. Par contre, le baiser fut plus fervent que ce qu'il avait osé la nuit d'avant. Et quand elle finit par se dégager, tous deux étaient plus qu'un peu hors d'haleine.

— Ça alors, Oliver, voilà une vraiment bonne matinée.

— Elle va de pair avec la qualité du déjeuner.

Il avala deux bouchées d'œufs, puis voulut l'attirer de nouveau à lui, soudain incapable de rester séparé d'elle une seconde de plus. Elle était trop bonne pour être vraie et il redoutait qu'elle disparaisse en fumée s'il ne la tenait pas solidement.

— Soyez sage, Oliver, mangez votre petit déjeuner, le gronda-t-elle en souriant.

— Je ne sais pas trop de quoi j'ai le plus envie, dit-il soudain avec une mine d'enfant dans une boutique de jouets au moment de Noël, ce déjeuner ou vous. — Il leva de nouveau les yeux vers elle avec une mine épanouie. — Pour le moment, vous êtes gagnante.

— De la tenue, sinon le Père Noël ne vous apportera rien. Mangez.

— Bien, madame.

A la vérité, le Père Noël l'avait mise dans son soulier, voilà ce qu'il pensait encore, et le directeur du studio avait raison : sans maquillage, les cheveux tirés en arrière, le teint clair et sain, elle était absolument superbe le matin.

Après qu'ils eurent fini, elle disparut et revint avec une petite boîte de velours bleu qu'elle posa à côté de lui. Elle s'en était souvenue après le service tard dans la nuit et maintenant elle le regardait ouvrir la boîte avec plaisir. Il y avait dedans une magnifique montre de gousset ancienne, avec un élégant cadran orné de chiffres romains, qu'il contempla avec stupeur.

— Elle appartenait à mon grand-père, Oliver... Elle vous plaît ?

— Elle est magnifique ! Mais vous ne pouvez pas me donner un objet pareil !

Il la connaissait à peine. Et s'il était une canaille ou un goujat ou qu'elle ne le revoie jamais ? Cela ne lui semblait pas bien mais, comme il tentait de la lui rendre, elle refusa de la prendre.

— Je veux que vous la gardiez. Vous êtes quelqu'un de très particulier et pour moi ce Noël a été tout particulier. Je vous l'ai dit, je vais toujours chez mes parents et cela m'a été impossible cette année. Et de tous les gens que je connais il n'y en avait aucun avec qui j'avais envie de passer Noël ici, excepté vous... c'est dire... alors, elle est pour vous... conservez-la... et rappelez-vous ce Noël.

Il sentit les larmes lui monter aux yeux quand il releva la tête pour la remercier et au lieu de parler il l'attira contre lui et l'embrassa avec infiniment de douceur. Elle avait sur les lèvres un goût de jus d'oranges, elle sentait la lavande et la violette, et il voulait la garder dans ses bras pour l'éternité.

— Je suis fou de vous, Charlie, murmura-t-il. Est-ce que cela vous paraît raisonnable après trois jours ?... pardon, quatre à présent.

Ils s'étaient rencontrés un jeudi et c'était maintenant lundi.

— Non, murmura-t-elle, et cela me terrorise... mais j'éprouve la même chose et j'en suis heureuse.

— A quoi cela mènera-t-il de nous conduire comme deux jeunes fous ? Je viens à peine de vous rencontrer et je tombe amoureux de vous. Et vous, une vedette célèbre de la télé, que diable faites-vous avec moi ? Qu'est-ce que cela signifie ?

— Je ne sais pas, répliqua-t-elle, pensive et presque triste, mais appartenir à la télévision n'a rien à voir avec cela. Je le sais. Je pense que nous sommes simplement deux personnes qui se sont rencontrées au bon moment. Nous avons eu beaucoup de chance, voilà tout.

— Simplement ?

Ou y avait-il autre chose de plus ? Etait-ce la fatalité ? Etait-ce le destin ? Etait-ce du désir charnel ou l'effet de la solitude ? Quoi qu'il en soit, c'était merveilleux et du moins pouvaient-ils en parler comme de leur secret.

— Voulez-vous m'accompagner chez moi pour que je me change ? demanda-t-il en souriant.

Elle acquiesça d'un signe de tête joyeux. C'était le jour de Noël et, ensuite, elle l'emmènerait chez ses amis, après cela elle lui préparerait de nouveau à dîner. Elle souhaitait que jamais cela ne finisse, ne change, ne s'arrête, et Oliver pensait de même. Tout ce qu'il voulait, c'est être avec elle. Il attendit pendant qu'elle s'habillait, puis la conduisit à sa maison dans Bel Air. Agnès était partie pour le week-end et il lui fit faire le tour de la maison. Il lui montra les chambres des enfants, lui montra dix mille photos qu'ils avaient apportées de New York et ils restèrent assis comme deux enfants eux-mêmes des heures durant à les examiner toutes longuement tandis qu'il expliquait quoi était quoi et qui était où.

— Ils sont beaux, Oliver.

— Vous aussi, murmura-t-il d'une voix étranglée, puis il l'embrassa encore une fois. Il ne savait pas combien de temps il serait capable de se maîtriser, si fort était son désir d'elle et si merveilleuse elle était, assise simplement à côté de lui sur le divan.

— On va un moment près de la piscine ?

La journée était belle, ensoleillée et chaude. Il voulait attendre, attendre, jusqu'à ce qu'ils soient tous les deux sûrs de ce qu'ils voulaient. Etendus côte à côte au soleil, ils parlèrent encore, longtemps. Il y avait tellement à raconter, tellement à apprendre, à expliquer et à comprendre sur ce qui les concernait l'un et l'autre.

Dans l'après-midi, il téléphona à Benjamin et Charlotte l'écouta avec un sourire ému s'entretenir avec son fils. Le

bébé allait bien. Sandra était sortie. La maison était parfaite. Et ils espéraient le voir bientôt aussi, et non, rien ne
clochait. Elle sourit de nouveau quand il raccrocha.
— Vous êtes fou de ce garçon, n'est-ce pas ?
— Oui. — Il lui répondit par un sourire triste. — Je
voudrais seulement qu'il se sorte de cette mélasse et se
presse un peu de venir ici pour que je puisse l'avoir à l'œil
et l'inciter à reprendre ses cours. Il gâche sa vie à cause
de cette fille et à son âge c'est un crime.
— Donnez-lui sa chance. Avec le temps, il finira par y
voir clair. Nous y parvenons tous un jour ou l'autre. —
Puis, la pensée lui venant après coup : — Vous ne pensez
pas qu'ils vont se marier ?
— Non, je ne crois pas.
Il soupira et passa un bras autour d'elle.
Puis ils rendirent visite aux amis de Charlotte. Ils
étaient l'un et l'autre réalisateurs et ils avaient fait des tas
de choses intéressantes. Il y avait là des célébrités, mais
aussi beaucoup d'anonymes, tous simples et directs ; personne ne sembla surpris de voir Charlotte avec Oliver, il
fut accueilli comme un des leurs et il passa des heures très
agréables. Ils restèrent plus longtemps qu'ils ne l'avaient
prévu et à neuf heures du soir ils rentrèrent à Bel Air et
décidèrent de prendre un bain dans la piscine. Ils n'avaient
rien mangé, mais l'un et l'autre se sentaient encore rassa-
siés par le petit déjeuner et le déjeuner, pour ne rien dire
des amuse-gueule qu'ils avaient grignotés chez les amis de
Charlotte.
Il lui prêta un des costumes de bain de Mel et alla se
changer. Quand il revint elle était déjà dans la piscine,
exécutant de souples allers et retours, s'arrêtant finalement
à l'endroit où il se tenait.
— Vous êtes bonne nageuse. Y a-t-il quelque chose que
vous ne sachiez pas faire ?
— Oui, des quantités. — Elle lui souriait. — Je nage
beaucoup à titre d'exercice, cela me maintient en forme.
Et indéniablement les résultats étaient bons. Le corps
qu'il vit surgir de l'eau quand elle se dirigea vers le plon-
geoir le stupéfia. Ses proportions étaient idéales, ses membres sculptés à la perfection. C'était une jeune femme
incroyablement belle, sèche ou mouillée, le matin ou le
soir, à n'importe quelle heure de la journée, n'importe où,
et il la voulait maintenant, ici, dans sa piscine. Mais il

savait qu'il ne pouvait pas lui faire ça. Ils venaient de se rencontrer et, par certains côtés, elle appartenait à l'ancien temps.

A ce moment-là, elle plongea près de lui et remonta à l'endroit où il nageait.

— On fait la course?

Elle le taquinait et il lui sourit. Il avait été capitaine de l'équipe de natation un siècle auparavant et elle n'était pas de force à rivaliser avec lui. Il la battit à plate couture, puis la coinça contre la paroi de la piscine et l'embrassa.

— Vous ne vous en tirez pas mal non plus.

— A quel talent faites-vous allusion, ma chère? demanda-t-il d'un ton taquin.

— Aux deux, en fait.

Puis elle plongea à côté de lui et nagea sous l'eau jusqu'à l'autre bord, comme un petit poisson. Soudain, il devint incapable de résister, il nagea à sa suite, lui encerclant la taille dans ses mains, et ils remontèrent lentement ensemble à la surface pour respirer. Il l'enlaça étroitement, elle passa ses bras autour de lui, puis l'embrassa à son tour.

— Je ne suis pas sûr de pouvoir me conduire convenablement, si vous voulez savoir la vérité.

Il tenait à être franc avec elle d'entrée de jeu.

— Je ne suis pas sûre de souhaiter que vous le fassiez, Oliver.

Elle l'embrassa avec ardeur et il fut submergé de désir en la dépouillant lentement de son maillot de bain et en passant les mains sur sa peau délicate. Ils respiraient soudain à l'unisson et agissaient de même.

— Oh, chérie... gémit-il quand il la sentit le toucher. Charlotte... je vous aime.

Il était confus d'avoir prononcé ces mots, mais c'était la vérité. Il aimait sa façon de penser, il aimait sa façon de réagir, et il aimait le contact de son corps dans ses mains. Ses doigts l'effleurèrent d'une légère caresse intime, puis ils nagèrent lentement vers l'escalier, affamés de désir, il la coucha avec douceur et comme elle l'embrassait il la pénétra, elle se cambra sous lui et l'accompagna dans son mouvement, tous deux environnés par l'eau tiède, et cela se poursuivit sans arrêt, doux et beau, comme s'ils étaient deux êtres réunis par le temps et l'espace. Quand elle ouvrit les yeux et le regarda, elle ne put résister à l'envie de l'embrasser de nouveau et dit ce qu'il avait souhaité entendre dès l'instant de leur rencontre et, si fou que cela paraisse, il savait que c'était vrai pour elle comme pour lui.

— Ollie, murmura-t-elle dans l'air tiède de la nuit, je vous aime.

Alors il l'entraîna doucement, l'enveloppa dans un drap de bain et la ramena dans sa chambre. Ils restèrent étendus tard dans la nuit à chuchoter, rire comme deux enfants, partageant secrets et rêves. Quand ils firent de nouveau l'amour, c'était évident pour l'un comme pour l'autre qu'ils agissaient dans le droit fil de leur existence. Pour la première fois, ils étaient tous deux où ils voulaient être, avec la personne qui convenait au bon moment et de la bonne façon.

— On dirait un rêve, n'est-ce pas ? lui dit-elle tout bas au moment où ils glissaient dans le sommeil comme des enfants heureux.

— Joyeux Noël, Charlie, murmura-t-il en réponse, le bras serré autour de sa taille, et il fourra son nez dans son cou.

C'était le seul Noël qu'ils avaient jamais connu, le seul qu'ils voudraient jamais avoir.

Et si c'était un rêve, il espérait ne s'en éveiller jamais.

22

Les enfants revinrent après deux semaines passées à Boston, et Oliver alla les chercher, l'âme en paix, les nerfs détendus, réchauffé par son amour pour Charlotte. Ils lui avaient manqué comme toujours quand ils étaient absents mais, cette fois, il avait eu une vie personnelle pendant qu'ils étaient partis et les jours avaient passé comme par magie. Leur retour le rendait un peu inquiet, car il redoutait qu'ils devinent quelque chose de changé en lui et il espérait aussi qu'ils la trouveraient sympathique. Il avait déjà vécu l'expérience d'un roman d'amour défunt parce que l'élue de son cœur et ses enfants ne s'étaient pas entendus. Il tiquait encore lorsqu'il songeait à cette fois où il avait présenté les enfants à Megan. Mais ce qu'il partageait à présent avec Charlotte était infiniment différent. Elle était douce, elle était chaleureuse, elle était bonne et amusante. Elle se souciait de ce qu'il pensait et, au contraire de Megan, elle était follement désireuse de connaître ses enfants et de conquérir leur amitié.

Sam lui sauta dans les bras dès qu'il sortit de l'avion et Mel arriva sur ses talons avec un large sourire et un bronzage de skieuse. Sarah les avait emmenés faire du ski dans le New Hampshire pendant le week-end du Jour de l'An.

— Holà, vous avez une mine splendide, vous deux !

Ils s'étaient bien amusés et quand ils furent dans la voiture, roulant vers chez eux, Mel mentionna discrètement que leur mère se remettait lentement de la disparition de Jean-Pierre. Sarah travaillait d'arrache-pied à son roman, et elle avait décidé de le dédier à Jean-Pierre. Oliver ne demanda pas s'il y avait quelqu'un d'autre dans sa vie. Il ne tenait pas vraiment à le savoir et il estimait que cela regardait maintenant Sarah seule, pas lui.

— Alors, papa, dit Sam en se blottissant contre lui dans la voiture, est-ce que nous t'avons manqué ?

— Tu veux rire, fiston ? La maison était comme une tombe sans vous deux.

Mais pas toujours, songea-t-il en souriant intérieurement, il y avait eu Charlotte...

— On se serait cru dans un désert sans vous.

Il sourit à Mel par-dessus la tête de Sam et il remarqua comme elle était devenue femme. Au cours de ces derniers mois, elle avait acquis une assurance nouvelle et, après deux semaines de séparation, il distinguait chez elle de nouveaux changements.

Sam s'enquit du chien.

— Comment va Andy ?

— Aussi créateur de catastrophes que d'habitude, répliqua son père en souriant. L'autre jour, après avoir pataugé dans la piscine, il a paradé sur le divan blanc. Agnès l'a poursuivi avec un balai, et je ne sais pas trop qui a gagné. Après cela, il a mâchonné ses rideaux.

Ils éclatèrent de rire en chœur en se représentant la scène, puis Oliver s'efforça de prendre un ton détaché pour proférer ensuite une phrase aux termes soigneusement choisis :

— J'ai une amie qui vient dîner ce soir, une simple connaissance, continua-t-il en tâchant de paraître indifférent mais en se demandant s'il trompait quelqu'un d'autre que lui-même, ses enfants étaient perspicaces. J'ai pensé que cela vous plairait de la voir.

— Quelqu'un de spécial, papa ?

Mel avait un sourire entendu et haussait un sourcil. Cela aussi était un changement. Six mois auparavant, elle aurait été prête à haïr n'importe quelle femme qui paraîtrait s'intéresser à son père. Mais tout à coup les choses étaient différentes. Elle approchait de l'âge adulte, elle avait presque dix-sept ans. Il y avait dans son école un garçon qui comptait pour elle et elle avait fini par comprendre, après l'été passé avec sa mère et Jean-Pierre, que ses parents ne revivraient jamais ensemble. C'était un peu plus dur à accepter pour Sam, mais il était aussi plus naïf et, au contraire de Mel, il ne sembla pas remarquer que la voix de son père s'était un peu étranglée.

— Juste une amie.

Comme ils arrivaient chez eux, Mel insista :

— Qui est-ce ?

— Elle s'appelle Charlie... Charlotte, en fait... et elle est originaire du Nebraska.

Il ne savait pas quoi dire d'autre et il ne désirait pas avoir l'air de se vanter en révélant qui elle était. Ils finiraient bien par le découvrir tout seuls, d'ailleurs. Tout comme Agnès. Elle était restée bouche bée la première fois qu'elle l'avait vue. Elles s'étaient cependant vite prises d'amitié et Charlie avait apporté à Agnès des photos dédicacées pour qu'elle les envoie à ses amis, ainsi que de petits souvenirs de l'émission. Lorsque les enfants revinrent, Agnès était déjà toute acquise à Charlotte.

Ils s'engagèrent dans l'allée de leur maison. Agnès les attendait pour les serrer tous deux contre son cœur, elle leur avait préparé des gâteaux. Andy se déchaîna de joie en les voyant. Il y avait encore deux heures jusqu'au dîner et Sam voulut absolument se baigner. Il mourait d'impatience de retrouver la Californie et la piscine, après deux semaines dans le froid de l'Est. Il déclara n'avoir jamais gelé autant de sa vie qu'à Boston.

Avant même d'avoir défait ses bagages, Mel se dirigea droit sur le téléphone pour appeler ses amis et demander qui avait fait quoi avec qui et ce qu'elle avait manqué en son absence. A l'évidence, ils étaient ravis l'un et l'autre d'être de retour et Oliver s'en réjouit. Il était seulement désolé qu'aucun d'eux n'ait eu l'occasion de voir Benjamin cette fois-ci. Il avait repris deux emplois, et lui et Sandra avaient été cloués à la maison à cause du bébé. Rien n'avait apparemment changé, d'après ce que lui avait dit Mel quand il l'avait interrogée dans la voiture : elle avait trouvé à son frère une voix déprimée mais peut-être était-il seulement fatigué. Sandra n'était toujours pas rentrée passé minuit, et Benjamin était là à s'occuper du bébé les deux fois où elle lui avait téléphoné.

A sept heures sonnantes, tandis qu'il attendait nerveusement dans la salle de séjour, tendant l'oreille aux bruits familiers des enfants à l'étage, Oliver vit la petite Mercedes rouge entrer dans l'allée. Son cœur bondit dans sa poitrine. Il avait envie de sortir en courant et d'embrasser Charlotte, mais il se contint et la regarda descendre de voiture. Puis il se dirigea posément vers la porte d'entrée pour lui ouvrir, en se demandant si les enfants les observaient.

— Bonjour, chérie, chuchota-t-il en déposant un petit baiser rapide sur son cou puis sa joue. Tu m'as manqué.

Des jours entiers semblaient s'être écoulés depuis qu'ils s'étaient quittés mais, à la vérité, ils étaient encore ensemble le matin même.

— Tu m'as manqué aussi, chuchota-t-elle sur un ton de conspirateur. Comment vont-ils ?

— Epatamment bien. Ils se sont beaucoup amusés, mais il semblent heureux d'être revenus. Je leur ai parlé de toi dans la voiture.

C'était pire que de présenter une jeune fille à sa future belle-mère, et il savait combien les enfants peuvent se montrer coriaces, les siens en particulier. Charlotte était aussi nerveuse à l'idée de faire leur connaissance que lui l'était de la leur présenter. On aurait dit deux enfants embarrassés de leurs personnages quand il l'escorta jusqu'à la salle de séjour et qu'ils s'assirent chacun à un bout de la pièce dans des fauteuils club, mais ils n'auraient trompé personne. Le regard qu'ils échangeaient était de pure adoration. Dans ces deux dernières semaines, ils avaient découvert un bien précieux, tous deux le savaient. Et Charlotte était consciente que c'était quelque chose qui devait être partagé.

D'un bond, Oliver s'extirpa de son fauteuil et fonça au premier pour appeler Sam et Mel, tandis que la jeune femme se mettait à déambuler dans la pièce, manipulant des objets, le regard perdu dans le vide ou posé sur des tableaux qu'elle ne voyait pas. Qui sait s'ils n'allaient pas la détester, si sa fille n'était pas une chipie et son Sam adoré un petit monstre ? Mais avant qu'elle ait eu le temps de tourner les talons et de s'enfuir, le chien surgit dans la pièce, suivi par Sam, puis Mel et Oliver juste derrière.

L'attaque fut immédiate et la pièce sembla soudain pleine de bruit, de bavardages et de rires, puis le silence s'établit quand ils l'aperçurent.

Oliver s'avança aussitôt pour les présenter. Mel lui serra la main, l'évaluant visiblement et apparemment satisfaite de ce qu'elle voyait. A la vérité, elle était impressionnée. Et Sam la dévisageait en plissant les paupières, comme s'il essayait de se rappeler quelque chose mais sans savoir exactement quoi. On ne pouvait nier qu'elle était jolie. En leur honneur, elle avait endossé une sage jupe bleu marine, un sweater blanc à col roulé sous un blazer, des bas bleu foncé et de jolis escarpins bleu marine. Elle était moins maquillée que Mel, ce qui n'était pas beaucoup, et ses cheveux étaient noués en longue queue de cheval brillante. Ils avaient exactement la même couleur que ceux de Benjamin, ce qui fut la première chose que remarqua Mel.

— Enchantée de vous connaître tous les deux, dit Charlotte avec un sourire. J'ai beaucoup entendu parler de vous par votre père.

— Oui ? Il a dit quoi ?

Sam lui rendit un sourire ravi qui lui fendait la bouche jusqu'aux oreilles. Elle était plutôt gentille et il conclut qu'il l'aimerait bien.

— ... Il vous a raconté mon expérience scientifique ?

Il en avait été particulièrement fier, et Mel poussa un grognement de protestation à cette idée. Elle devinait avec justesse ce qui allait suivre.

— Non, pas ça, s'il te plaît...

— Vous voulez la voir ?

Charlotte commença à acquiescer d'un signe de tête. Mel allongea la main pour l'arrêter.

— Suivez mon conseil, n'y allez pas. Il a un élevage de vers. C'est vraiment dégoûtant.

Elle et Agnès avaient forcé le garçon à laisser son matériel au garage, et il mourait d'envie de le montrer à l'amie de son père, autant pour se vanter que pour la tester. Charlotte sourit à l'enfant.

— J'ai essayé une fois, mais ma mère a tout jeté aux ordures. J'ai eu des serpents, des souris blanches... et... un cochon d'Inde. Avez-vous jamais eu de cochon d'Inde, Sam ? — Il secoua la tête, dûment impressionné. Elle était de toute évidence quelqu'un de bien. — ... Ils sont sensationnels. Le mien avait de longs poils. Il avait l'air d'un croisement entre un chien et un lapin.

— Oh, c'est formidable ! — Et tournant vers Oliver des yeux suppliants : — Papa, est-ce que je peux en avoir un ?

— Demande d'abord à Agnès. C'est probablement elle qui aura à nettoyer la cage.

A ce moment, Agnès les appela pour dîner et ils prirent place cérémonieusement dans la salle à manger autour de la table. Charlotte étala d'un geste guindé sa serviette blanche empesée sur ses genoux, sentant les yeux de Mel qui la détaillaient, de ses cheveux soyeux à ses ongles soignés à la perfection.

Ils eurent des hamburgers avec des frites, le plat favori de Sam, une énorme salade verte et des muffins faits à la maison, ce qui rappela instantanément à Oliver les repas simples qu'ils avaient préparés ces deux dernières semaines dans la cuisine de Charlotte. Il eut soudain conscience que ces heures de solitude à deux allaient lui manquer, mais il s'était déjà promis de passer avec elle tout le temps qu'il pourrait, même après le retour des enfants. Il y avait droit, après tout, et ils devraient s'y habituer. Et voilà que subitement, au beau milieu du dîner, Sam poussa un cri et la dévisagea. Sa bouche s'ouvrit, ses pupilles se dilatèrent, puis il secoua la tête... Cela ne pouvait pas être... ce n'était pas elle... ou bien si...

— Est-ce que vous êtes... avez-vous été...

Il ne savait même pas comment commencer à poser la question, et Charlotte lui rit gentiment au nez. Elle s'était demandé s'ils le découvriraient, mais elle avait pensé que Mel la reconnaîtrait la première, ce qui n'était pas le cas.

— Oui, en effet, dit-elle modestement avec un sourire malicieux.

— Vous êtes à la télé ! Oooh !... C'est vous, hein... je veux dire...

— Oui, oui... c'est cela.

Elle jeta un coup d'œil d'excuse aux deux enfants, se sentant légèrement gênée.

— Pourquoi ne nous l'avez-vous pas dit ?

Sam paraissait presque insulté et Mel avait l'air interdite. Elle savait que Charlotte ne semblait pas une totale inconnue, mais elle ne savait pas pourquoi et elle n'osait pas le demander maintenant. Et elle se sentait réellement stupide.

— Je ne jugeais pas cela tellement important, Sam.

Et la beauté de la chose, c'est qu'elle disait la vérité.

— Vous avez dit que vous aviez un cochon d'Inde! Pourquoi n'avoir pas dit que vous aviez une émission de télé?

Tous rirent du raisonnement et Charlotte secoua la tête avec un sourire.

— Ce n'est pas exactement la même chose, voyons.

Et Mel retrouva soudain la mémoire à son tour et ses yeux s'ouvrirent tout grands.

— Oh, mon Dieu! Vous êtes *Charlotte Sampson!*

— Oui.

Elle le dit calmement comme Agnès présentait encore une fois à la ronde une corbeille débordant des délicieux muffins et jetait à Charlotte un coup d'œil de fierté. C'était comme si elle et Charlotte étaient de vieilles amies, et Charlotte lui adressa un bref regard reconnaissant et murmura : « Merci, Agnès », en prenant un autre muffin dans la corbeille.

— Pourquoi ne nous l'avez-vous pas dit?

Mel répétait la phrase de son frère et Charlotte la dévisagea d'un air grave.

— Est-ce que cela vous aurait incitée à me trouver plus sympathique? Cela ne devrait pas, vous savez. Ce genre de chose est agréable, mais n'est pas vraiment important.

— Bien sûr, mais...

Attendez qu'elle raconte à ses amis en classe qu'elle avait *dîné* avec Charlotte Sampson! Des quantités de jeunes connaissaient des acteurs célèbres ici, il y en avait même qui leur étaient apparentés, mais Melissa n'en avait connu aucun auparavant et, contemplant Charlotte de nouveau avec plus d'attention cette fois, elle la trouva sensationnelle. Et son père était de cet avis. Il adorait la façon dont elle s'y prenait avec ses enfants, ce qu'elle disait, son apparence, les valeurs qui la rendaient ce qu'elle était et pas seulement une actrice célèbre.

— Oh là là, c'est réellement impressionnant de faire votre connaissance, conclut Mel avec franchise.

Charlotte rit. Le compliment la touchait, surtout venant de la fille d'Oliver.

— Merci, Mel. C'est impressionnant aussi de vous rencontrer. J'étais si énervée avant de venir ici ce soir que j'ai bien dû changer de vêtements dix fois!

Oliver fut attendri et Mel eut l'air abasourdie.

— Vous? Nerveuse à l'idée de nous voir, nous? C'est renversant! Comment ça se passe, le travail à la télé?

Après quoi, ils la bombardèrent de questions, concernant

qui elle connaissait, qui elle voyait, avec qui elle travaillait, quel effet cela produisait d'être devant la caméra, d'apprendre un rôle, si elle avait peur, si elle aimait ça...

— Hé, les enfants, du calme, intervint finalement Oliver. Donnez à Charlie une chance de finir son repas.

Ils ne l'avaient pas laissée respirer depuis qu'ils avaient compris qui elle était et soudain, dans le silence, Mel posa une seule question.

— Comment avez-vous rencontré papa ?

Mel était poussée par la curiosité, sans plus d'intention critique, et Charlie sourit en entendant la question.

— Par pure chance, je pense. Il y a quelques semaines, à une réception donnée par la chaîne à l'occasion de Noël.

Alors Oliver décida de dire aux enfants la vérité, du moins en partie. Il estimait qu'ils étaient prêts à l'entendre.

— Charlie a eu la gentillesse de m'inviter à dîner la veille de Noël.

Toutefois, il s'abstint de leur raconter qu'il avait passé la nuit chez elle, qu'ils avaient fait l'amour dans leur piscine le jour de Noël, qu'il s'était follement épris d'elle à l'instant même où ils s'étaient rencontrés, mais Mel s'en rendait bien compte, et même Sam eut l'intuition que c'était sérieux. Ils se regardaient d'une drôle de façon, encore plus que maman et Jean-Pierre. Sam trouvait ça très bien, en ce qui le concernait ; Charlotte Sampson était sensationnelle.

Et dès qu'ils eurent fini le dessert, il l'invita de nouveau à l'accompagner au garage pour voir son élevage de vers. Et à l'horreur de Mel, elle y alla et déclara à son retour qu'il était encore plus réussi que le sien. Sam annonça fièrement qu'il avait obtenu pour cela le prix de science, tandis que sa sœur répétait que c'était horrible.

A neuf heures, Sam alla se coucher et Mel resta un moment pour parler avec Charlotte de scénarios, d'agents et du métier d'acteur. Charlotte avoua qu'elle avait toujours rêvé de jouer une pièce à Broadway et finalement, avec regret, après un coup d'œil à sa montre, elle annonça qu'elle avait rendez-vous le lendemain à cinq heures du matin au studio pour tourner une scène difficile dont elle avait encore à revoir le scénario quand elle rentrerait.

— Si vous songez sérieusement à choisir le métier d'actrice, Mel, il faut savoir que cela demande beaucoup de travail, mais c'est un beau métier, je l'adore.

— Pourrais-je aller vous voir sur le plateau un jour ?

s'aventura à demander Mel, surprise de sa propre audace, mais Charlie les mettait tous tellement à l'aise que c'était presque comme de poser la question à une vieille amie.

Charlotte hocha aussitôt la tête.

— Bien sûr, si votre père n'y voit pas d'objection. Il m'a regardée tourner un film publicitaire il y a environ quinze jours...

Elle sourit timidement à Oliver et il posa la main sur la sienne, ce que Mel ne pouvait pas apercevoir de la place où elle se tenait. Mel était d'ailleurs trop absorbée par son admiration pour remarquer le courant électrique qui passait entre eux.

— Oh là là, papa, comment était-ce?

— Intéressant. Epuisant. — Il plongea dans les yeux de Charlotte un regard compatissant. — Combien y a-t-il eu de prises au total?

— Trente-deux, je crois. Peut-être plus. J'ai oublié.

— L'autre acteur ne cessait de se tromper dans son texte et on a dû recommencer à filmer à chaque fois, expliqua-t-il à Mel. N'empêche, c'était amusant à regarder. On n'imagine pas le nombre de gens que cela requiert.

— Vous devriez voir le tournage du téléfilm. A propos...

Elle se dirigea lentement vers la porte et agita la main en salut d'adieu à Mel, qui monta en courant appeler ses amis.

Oliver raccompagna Charlotte jusqu'à sa voiture, avec une expression d'admiration grandissante.

— Tu es vraiment incroyable, tu sais? Un élevage de vers, de la patience avec les adolescentes, y a-t-il encore autre chose sur toi que je devrais savoir?

— Oui.

Elle le regarda d'un air heureux. La soirée s'était merveilleusement passée et toutes ses craintes avaient été dissipées. Elle espérait qu'ils la trouvaient sympathique.

— ... je t'aime beaucoup, Oliver Watson.

— Je t'aime aussi, Charlie, chuchota-t-il en l'embrassant.

De la fenêtre de sa chambre, Sam les regardait avec ébahissement, puis il se tourna vers Agnès qui ouvrait son lit.

— Ouh, ouh, Agnès! Papa vient d'embrasser Charlotte Sampson!

Ça, c'était quelque chose, mais Agnès se contenta de claquer de la langue.

— Occupe-toi de tes propres affaires, jeune homme, et va te brosser les dents.

— Tu crois qu'il lui plaît vraiment ?

— Je le suppose. Ton père est un bel homme, à qui ne plairait-il pas ?

— Mais c'est une vedette de cinéma, Agnès... ou de télé... tu sais...

— Quelle différence cela fait-il ?

Tandis qu'il allait se brosser les dents, en secouant toujours la tête dans un mouvement d'incrédulité, Agnès songea que tous deux avaient beaucoup de chance. Et après ce qu'elle avait vu ce soir, les enfants aussi.

23

Ce week-end-là, Charlotte remonta leur allée dans sa voiture, en descendit et sonna solennellement à la porte. Quand Sam vint ouvrir, fou de joie de la revoir, elle lui tendit une cage d'une forme bizarre, masquée par une couverture bleu clair. De curieux couinements provenaient de dessous, ainsi qu'une odeur forte dont il ne s'offusqua pas. Quand il retira la couverture, il émit lui-même un couinement aigu de ravissement. C'était un cochon d'Inde à poils longs. Et elle avait raison, il ressemblait bien à un croisement entre un petit chien et un lapin.

— Bigre ! *Oh là là...* Regarde ça, papa ! cria-t-il à son père qui descendait précisément l'escalier, rasé et douché de frais. Est-ce que je peux le garder ?

Ses yeux allèrent de son père à Charlotte et Charlotte regarda d'un air suppliant Watson senior.

— Je pense que oui.

Il sourit affectueusement à Charlotte. Tout ce qu'elle faisait les rendait heureux.

— Puis-je le garder dans ma chambre ?

— Si tu es capable de supporter l'odeur, tu peux.

Les deux adultes rirent. Sam prit la cage de la main de Charlotte pour ne pas leur laisser le temps de changer d'avis.

Ils se rendirent à Malibu, cet après-midi-là, pour jouer sur la plage et allèrent le soir au cinéma. Mel avait envie de voir une horrible histoire d'épouvante destinée aux adolescents qui, dit Charlie, lui rappelait quelques-uns de ses premiers films ; ensuite ils firent halte au *Hard Rock Café* dont le bruit

ne parut même pas troubler Charlotte. Et ils passèrent le
week-end suivant à Disneyland. La vie était une fête perpé-
tuelle. Charlotte pensait à des choses sensationnelles à faire
ou à voir. Elle les invita même dans sa maison et leur prépara
un dîner, encore que Sam dût admettre à regret qu'Agnès
était meilleure cuisinière, mais sur tous les autres points il
aimait beaucoup plus Charlie. Le cochon d'Inde avait été
nommé, en l'honneur de la donatrice, Charles, son diminutif
était Charlie. Quant à Mel, elle avait déjà proclamé à toutes
ses connaissances que son père fréquentait Charlotte Sampson.

Aucun des enfants ne trouvait à redire à son sujet et ils
n'avaient même pas l'air troublés quand Oliver annonçait
qu'il sortait le soir, ce qui ne se produisait pas souvent au
cours de la semaine, parce qu'elle travaillait dur et devait être
sur le plateau de très bonne heure le matin. Par deux fois elle
avait même passé le week-end à la maison et couché dans la
chambre d'amis. Elle était très soucieuse des apparences et
tenait à se conduire de façon à ne pas gêner les enfants.
Aucun d'eux ne savait que tard dans la nuit leur père
traversait le couloir sur la pointe des pieds et la rejoignait dans
sa chambre, un sourire heureux aux lèvres.

C'était pour tous l'arrangement parfait. Lorsque George et
Margaret arrivèrent un mois après le retour des enfants, eux
aussi lui trouvèrent toutes les qualités. Au début très impressionnés de faire sa connaissance, ils oublièrent vite qu'elle
était célèbre. Elle faisait si peu de cas d'elle-même, elle était si
discrète à propos de son succès, si cordiale envers ceux pour
qui elle avait de l'affection et si gentille envers tout le monde,
que l'on tombait amoureux de la femme et pas de la vedette
de la télévision. Comme elle l'avait dit quand elle avait vu Mel
pour la première fois, son succès était agréable mais ce n'était
pas ce qui comptait le plus dans son existence. Lui importaient
essentiellement les gens qu'elle aimait.

Mais néanmoins tous étaient au courant de sa célébrité car,
où qu'on aille, des gens voulaient des autographes ou se
présentaient à des moments imprévus pour demander si elle
était... et lui dire combien ils aimaient sa série... et désirant
savoir qui étaient Mel et Sam... Cela les exaspérait parfois et
Oliver s'efforçait de ne pas trop y penser. Néanmoins
Charlotte était toujours gracieuse envers ses fans, patiente,
compréhensive, et elle se conduisait comme si elle s'attendait
toute la journée à ce qu'ils viennent lui parler et était contente

qu'ils l'aient fait. De temps à autre, Mel lui demandait comment elle pouvait le supporter sans perdre son sang-froid.

— Cela fait partie du métier, chérie. Vous l'acceptez quand vous choisissez ce travail, sinon vous n'aboutissez pas à grand-chose. Vous exercez ce métier pour le public autant que pour vous. Et le jour où vous cessez de penser à lui vous cessez de jouer convenablement.

George, surtout, ne tarissait pas d'éloges. Il estimait qu'elle était absolument charmante, qu'elle était la plus jolie fille qu'il avait jamais vue et il priait pour qu'elle épouse son fils. Avant de partir, il interrogea Oliver.

— Allons, papa. Nous ne nous connaissons même pas depuis deux mois, ne me bouscule pas. D'ailleurs, il lui faut penser à sa carrière. Je ne sais pas si elle a envie de se mettre en ménage avec un simple mortel et un trio d'enfants.

En vérité, il redoutait de lui parler.

— Je crois que oui. Elle a d'excellents principes.

— Je ne l'ignore pas, mais elle pourrait avoir qui elle veut à Hollywood. Laissons faire le temps.

Il n'osait toujours pas croire à sa bonne fortune. Et Charlie non plus.

Un soir, ils étaient assis en train de bavarder tranquillement, après le départ de George et Margaret quand le téléphone sonna. C'était Benjamin. Il pleurait si fort qu'Oliver le comprenait à peine.

— Calme-toi, fils, parle plus doucement... c'est ça... respire à fond.

Il jeta un coup d'œil inquiet à Charlie, redoutant un accident. Il n'avait pas de ses nouvelles depuis des semaines, personne ne décrochait quand il téléphonait et il avait demandé à son père de jeter un coup d'œil à la maison de Purchase dès son retour.

— ... Benjamin, parle-moi, qu'y a-t-il ?

Il n'entendait encore que le bruit de pleurs convulsifs.

— Je ne peux plus supporter cela, papa... je ne peux pas... je la déteste...

— Que s'est-il passé ?

— Rien. Je suis à bout... je ne fais que travailler et payer ce dont le bébé et elle ont besoin... elle a lâché sa place, elle pensait qu'elle était de nouveau enceinte, mais elle s'était trompée... — et cette fois l'enfant n'aurait pas été de lui, d'ailleurs, il ne l'avait pas approchée depuis deux mois — ... Elle fréquentait Billy Webb et Johnny Pierson... je ne sais pas, papa... tout ce qu'elle fait, c'est sortir. Il y a des fois où je suis obligé d'emmener le bébé avec moi à mon travail. J'adore Alex, je ne veux pas l'abandonner... mais je n'en peux plus... — il se remit à pleurer — ... je ne peux plus continuer... c'est impossible. La semaine dernière, je voulais en finir. Je suis resté assis dans le garage pendant une heure, je n'avais pas assez de cran... Je ne cessais de songer à Alex et à ce qui lui arriverait s'il restait seul avec elle. Elle s'en fiche, papa. De temps à autre, elle oublie complètement de lui donner à manger la journée entière et il hurle quand je rentre à la maison. La semaine dernière, il a failli tomber dans la piscine quand je l'ai laissé seul avec elle pendant dix minutes. Papa... aide-moi, je t'en prie... sors-moi de là...

Les sanglots convulsifs avaient l'air de ne devoir jamais s'arrêter. Quand Oliver suggéra à Ben qu'il vienne en Californie dès qu'il le pourrait, Benjamin répéta qu'il ne pouvait pas quitter le bébé. Il l'aimait trop et Sandra le négligerait trop.

— Pourquoi ne l'amènes-tu pas ?

— Elle déclare qu'elle ne me laissera pas faire. Je le lui ai dit la semaine dernière, que je l'emporterais, et elle a répliqué qu'elle appellerait la police si je m'y risquais. Elle prétend que je n'ai pas le droit de le prendre, elle est sa mère. Et si je le prenais, tous ses amis croiraient qu'elle a fait quelque chose de vraiment affreux. Mais elle ne veut pas non plus s'occuper de lui.

— Et la mère de Sandra ? Tu crois qu'elle serait d'une aide quelconque ?

— Je ne sais pas. Son ami l'a plaquée et elle est partie de Los Angeles pour s'installer à Bakersfield.

— As-tu son numéro de téléphone ?

— Oui. Sandra l'a affiché sur le mur de la cuisine...

Il avait fini par cesser de pleurer. Il avait dix-huit ans et trébuchait sous le poids d'un épouvantable fardeau.

— ... tu sais, elle n'est pas rentrée à la maison depuis hier matin. Elle fait les quatre cents coups pratiquement depuis la naissance d'Alex... — lequel avait à présent cinq mois et demi — ... et je me suis efforcé d'arranger les choses entre nous, j'ai réellement essayé, mais je ne peux pas... — puis, d'une voix honteuse : — ... parfois, je la déteste.

Oliver ne l'en blâma nullement. A sa place il l'aurait tuée ou en tout cas l'aurait plantée là depuis longtemps. Par contre, Benjamin était farouchement déterminé à faire son devoir envers elle et envers son fils. Oliver se réjouit seulement une fois de plus que son garçon ne l'ait pas épousée. Au moins cela simplifiait-il les choses.

— Détends-toi, Ben. Pourquoi ne vas-tu pas chez grand-père pour le week-end ?

— Qu'est-ce que je vais faire d'Alex ?

Sa voix traduisait soudain de la détresse, tel un enfant désemparé. Après une année ou presque passée à s'échiner dans deux emplois, à entretenir une femme qui n'était pas son épouse légitime, après six mois de soucis pour son enfant, le jeune homme était tellement épuisé qu'il était pratiquement incapable d'avoir les idées claires.

— Emmène-le avec toi. Margaret te donnera un coup de main. Elle a été infirmière. Prépare ton balluchon et fiche le camp de là-bas. Je vais téléphoner à ton grand-père pour lui annoncer ton arrivée. Maintenant, donne-moi le numéro de téléphone de la mère de Sandra.

Benjamin le lui indiqua et raccrocha après avoir promis d'emballer ses affaires et celles du bébé pour le week-end et de se rendre chez son grand-père.

Olivier appela alors son père et lui expliqua la situation, explications que George Watson répétait à Margaret qui se tenait dans la pièce, assurant ensuite à son fils qu'il ferait son possible pour aider le garçon.

— Il faut que tu le sortes de là, Oliver.

— Je vais m'en occuper, papa.

Il ne lui dit pas que l'aîné de ses petits-enfants avait envisagé de se suicider, il était encore trop bouleversé lui-même, mais il le raconta à Charlotte quand il eut raccroché et elle fut horrifiée.

— Oh, mon Dieu, Ollie, tire-le de là. Pourquoi ne sautes-tu pas dans un avion pour le ramener ?

— Je veux parler d'abord à la mère de cette jeune femme pour voir si elle acceptera de recevoir Sandra et le bébé.

Il forma le numéro de Bakersfield. La mère décrocha à la première sonnerie. Elle donnait l'impression d'être ivre et plus qu'un peu abrutie, mais elle savait qui était Oliver et était au courant pour Sandra, Benjamin et le bébé. Oliver lui expliqua patiemment que lui et Benjamin estimaient le moment venu de prendre d'autres dispositions. Il demanda si elle serait d'accord pour accueillir de nouveau chez elle sa fille avec son bébé. Et, après avoir tergiversé un instant, elle finit par poser à Oliver la seule question qui lui importait réellement.

— Vous paieriez pour le petit, si je le faisais ? Et pour elle aussi ?

— Je ne dis pas non. — Il était prêt à donner n'importe quoi pour aider Benjamin, mais il ne voulait pas le dire à cette femme. Cela la rendrait encore plus avide. — Il faudrait en discuter. J'estime en tout cas que Sandra devrait travailler pour gagner sa vie, à moins qu'elle ne se remette à étudier, naturellement.

Mais cette femme était selon toutes les apparences moins qu'intéressée par les études de sa fille.

— Dites une somme !

— Disons cinq cents dollars par mois pour elle et l'enfant.

Cela ne représentait pas une fortune, mais suffisait, surtout si Sandra habitait avec sa mère.

— M'est avis que ça va.

Elle voulait sauter dessus avant qu'il change d'avis. Que diable, se dit-elle, pour le petit elles n'avaient pratiquement pas besoin d'argent. Il ne mangeait que de la nourriture de bébé, alors elle et Sandra pourraient se payer un peu de distraction avec le reste de l'argent.

— Seriez-vous disposée à signer un papier donnant votre accord pour cette somme ?

— Oui. Bien sûr.

— Dans combien de temps seriez-vous prête à la recevoir ?

— Ma foi, je ne sais pas. Je ne travaille pas pour le moment. Je pense que je pourrais l'aider à s'occuper du petit... — Sa voix sembla s'éteindre à l'autre bout du fil, elle n'était pas enchantée de vivre avec un môme hurleur et de se retrouver avec Sandra sur les bras mais ; d'autre part, l'argent était bon à prendre, elle pourrait essayer d'obtenir encore plus. — ... A la réflexion, pourquoi pas sept cents ?

— Disons six cents.

Le visage d'Oliver se figea de dégoût. Il ne pouvait pas souffrir même de discuter avec cette femme, et il se crispait en l'écoutant, à l'idée que Benjamin avait vécu avec sa fille.

— D'accord. J'accepte.

Oliver téléphona ensuite à Margaret. Pouvait-elle aller à Purchase, aider Sandra, à préparer son départ pour Los Angeles. Puis garder avec elle Benjamin pendant le weekend. Il désirait que son fils se calme un peu et il tenait à lui épargner un voyage dans le même avion que Sandra et le petit Alex.

Margaret lui fit l'impression d'un ange de miséricorde. Elle accepta aussitôt de prêter assistance. Elle ne sembla ni agitée ni désorientée, au contraire elle se montra parfaitement calme et désireuse de faire son possible, sans causer d'émotion au père d'Oliver. Il la remercia du fond du cœur, et elle lui assura qu'elle fermerait la maison de Purchase après le départ de Benjamin, brancherait l'alarme et surveillerait ensuite la maison pour lui. Il n'avait pas voulu la vendre jusqu'à ce qu'il soit sûr qu'ils resteraient en Californie. C'était sa retraite, raison pour laquelle il avait seulement loué en Californie.

Puis il appela Benjamin, qui semblait avoir attendu à côté du téléphone.

— Tout est arrangé, fils. J'ai parlé à sa mère, et elle sera heureuse de les héberger.

Il donna à l'accueil un accent plus chaleureux qu'il ne l'avait été, et expliqua qu'ils donneraient une somme convenable pour l'entretien de l'enfant, il n'avait donc pas à se préoccuper de cette question.

— J'aurai un billet payé d'avance pour eux à l'aéroport demain, Margaret ira l'aider à préparer ses bagages, puis te conduira chez grand-père. Je pense que tu pourrais passer un jour ou deux avec eux avant de venir ici.

Où il serait chez lui. Après tous ces mois, il retrouverait le bercail, pour commencer une vie nouvelle ou renouer les fils de l'ancienne. Ce ne serait plus jamais pareil pour lui, Oliver le savait, il ne pourrait pas effacer ce qui était arrivé ni oublier l'enfant, mais il avait le droit de recommencer une vie nouvelle et de ne pas s'enterrer vivant avec une fille qu'il n'aimait pas et un enfant qu'il n'avait pas vraiment désiré. Il avait joué les âmes nobles assez longtemps mais, maintenant qu'il avait ouvert la porte, Oliver allait le sortir de ce pétrin le plus vite possible, avant qu'il ait le temps de changer d'avis. Benjamin regimba d'abord à la perspective de laisser Sandra prendre le bébé, mais il était trop fatigué et déprimé pour continuer à discuter, et son père ne cessa de lui répéter que la mère de Sandra allait s'occuper du bébé. Benjamin acquiesça à tout dans une sorte de torpeur, puis, au bout d'un long moment de silence, le remercia d'une voix triste.

— Alex va tellement me manquer. Il est si mignon à présent, papa. Il commence à ramper. Je ne sais pas... — il hésita de nouveau — ... peut-être n'est-ce pas la bonne solution.

Mais une part de lui-même souhaitait se dégager des responsabilités qu'il s'était créées. Ces derniers mois avaient été un cauchemar.

— Tu agis sagement, répliqua Oliver pour l'apaiser. Tu pourras aller le voir à Bakersfield. Il n'y a que deux heures de trajet. C'est la meilleure solution pour tous. Toi, Sandra et le bébé. Tu ne peux pas continuer à te démener là-bas. Tu t'en es tiré diablement bien jusqu'à présent, et je suis fier de toi. Mais tu dois penser aussi à toi-même. A ton âge, sans même un diplôme de fin d'études secondaires dans ta poche, tu n'as rien à offrir à ce bébé.

— Je sais. — Puis, d'une voix soucieuse : — Est-ce que la maman de Sandra a vraiment dit qu'elle l'aiderait à s'occuper d'Alex ? Tu sais, elle est incapable de s'en débrouiller seule.

— Elle l'a dit et elle ne travaille même pas. Maintenant, dors un peu.

Tout en disant cela, il entendait le bébé pleurer. Benjamin décida d'attendre à la maison le retour de Sandra. Margaret passerait dans la matinée.

— Je t'appellerai demain soir, chez grand-père.

Mais quand Oliver l'appela le lendemain, Margaret lui dit qu'il dormait. Il avait été absolument désespéré quand Sandra était partie avec le bébé. Il avait tenu à nettoyer lui-même la maison de Purchase, avant de s'en aller avec Margaret et, quand il était arrivé à la maison, il s'était pour ainsi dire effondré sous le choc et la tension nerveuse. Apparemment, sa séparation d'avec Sandra avait été amère et tumultueuse. Et Margaret l'avait mis au lit comme un enfant. Il n'avait même pas dîné. Elle se demandait s'il ne devrait pas demeurer encore quelques jours là, mais Oliver insista pour qu'il soit envoyé en Californie dès qu'il aurait la force de faire le trajet. Il avait besoin de sortir de là et de mettre le plus de kilomètres possible entre lui et le cauchemar de cette dernière année.

— C'est un garçon très bien, Oliver. Vous devriez être fier de lui. Il s'est conduit en homme jusqu'à la fin. Voir ce petit s'en aller l'a tué.

— Je sais...

Oliver ne s'était pas attendu à ce qu'il aime autant le bébé, et cela compliquait évidemment la situation mais, avec le temps, peut-être les choses changeraient-elles, peut-être l'attachement ne serait-il pas aussi grand, ou un de ces jours

Sandra accepterait-elle de renoncer à ses droits. Oliver en avait parlé avec un avocat et ce dernier lui avait assuré qu'à moins qu'elle renonce volontairement à l'enfant, et elle ne le voulait pas, il n'y avait aucun moyen de le lui enlever. Ils avaient eu la bonne réaction en la laissant emmener l'enfant, et ce qui serait approprié serait que Benjamin aille rendre visite au bébé.

— ... merci encore de vous être occupée de tout cela, Margaret, dit Oliver. Je suis désolé de vous charger de ce fardeau. Je ne savais vraiment pas à qui d'autre m'adresser.

Il avait pensé à téléphoner à Daphné, à New York. Mais elle était trop loin et trop prise par son travail. Margaret avait été une bénédiction du Ciel en se chargeant du problème. Son père avait raison. C'était une femme sensationnelle.

— Votre père dit qu'il ressemble beaucoup à ce que vous étiez dans votre jeunesse. Fort, aimant et têtu.

Il fut surpris de le lui entendre dire. Oliver avait toujours pensé que Benjamin tenait plutôt de sa mère.

— ... il sera de nouveau dans la bonne voie maintenant, ne vous tracassez pas pour lui, je vous l'expédierai par avion demain ou après-demain.

Il la remercia de nouveau et finalement raccrocha, pour appeler ensuite la mère de Sandra à Bakersfield et s'assurer que Sandra et le bébé étaient bien arrivés. Ce qu'elle lui confirma. Mais elle voulut savoir aussi quand arriverait le premier chèque.

— Je vous l'ai mis au courrier hier, Mrs Carter, répliqua avec dédain Oliver. Est-ce que le bébé va bien ?

— C'est un charmant enfant, dit-elle plus pour lui faire plaisir que par sentiment réel envers son petit-fils.

Puis, enfin, Oliver se détendit, allongé sur le divan à côté de Charlotte, qui avait été auprès de lui presque tout le temps. L'épreuve était maintenant quasi terminée.

Il se tourna vers elle avec un sourire las, comme elle lui caressait doucement les cheveux.

— Cette année a été une année d'enfer pour ce garçon, Charlie. Dieu merci, il est libre à présent.

Néanmoins, même Oliver éprouva un serrement de cœur de tristesse en songeant au petit Alex. Il serait maintenant plus éloigné de leur vie.

— Cela a dû être pénible pour Benjamin de t'appeler comme il l'a fait. Sais-lui gré d'avoir jeté l'éponge quand il en était encore capable.

— Je lui en sais gré. J'ai beaucoup de respect pour lui. Je regrette seulement qu'il ait dû passer par là.

Ils dînèrent tranquillement seuls, après que Mel et Sam furent montés se coucher. Entre-temps, Benjamin avait téléphoné ; les enfants savaient que leur frère arriverait le lendemain. Oliver les avait avertis qu'il en avait vu de dures et Mel avait promis de faire de son mieux pour lui faciliter les choses. Ils se demandaient tous ce qu'il allait décider à propos de ses études, ils n'en avaient aucune idée.

Oliver raccompagna Charlotte chez elle tard dans la soirée et il ne resta que le temps de boire rapidement un verre. Ils ne firent que parler de Benjamin et s'embrasser quelques minutes dans la cuisine. C'était assurément bien différent de sa folle aventure avec Megan. Il adressa à Charlotte un sourire mélancolique avant de partir et s'excusa de tout ce remue-ménage.

— Tu vas découvrir, j'en ai peur, mon amour, que les choses tournent rarement comme on l'a prévu quand il y a des enfants dans les parages. Je pense que je m'y suis habitué au fil des années, mais ce n'est pas très amusant pour toi. Je n'ai pas été un compagnon bien agréable ces quelques derniers jours.

— Tu as été parfait et je n'attendais pas de toi que tu sois différent. — Puis une idée lui vint, elle aimait être avec lui et ses enfants, et son cœur avait été conquis par ce garçon qu'elle ne connaissait même pas encore. — ... Veux-tu que je t'accompagne à l'aéroport demain soir ou préfères-tu être seul avec Benjamin ?

Elle était toujours attentive au temps dont il avait besoin pour être avec ses enfants, ce qu'il appréciait aussi. Il n'y avait apparemment rien qu'elle ne comprenne ou à quoi elle ne soit désireuse d'apporter son aide.

— Nous aurons tout le loisir de bavarder quand nous serons chez nous. J'aimerais bien que tu viennes avec moi, Charlie.

Il sourit, l'embrassa de nouveau et partit quelques minutes plus tard, épuisé lui-même. Il imaginait peu ou prou ce que devait éprouver Benjamin après tout ce qu'il avait enduré. Il n'était pourtant absolument pas préparé au garçon maigre et pâle à l'air angoissé qu'il alla chercher à l'aéroport le lendemain soir, et il se contenta d'entourer de ses bras son garçon qui pleurait, tandis que Charlotte se tenait discrètement à distance. Il finit par s'essuyer les yeux et contempler son père comme un ami perdu depuis longtemps. Et Charlotte se détourna afin qu'ils ne voient pas ses larmes comme ils s'avançaient lentement vers elle pour les présentations.

— Charlotte, j'aimerais que tu fasses la connaissance de mon fils Benjamin.

Oliver parlait à mi-voix, c'était une triste soirée pour eux, elle le comprenait. Néanmoins, le jeune homme s'efforça d'avoir l'air moins angoissé qu'il ne l'était et sourit en lui serrant la main.

— Ma sœur m'a beaucoup parlé de vous et j'ai vu votre série des quantités de fois. Et Sam m'a parlé du cochon d'Inde. Vous avez conquis la famille, Miss Sampson.

Elle fut charmée par ce discours aimable et l'embrassa gentiment sur la joue. Oliver remarqua combien tous deux se ressemblaient. N'importe qui les aurait crus apparentés avec leurs cheveux roux, leur teint crémeux et saupoudré de légères taches de rousseur.

— Je suis flattée, Benjamin, mais je serais encore plus heureuse si vous m'appeliez Charlie. Comment s'est passé le vol ?

— Très bien. J'ai dormi la plupart du temps.

Il était toujours épuisé, moralement et physiquement. Il avait dormi jusqu'à midi ce jour-là, puis Margaret l'avait conduit à l'aéroport comme elle l'avait promis à Oliver. Il s'adressa vivement à son père dans un murmure :

— As-tu parlé à Sandra hier soir ? Est-ce que le bébé va bien ?

— Tous les deux sont en forme.

Il l'emmena récupérer ses valises, attristé de sentir Benjamin si inquiet. Alex était toujours la première de ses préoccupations et c'était pénible de voir combien le bébé lui manquait. Il le dit à Charlotte quand ils se retrouvèrent seuls une minute en installant les bagages de Benjamin dans sa chambre.

— Il ne l'oubliera pas du jour au lendemain, Oliver.

— Non, je le sais bien, mais le moment est venu de songer à lui-même.

— Il y pensera. Laisse-lui le temps. Il est encore en état de choc. N'oublie pas tout ce qu'il a subi.

Ils descendirent alors rejoindre les autres au rez-de-chaussée. Les enfants, c'est-à-dire Mel, Sam et Benjamin, avaient envahi la cuisine. Quand Oliver entra en compagnie de Charlotte, Benjamin dévorait l'énorme sandwich qu'Agnès lui avait préparé. Mel lui parlait avec animation et Sam ne cessait de lui fourrer le cochon d'Inde sous le nez pour lui montrer comme il était beau. Et Benjamin souriait en les écoutant. C'était bon d'être à la maison, bien meilleur qu'aucun des autres ne l'imaginait. Il avait l'impression d'avoir vécu un an sur une autre planète.

— Alors, comment ça se passe, les études? demanda-t-il à Mel.

— Magnifique. Tu vas adorer ça.

Puis elle regretta de n'avoir pas tenu sa langue. Son père lui avait recommandé de ne pas insister sur la question des études, mais son frère déchiffra son expression et sourit.

— Ne te bile pas, belle enfant. Je ne suis pas crispé à ce point-là. Seulement je n'ai pas encore décidé ce que je ferai. Je veux aller d'abord à Bakersfield vérifier comment cela se passe pour Alex, puis j'essaierai de passer un test d'équivalence de fin d'études. Si j'y arrive, je crois que je m'inscrirai à l'université de Los Angeles.

Fini le rêve de Princeton, de Yale et de Harvard, mais l'université de Los Angeles avait une bonne réputation et il désirait rester à proximité de la maison pendant quelque temps. Pour l'instant, c'était tout ce qu'il souhaitait.

Et c'est ce qu'il expliqua à Oliver quand les autres furent partis se coucher. Charlotte lui dit qu'elle avait étudié là, aussi, et elle offrit de lui écrire une lettre de recommandation, si cela avait une chance de l'aider.

— Ce serait formidable.

Il la remercia et s'efforça de masquer son envie de la dévorer des yeux. Elle l'avait fortement impressionné toute la soirée, par sa gentillesse, sa beauté et son amour manifeste pour son père. Elle insista pour rentrer seule en voiture chez elle, elle voulait que le père et le fils se retrouvent en tête à tête. Après son départ, Benjamin n'eut que des compliments à dire à son sujet, ce qui enchanta son père.

— On dirait que tu as eu un coup de chance, papa. Elle est sensationnelle.

— Je le pense aussi.

Il sourit, puis reprit son air soucieux en examinant son fils, comme à la recherche de cicatrices. Rien ne se voyait pourtant, excepté dans ses yeux dont le regard paraissait avoir cent ans.

— ... Est-ce que ça va, toi? Pour de bon, s'entend?

— Je m'en tirerai. Est-ce que tu as une voiture que je

pourrais emprunter, papa? J'ai l'intention d'aller demain à Bakersfield voir Alex.

— Crois-tu que ce soit bien opportun? Si tôt, je veux dire. Sandra risque de trouver cela pénible. Peut-être devriez-vous tous les deux laisser s'écouler un peu de temps.

Benjamin soupira et se laissa aller contre le dossier confortable du divan, le soulagement éclatant sur son visage tandis qu'il allongeait les jambes.

— Je serais heureux si je ne ne la revoyais jamais, mais je veux vérifier comment va le bébé.

— Tu es fou de lui, hein?

Exactement comme lui vis-à-vis de ses propres enfants après leur naissance, mais il s'était attendu à ce que ce soit différent pour Benjamin, et voilà que non, si étrange que cela paraisse.

— C'est mon fils, papa. Tu ne croyais pas que j'allais réagir autrement, voyons?

Il semblait surpris. Pour lui, la question de la légitimité n'avait aucune importance. Il adorait son bébé.

— Ma foi non. J'ai été pareil avec toi.

Cela l'aurait brisé d'abandonner Benjamin ou de le laisser aux mains de quelqu'un en qui il n'avait pas confiance. Et il entrevit soudain ce que son fils ressentait.

— ... Prends le break si tu veux. Préviens seulement Agnès, au cas où elle en aurait besoin pour acheter des provisions ou aller chercher Sam à l'école.

— Merci. Et je le promets, dès que j'aurai fait ça, je régulariserai ma situation scolaire. Si je dois attendre longtemps pour entrer à l'université, je prendrai un emploi. Je ne resterai pas assis à me tourner les pouces. Je veux te remercier de tout ce que tu as fait pour moi, papa.

A ces mots, les larmes montèrent aux yeux d'Oliver, qui lui tapota doucement le genou en se levant, fatigué lui aussi et soulagé d'avoir enfin son fils au bercail.

— Prépare-toi seulement une bonne vie, Benjamin. Tu auras de nouveau un jour ce qu'il te faut. Une femme de valeur, tous les enfants que tu voudras, au bon moment, de la bonne manière, avec l'épouse qui te conviendra.

Benjamin sourit du conseil et posa sur son père un regard intéressé.

— Tu vas l'épouser, papa? Je parle de Charlie.

— J'y pense sérieusement.

Il sourit, lui répondant avec franchise, d'homme à homme. Benjamin n'était plus un enfant.

— Cela me plairait bien, mais nous n'avons pas eu grand temps pour en discuter.

Il avait évité le sujet au cours de ce dernier mois. Il savait quelle importance elle attachait à sa carrière, et il avait terriblement peur d'un refus. Il ne voulait pas gâcher ses chances en posant la question trop tôt, mais il s'était rendu compte dès le premier soir qu'elle était la femme qu'il lui fallait. Et il s'agissait d'une simple question de temps en ce qui concernait sa demande. C'était différent de tout ce qu'il avait connu auparavant, et il éprouvait pour elle des sentiments que jamais Sarah n'avait suscités. La vie avait toujours été difficile avec elle, il s'en apercevait à présent, une cheville carrée dans un trou rond. Mais, cette fois, l'assemblage était impeccable. Charlie était tout ce dont il avait toujours rêvé.

— Elle est épatante. Je la trouve vraiment sympathique.

— Moi aussi.

Oliver sourit, conduisit son fils à l'étage jusqu'à sa chambre, puis revint lentement vers la sienne, content de les avoir de nouveau tous réunis sous le même toit. Ses trois petits poussins qui grandissaient si vite, même Sam. Il ne dormait plus jamais dans le lit de son père. Il était parfaitement satisfait de rester dans sa chambre, avec son cochon d'Inde.

24

Benjamin se rendit en voiture à Bakersfield le lendemain de son arrivée et il ne fut pas enchanté par ce qu'il trouva. Mais le bébé se portait bien, Sandra était là et sa mère semblait veiller à ce que les choses se passent bien, ce qui était le mieux qu'il pouvait espérer. Par contre, la maison était décrépite et mal tenue, le conditionneur d'air était détraqué, et Alex dormait dans un berceau à côté de la télé réglée au maximum du son dans la salle de séjour. Il piailla de joie quand il se réveilla et vit son père dans la pièce. Le quitter fut un déchirement, mais Benjamin était heureux de mettre de l'espace entre lui et Sandra.

Il rentra à Bel Air quelque peu rassuré. Au cours des semaines suivantes, il passa son examen d'équivalence de fin

d'études, demanda son inscription à l'université de Los
Angeles, reçut confirmation de son admission quatre
semaines plus tard. Entre-temps, il avait pris un emploi à
temps partiel dans la librairie du campus et il avait l'intention
de le conserver afin d'être en mesure de participer au
paiement de la mensualité versée pour Alex.

Il était retourné à Bakersfield. La situation semblait sans
changement : Sandra était sortie, sa mère était là en train de
boire de la bière, mais le bébé semblait heureux. Benjamin
joua avec lui pendant une heure puis s'en alla. Et, cette fois, il
ne parla pas de la visite à son père. Il avait le sentiment
qu'Oliver le jugeait encore trop préoccupé par l'enfant. Mais
lui savait tout aussi bien qu'il faisait ce qu'il devait, que quel
que soit le nombre d'autres enfants qu'il aurait un jour, Alex
serait toujours son premier-né, et une importante partie de sa
vie. Et il avait la ferme intention de suivre son fils de près. La
mère de Sandra ne semblait pas y voir d'objection, elle était
enchantée des paiements qui arrivaient ponctuellement chaque mois. Alex était la plus belle aubaine qui lui soit jamais
échue. Sandra avait bien travaillé en se laissant mettre
enceinte par Benjamin Watson. Les Watson n'étaient peut-
être pas riches, mais ils étaient à l'aise et elle savait, d'après
une petite enquête qu'elle avait menée dans l'Est, que le père
du garçon gagnait gros. Quelques semaines plus tard, elle lut
un écho dans une chronique mondaine qui l'amusa vraiment.
Le père fréquentait Charlotte Sampson. Cela ne prêtait pas à
conséquence maintenant mais plus tard, s'ils cessaient de
payer ce qu'ils devaient, un peu de chantage serait peut-être à
envisager.

C'était bien la dernière chose à laquelle aurait pensé Oliver
dont les amours croissaient et embellissaient. Lui et Charlotte
passaient de plus en plus de temps ensemble, au grand plaisir
de ses enfants. Et finalement, à la fin d'avril, il prit son
courage à deux mains pour lui poser la question, à la fin d'un
de leurs calmes dîners intimes au *Chianti*. Il ne la surprit pas
en lui offrant une bague ou en lui demandant sa main. Il
attendit qu'ils aient fini de manger, puis la regarda avec
nervosité, elle eut un petit rire moqueur à son adresse. Elle dit
pour le taquiner .

— Comment cela s'est passé au bureau, aujourd'hui ?

Et il gémit presque.

— Ne me fais pas ça... je voulais t'entretenir de quelque
chose de sérieux. J'en ai envie depuis longtemps, mais je

n'étais pas sûr de ce que tu en penserais... avec ta carrière et
le reste...

Elle sourit d'un air innocent.

— Tu veux m'offrir un emploi ?

— Oh, tais-toi. A la réflexion, maintenant que tu en
parles... oui. On pourrait appeler ça comme ça. Une situation stable, avec un salaire minable, comparé à ce que tu
gagnes. Un engagement pour la vie, logée, avec trois gros
handicaps, quelques petits profits et éventuellement une
retraite.

— Veux-tu bien ne pas qualifier tes enfants de handicaps,
Oliver Watson ! Je les aime, figure-toi.

Elle avait l'air offensée pour eux et, serrant fortement sa
main dans la sienne, il la porta à ses lèvres pour déposer un
baiser sur ses doigts.

— Moi aussi. Mais je t'aime aussi, figure-toi. Alors, que
penserais-tu d'un mariage un de ces jours ?

Son cœur battait comme un tambour quand il posa la
question. Il n'aurait pas été surpris qu'elle refuse, mais elle
ne prononça pas un mot, elle se contenta de l'embrasser.
Elle finit quand même par déclarer :

— C'est la chose la plus agréable qu'on m'ait jamais dite.

Mais elle ne lui avait pas encore donné de réponse et
l'attente le torturait.

— Alors ?

— Je crois que nous devrions y réfléchir l'un et l'autre
sérieusement. Toi davantage que moi. Je sais ce que le
mariage m'apportera, Oliver, et je vous aime tous les quatre,
mais tu n'as encore jamais vécu avec une femme qui a une
carrière personnelle, cela peut être assez pénible, surtout
une carrière comme la mienne. Nous n'aurons pas de vie
privée à proprement parler. Quoi que nous fassions, les gens
me tourneront toujours autour, du moins tant que je jouerai
dans cette série, et cela aussi est parfois dur à supporter.

Il en avait déjà eu l'expérience quand ils sortaient ensemble — les perpétuelles demandes d'autographe, les journalistes, les importuns bien intentionnés. Cela ne le gênait pas
cependant, et il était fier d'elle. Il ne s'offusquait pas de
rester à l'arrière-plan et de lui laisser la vedette.

— Cela m'est égal.

— En es-tu certain ? Un jour, j'aimerais tout lâcher, mais
pour être franche envers toi, Oliver, pas encore. Je n'y suis
pas prête. J'ai travaillé trop durement et trop longtemps

pour y renoncer avant d'en avoir exprimé jusqu'à la dernière goutte de satisfaction.

— Je le comprends. Je ne m'attends pas à ce que tu abandonnes. Je pense que ce serait une erreur terrible.

— Moi aussi. Si grande que soit mon affection pour toi, je crois que j'en éprouverais du ressentiment. A ton avis, quelle serait la réaction des enfants ?

Cette question-là aussi l'inquiétait. Ils comptaient beaucoup pour elle, comme pour lui, et elle souhaitait que ce mariage soit désiré également par eux, mais Oliver se contenta de sourire.

— Ils ont dit qu'ils divorceraient d'avec moi si je ne te demandais pas en mariage. Et j'ai l'impression qu'ils me quitteront probablement et se chercheront un autre père si tu ne m'acceptes pas.

— Ils seraient idiots. Ils seraient incapables d'en trouver un meilleur.

— Ce n'est pas vrai. Je commets pas mal de bourdes.

— Si, c'est vrai. Et je ne t'ai pas encore vu commettre tant de bêtises que ça. Tu t'en es diablement bien tiré avec eux.

Benjamin était reparti sur la bonne voie, Mel se montrait une élève brillante et Sam n'avait jamais été plus heureux de sa vie. Les choses se passaient bien pour eux tous. Puis Charlotte esquissa un sourire timide en levant les yeux vers lui.

— ... J'aimerais bien aussi avoir des enfants à moi. Un ou deux peut-être, ou même trois si je ne suis pas trop vieille quand je m'y mettrai. Qu'est-ce que tu en penses ? Cela te ferait une maison bien remplie, entre le cochon d'Inde, les souris blanches, l'élevage de vers et le reste.

Tous deux rirent, mais la question était grave et elle avait raison de la soulever. Il y réfléchit en fronçant les sourcils, l'idée lui avait déjà traversé l'esprit, mais il n'avait jamais vraiment imaginé avoir de nouveau des enfants. A quarante-cinq ans, c'était une pensée intéressante et au moins, songea Charlotte, elle ne l'avait pas fait fuir en poussant les hauts cris.

— Je ne sais pas. Je crois que je suis un peu vieux et fatigué pour recommencer. Les enfants ne sont pas aussi commodes que tu le crois.

Il l'avait amplement constaté au cours de cette année, mais il savait aussi combien magnifique était la récompense, et il ne voulait pas la priver de cela. Il l'aimait trop. Et elle avait beaucoup à offrir à des enfants nés d'elle, aussi bien qu'aux siens propres. Cela valait la peine de peser le pour et le contre, si cela devait la convaincre de lier son avenir au sien.

— ... Je suppose que je me laisserais probablement persuader, pour une fois en tout cas — il vit l'expression dans ses yeux et il sentit son cœur fondre quand elle sourit — ... peut-être même pour deux. Mais n'en demande pas trop. Je suis grand-père, tu sais.

— Cela ne compte pas.

Parce qu'il était encore si jeune, voilà ce qu'elle pensait, mais Oliver eut l'air triste.

— Si, pour Benjamin.

— Je veux dire simplement que tu n'es pas assez âgé pour te ranger dans cette catégorie.

— Il y a des fois où j'ai l'impression que si. Sauf quand je suis avec toi. Je crois que nous pourrions faire des choses sensationnelles, Charlie. J'aimerais tant accomplir de choses avec toi. Voyager, nous distraire, t'aider dans ta carrière. C'est la première fois de ma vie que j'ai senti vraiment du tréfonds de mon âme à la pointe de mes pieds que je ne me trompais pas, je n'ai aucun doute à notre sujet.

Il ressentait une immense paix.

— Le curieux, c'est que moi non plus. Je sais combien je t'aime, Oliver. Je tiens seulement à ce que tu sois certain.

Elle n'hésita que le temps de l'embrasser encore, puis chuchota tout bas à son oreille :

— Dans ce cas, tu es accepté. Mais je veux attendre un an à partir du jour où nous nous sommes rencontrés et que tout se passe comme il faut. Que dirais-tu de Noël ?

— Tu parles sérieusement ?

Il avait l'air abasourdi. Son divorce avait été définitivement prononcé un mois auparavant, Sarah était partie depuis plus d'un an, il aimait cette femme de tout son cœur et voilà qu'elle voulait bien l'épouser. Mais elle acquiesçait d'un signe de tête, souriait, se mettait subitement à rire, et elle avait l'air aussi heureuse que lui.

— Bien sûr que je parle sérieusement. Cela t'ennuie d'attendre jusqu'à Noël ?

— Un peu, mais l'idée de fiançailles à l'ancienne mode ne me déplaît pas.

— La série s'interrompt pour les vacances en juin. Nous pourrions partir un mois ou deux cet été. J'ai eu une offre de film, mais il est vraiment médiocre. Je préfère de beaucoup

aller quelque part avec toi et les enfants, à moins que
Sarah ne les prenne avec elle.

— Oui, elle les emmène mais seulement en août.

Ils échafaudèrent des projets pendant le reste de la soirée puis, cette nuit-là, quand il la raccompagna chez elle,
il resta et ils firent l'amour pour fêter leurs fiançailles.

25

Le lendemain, ils mirent au courant les enfants qui
explosèrent de joie. Sam voulut savoir s'il pourrait les
accompagner dans leur voyage de noces, ce qui suscita un
gémissement de la part d'Oliver, tandis que Charlotte
demandait à Mel si elle voulait bien être demoiselle
d'honneur. Le mariage n'aurait lieu que dans huit mois
mais, quand ils en parlaient, on aurait dit des gamins
surexcités.

Le jour suivant, Oliver passa chercher Charlotte au studio et, en montant dans la voiture, elle trouva sur le
siège une petite boîte carrée enveloppée dans du papier
turquoise et attachée avec un ruban de satin blanc. Elle
avait les mains tremblantes en l'ouvrant et elle eut le
souffle coupé lorsqu'elle aperçut la bague scintillante dans
l'écrin tendu de daim noir. C'était un diamant parfait,
taillé en émeraude. Charlotte avait les larmes aux yeux
en laissant Oliver le lui glisser au doigt.

— Oh, Oliver... comme il est beau.

— Toi aussi.

Il l'embrassa et l'étreignit et elle se blottit contre lui
tandis qu'ils revenaient vers la maison et les enfants.

La presse apprit la nouvelle en quelques jours et les
producteurs de l'émission l'exploitèrent au maximum. Les
spécialistes des relations publiques de la chaîne les assail-
lirent. Ils voulaient des photographies de Charlotte avec
Oliver et les enfants. Le magazine *People* téléphona, et
aussi *US*, et l'annonce de leurs fiançailles parut à la fois
dans *Newsweek* et *Time*, puis subitement même les
enfants furent harcelés. Cela rendit Charlotte furieuse et
Oliver fut moins que ravi de découvrir à plusieurs
reprises les *paparazzi* devant chez lui.

— Comment peux-tu supporter ça ? demanda-t-il plus d'une fois à Charlotte.

Ils convinrent de passer leurs vacances d'été avec les enfants à Trancas, isolés dans une villa prêtée par des amis.

Pendant les quelques semaines suivantes, la vie fut plutôt mouvementée, puis les choses ne tardèrent pas à se tasser. Sarah téléphona pour féliciter Oliver. Elle avait appris la nouvelle par Sam, mais elle l'avait lue aussi dans les journaux.

— Les enfants ont l'air de raffoler d'elle, Ollie. Je suis heureuse pour toi.

— Moi aussi. Mais la presse est un peu assommante.

— Tu t'y habitueras. C'est Hollywood ! dit-elle d'un ton taquin, mais elle donnait l'impression d'être contente pour lui.

Son père et Margaret aussi étaient enchantés. Ils vivaient des jours heureux. Oliver et Charlie avaient beaucoup à faire avant de se mettre en route pour Trancas avec les enfants.

Finalement, Charlotte enregistra le dernier épisode de la saison, les enfants terminèrent leurs cours, Oliver abandonna son bureau pour quatre semaines de vacances et ils partirent tous les cinq à destination de Trancas. Ils vécurent là-bas un mois divin, puis Mel et Sam allèrent dans l'Est rendre visite à leur mère.

Charlie projetait de tourner de nouveau quelques publicités, Oliver devait reprendre son travail et Benjamin préparer sa rentrée à l'université à la fin d'août.

C'est juste avant cela que Benjamin reçut l'appel téléphonique, un matin. Il eut la surprise d'entendre la voix de la mère de Sandra, et c'est lui qu'elle demandait. Son cœur faillit s'arrêter.

— Qu'est-ce qui se passe, Mrs Carter ?... est-ce qu'A-lex... ?

— Il va bien, je crois.

Elle répondait bizarrement. Elle avait réfléchi longtemps avant d'appeler, cherchant un moyen de tirer profit de la situation mais, tout bien pesé, elle avait décidé de lui annoncer simplement la nouvelle. Il avait le droit de savoir, et ce n'était pas un mauvais bougre. De plus, il semblait fou du gamin. Peut-être que mieux valait encore essayer de rendre service à ces gens-là. C'est du moins ce qu'elle s'était dit en formant le numéro.

— ... Sandra a laissé le petit au refuge hier matin. Elle le donne à adopter. J'ai pensé que vous aimeriez le savoir.

— Elle *quoi?* — Le cœur de Benjamin battait à grands coups. — Elle ne peut pas faire ça. C'est mon fils aussi. Où est-il? Je ne vais pas la laisser faire ça, Mrs Carter. Je m'en occuperai moi-même. Je le lui avais dit quand nous étions encore à Purchase.

— Je pensais bien que c'était votre sentiment. C'est pourquoi j'ai téléphoné. Je lui avais dit qu'elle devrait vous appeler. Mais elle l'a déposé là-bas et a tourné les talons. Elle est partie pour Hawaii ce matin.

— Merci... Merci... dites au refuge que je viens le chercher tout de suite... je... non, ne vous dérangez pas... je vais téléphoner là-bas moi-même.

Mais quand il appela le refuge, on lui répliqua qu'Alexandre Carter, comme il était appelé, était à présent pupille de la justice. Benjamin devrait prouver sa paternité, déposer une requête pour que la garde lui soit confiée et que les droits de Sandra soient déclarés caducs. Cela dépendait maintenant de la justice. Benjamin affolé appela alors son père et le fit arracher à une réunion avec un nouveau client. Il était pratiquement en pleine crise de nerfs à ce moment-là, Oliver lui dit de se calmer et de tout expliquer lentement.

— Bien, bien... je comprends maintenant. Je vais téléphoner à un avocat. Allons, ressaisis-toi, Benjamin. Mais avant que nous fassions quoi que ce soit, je désire que tu réfléchisses à ce que tu veux réellement. Veux-tu sincèrement la garde de l'enfant? Fils, c'est à toi de décider.

Il avait finalement la chance de se débarrasser du fardeau, s'il le souhaitait. Et si douloureux que cela puisse être, Oliver était prêt à le soutenir, quoi qu'il veuille. Toutefois Benjamin savait n'avoir qu'un choix. Il voulait récupérer son fils et quand bien même cela impliquerait de renoncer à jamais à ses études et d'abattre n'importe quelle besogne, il garderait son fils et l'élèverait, coûte que coûte. Ce genre de sentiment-là ne se discute pas et Oliver n'en avait pas envie. Il dit à Benjamin de ne pas bouger, il le rappellerait. Ce qu'il fit une demi-heure plus tard, et il lui dit de le rejoindre au cabinet d'avocats Loeb et Loeb dans Century City à cinq heures.

Benjamin arriva avec dix minutes d'avance. L'avocat qu'ils virent était un homme bienveillant qui s'était occupé d'affaires de bien plus grande importance, mais le cabinet représentait la société d'Oliver et acceptait de les assister.

— Si c'est réellement ce que vous désirez, jeune homme, je ne pense pas que ce soit aussi compliqué qu'il y paraît. Je me suis entretenu avec toutes les parties en cause aujourd'hui, ainsi qu'avec les autorités, et la situation est assez claire. Votre paternité de l'enfant n'apparaît pas discutable. La jeune femme a déjà signé des papiers établissant qu'elle veut renoncer à l'enfant. Si elle nous le confirme par écrit, et nous n'avons pas encore été en mesure de lui parler, alors vous aurez la garde exclusive de l'enfant, et elle perdra ses droits maternels. C'est une redoutable responsabilité, Benjamin, et il faut que vous y réfléchissiez sérieusement avant de vous décider.

— Je l'ai déjà fait, maître. Et je sais que c'est ce que je veux. Je l'aime.

Ses yeux se remplirent de larmes et avec ses cheveux couleur de cuivre et ses taches de rousseur, il avait lui-même l'air d'un enfant. Oliver dut lutter pour refouler ses larmes en le regardant. Il avait déjà pris la résolution de tout faire pour l'aider.

— Mrs Carter nous a dit qu'elle signerait une déclaration attestant de vos bons soins concernant le petit garçon et de votre sens des responsabilités à l'égard de l'enfant. Et cela devrait largement suffire. Elle a plus ou moins suggéré qu'elle ne refuserait pas un petit « cadeau » venant de vous ou de votre père, mais la plus grande prudence est de rigueur à ce sujet. L'achat d'enfant, ou quoi que ce soit qui y ressemble, même de loin, est un crime dans cet Etat, je le lui ai expliqué. Elle a été déçue, mais elle a encore affirmé qu'elle signerait la déclaration que nous aurons préparée. Nous avons une comparution prévue pour la semaine prochaine devant le tribunal de Bakersfield et si tout se passe bien votre fils sera de retour entre vos mains dans l'après-midi.

— Et entre-temps ?

De nouveau, Benjamin avait l'air affolé.

— Nous ne pouvons rien faire jusque-là. Il est bien soigné et il est en sécurité.

Benjamin était désolé, mais apparemment il n'y pouvait rien changer, il accepta donc la date de comparution et pria pour qu'on réussisse à joindre Sandra à Maui et qu'elle signe les papiers permettant qu'on lui rende Alex.

26

Le trajet jusqu'à Bakersfield fut chargé d'anxiété pour Benjamin. Oliver avait pris une journée de congé afin de l'accompagner. Ils roulèrent en silence, l'un et l'autre les nerfs tendus et chacun perdu dans ses pensées concernant le petit Alex et ce qu'il représentait pour eux... Aux yeux d'Oliver, il symbolisait une vie nouvelle et un nouveau commencement, et cela lui remémora Charlie disant qu'elle voudrait avoir des enfants avec lui. Héberger le petit Alex serait un rappel de ce que signifiait la présence d'un bébé et une partie de lui-même en était joyeuse tandis qu'une autre redoutait le chaos et la confusion. Toutefois, Benjamin avait déjà promis de s'occuper de tout lui-même, même s'il avait accepté qu'Agnès lui donne un coup de main.

Oliver s'efforça d'entretenir la conversation avec Benjamin pendant le trajet sur la Nationale 5, mais le garçon était trop inquiet. Lui et Agnès avaient installé un berceau dans sa chambre, et il avait acheté six boîtes de couches. Il voulait s'arrêter chez Mrs Carter pour prendre les vêtements d'Alex, mais Oliver avait estimé que mieux vaudrait le faire au retour. Il craignait toujours que quelque chose tourne mal et qu'on ne leur rende pas l'enfant. On n'avait pas pu joindre Sandra à Maui, mais l'avocat disait qu'il y avait une bonne chance qu'on le confie quand même à Benjamin, puisqu'elle avait signé les papiers l'abandonnant pour être adopté avant de partir pour Hawaii.

Le tribunal de Bakersfield se trouvait dans Truxton Avenue. Oliver laissa la voiture dans le parking et suivit son fils dans le bâtiment. C'était la dernière semaine d'août et le temps était caniculaire.

L'avocat les attendait à l'intérieur et Benjamin avait l'air apeuré quand ils prirent place dans la salle d'audience. Il portait une veste bleu marine sur un pantalon kaki, une chemise bleue et une cravate bleu marine. Il avait l'air de l'étudiant qu'il aurait pu être à Harvard. Ses cheveux étaient soigneusement coiffés et Oliver lui sourit au moment où l'huissier leur ordonna de se lever.

— Tout se passera bien, fils.

Il lui pressa la main et Benjamin lui sourit faiblement.

— Merci, papa.

Néanmoins, ils savaient l'un et l'autre que rien n'est jamais certain et l'avocat les avait avertis que quelque chose pouvait mal tourner. Rien n'est jamais garanti pour personne dans une salle de tribunal et le juge avait l'air grave quand il s'adressa à eux.

L'affaire fut présentée devant la Cour, le témoignage de Mrs Carter fut lu et les deux Watson furent soulagés de ne pas la voir. Les papiers que Sandra avait signés furent déposés comme preuve et un rapport d'enquête exposa dans quelles conditions l'enfant vivrait. Il devait habiter dans la maison louée à Bel Air par la famille Watson avec le père de Benjamin, sa sœur et son frère cadet, avec une gouvernante pour aider aux soins de l'enfant, pendant que le père étudierait à l'université de Los Angeles. Benjamin devait commencer les cours d'été la semaine suivante et il avait toujours son emploi à temps partiel à la librairie. Le juge parut perplexe et demanda à leur avocat d'approcher. Ils tinrent à voix basse pendant plusieurs minutes un conciliabule que le juge ponctuait de hochements de tête, après quoi, il s'adressa à Benjamin et lui demanda de s'approcher aussi. Il lui dit de prendre place sur le banc des témoins et de prêter serment, car il avait des questions à lui poser. Benjamin monta les quelques marches avec des genoux tremblants et s'assit en regardant son père.

— Je désire préciser, Mr Watson, qu'il ne s'agit pas d'un interrogatoire en règle, mais l'affaire est grave pour la justice, et la vie d'un enfant est en jeu. Le comprenez-vous ?

Benjamin hocha la tête, pâle mais calme.

— Oui, monsieur le juge, je le comprends.

— L'enfant en question, Alexander William Carter, est votre fils. Reconnaissez-vous ce fait ?

— Oui, monsieur le juge, je le reconnais.

— Résidez-vous actuellement avec la mère de l'enfant ?

— Non, monsieur le juge.

— Avez-vous résidé avec elle à un moment quelconque ?

— Oui, pendant un an.

— Et avez-vous été mariés ?

— Non, nous n'étions pas mariés.

— Avez-vous jamais pourvu à l'entretien de l'enfant ou de sa mère ?

— Oui, monsieur le juge. Pendant six mois avant la naissance d'Alex et, après, jusqu'à notre rupture en mars. Et depuis, j'ai.. mon père et moi, nous lui avons envoyé de l'argent chaque mois. Six cents dollars.

Le juge hocha la tête et poursuivit son questionnaire :

— Et vous êtes au courant du genre de soins à donner à un enfant de son âge ?

— Oui, monsieur. Je me suis occupé de lui jusqu'en mars. Sandra était... eh bien, elle sortait beaucoup et elle ne savait pas ce qu'il fallait faire.

— Et vous le saviez ?

Le juge eut un air sceptique, mais Benjamin ne se démonta pas.

— Non, je ne le savais pas, mais j'ai appris. Je m'occupais de lui après mon travail et parfois je l'emportais avec moi. J'avais deux emplois à ce moment-là, pour payer... eh bien, tout... Sandra avait cessé de travailler avant la naissance du bébé.

— Mais vous emportiez le bébé à votre travail ?

— Quelquefois, quand elle était sortie. Je n'avais personne d'autre à qui le laisser et nous n'avions pas les moyens de payer une baby-sitter.

Le visage du juge restait impassible. Quoi qu'il arrive, Oliver n'avait jamais été aussi fier de son fils qu'en cet instant. C'était un homme de valeur, non plus un enfant, et un sacré bon père. Il méritait d'avoir la garde du petit. Oliver espéra que le juge verrait les choses du même œil.

— Et désormais vous habiterez, vous et le bébé, avec votre père ?

— Oui, monsieur le juge.

— Cela lui convient-il ? A-t-il donné son accord ?

De sa place, Oliver hocha la tête, et Benjamin dit qu'il l'avait donné.

— Et qu'adviendra-t-il si vous choisissez de quitter le domicile de votre père, si par exemple vous abandonnez de nouveau vos études ou trouvez une autre amie ?

— J'emmènerai Alex. Il compte pour moi plus que tout. Et si j'abandonne mes études, je prendrai un emploi pour l'entretenir, comme je l'ai déjà fait.

— Vous pouvez retourner à votre place, Mr Watson. La Cour suspend son audience brièvement. Nous la reprendrons dans un quart d'heure.

Il donna les coups de marteau réglementaires et s'en alla, tandis que Benjamin quittait l'estrade réservée aux témoins, extérieurement calme mais trempé de sueur.

— Vous vous en êtes magnifiquement tiré, chuchota l'avocat. Tenez bon.

— Pourquoi a-t-il ordonné une suspension de séance ? s'enquit Oliver.

— Il désire probablement relire les documents, pour s'assurer que tout est en règle. Mais Benjamin a fait très bon effet. Je lui donnerais mes enfants s'il les voulait.

Il sourit, s'efforçant de les rassurer. Et quinze minutes plus tard, après avoir arpenté nerveusement les couloirs, ils reprirent leur place, et le juge revint.

Il embrassa d'un coup d'œil la salle, Oliver, l'avocat et son regard se posa droit sur Benjamin tandis qu'il manipulait son marteau.

— La Cour reprend son audience. Ne vous levez pas, je vous en prie, restez assis.

Puis, sans quitter le jeune homme des yeux, il déclara avec gravité :

— Ce que vous cherchez à assumer, jeune homme, est un fardeau terrifiant. Une responsabilité que vous ne pouvez jamais esquiver, jamais oublier, jamais abandonner. Vous ne pouvez pas cesser un seul jour d'être père. Vous ne pouvez pas laisser tomber, changer d'avis ou décider d'être ailleurs. Pendant les dix-huit prochaines années, sinon plus, ce bébé sera sous votre unique responsabilité si la Cour vous accorde sa garde pleine et entière. Toutefois, vous avez apparemment assumé admirablement cette responsabilité jusqu'à présent. Je vous exhorte donc à réfléchir sérieusement à ce dont vous vous chargez ici, à vous en souvenir chaque jour de votre existence et de l'existence de l'enfant, et à ne pas oublier un seul instant ce que vous devez à votre fils.

« La Cour par les présentes nomme Benjamin Oliver Watson unique tuteur d'Alexander William Carter. Vous avez la garde du garçon à partir de ce jour, vingt-neuf août. L'extinction des droits de sa mère a été approuvée par la Cour et sera définitive à la fin de la période prescrite par la loi. Vous pouvez changer le nom de l'enfant pour le vôtre à partir d'aujourd'hui ou à ce moment-là, comme vous voudrez.

Le juge regarda gentiment Benjamin et sourit en ajoutant :

— L'enfant est à vous, Mr Watson.

Il fit alors signe à l'huissier qui se leva et ouvrit une porte. Une assistante sociale entra, portant le bébé, qui semblait à l'aise et un peu surpris par ce cadre inconnu, cependant que les larmes montaient aux yeux de son père, de son grand-père et même de l'avocat.

— Vous pouvez emmener Alexander chez vous, reprit aimablement le juge tandis que l'assistante sociale se dirigeait vers Benjamin et lui tendait Alex. Le bébé gloussa de joie en le voyant là. On confia à l'avocat un petit carton contenant ses quelques effets, un pyjama, une salopette et un ours que lui avait offert Benjamin à sa naissance. Ils pleuraient tous à ce moment-là et riaient, tandis que Benjamin regardait le juge avec stupeur.

— Merci, monsieur le juge... oh, merci, monsieur le juge ! Puis le juge se leva et s'en alla. L'avocat sortit avec eux de la salle d'audience, Benjamin tenant le bébé dans ses bras. Oliver tapota l'épaule de son fils, puis serra la main de l'avocat et le remercia. Benjamin monta à l'arrière de la voiture et étreignit son enfant avant de l'attacher sur le siège de sécurité qu'ils avaient apporté.

Ils décidèrent de ne pas retourner chez Alice Carter prendre le reste des affaires d'Alex. Soudain Benjamin ne voulait plus jamais la revoir. Il ne voulait qu'une chose, ramener son fils à la maison et le garder auprès de lui à jamais. Il ne pouvait même pas souffrir l'idée d'aller au cours le lendemain. Il ne voulait pas le quitter une minute.

Ils rentrèrent lentement pour se changer les idées par la Nationale 99 et Benjamin bavarda avec excitation, tandis que le bébé gazouillait. Il parla du juge, de l'audience et finalement de Sandra. L'assistante sociale avait dit à l'avocat de Loeb et Loeb que Sandra avait été claire et catégorique. Elle savait ne pas pouvoir assumer la responsabilité du bébé et elle n'avait aucune envie d'essayer. La période d'attente maintenant était une simple formalité. Personne ne prévoyait de problèmes et tout ce que Benjamin avait à faire désormais était de déposer la requête pour échanger le patronyme de l'enfant contre le sien, mais le cabinet Loeb et Loeb s'en chargerait auprès du Comté de Los Angeles.

— Eh bien, monsieur, que penses-tu de tout ça ? dit-il en s'adressant gaiement à son bébé. Crois-tu que tu vas aimer vivre avec grand-papa, Mel et Sam ?

Alex roucoula et montra du doigt un camion qui passait, tandis qu'Oliver le regardait avec un sourire de fierté.

— Si cela ne lui plaît pas, il n'aura qu'à dormir dans le garage avec le cochon d'Inde de Sam, dit le grand-père d'un ton qui se voulait ronchonneur.

Mais l'affection qu'il portait à son petit-fils sautait aux yeux.

Mel, Sam et Agnès les attendaient dans la cuisine. Ils avaient attendu là en retenant leur souffle pendant la majeure partie de l'après-midi. Tout d'abord, Mel ne vit que son père seul à l'avant et elle crut que quelque chose avait mal tourné. Puis soudain son frère sortit par la portière arrière, son bébé dans les bras, alors elle poussa un grand cri et courut le rejoindre, tandis qu'Alex la dévisageait avec des yeux écarquillés.

— Attention... ne lui fais pas peur... c'est tout nouveau pour lui, s'exclama Benjamin d'un ton farouchement protecteur comme le bébé se mettait à crier.

Mais Agnès lui offrit un gâteau et Sam souleva le cochon d'Inde pour le lui montrer, le bébé rit et essaya de toucher le nez du petit animal qui se tortillait.

Agnès avait déniché quelque part une chaise haute et l'avait installée dans la cuisine, Oliver ouvrit une bouteille de champagne en l'honneur de son fils et versa même quelques gouttes pour Sam.

— A la santé d'Alexander Watson ! dit-il avec un grand sourire, sentant le poids de l'après-midi glisser lentement de ses épaules. Puisse-t-il vivre une longue et heureuse vie, avec le meilleur papa qui existe sur terre.

Benjamin se tourna vers lui gaiement :

— Oh, non, c'est toi le meilleur, papa.

— C'est vous deux, dit Mel joyeusement.

Tous avaient les yeux humides en regardant le bébé d'un air heureux.

27

Les cours de Benjamin commencèrent le lendemain, mais il revint deux fois en voiture à la maison pour vérifier ce que devenait Alex, bien qu'Agnès eût affirmé n'avoir nul besoin de son aide. On aurait dit que Benjamin était incapable de demeurer de nouveau séparé de son fils et qu'il lui fallait le voir à tout instant. Quand il rentra à la fin de la journée, Alexander assis dans sa chaise haute dévorait gaiement le repas qu'Agnès lui avait préparé avec amour.

Lorsque Charlotte arriva ce soir-là, elle voulut absolument le bercer et lui chanter une petite chanson. Elle aida

Benjamin à le mettre au lit, sous le regard protecteur de Mel, d'Agnès et d'Oliver. Quant à Sam, il déposa dans le berceau son ours en peluche favori. C'était celui que Sarah lui avait donné la première fois qu'il était allé lui rendre visite à Boston.

Alex poussa à titre d'essai une clameur lamentable quand tous quittèrent la pièce, mais un instant après il était endormi.

— Il sera gâté pourri d'ici une semaine, déclara Oliver d'un ton qui se voulait désapprobateur, mais Charlotte comprit qu'Oliver comme les autres ne résistait pas aux sourires de l'enfant.

— Quel effet cela fait-il d'avoir de nouveau un bébé dans la maison ?

— C'est un excellent entraînement. Il nous a tous réveillés à six heures, ce matin. Mais, je dois le reconnaître, Benjamin se débrouille merveilleusement avec lui. Même encore mieux qu'Agnès, chuchota-t-il.

— Tu as l'air drôlement habile toi-même. Je me sens toujours très maladroite avec les bébés.

Oliver la serra contre lui et, à la fin de la semaine, ils emmenèrent Alex au zoo seuls, sans son père. Tous les deux furent enchantés et, pour une fois, personne ne les dérangea ni n'accourut vers Charlotte pour demander un autographe. Il y eut des gens qui la dévisagèrent mais ils finirent par conclure qu'elle ne pouvait pas être Charlotte Sampson. Ils étaient uniquement un couple heureux qui promenait son bébé au zoo par un dimanche de septembre. Il n'y avait que le gros diamant à sa main gauche pour indiquer qu'elle pouvait être quelqu'un de riche ou d'important, mais personne ne le remarqua.

C'était pour elle un soulagement d'autant plus grand que les journalistes la traquaient depuis qu'en août avait été établie la liste des artistes susceptibles de recevoir l'Emmy. Cette année encore, elle et sa série télévisée y figuraient. Les récompenses seraient décernées la semaine suivante et tous les chroniqueurs voulaient avoir sous la main des articles prêts concernant les candidats. Charlotte avait peur que trop d'échos précurseurs dans la presse ne lui portent la guigne. Elle avait recommencé à travailler, debout à quatre heures tous les matins, présente au studio à cinq heures pour être coiffée et maquillée. Le soir, Oliver passait la chercher et l'emmenait dîner tranquillement quelque part ou bien la ramenait à Bel Air. On parlait beaucoup du mariage prévu pour décembre.

Ils n'avaient pas encore décidé où ils iraient en voyage de noces, Hawaii, Bora Bora ou peut-être la montagne pour skier. Sam estimait que quel que soit l'endroit choisi il devait accompagner son père et Charlotte, mais jusqu'à présent Oliver ne marchait pas. Pour cette lune de miel, pas de cochons d'Inde, pas d'enfants, pas de bébés, avait-il déclaré. Ils s'en occupaient assez dans leur vie de tous les jours sans encore les traîner à leur suite dans leur voyage de noces...

Au début de la semaine suivante, Charlotte était sur des charbons ardents, elle ne pouvait plus éviter les journalistes. Ils l'attendaient presque tous les jours à la sortie du studio. Ils la suivirent même chez Giorgio où elle acheta sa robe, un fourreau noir orné de perles et de paillettes dû au talent de Bob Mackie. Et elle y était retournée acheter une robe pour Mel, un magnifique modèle d'Oscar de la Renta en satin rose. Oliver avait protesté contre cette gâterie à Mel et Charlotte lui avait dit de se mêler de ce qui le regardait. Elles s'étaient follement amusées à essayer des robes en pouffant de rire, Charlotte en avait choisi plusieurs autres très belles pour elle-même et Mel avait paradé avec les chapeaux et les bijoux fantaisie.

Le grand jour arriva enfin. Charlotte et Oliver quittèrent la maison avec Benjamin et Mel dans une limousine d'une longueur invraisemblable, tandis qu'Agnès et Sam s'installaient devant la télé pour regarder à l'écran la distribution des récompenses. Alex était encore éveillé quand ils partirent, barbouillant gaiement avec ses biscuits au chocolat le divan, son pyjama et sa propre personne. Il avait eu juste un an la veille et fait ses premiers pas le jour de son anniversaire.

Ils arrivèrent à l'Auditorium municipal de Pasadena et Charlotte descendit de voiture avec un air trompeusement calme. Elle prit le bras d'Oliver, Mel et Benjamin les suivant de près. C'était pour les enfants la soirée la plus grisante de leur existence. Charlotte avait les paumes humides et, quand les *paparazzi* s'attroupèrent, Oliver la sentit trembler légèrement. Quand ils furent assis dans la salle, les caméras se braquèrent sur eux. Des vedettes vinrent les saluer et, finalement, la cérémonie commença avec l'habituelle énumération des récompenses d'ordre mineur. C'était interminable et, devant l'écran de télévision, Sam bâillait et somnolait à demi, tandis qu'Alex dormait à poings fermés dans les bras d'Agnès. Mais à Pasadena tout était électricité et tension. On proclama le nom des auteurs du meilleur spectacle télévisé,

Mel et Benjamin poussèrent un cri de joie car c'était celui de Charlotte. Les deux producteurs s'élancèrent dans l'allée tandis que leurs épouses fondaient en larmes et que Charlotte souriait d'une oreille à l'autre en se cramponnant à Oliver. Elle était heureuse pour eux tous et elle se dit intérieurement qu'elle n'avait pas besoin de plus que de faire partie d'un spectacle primé. Mais la proclamation des récompenses avait repris. On en était aux meilleurs acteurs.

Un de ses bons amis qui jouait dans une série concurrente fut désigné, et elle en fut enchantée. Puis vint le grand moment. Toute sa vie, elle s'était répété que la célébrité n'avait pas d'importance, n'empêche qu'elle en avait. Charlotte avait travaillé très dur pour l'atteindre et, au tréfonds de son cœur elle savait l'avoir méritée.

Elle serrait la main d'Oliver et il priait silencieusement pour Charlotte tandis que les caméras ne cessaient de zoomer sur elle. On cita le nom d'autres actrices, puis suivit une longue pause et quelqu'un demanda : « L'enveloppe, s'il vous plaît ». Comme un trait de foudre à travers son cœur Oliver entendit le nom de Charlotte. Elle le regarda, les yeux dilatés, et porta une main à sa bouche, incapable de croire qu'elle avait réellement gagné cette fois-ci. Il la poussa doucement à se lever, et la voilà soudain se hâtant dans l'allée en direction du podium, ses cheveux couleur de flamme relevés souplement en masse bouclée et le magnifique fourreau noir rebrodé de perles moulant sa silhouette de rêve. « Je n'y crois pas ! » s'était-elle exclamée avant de quitter son siège, et elle paraissait émue quand elle s'adressa avec un sourire à ses collègues et à ses amis en serrant l'Emmy, la statuette de victoire ailée soutenant à bout de bras une sphère évidée.

— Je... je ne sais pas quoi dire, s'exclama-t-elle gaiement, je n'avais rien préparé parce que je n'ai jamais pensé que je figurerais au palmarès... je désire remercier les producteurs, les metteurs en scène, les scénaristes, les acteurs et les cameramen, et tous les magiciens qui ont rendu cela possible... mon professeur d'art dramatique, John Drum, qui a été assez fou pour m'obtenir ce rôle... mon agent pour m'inciter à le prendre... Annie, vous aviez raison !... et plus que tous — elle regarda droit vers Oliver — ma famille... mon futur mari Oliver qui m'a soutenue si affectueusement... et nos enfants, Benjamin, Melissa et Sam. — Il y avait des larmes dans ses yeux à ce moment-là et dans ceux d'Oliver aussi. Sam qui regardait l'écran à la maison était paralysé par la surprise. —

... Je vous aime tous et j'espère que je ferai encore mieux l'an prochain.

Elle prit l'Emmy, salua du geste ses collègues et ses fans, puis quitta la scène pour retourner vivement à sa place. La fanfare retentit, le spectacle était terminé, ce qui n'empêcha pas que les journalistes manquèrent presque l'aplatir sur son siège, mais heureusement Oliver lui servit de bouclier en l'embrassant, elle l'embrassa aussi, embrassa Benjamin et Mel en leur étreignant la main. C'était une folle soirée exaltante. Ils ramenèrent les enfants à la maison, ouvrirent une bouteille de champagne pour boire avec eux, Agnès et Sam, avant de repartir assister aux réceptions où ils fêteraient cette soirée toute la nuit. Charlotte avait réussi.

Le téléphone sonna avant leur départ. C'était Margaret et le père d'Oliver qui appelaient pour féliciter Charlotte. Et Agnès versait encore des larmes de joie quand Charlie téléphona dans le Nebraska à ses propres parents qui pleuraient eux aussi. C'était une nuit enchantée, et elle ne parvenait toujours pas à se persuader qu'elle avait gagné le prix quand Benjamin lui porta un toast. Ils bavardèrent tous en riant, souriant et regardant repasser la séquence filmée de la cérémonie dans le bulletin d'informations avant de se rendre à la suite de réceptions où l'on célébrait l'événement.

— Je n'ai jamais cru que je serais choisie, ne fit-elle que dire et redire à Oliver quand ils partirent de Bel Air pour retourner à Beverly Hills.

— Moi, j'en étais certain !

Il était tout fier d'elle et c'était extraordinaire de partager ce triomphe avec elle. Ils finirent par rentrer à quatre heures du matin chez Charlotte qui s'effondra sur son lit, Oliver allongé à côté d'elle. A l'autre bout de la pièce, l'Emmy posé sur sa coiffeuse les dévisageait et elle ne put s'empêcher de sourire comme tous deux contemplaient la statuette.

— Elle est assez gentille, dit Oliver gaiement, trop las même pour dénouer sa cravate.

— Pas autant que toi. — Charlotte roula vers lui sans égards pour sa belle robe. — Tu me parais infiniment mieux.

Elle était un peu ivre et passablement bouleversée par tout ce qui était arrivé.

— Tu es folle, tu sais ? Te voilà la vedette la plus importante de Hollywood et qu'est-ce que tu fais avec moi ?

— Je t'aime. Faisons un enfant ce soir.

— De la tenue. Tu vas devenir la mère de trois enfants. —

Trois enfants qui étaient incroyablement fiers d'elle, tout comme leur père. — Et tu auras un petit-fils ! Ils rirent l'un et l'autre à l'idée qu'elle devienne grand-mère. Elle rayonnait. Cette soirée avait été inoubliable. Pour eux tous.

Il l'embrassa alors et, cinq minutes plus tard, elle dormait dans ses bras, toujours habillée, sous le regard de l'Emmy dans toute sa gloire. Il lui trouva l'air d'une enfant, tandis qu'il la contemplait, incapable de croire que cette femme remarquable était presque sienne. Il la quitta à six heures du matin pour se préparer à se rendre à son travail. Les enfants dormaient encore quand il arriva chez lui. La nuit précédente avait une aura d'irréalité. Pourtant elle avait eu lieu. Elle était vraie. Charlotte avait obtenu le prix de la meilleure actrice et dans trois mois elle serait sa femme légitime. C'était incroyable d'y penser. Et l'attente était pénible. Trois mois, cela semblait trop long maintenant... Il sourit pour lui-même sous la douche... trois mois... puis lui et Charlie seraient mariés.

28

La semaine suivante fut mouvementée, avec une meute de journalistes constamment sur ses traces. Elle obtint une prime énorme et son contrat pour l'année suivante fut revalorisé. Par ailleurs, elle reçut des douzaines d'autres offres, pour des séries spéciales et des mini-séries, pour des films faits pour la télévision, pour trois longs métrages, et enfin l'offre qu'elle attendait depuis toujours. Son agent lui téléphona au studio, et elle ne sut pas quoi lui dire. Elle souhaitait accepter plus que tout au monde, mais elle répliqua qu'elle devait èn discuter avec Oliver. Il avait voix au chapitre en la circonstance. La décision était importante pour elle, et impliquait beaucoup de démarches. Comme de se dégager du contrat pour l'émission qui lui avait valu l'Emmy. Ou même de rompre ce contrat, si elle y était obligée.

Elle avait l'air énervée quand il vint la chercher ce soir-là après son travail. Ils devaient passer une soirée tranquille chez elle à discuter de leur voyage de noces. Il rêvait de Bora Bora. Pourtant, avant même d'avoir sorti les brochures, il comprit que quelque chose s'était produit.

— Charlie, qu'est-ce qui cloche?

Il savait bien lire en elle maintenant et c'était inhabituel qu'elle soit aussi tendue avec lui. Elle ne se perdit d'ailleurs pas en circonlocutions pour le lui expliquer. On lui avait offert un rôle dans une pièce de Broadway, une pièce sérieuse, du genre qu'elle avait toujours eu envie de jouer, et c'était une chance qui ne se représenterait peut-être jamais. Les répétitions commençaient en décembre. Cela voulait dire qu'il fallait aller à New York pour au moins un an et même davantage si la pièce avait du succès, deux ans peut-être.

Il la regardait, abasourdi, n'en croyant pas ses propres oreilles, ni l'expression de Charlotte. Elle avait visiblement l'air torturée. Et Oliver eut l'impression que son cœur allait se rompre.

— Et la série?

Et moi? avait-il envie de hurler.

— Il faudra que je me dégage de mon contrat. Mon agent pense que si nous nous y prenons bien on me laissera partir.

— C'est ce que tu veux?

— Je ne sais pas. Je l'ai désiré depuis toujours. Broadway a toujours été le couronnement, le summum, la quintessence du métier pour un acteur.

Elle était franche avec lui, elle l'avait toujours été.

— Je te dis exactement ce que je sais. Je n'ai pas encore pris de décision. J'ai dit à mon agent que je devais t'en parler d'abord. Mais... Ollie... j'ai toujours désiré jouer une pièce de Broadway, surtout une comme celle-là.

— Qu'est-ce que cela signifie pour nous? Que suis-je censé faire pendant deux ans? Rester ici? Je ne peux pas quitter le bureau, je ne suis ici que depuis un an et c'est une situation importante pour moi, probablement pour très longtemps. Mes enfants sont tous à l'école. Je ne peux pas les abandonner ou les déraciner de nouveau. Ils ont vécu déjà cela par deux fois en un an. Je ne peux pas le faire, Charlie. Je ne peux pas tout lâcher et partir, si grand que soit mon désir de te voir faire ce que tu souhaites.

Lui aussi était obligé de songer à sa carrière et à sa famille. Mais elle eut l'air de souffrir mille morts. Elle n'avait pas envie de renoncer, même pour lui, et cela se voyait.

— Je pourrais venir en fin de semaine.

On aurait dit qu'Oliver avait reçu une décharge électrique quand elle prononça ces mots. Il se leva d'un bond et se mit à arpenter la pièce en silence.

— Pas ça, Charlie, finit-il par dire. Je suis déjà passé par là avec une femme que j'aimais. Nous n'y résisterons pas. Sauter dans un avion pour aller d'ici à là-bas et vice-versa sans avoir le temps de fermer l'œil, passer ensemble un jour par semaine. C'est ridicule, cela ne marchera pas. Notre union est toute neuve et tu veux la soumettre à ce genre de tension ? Je préfère renoncer tout de suite. Ce sera beaucoup moins pénible pour nous deux que d'attendre un an. N'y pense plus. Je ne veux pas entendre parler de faire la navette.

Il essaya ensuite de se calmer et de penser à elle.

— Ecoute, Charlie, tu dois faire ce qui est bon pour toi.

Il l'aimait assez pour la laisser choisir, quoi qu'il lui en coûte à lui. Il savait ne pas avoir le droit de s'y opposer et que s'il s'y risquait ils perdraient de toute façon à la fin. Sa rude expérience lui avait aussi appris cette leçon.

— Réfléchis, fais ce que tu veux faire, *toi*.

Il ferma les yeux pendant un bref instant sous le coup d'un chagrin accablant, mais il avait déjà connu le chagrin, la perte d'un être cher et le désespoir. Il y survivrait une fois de plus. Et il y était prêt, pour elle.

— Je pense que tu devrais probablement aller là-bas. Tu le regretteras toute ta vie si tu refuses cette offre et nous en paierions le prix de toute façon. Vas-y, chérie... Tu en as le droit. Tu es au sommet de ta carrière à présent. Ces occasions-là ne se représentent jamais. Toutefois, ne compte pas que je ferai la navette... et ne t'imagine pas que nous pouvons tout avoir. C'est impossible. Parfois, on doit faire des choix dans la vie. Fais celui qui est bon pour toi. C'est tout ce que je souhaite pour toi.

Il y avait des larmes dans ses yeux et il se détourna pour qu'elle ne les voie pas.

— Veux-tu dire que ce sera fini entre nous si je vais là-bas ?

Elle paraissait stupéfaite et profondément frappée.

— Oui. Mais pas parce que je veux te forcer la main ou te faire rester ici pour moi. Je te dis seulement que j'ai déjà vécu quelque chose de semblable une fois et que je suis incapable de le supporter une deuxième fois. Cela ne marche pas. Nous finirions par perdre la partie, de toute façon. Et je ne peux pas repasser par là. Je préfère te souhaiter bonne chance et te dire adieu en t'embrassant avec des larmes plein le cœur. Mais mieux vaut maintenant que dans un an ou deux, peut-être même avec un enfant. Et je ne crois pas que les miens résisteraient à un nouveau déchirement. Il faut que je pense aussi à eux. Je t'aime, Charlie. Je t'aime assez pour te laisser faire ce que tu veux. Je rentre chez moi, à présent. Réfléchis. Et téléphone-moi quand tu auras pris ta décision. Je l'admettrai... sincèrement, crois-moi. — Il avait les yeux humides et elle pleurait. Elle ne pouvait pas croire ce qu'il venait de dire, pourtant elle comprenait. — ... seulement ne me laisse pas apprendre la nouvelle par les journaux.

Puis, sans un regard en arrière, il sortit et retourna en voiture chez lui.

Sam était encore debout quand il arriva, il jouait avec le cochon d'Inde dans la cuisine quand Oliver entra, l'air d'un déterré.

— Bonjour, papa. — Sam leva la tête en souriant, puis son sourire se figea et il en oublia pour une fois son Charlie. — Qu'est-ce qui ne va pas ?

— Rien. J'ai eu une journée éreintante au bureau. Je monte me coucher.

Il ébouriffa les cheveux de Sam et se rendit droit dans sa chambre sans ajouter un mot. Et Sam se précipita vers la chambre de sa sœur avec un air affolé. Il annonça :

— Papa a quelque chose qui cloche ! Il vient de rentrer et il est tout vert !

— Peut-être qu'il est malade. Tu lui as demandé ce qui n'allait pas ?

— Il a juste dit qu'il avait eu une mauvaise journée au bureau.

— Ça se pourrait bien. Ne t'en fais pas et laisse-le se reposer. Il sera probablement rétabli demain matin.

Mais le lendemain, il ne l'était pas. Ils s'en aperçurent tous. Il était pâle et avare de gestes, il ne prononçait pas un mot. Il était descendu tard et ne toucha pas à ses œufs. Sam jeta un coup d'œil significatif à sa sœur.

— Tu es malade, papa ?

Elle s'était efforcée de prendre un ton détaché. Quant à Sam, involontairement, il tomba juste. Son père réprima avec peine un tressaillement aux paroles du petit garçon :

— Tu t'es disputé avec Charlie, hier soir ?

— Non, bien sûr que non.

Mais elle n'avait pas téléphoné après son départ et il n'avait pas pu dormir de la nuit. La terreur de la perdre était plus qu'il n'était capable de supporter. Et à quel prix ! Il l'aimait trop pour essayer de s'accrocher à quelque chose qu'il n'aurait jamais. Il ne voulait pas recommencer la même erreur qu'avec Sarah.

Il partit pour le bureau ce matin-là comme un zombi, et il eut presque le frisson quand sa secrétaire lui annonça au cours de l'après-midi que Charlotte attendait dans l'anti-chambre. Soudain il eut peur de la faire entrer, peur de la voir, peur d'entendre ce qu'elle allait lui dire. Il eut l'impression d'être pris au piège quand la secrétaire l'intro-duisit avec une déférence émerveillée, et il ne se leva pas parce que ses jambes n'avaient brusquement plus la force de le soutenir.

— Tu vas bien?

Charlie l'examinait d'un air inquiet. Elle s'avança lente-ment vers le bureau, son regard ne lâchant pas celui d'Oli-ver, son visage pâle mais pas plus pâle que le sien à lui.

— Tu as pris une décision, n'est-ce pas?

Elle hocha la tête et se laissa choir dans le fauteuil en face de son bureau.

— Il fallait que je vienne maintenant. Cela passera dans le bulletin d'informations de six heures. Les producteurs de la pièce ont conclu un accord avec la chaîne, et ils ont convenu de me libérer de la série à Noël.

... Noël... le jour de leur mariage... presque.

— Et tu joueras la pièce?

Il eut du mal à sortir les mots.

Elle hocha lentement la tête avec une expression tendue dans le regard.

— Oui. — Puis elle allongea les bras pour prendre ses deux mains dans les siennes et dit d'une voix suppliante : — ... Ne pouvons-nous trouver une solution? Ne pouvons-nous au moins essayer un compromis? Je t'aime. Rien n'a changé.

Elle semblait désespérée, mais Oliver avait trop d'expé-rience.

— Rien n'a changé maintenant peut-être. Pas encore. Mais un de ces jours ce sera trop, simplement. Nous serons des étrangers. Tu habiteras New York, tu auras ta propre vie, ta pièce. Je serai ici avec mon travail et les enfants. Quelle existence cela fait-il?

— Difficile, pleine de défis à relever mais qui en vaut la peine. D'autres l'ont tenté et y sont parvenus. Ollie, je jure que je ferai tous les déplacements.

— Comment? Tu as deux jours de congé. Un pour venir

en avion ici, un autre pour retourner là-bas. Qu'est-ce que cela nous laisse ? Une nuit à l'aéroport ? Combien de temps penses-tu que cela durera ?

Il finit par se lever et contourna le bureau pour l'affronter.

— ... Tu as bien choisi. Tu as du talent, Charlotte. Tu as droit à ce qu'il y a de mieux.

— Mais je t'aime.

— Je t'aime aussi. N'empêche que je suis incapable de faire marcher quelque chose qui ne marchera pas. J'ai déjà appris cette leçon. Par amère expérience.

Les cicatrices étaient trop profondes, la douleur trop intense et tandis qu'il regardait la femme qu'il aimait il savait qu'il l'avait déjà perdue.

— Qu'est-ce qui arrive maintenant ?

Elle avait l'air brisée, mais elle ne discuta pas.

— Nous souffrirons un certain temps. Nous surmonterons cela en adultes tous les deux. Nous continuerons à vivre. Tu auras ton travail. J'aurai mes enfants. Nous en tirerons réconfort et puis on cessera de souffrir.

Comme pour Sarah. Cela n'avait pris qu'un an de constante déchirure. Seulement. Et la perspective de perdre Charlotte semblait en quelque sorte pire, ils avaient partagé tant d'espoir, de joie, d'amour, tant de projets, et maintenant c'était fini.

— A t'entendre, c'est terriblement simple, Ollie.

Elle le regardait avec des yeux navrés et d'un geste doux il prit ses mains dans les siennes.

— Voilà le hic. Cela ne l'est pas.

Quelques minutes plus tard, elle quitta en larmes son bureau et il se versa un verre d'alcool au bar avant de rentrer pour trouver Agnès et Sam qui regardaient le bulletin d'informations en faisant dîner Alex. Le speaker annonçait justement à la population de Los Angeles qu'à en croire la rumeur Charlotte Sampson abandonnait la série qui avait fait sa gloire pour aller à New York jouer une pièce dans un théâtre de Broadway.

Sam rit à gorge déployée, tandis qu'Agnès donnait au bébé un autre biscuit.

— C'est stupide, n'est-ce pas, papa ? Charlie ne va pas à New York. Elle reste ici, et vous allez vous marier.

Il leva vers son père un visage illuminé d'un grand sourire qui soudain se figea. Oliver avait les yeux humides quand il se tourna vers Sam et secoua la tête, l'air hébété.

— Non, je ne le pense pas, fils. On lui a offert un rôle très intéressant dans une pièce de théâtre importante. Cela lui tient énormément à cœur, Sam.

Comme Agnès et le jeune garçon le dévisageaient avec stupeur, Benjamin ouvrit la porte de la cuisine et se retrouva en plein drame sans savoir ce qui l'avait provoqué. Alex poussa un glapissement de joie en tendant ses bras potelés vers son père mais, pour une fois, personne ne lui prêta attention.

— Est-ce que nous retournons aussi à New York, papa ?

Sam paraissait à la fois effrayé et plein d'espoir, mais son père secoua négativement la tête. Oliver avait l'impression d'avoir vieilli d'un siècle en un jour.

— Nous ne le pouvons pas, Sam. Vous êtes tous en classe ici. Et j'ai un bureau à diriger. Je ne peux pas déménager tous les ans.

— Tu n'en as pas envie ?

Sam ne comprenait pas ce qui s'était passé, mais à vrai dire Oliver non plus.

— Si, bien sûr, mais je ne veux pas intervenir dans la vie de quelqu'un d'autre. Charlotte a sa propre existence à mener et nous la nôtre.

Il y eut un moment de silence, puis Sam hocha la tête en essuyant discrètement une larme sur sa joue. Benjamin et son père gardaient les yeux fixés sur lui.

— ... Pour ainsi dire comme maman, hein ?

— Pour ainsi dire.

Sam eut un hochement de tête et quitta la pièce. Benjamin posa doucement la main sur le bras de son père et Agnès, extirpant Alex de sa chaise haute, l'emporta avec elle pour aller voir ce que devenait Sam. Pas difficile de deviner que recommençaient des temps difficiles et que Sam les supporterait très mal. Il avait adoré Charlotte.

— Y a-t-il quelque chose que je puisse faire, papa ? questionna à mi-voix Benjamin, ému par le chagrin qui se lisait dans les yeux de son père.

Oliver se contenta d'un signe de dénégation, serra le bras de Benjamin et monta dans sa chambre. Il passa toute cette nuit-là couché dans son lit à songer à elle et le lendemain matin il se sentait aussi moulu que s'il avait été passé à tabac dans une rixe.

Ce n'était pas juste que cela lui arrive encore. Ce n'était pas juste qu'il la perde. Là, seul dans son lit, il aurait voulu la détester, mais il en était incapable. Il l'aimait trop et cette ironie du sort le frappa de nouveau avec violence le lendemain matin, après une nuit blanche, quand il jeta aux ordures les prospectus de Bora Bora. Il avait le chic pour s'éprendre de femmes qui attendaient de la vie davantage que le mariage. Il ne pouvait s'imaginer à nouveau amoureux. Et, tourné vers la fenêtre et le regard perdu dans le vide, il ne put retenir ses larmes en songeant à elle. Il la voulait désespérément, mais il savait que cela ne marcherait jamais. Il devait lui rendre sa liberté, si pénible que soit la rupture des liens qui l'avaient attaché à elle.

Toute la journée, il eut envie de lui téléphoner, mais il se contraignit à s'abstenir. Les journaux ne parlaient que d'elle ce jour-là, et de même pendant plusieurs jours, mais elle ne l'appela pas une seule fois. Et c'est seulement vers Thanksgiving qu'il parvint à entendre son nom sans tiquer. Il avait hâte qu'elle s'en aille à New York pour ne plus être tenté de passer en voiture devant sa maison ou de s'arrêter au studio pour la voir. Elle serait partie vers une autre vie, loin de la sienne. A jamais.

29

La veille de Thanksgiving, Sarah arriva pour emmener avec elle Sam et Mel à San Francisco où elle allait voir des amis. Elle avait même accepté de prendre Agnès et Alex, pendant que Benjamin irait skier sur les premières neiges de Squaw Valley. Sarah avait terminé son livre quelques semaines auparavant, et Oliver lui trouva belle mine. Bizarrement, lorsqu'il l'embrassa sur la joue, elle lui donna l'impression d'être une étrangère. Il ne soupirait plus d'amour pour elle et à présent son parfum avait une fragrance inconnue. La femme qui hantait ses rêves la nuit était Charlie. Son cœur se serrait encore chaque fois que son souvenir lui venait à l'esprit ou qu'il voyait son nom dans les journaux.

— Quand te maries-tu, Ollie ? questionna Sarah qui tenait Alex sur ses genoux le matin de leur départ.

Et ce fut un choc pour Oliver.

— Je croyais que les enfants te l'auraient dit.

Il avait la voix basse et tendue.

— Dit quoi ?

Dans sa surprise, elle laissa le bébé répandre joyeusement de la bave sur son chemisier propre. Agnès était partie chercher les affaires des enfants, et Sarah attendait dans la cuisine.

— Charlotte a un rôle dans une pièce de Broadway. Elle devrait partir bientôt, en fait. Et, ma foi... nous avons conclu que c'était pour elle un meilleur choix que le mariage.

Il sourit crânement, mais Sarah ne s'y trompa pas. Elle le connaissait trop bien. Et elle fut profondément navrée du chagrin qu'il devait éprouver. C'était différent de ce par quoi elle avait passé après la mort de Jean-Pierre, mais une perte de n'importe quelle nature est douloureuse.

— ... A croire que j'ai le chic pour tomber amoureux de ce genre de dames. Les femmes intelligentes dotées d'ambitions personnelles.

— Tu trouveras celle qu'il te faut un de ces jours, Ollie, tu le mérites.

Elle pensait sincèrement ce qu'elle disait.

— Auquel cas, je ne suis pas sûr que j'aurai du temps à lui consacrer, répliqua-t-il en masquant d'un sourire son chagrin, avec un coup d'œil à Alex. Ce petit monsieur nous tient tous en alerte perpétuellement.

A ce moment, Benjamin prit l'enfant et l'emporta au-dehors vers la voiture pour l'installer sur son siège de sécurité dans la Pontiac de location de Sarah. Il était désolé de laisser le bébé, mais son père tenait à ce qu'il aille skier et se remette en forme. Oliver était content que Sarah emmène les enfants. La perte de Charlotte était encore un choc trop récent et il n'avait aucunement le cœur à célébrer une fête.

Sarah et les cadets s'en allèrent peu après, et les camarades de Benjamin vinrent le prendre quelques minutes plus tard. Ollie était seul dans la maison, s'efforçant de trier une pile de courrier et de factures. La demeure était étrangement silencieuse et quand Oliver se renversa en arrière dans son fauteuil, il soupira comme s'il essayait de décider s'il en était content. Trop vite, ses pensées se reportèrent vers Charlie, et même Sarah. Il se demanda si les choses auraient pu être différentes avec l'une ou l'autre mais, au fond de son cœur, il savait que non. Peut-être que s'ils s'y étaient pris autrement au début, Sarah n'aurait pas déguerpi plus tard, se dit-il en se remettant au travail à son bureau, puis il se rendit compte que c'était une réflexion absurde. Elle aurait de toute façon agi comme elle l'avait fait. Elle était destinée à être libre, à vivre seule et à écrire ses romans. Comme Charlie avec sa pièce dans un théâtre de Broadway. Megan dans son appartement sur les toits à New York. Et même Daphné, avec l'homme qui ne quitterait jamais sa femme légitime à Greenwich.

Ce qui l'irritait c'est que Charlie avait tellement proclamé que le mariage, les enfants et « la vraie vie » avaient une importance primordiale pour elle et que, finalement, elle avait fait le même choix que les autres. L'indépendance. Sa pièce, New York. Avec une promesse de revenir en fin de semaine qui n'aurait jamais été réalisée, si bonnes qu'aient été ses intentions.

L'après-midi était déjà très avancé quand il quitta de nouveau sa table de travail pour aller se confectionner un sandwich. C'est alors qu'il l'aperçut, hésitante, à côté de sa voiture dans l'allée. C'était bien Charlie, il la reconnut, en T-shirt et en jeans, coiffée comme d'habitude avec ses nattes qui lui donnaient plus l'air d'une des camarades de Mel que de la femme qui lui avait brisé le cœur en rompant leurs fiançailles. Elle resta là longtemps à le contempler par la fenêtre, et il ne savait pas s'il lui ouvrirait ou non la porte. Il trouva cruel de sa part d'être venue lui dire au revoir si c'est pour cela qu'elle était là. Puis, finalement, incapable de résister à l'attirance qu'il éprouvait toujours pour elle, il se dirigea vers la porte et l'ouvrit lentement. Elle s'approcha, l'air très nerveuse.

— Je ne savais pas si tu serais là ou non... J'allais te déposer un mot...

Il vit qu'elle le tenait à la main, mais il n'avait pas envie de le lire.

— ... J'aurais probablement dû téléphoner avant de venir.

— L'expédier par la poste aurait été beaucoup plus simple.

Il n'avait plus rien à lui dire maintenant. Il avait tout dit. Et pleuré trop souvent.

Elle regarda au-delà de lui, dans la cuisine, comme si elle espérait voir les enfants, mais la pièce était vide et silencieuse.

— Comment vont-ils tous ?

Le regard de Charlotte chercha le sien et il hocha la tête, se demandant toujours pourquoi elle était venue.

— Très bien.

— Ils me manquent, convint-elle, l'air triste et l'âme contrite.

Elle n'était jamais passée pour leur expliquer la situation. Elle savait que ç'aurait été trop pénible.

— Tu leur manques aussi.

— Comment va le bébé?

— Très bien. — Oliver sourit. — Benjamin se débrouille comme un chef avec lui.

— Où sont-ils tous?

— Partis pour les fêtes.

Pendant un instant de folie, il eut envie de l'inviter à entrer, mais cela ne les mènerait nulle part sinon tout droit à souffrir encore. Puis, avec un haussement d'épaules, il recula d'un pas et lui fit signe d'avancer à l'intérieur.

— Veux-tu venir une minute?

Elle hocha la tête et le suivit dans la cuisine, songeant combien il était beau et combien elle l'aimait encore. Elle jeta un coup d'œil à la ronde et remit discrètement dans sa poche la lettre qu'elle avait apportée.

— Quand pars-tu pour New York?

Elle parut hésiter comme si elle ne savait pas quoi lui dire. Elle savait à quel point elle l'avait peiné, et il n'y avait pas moyen de guérir cette blessure-là. Et à présent il y avait trop à expliquer. Elle ne savait pas par où commencer, ou même si elle le devait. Il l'observait.

— C'est une longue histoire.

— Tu dois être folle de joie.

Il s'efforçait de garder un ton neutre, sans y parvenir. Dans sa voix il y avait de la colère, du chagrin, de la souffrance et l'amour pour elle qui ne voulait pas disparaître, quelque effort qu'il fasse pour le tuer.

— Beaucoup de choses sont arrivées, essaya-t-elle d'expliquer.

Ces dernières semaines avaient été un enfer pour elle, mais elle ne le lui dit pas. Elle lisait dans son regard que c'était trop tard. Elle avait été sotte de venir, elle le comprenait maintenant.

— Aimerais-tu une tasse de café? proposa-t-il.

Une partie de lui-même voulait qu'elle s'en aille pour pouvoir rester de nouveau seul avec son chagrin, mais une autre voulait qu'elle reste. A jamais.

Elle le dévisagea avec intensité et, en dépit des nattes, ses yeux dénotaient qu'elle était non pas une petite jeune fille mais une femme. C'étaient les yeux d'une femme qui avait payé pour ce qu'elle avait fait. Puis elle prit la parole très bas:

— Je ne vais pas à Broadway, Ollie.

— Tu n'y vas pas?

Il était sidéré. Que diable entendait-elle par là ? Elle le lui avait dit. Après quoi, il l'avait vu à la télévision et lu dans les journaux. Qu'est-ce qui avait changé ? Et quand, et pourquoi ?

— Non, je n'y vais pas. Je reste ici avec la série.

— On n'a pas voulu te dégager de ton contrat ?

— Oh, on aurait accepté, mais... — Il attendit, abasourdi, le reste de l'explication. — ... j'ai décidé que c'était une erreur de partir.

— Pour ta carrière ?

C'était à peine un murmure.

— Pour nous. Seulement je crois que c'est trop tard à présent. Ce n'était pas la chose à faire et j'ai fini par le comprendre. Je ne cessais de dire combien comptaient pour moi le mariage et la famille, et j'étais prête à tout lâcher et à courir là-bas, quoi qu'il nous en coûte à tous, à toi et à moi et aux enfants.

« C'était une erreur à ne pas commettre. Renoncer à quelqu'un que j'aimais, c'était payer trop cher, si fort qu'ait été mon désir de jouer là-bas. Ce n'était pas juste, alors j'ai refusé l'offre. Et même si je ne récupère aucun de vous, refuser était ce qu'il fallait faire. — Elle eut un sourire doux-amer. — Je me suis sentie mieux dès que j'ai dit non.

Oliver la regarda d'un air ahuri, puis son sourire s'élargit.

— Ils ont dû être furieux.

— Oui, répliqua-t-elle gaiement. C'en est fini de Broadway pour moi, je pense. Mais la chaîne m'aime bien. — Puis : — Je n'ai pas osé te téléphoner, Ollie.

— Pourquoi ?

— Parce que je t'ai causé tant de peine. Une minute, je te quitte pour me rendre à New York et la minute suivante je reviens te dire que tout va bien. Je ne pouvais pas t'infliger ça. Voilà ce que j'ai écrit dans ce billet. Je pensais te mettre au courant avant que tu lises la nouvelle quelque part et je m'étais dit que si tu voulais tu me donnerais signe de vie, mais je ne pensais pas vraiment que tu en aurais envie.

Elle semblait ne plus rien attendre de lui mais devoir regretter jusqu'à la fin de ses jours ce qu'elle avait fait. Puis, pour alléger l'atmosphère pendant qu'il digérait la nouvelle, elle chercha du regard dans la cuisine la cage de Charlie.

— A propos, où est mon homonyme ?

Le cochon d'Inde était invisible. Oliver sourit à Charlotte, il avait l'impression qu'un poids énorme lui avait été ôté de dessus les épaules.

— Il est relégué dans le garage en l'absence de Sam, cette espèce de bruyant petit salopard. J'ai déjà assez de mal à dormir la nuit, sans l'écouter s'amuser.

Elle eut l'air plus qu'un peu confuse.

— Je n'ai pas trop bien dormi non plus. J'ai vraiment tout bousillé royalement, n'est-ce pas, Ollie ?

Sa voix était triste et basse. Il hocha la tête.

— Possible. — Il eut un lent sourire. — Peut-être que oui... peut-être que non. C'est ce qu'on fait finalement qui compte dans la vie. Nous trébuchons tous en cours de route.

Ils se tenaient encore debout gauchement dans la cuisine, leurs vies dans la balance, leurs yeux pleins de crainte, de souffrance et de tension. Ils avaient tant à perdre... et tant à gagner, selon ce qu'il allait faire maintenant.

— Tu m'as manqué, Ollie. Tu vas me manquer pendant très très longtemps, si tu ne me pardonnes pas. — Elle l'aimait assez pour revenir demander qu'il lui pardonne. — Tous les jours, j'avais envie de te téléphoner... de venir... pour te dire que j'étais navrée... que j'étais la dernière des imbéciles... que j'avais tort de croire que la pièce de Broadway comptait plus que toi. C'était une décision infecte à prendre, quand bien même j'ai fini par revenir à la raison.

Il la défendit :

— Mais elle était sincère, c'était ce que tu avais toujours souhaité. Tu y avais droit, Charlie.

— Je te voulais, toi, bien davantage. Seulement je n'en ai été sûre qu'après t'avoir perdu. Et alors c'était trop tard.

Elle l'avait lu dans ses yeux et elle avait regretté d'être venue, mais voici qu'il s'approchait lentement avec une étrange expression.

— Qui t'a dit cela ? chuchota-t-il en l'attirant contre lui. Qui t'a dit que c'était trop tard ? Et qui te dit que tu avais tort et que j'avais raison ? Un millier de fois, je me suis répété que j'aurais pu retourner à New York avec toi, que nous aurions pu nous installer dans la maison de Purchase, quel droit avais-je de me dresser en travers de ton chemin ?

— Tu avais tous les droits... il fallait aussi que tu penses à tes enfants. Moi, je ne pensais qu'à moi-même.

— Et maintenant ?

Il la serrait dans ses bras et les mots avaient du mal à sortir de sa gorge. Il l'aimait encore tellement. Rien que de l'avoir de nouveau tout près de lui comme cela était une souffrance.

— Oliver, je t'aime tant.

Elle l'avait dit dans un souffle, alors, lentement, il l'embrassa. C'était tout ce qu'il avait envie d'entendre, tout ce qui comptait pour lui, tout ce pour quoi il avait vécu depuis qu'elle était partie.

— Je t'aime aussi... tu ne sauras jamais combien tu m'as manqué. J'ai cru que j'allais devenir fou pendant un certain temps...

— Moi aussi.

Elle souriait soudain comme il la prenait dans ses bras et l'emportait à travers la maison. Elle riait.

— Où m'emmènes-tu ?

Brusquement, elle avait retrouvé le bonheur. Elle était dans les bras de l'homme qu'elle aimait. Il ne la haïssait pas et il avait été aussi malheureux qu'elle. Quelle imbécile elle avait été mais, Dieu merci, elle n'était pas partie pour jouer cette pièce à Broadway.

— ... qu'est-ce que tu fais ?

Il montait solennellement l'escalier en direction de sa chambre.

— Je te conduis dans mon lit qui est ta place, jusqu'à ce que tu apprennes à te conduire convenablement... satanée actrice célèbre... ne recommence jamais un tour pareil !

Elle riait de son ton grondeur et il franchit en la portant le seuil de sa chambre. Elle leva les yeux vers les siens C'était familier, chaleureux, merveilleux.

— Ollie, je suis vraiment navrée...

Il la serrait toujours dans ses bras comme s'il ne voulait désormais plus la lâcher, mais il sourit.

— Ne le sois pas. Je me suis montré aussi bête que toi.

— Et maintenant ?

Elle le dévisagea tandis qu'il la déposait sur le lit.

— J'estime que nous sommes tous les deux des imbéciles et que nous sommes bien appariés.

Elle lui tendit les bras en souriant et, comme ils passèrent dans son lit la majeure partie des jours suivants, ce furent des vacances magiques. Les enfants la trouvèrent pieds nus dans la cuisine, en jean qui était le sien et avec une chemise de leur père, quand Sarah les déposa le dimanche soir avant de se rendre à l'aéroport. Elle entra dire bonsoir à Oliver mais seulement cinq minutes et elle sembla intriguée quand elle vit dans la cuisine Charlotte, l'air heureux et les cheveux en bataille.

— Est-ce qui je pense ? dit Sarah à mi-voix gaiement quand Oliver la raccompagna à sa voiture.

Il avait tenté de les présenter l'une à l'autre, mais Sam et Alex menaient un tel tapage qu'entendre quoi que ce soit était impossible et Charlotte avait paru un peu gênée d'être surprise pieds nus dans la cuisine d'Oliver.

— C'est elle.

— Cela signifie-t-il que tu pars pour New York ?

Sarah avait une expression légèrement amusée, en même temps que contente pour lui, quand elle se glissa derrière le volant de sa voiture. Elle et les enfants avaient eu d'excellentes vacances.

— Non, je ne déménage pas pour New York...

Ses traits trahissaient une certaine satisfaction qu'il s'efforçait de masquer.

— ... elle reste.

— Elle reste ?

Sarah parut impressionnée et il lui sourit.

— J'ai eu de la chance, je crois.

Cette fois-ci.

— Non, Ollie. — Elle lui rendit son sourire, le passé ayant pour l'un et l'autre cessé d'être douloureux. — Elle est intelligente. Félicitations à tous les deux, ou est-ce prématuré ?

— Un peu.

Il eut un air malicieux et tous deux rirent.

— Alors, bonne chance.

Elle agita la main et sortit de l'allée en marche arrière, puis il retourna dans la cuisine, encore abasourdi de voir Charlotte un bras autour de Sam, Alex perché sur l'autre, en train de parler par-dessus leurs têtes avec animation à Mel, tandis que dans le tumulte Agnès préparait du chocolat bouillant.

— Je ne peux pas croire à ma chance, chuchota-t-elle à Oliver quand ils s'assirent autour de la table de la cuisine.

— C'est moi, le chanceux.

— Nous le sommes tous les deux.

Elle songea à la bague de fiançailles qu'elle lui avait renvoyée et se demanda ce qu'elle était devenue. Elle jeta un coup d'œil à sa main en y repensant et, quand elle leva la tête, elle vit qu'Oliver riait.

— Qu'est-ce qu'il y a de si drôle ?

— Toi. Et en réponse à ta question, je l'ai jetée.

A la vérité, il n'avait pas eu le courage de la rendre au bijoutier, et elle se trouvait dans le coffre-fort au fond du placard de sa chambre.

— Comment sais-tu à quoi je pensais ?

— Parce que je suis plus malin que je ne l'étais auparavant, et que je t'aime.

Ils échangèrent longuement un lent sourire par-dessus la tête du bébé et Oliver eut l'impression qu'un miracle s'était produit. Un miracle qui avait ramené vers lui la femme qu'il aimait, un miracle qu'il avait peut-être mérité.

— La troquerais-tu contre un simple anneau d'or ?

Il voulait lui jeter le grappin dessus solidement et la crocher avant qu'elle se mette une autre idée en tête, qu'une autre offre de pièce se présente, ou un film ou un beau jeune premier. Il n'était même pas sûr d'être d'accord pour attendre encore quatre semaines jusqu'à Noël.

Mais Charlotte hochait affirmativement la tête en réponse à sa question. Ce qu'il lisait dans ses yeux lui disait tout ce qu'il avait besoin de savoir. Elle était revenue pour de bon et elle aurait tout, sa vie avec lui et sa carrière, aussi longtemps qu'elle le voudrait. Cette fois, l'un et l'autre avaient conscience qu'elle le pouvait. Elle avait choisi. Et son choix était d'être auprès de lui, et des enfants.

Mais elle aurait aussi sa série. Le prix de la meilleure actrice de télévision, un cochon d'Inde et l'homme qu'elle aimait, trois enfants merveilleux et même un petit-fils tout fabriqué. Et des enfants nés d'elle, si elle en avait envie. Il était prêt à tout lui donner. Il avait beaucoup appris, lui aussi, pendant son absence.

— Quand ?

Il avait le regard ardent quand il prit Alex qu'elle tenait sur ses genoux pour le tendre à Agnès. Laquelle l'emporta et emmena vivement Sam de la cuisine, les laissant seuls pour décider de leur avenir.

Charlotte éclata d'un rire malicieux en lui répondant.

— Demain ? La semaine prochaine ?

— Pas plus tard, dit-il d'un ton farouche en l'attirant à lui et en se penchant pour l'embrasser à l'instant même où Benjamin entrait, son sac de montagne sur l'épaule.

Benjamin sourit de plaisir en apercevant Charlotte.

— Excuse-moi, papa.

Oliver lui fit signe de ficher le camp par-dessus son épaule et Benjamin fila comme une flèche, la bouche toujours fendue gaiement d'une oreille à l'autre, tandis qu'Oliver se penchait de nouveau pour embrasser Charlotte et ils se mirent à rire tous les deux.

— La semaine prochaine ? questionna-t-il derechef, amusé mais pressant.

— Demain.

Elle sourit sobrement en fixant la date de ce mariage si compromis jusqu'à ce qu'elle retrouve son bon sens.

— Je t'aime, murmura Oliver qui sentit le cœur de Charlotte battre contre sa poitrine presque aussi fort que le sien.

— Je t'aime aussi, murmura-t-elle en réponse.

On entendait vaguement les enfants monter en trombe l'escalier. Ils riaient et discutaient de la bonne nouvelle qui serait dans les journaux d'ici la fin de la semaine. Et elle y figura, mais à ce moment-là Charlotte Sampson et Oliver Watson étaient déjà mariés et partis passer une semaine à Hawaii, avec la permission des producteurs. Comme il fallait s'y attendre, les *paparazzi* les guettaient à leur retour et les flashes crépitèrent dans l'aéroport.

Benjamin et Alex les attendaient. Benjamin arborait un large sourire et Alex dormait profondément dans ses bras, heureux et tranquille avec son papa.

— J'espère que le nôtre sera aussi mignon que celui-là, dit-elle tout bas à Oliver quand ils suivirent Benjamin jusqu'au guichet de délivrance des bagages.

Il passa un bras autour des épaules de sa femme et sourit. Pas de souci à se faire pour ça. Il avait gagné, il avait la vie qu'il avait souhaité et une femme qui donnait tout son sens à cette vie. Et il avait, sans l'ombre d'un doute, conscience d'être le plus heureux des hommes.

— Prêts ? demanda-t-il quand Benjamin se fut chargé d'une partie des valises pour l'aider.

Comme ils sortaient lentement, une dame poussa un léger cri de surprise et se précipita vers eux.

— Est-ce que... ne seriez-vous pas Charlotte Sampson ?

— Non, répliqua Charlie en secouant la tête avec un sourire gracieux, mon nom est Watson.

— Oh.

La dame s'excusa et s'esquiva tandis que le trio riait. Le bébé continua à dormir et Oliver et Charlotte rentrèrent chez eux retrouver leurs enfants.

Vingt-deux romans publiés, autant de best-sellers! À quarante ans, avec plus de cent trente millions de livres vendus à travers le monde, Danielle Steel confirme qu'elle est plus qu'un écrivain à succès: un véritable phénomène d'édition.

Elle figure dans le livre des records pour avoir eu simultanément trois romans sur la liste des best-sellers du New York Times. Ses livres sont traduits en 21 langues. Les spécialistes prédisent qu'elle sera l'auteur qui aura vendu le plus de livres au monde à la fin de cette décennie. Un exploit remarquable pour une femme qui par ailleurs est la mère de neuf enfants!

Danielle Steel connut le succès à la publication de son septième roman. Et depuis lors elle n'a écrit que des best-sellers. Ils vous sont brièvement présentés dans les pages qui suivent.

Album de Famille

Deux générations couronnées par la fortune, puis frappées par le drame. En 1943, dans la jungle de Guadalcanal, un lieutenant américain rencontre une éblouissante actrice en tournée dans les camps militaires du Pacifique. Deux ans plus tard, à huit mille kilomètres de là, ils se retrouvent sur un plateau de Hollywood.

Faye Price, la star de cinéma, épouse le playboy Ward Thayer IV, héritier de puissants chantiers navals. Faye devra alors choisir entre sa carrière hollywoodienne et la maternité, entre la gloire et la famille. Elle abandonne le cinéma... mais pour peu de temps car, bientôt, le conte de fées va tourner court.

Années dorées, années sombres... À leur tour, les cinq enfants de Faye vont connaître l'illusion, la tragédie, l'espoir...

Lionel, le préféré, chassé par son père; Greg, le champion de football, qui partira pour la guerre du Viêt-nam. La bouillante Valérie, aux cheveux de feu, bien décidée à surpasser sa mère, et sa jumelle, la studieuse Vanessa. Enfin, l'enfant «invisible» des Thayer, Anne, l'oubliée de la famille, qui ira chercher une nouvelle existence dans une communauté de San Francisco.

Vaste fresque contemporaine, **Album de famille** nous offre une inoubliable galerie de portraits dont la riche toile de fond est notre époque.

C'est enfin et surtout l'histoire d'une famille tour à tour déchirée et sauvée par la puissance de l'amour, à la fois exceptionnelle et proche de chacun de nous.

❖❖❖❖❖❖❖

La Fin de l'Été

L'héroïne de **La fin de l'été** s'appelle Deanna. Son mariage est lentement devenu une prison dorée et plus souvent qu'à son tour elle doit faire face à la solitude. Ainsi, au cours d'un été, elle se retrouve seule dans sa maison de Californie alors que son mari, Marc-Édouard, est retenu en Europe pour son travail. Leur fille, Pilar, passe ses vacances chez ses grands-parents. Pour meubler sa solitude, Deanna peint. La création artistique est devenue toute sa vie. Lors d'un week-end romantique sur une plage au sud de San Francisco, elle rencontre Ben, directeur d'une galerie réputée. Avec lui, elle retrouve la tendresse, la complicité, les rires qui étaient morts entre elle et Marc-Édouard depuis si longtemps. Pour un été... Mais un drame survient, qui l'oblige à prendre le premier avion pour la France... Un récit d'émotions où la finesse de la psychologie s'allie à la maîtrise du suspense.

❖❖❖❖❖❖❖

Secrets

À Hollywood, pour le tournage d'une grande série télévisée qui ressemble étrangement à *Dynastie* ou à *Dallas*, hommes et femmes luttent avec acharnement afin d'appartenir à la prestigieuse équipe du producteur Mel Wechsler: Sabina Quarles, qui, à quarante-cinq ans, atteint le sommet de sa carrière; Jane Adams, qui jusqu'ici n'a pas fait grand-chose; Gabby Smith, qui n'en est encore qu'à ses débuts; Bill Warwick, qui trouve aujourd'hui la chance de sa vie. Seul Zack Taylor, le premier rôle masculin, n'a pas attendu cette superproduction pour parvenir à la consécration. En somme, tout va pour le mieux, du moins en apparence. Car toute existence a ses secrets et, si bien gardés soient-ils, un jour la vérité explose.

Sabina effectue de mystérieux voyages pendant que Mel, le producteur, essaie d'oublier la tragédie qui l'a brisé. Jane risque de perdre ce qui, pour elle, passe avant tout. Quand à Gabby, dès que sa véritable identité est découverte, tous lui mènent une vie infernale, à commencer par Bill... Mais Bill a des circonstances plus qu'atténuantes...

Et soudain, le drame éclate, qui force les destins à se révéler au grand jour et risque d'interrompre la série **Manhattan**, qui bat tous les records d'audience.

❖❖❖❖❖❖❖

Une Autre Vie

Tout les sépare: une profession absorbante, une famille exigeante et, enfin, les milliers de kilomètres qui vont de New York, où Mélanie présente le journal télévisé, à Los Angeles, dont Peter dirige le principal hôpital. Du temps, ils en ont si peu pour leur vie privée! Pourront-ils se satisfaire de cet amour à la sauvette, coupé de longs mois d'absence au cours desquels le téléphone demeure leur seul lien? La jeune femme prend le risque de tout sacrifier à Peter. Mais quel déchirement Et elle va devoir affronter l'ombre d'une morte, la haine d'une belle-fille, les traquenards d'un confrère. **Une autre vie** est la traduction du best-seller *Changes*.

❖❖❖❖❖❖❖

La Maison
des Jours Heureux

«Thurston House» a été construite par un homme amoureux qui l'a offerte en cadeau à sa nouvelle épouse. Bâtie pour le bonheur, elle abritera cette famille pendant trois générations. Ces hommes et ces femmes y vivront les plus beaux moments de leur vie, ainsi que les plus difficiles épreuves. Vous ne pourrez résister à ces personnages. Jeremiah Thurston, riche propriétaire minier abandonné par sa femme, y élève son unique enfant, Sabrina. Cette petite fille est tout pour son père. Le moment venu, la jeune héritière prouvera à tous qu'elle est une vraie Thurston en prenant la relève de ce père tant aimé. Elle dirige à son tour les plus importantes mines de la Californie. L'aventure de sa vie est tout aussi passionnante qu'émouvante. Elle est faite d'amour, de peines, de victoires et de courage mais surtout elle est marquée par un secret dont Thurston House possède la clé. Sabrina saura-t-elle percer ce mystère? Son fils, si différent d'elle par ses caprices et ses exigences, saura-t-il sauvegarder le bien le plus précieux de la famille?...

❖❖❖❖❖❖❖

La Ronde
des Souvenirs

Rien ne pouvait laisser supposer que Tana Roberts, douce et jolie jeune fille, orpheline de père, violée à seize ans, deviendrait un jour une femme indépendante et enviée.

Grâce à Sharon, d'abord, l'amie précieuse qui lui ouvrira les yeux sur le monde et saura l'écouter, puis à Harry, surtout, le frère de coeur, le double. Tana prendra ses distances avec une mère attentive mais incapable de la comprendre, puis retrouvera confiance en elle, malgré l'événement tragique qui a brisé son adolescence et compromettra longtemps sa vie de femme.

Ne voulant dépendre de personne, Tana se consacre à sa carrière de magistrat, tout en affrontant bien des épreuves et bien des déceptions. Mais saura-t-elle vaincre ses craintes intérieures pour connaître enfin la plénitude, la sérénité du coeur?

❖❖❖❖❖❖❖

Traversées

Très jeune, Liane a épousé Armand de Villiers, ambassadeur de France aux États-Unis. Mère de deux petites filles, épouse heureuse, Liane s'apprête à accompagner son mari à bord du Normandie, le paquebot le plus somptueux qui ait jamais pris la mer. Armand est en effet rappelé d'urgence à Paris. Nous sommes en 1939 et la guerre menace.

Lors de cette traversée de rêve, rien ne prépare la jeune femme à faire la connaissance de Nick Burnham sur les ponts du prestigieux paquebot. Nick est marié, et mal marié; mais il a un fils qu'il adore, tout comme Liane est attachée à son mari et à ses enfants. Et, avec une même loyauté, tous deux refusent cet amour.

Pourtant le destin les guette. Ironie du sort, ils se retrouveront plus tard, en plein océan, cette fois en direction de l'Amérique. Et seuls... L'amour et la raison, la passion et la tendresse s'affronteront jusqu'au jour où Liane devra faire une choix dramatique...

❖❖❖❖❖❖❖

Les Promesses de la Passion

Kezia Saint-Martin possède tout: la jeunesse, la beauté, la richesse et la célébrité. Seule héritière de la colossale fortune de ses parents, elle a grandi dans le luxe, voyageant partout à travers le monde. Devenue jeune femme, elle se rend compte toutefois que cette vie peut aussi prendre les allures d'une prison. Comment déjouer les gens du «jet set» qui l'entourent? Kezia se forge bientôt une vie secrète: elle travaille et prend pour amant un jeune artiste qui ignore sa véritable identité. Et puis le destin lui réserve une surprise. Elle rencontre à Chicago un homme qui la fascine. Il s'appelle Luke Johns. Rien ne préparait la «petite fille riche» à tomber amoureuse d'un tel homme. Syndicaliste, il a passé sa jeunesse en prison et connaît maintenant le succès en tant qu'écrivain engagé. Le jour de leur rencontre marque le début d'une brûlante passion remplie d'aventures. Mais Kezia et Luke pourront-ils réconcilier tout ce qui les sépare? L'amour sera-t-il le plus fort?...

❖❖❖❖❖❖❖

La Vagabonde

Audrey a grandi à San Francisco auprès d'un grand-père millionnaire et excentrique. Elle a aussi hérité de son père, mort lorsqu'elle avait onze ans, de la passion des voyages. En 1933, alors qu'elle a vingt-six ans, elle s'embarque seule pour l'Europe. Pendant la traversée, elle se lie d'amitié avec un jeune lord anglais et sa femme, et décide d'aller les rejoindre au cap d'Antibes. C'est chez ses nouveaux amis qu'elle rencontre le célèbre écrivain et explorateur Charles Parker-Scott, en qui elle reconnaît aussitôt une âme soeur.

Son voyage se transforme alors en véritable périple et la conduit aux confins de la Chine. Mais les événements mondiaux s'en mêlent soudain: le Japon vient d'attaquer la Chine. Charles doit rentrer en Europe. Après avoir adopté une orpheline chinoise, Audrey retourne à San Francisco où Charles la rejoint. Mais elle refuse de l'épouser par fidélité à son grand-père.

Commence alors un tumultueux chassé-croisé avec, pour toile de fond, la menace toujours plus proche de la Seconde Guerre mondiale: voyage dans l'Allemagne d'avant-guerre pour Audrey, déchirantes retrouvailles avec Charles à Londres et, enfin, une mission en Afrique du Nord dont ils partagent les risques...

❖❖❖❖❖❖❖

Le Don de l'Amour

L'histoire débute à New York un soir de novembre. Bettina Daniels regarde tomber la première neige en se préparant pour la somptueuse réception que donne Justin Daniels, célèbre écrivain qui est aussi son père. Elle ne sait pas encore que ce sera sa dernière soirée avec l'homme qui jusqu'alors a été toute sa vie.

Le lendemain, en effet, celui-ci disparaît, terrassé par une crise cardiaque. La jeune femme qui avait toujours été choyée, adulée, adorée, se retrouve tout à coup seule face à la montagne de dettes que lui a léguée son père, seule face à la vie dont elle ne connaît pas encore les embûches, seule face à l'amour dont il lui faudra faire l'apprentissage. Contrainte de tout vendre — jusqu'à cet appartement de New York où elle a passé son enfance —, elle devra renoncer à ses goûts de luxe et repartir de zéro. Courageuse, Bettina Daniels fera pourtant son chemin parmi les hommes, aimants ou infidèles. Mais quel sera le prix à payer pour la reconquête de sa vie? Et si elle réussit, quelle sera sa plus belle récompense? Le don de l'amour le lui apprendra peut-être.

❖❖❖❖❖❖❖

La Belle Vie

Quand il quitte l'université, diplôme en poche, Bernard Stern entrevoit un avenir paisible. Il se prépare à enseigner dans une petite ville de la Nouvelle-Angleterre. Jamais il n'aurait imaginé qu'en acceptant un emploi temporaire comme vendeur chez Wolff, la grande chaîne de magasins new-yorkais, il deviendrait l'un des hommes les plus courus de l'industrie de la mode.

Extrêmement brillant et créatif, doué d'un sens inné des affaires, il devient, après quelques années, vice-président de cette célèbre chaîne et connaîtra alors une vie exceptionnelle.

Voyageant continuellement entre l'Europe et les États-Unis, il fréquente les plus ravissants mannequins du monde. Mais aucune de ces créatures de rêve ne lui apporte le véritable amour. C'est à San Francisco, dans la succursale qu'il vient tout juste d'ouvrir, que la vie de Bernard va brusquement s'éclairer: avec la rencontre, au rayon «enfants», de la jeune Jane O'Reilley, cinq ans. Et de sa mère, la belle, la merveilleuse Liz...

Tous les trois connaîtront un bonheur qui pourrait durer l'éternité si le destin ne menaçait pas de les blesser cruellement. Liz pourra-t-elle vaincre le sort diabolique qui s'abat sur elle?...

❖❖❖❖❖❖❖

Un Parfait Inconnu

Raphaella a toujours été gâtée par la vie. Fille unique de parents riches et généreux, elle épouse à dix-huit ans le meilleur ami de son père, John Henry Phillips, un financier de renommée internationale, qui est devenu follement amoureux d'elle. Pendant sept ans, son roman sera sans nuages. Lorsque le malheur frappe la jeune femme c'est avec un immense courage qu'elle y fait face. Il ne lui reste qu'une chose à faire: se consacrer entièrement à son mari. Sa vie semble alors ne plus devoir changer, du moins le croit-elle. Mais un inconnu vient tout remettre en question. Raphaella osera-t-elle rêver d'un bonheur qui lui est défendu? Pourra-t-elle protéger son mari qu'elle aime profondément, et connaître la passion qui l'emporte?

❖❖❖❖❖❖❖

Au Nom du Coeur

Belle, styliste réputée, Gillian Forrester, divorcée, mère d'une petite fille, connaît une flamboyante passion avec un séduisant photographe de San Francisco, Chris.

Mais les infidélités de Chris, son refus d'endosser la moindre responsabilité, vont obliger Gillian à se rendre à New York, pour travailler dans la publicité, alors qu'elle attend un enfant de lui. C'est là qu'elle rencontre Gordon, ami sûr et loyal, qui devient son amant alors qu'elle découvre la vie brillante, excitante, pleine d'imprévu, des nuits de Manhattan.

Gillian n'a pourtant pas oublié Chris. L'heure est venue pour elle d'un choix décisif à un carrefour de sa vie...

❖❖❖❖❖❖❖

Il était une fois l'Amour

Jeune journaliste, Daphné Fields connaît un bonheur exceptionnel avec son mari Jeff et sa petite fille. Son mari meurt dans un incendie.

Enceinte au moment du drame, elle en affronte un autre: son fils va naître sourd. Seule avec sa détresse, Daphné va pourtant faire front. Un homme l'encourage à écrire mais un accident de travail va priver la jeune femme de son soutien.

Devenue une romancière célèbre, Daphné se rend en Californie pour travailler à l'adaptation cinématographique d'une de ses oeuvres. Elle va vivre une liaison décevante avec l'acteur principal du film, un être veule et superficiel.

Elle rompra cette liaison et renouera la complicité qui s'était établie entre elle et le directeur de l'école spécialisée dans laquelle elle avait placé son fils. Le bonheur serait-il a sa porte?

❖❖❖❖❖❖❖

Kaléidoscope

Ce roman débute en août 1944, à Paris, alors qu'un jeune soldat américain, Sam Walker, découvre l'amour sous les traits de la fragile Solange. A la fin de la guerre, elle viendra le rejoindre à New York et pendant quatorze ans ils vivront un bonheur sans nuages. Malheureusement, ce conte de fées s'effondre tragiquement. Leurs trois filles, alors âgées de huit ans, cinq ans et un an, se retrouvent soudainement seules au monde. Placées dans des familles différentes, elles perdent tout contact.

Hilary, l'aînée, qui a gardé le souvenir de son passé, connaîtra une enfance sordide et misérable. Alexandra, la cadette sera élevée en France dans une riche famille aristocratique et épousera un baron français. Elle ignore tout de sa naissance, comme sa soeur Megan, la benjamine, qui exerce la médecine dans un hôpital du Kentucky.

Les trois soeurs n'auraient jamais dû se revoir. Mais un détective privé, John Chapman, se voit confier le mandat de les retrouver. Il mène une enquête mouvementée depuis les taudis de Boston jusqu'aux montagnes du Kentucky, en passant par les milieux aristocratiques de Paris. Au fil de ses aventures, il devient hanté par ces trois femmes qu'il rêve de réunir. Mais que réservent ces retrouvailles? Le grand jour venu, elles seront confrontées à un terrible secret. Aurait-il mieux valu le taire?...

❖❖❖❖❖❖❖

Zoya

Zoya a connu en Russie une enfance de rêve jusqu'à ce que la révolution d'Octobre vienne la chasser, elle et sa famille, du pays qui l'avait vue naître. C'est ainsi que la jeune fille doit apprendre à survivre dans la misère la plus grande, alors que jamais auparavant elle n'avait eu à se préoccuper du lendemain. Mais elle se découvrira des talents insoupçonnés, et l'amour, heureusement, lui réservera la plus belle des surprises.

Danielle Steel nous raconte avec émotion et sensibilité toute la vie de cette femme qui connaîtra la fin de la première grande guerre à Paris, les années folles en Amérique, puis la crise économique et les ravages cruels dont celle-ci sera la cause. Suivront les décennies d'après-guerre, plus paisibles mais tout aussi exigeantes pour cette femme et pour cette mère qui, par trois fois, aura à tout recommencer pour assurer le bien-être et le bonheur de sa famille. **Zoya**, c'est une histoire fascinante, belle et captivante, qui rejoint tous les lecteurs.

❖❖❖❖❖❖❖

Star

Crystal Wyatt, quatorze ans, rêve dans son ranch de la Californie du Nord. Et son rêve n'est autre que Hollywood, bien sûr, ce lieu mythique où brillent les stars. Sa rencontre avec le bel officier Spencer Hill la bouleverse autant que lui, mais leurs destins se séparent presque aussitôt: un événement dramatique contraint en effet Crystal à fuir sa vallée natale pour se réfugier à San Francisco, où elle entame une carrière qui la fera monter au firmanent de Hollywood.

Spencer voit aussi son étoile s'élever dans le ciel, de Washington cette fois, mais loin de Crystal, qu'il ne parvient pas à oublier malgré son mariage avec une autre.

Leurs existences se croiseront encore plus d'une fois. Mais parviendront-ils à vivre ensemble cet amour qui les pousse irrésistiblement l'un vers l'autre?